# 梦相随

佳言 著

# 梦相随

监 制 ：李建柏

责 编 ：张 伟

著 者 ：佳 言

出 版 ：联合文化艺术出版社有限公司

United Culture and Arts Publishing House Limited

版 次 ：2025 年 7 月 第 1 版

印 次 ：2025 年 7 月 第 1 次印刷

版 式 ：平装

字 数 ：204 千字

ISBN 978-1-968753-84-9

免责声明 ：本书中人物、事件均为虚构；如有雷同，纯属巧合。

# 作者简介

佳言，本名王佳，1985年出生于浙江海宁，2008年毕业于山西农业大学；毕业后曾入职期货公司，后转至制造业企业任管理岗位并担任工会主席一职；目前任中国东方文化研究会美育工作委员会作家委员。著有《梦相随》、《梦幻塞尔维亚》、《爱的追逐》等作品。

# 序

本小说旨在通过描写企业中发生的各种事件，来反映国内企业员工的生存状况。

王晓农是该小说的主人公，他大学毕业后干过销售，去期货公司上过班，自己做过期货交易，在农村养过长毛兔。一次又一次地尝试，都没有获得最终的成功。痛定思痛，王晓农放弃了理想，在家乡小镇一家叫"家美机械"的企业待了下来，接受了平凡的现实。

王晓农来到家美机械，没有什么经验，抱着"空杯"心态，从人事行政助理做起，工资非常低，但他也接受了。

就这样，王晓农凭借着自己的努力，在人事行政经理离职的那段时间，实际上担负起了整个人事行政部的所有工作，在履行安全、环保、工资核算、工伤谈判、罢工处理、厂房建设等各项工作中快速锻炼了自己，最终一步一步做到了总经办经理的职位。

外部环境风云变幻，中美贸易战对企业经营产生了重大影响，家美机械老板便卖掉了公司，但成了新"家美"的房东。

新的股东以"掺沙子"的方式逐步带来了新的管理层，挤压着家美机械原有的管理团队。

如何在新的形势下生存和发展，成了王晓农这些"前朝遗老"非常忧虑的事情。

但是，不可避免的，新旧管理团队之间的权力斗争不断激化。骨干人员的不断流失，对企业造成了重大不利影响，原有的企业文化一夜之间被摧毁。公司的发展从如日中天瞬间变得摇摇欲坠。

主人公王晓农从中感悟到了很多东西，重塑了自己的思想观念，最终也有了不一样的追求……

# 目录

# 第一章、毕业后

# 第一节、职业选择

1、第一份工作

2008 年 7 月，王晓农刚从北方的一所农业大学毕业，虽然是农业大学，可他学的却是经济管理。对于自己的职业规划，王晓农心里没有底。

正值金融危机爆发，很多人对未来充满了担忧。

王晓农家在南方钱塘市的安宁镇，这里相对全国来讲，经济还算可以。所以王晓农没多想，毕业后就回到了家乡。

王晓农的母亲告诉他，市农经局已经打来电话，他可能有机会去农经局工作。

有的人削尖了脑袋想进入政府机关，来获得一份体面而稳定的工作。可王晓农和别人不同，他对政府机关没什么兴趣。因为他知道，自己性格内向，不善交际，更不善于逢迎拍马，在政府机关应该没有什么前途。

王晓农希望自己出去闯一闯。

他去了市里的招聘会，看看自己能适合什么样的工作。

钱塘市是一个县级市，招聘会规模不大，都是本地一些制造型企业，不少工作岗位，都需要工作经验。可王晓农刚大学毕业，哪有什么工作经验。只有销售类的工作，基本上没有什么要求。因此王晓农应聘了一家太阳能热水器企业招商经理的工作，希望可以借此锻炼一下自己。

正要离开招聘会现场，王晓农恰巧遇到了自己的一个初中同学，他叫王宇宁。王宇宁身高一米七左右，背稍微有点驼，眯着一双小眼，和王晓农同属一个乡镇。在王晓农印象中，王宇宁学习成绩一般，平时和他沟通比较少。

"是班长啊！"王宇宁先向王晓农打了招呼。

其实对于"班长"这个称呼，王晓农有点惭愧。他小学、初中、高中都当了班长；可毕业了，还是和大家一样出来找工作。现在能不能找到一份好工作还是一个未知数。

"王宇宁，你也来找工作？"王晓农问道。

"是的，招聘会上我看了一下，也没有什么好的工作。我们安宁镇上新建了开发区，我去看一下能不能谋份差事。"王宇宁回答道。

"我一直在外面，镇里的情况倒不是很了解……祝你顺利！"王晓农没有告诉王宇宁自己应聘的工作。

王晓农父母得知自己儿子要去外面跑市场后，竭力反对。

"都上了大学了，还要去外面跑？这样的工作没上过学也可以干啊，那你上大学还有什么用？"王晓农母亲质问道。

王晓农虽然性格内向，但意志坚定，只要自己认准的事情，他不管别人怎么讲，都会按照自己的想法去做。

"妈，我要自己出去走走看看，上了大学总是有用的。"王晓农执拗地回答道。

王晓农母亲知道拦不住自己的儿子。

在太阳能热水器公司，王晓农担任了区域经理，负责江西新余、宜春、萍乡的招商工作。"经理"这个职务也只是叫叫，或者名片上体现一下，王晓农对这个工作一点经验都没有。

独自一人，王晓农踏上了江西这块红土地。早上吃一碗江西特色的辣米粉，穿梭于当地的水暖市场，鼓起勇气和商家介绍自己的产品；晚上住着便宜的旅馆，凝视着搜集的各种名片，向公司汇报当天的工作情况。

宜春地区的靖安、奉新、高安、丰城、樟树、上高、宜丰、铜鼓、万载、袁州，萍乡地区的安源、上栗、芦溪、莲花、湘东，新余地区的渝水和分宜。王晓农翻看着地图，计划着自己每天的出行路线。

江西西部，经济不发达，有些县城的发展水平还不如钱塘市的一个镇。对王晓农来讲，招商工作并不是那么容易。有些商家只想拿个一台太阳能热水器试试，王晓农倒是想，可公司不同意。

不过，新余经济不错，王晓农希望有所突破。

有一次，王晓农走进新余一家水暖店里。这家店已经在售卖其他品牌的太阳能热水器。

"老板您好，我们是做太阳能热水器的厂家，想在这里招商，您了解一下。"

说完，王晓农递给了对方一份宣传资料。

对方翻看了一下资料，问道："你刚毕业？"

王晓农纳闷对方为什么问这个问题，心想有可能自己在言语中表露出来的稚嫩和青涩让对方有了这种感觉。

事实上也是如此。

王晓农如实答道："是的，我刚大学毕业。"

"我会给大学生机会的。"这位老板说道。

王晓农心中一阵温暖，这是他遇到的最"善良"的一位老板，因为他已经吃了太多的"闭门羹"。

"谢谢您。"王晓农开心地说道。

"我会了解并考察一下。"这位老板告诉王晓农。

经销的生意确实是要考察，不可能那么快决定。王晓农和这位老板互留了名片，他期待着与对方的合作。

时间一天天过去，转眼已经一个多月了。王晓农的招商工作一直没有进展，连那个"善良"的老板也迟迟没有答应和他合作。

王晓农每天在街上"游走"，然后坐车辗转于各个地方，犹如浮萍一般，没有固定的"根据地"。短期内见不到成绩，王晓农内心焦虑万分。

而公司也让王晓农一边维护江西其他地区的经销商，一边开发新的经销商。因此，王晓农这段时间去了上饶和鹰潭，包括上饶的广丰、余干和玉山，还有鹰潭的市区。

经销商的维护，免不了应酬喝酒，这完全是王晓农的弱项。王晓农虽然在大学喝过一些啤酒，但酒量有限。这些经销商个个喝白酒，应酬时王晓农推脱不过，也陪着他们喝起了白酒。结果可想而知，两杯白酒下肚，王晓农就头晕脑胀，忙着喝醋，忙着去洗手间用水洗脸。

王晓农记得有一次应酬完，头晕得很，但他还要坐火车去下一个地方，差点坐过了站，和乘务员确认后才勉强踉踉跄跄地下了火车。

……

时间三个多月过去了，经销商开发工作仍旧没有起色；而王晓农的母亲几次三番打电话给他，让他在家附近找一份稳定一点的工作。

回想着这段时间的工作情况，再加上家里的强烈反对，王晓农只好带着苦闷的心情，放弃了这份太阳能公司的招商工作……

## 2、进入期货行业

毕业后的第一份工作就这样结束了，王晓农不得不再找工作。他在省城的人才市场网站更新了自己的简历。

省城位于之江市，王晓农的家乡离之江市不是很远，坐公交一个小时也就到了。

有一天，王晓农接到一个省城的电话。

"我们是一家世界 500 强的金融集团公司，现正在招聘高薪岗位，邀请您过来面试。"

接到电话，王晓农欣喜若狂。

"好的好的。"王晓农正苦于没有工作，于是就爽快地答应了。

没曾想，原来这是一家保险公司。

王晓农没有想过要卖保险，但在对方的软磨硬泡下，他竟然答应了。他没敢跟家里讲，因为知道父母肯定不会同意。

王晓农带着行李，在省城租下了一间房子。

保险公司让王晓农做的是电话营销，就是打电话，然后拜访有意向的客户。

虽然有过话术的培训，但是王晓农捧着电话机，要憋很久才能拨出去一个电话。

"你好……我们是一家世界 500 强的保险公司……"

好不容易拨通了电话，但只要王晓农提到"保险"两字，对方就把电话挂掉。王晓农心理障碍很大。

没有底薪，也没有成交客户，就这样过了一个月。王晓农没有收入，连吃饭和交房租都成了问题，他办了一张信用卡以解燃眉之急。

思来想去，王晓农去了人才市场。

省城的人才市场规模大，行业多，但是各种各样的公司鱼龙混杂，良莠不齐。

这之后的时间里，王晓农进过一些所谓的"投资公司"做业务，但工作时间都不长久，直到 2010 年，他仍然还没有一份稳定的工作。

后来，王晓农还是去了人才市场。

王晓农看到有一家叫"新地期货"的期货公司在招聘。"期货"二字，对于王晓农来说并不陌生，他在大学里面就学习了证券和期货的课程。

毕业后王晓农做的都是销售工作，所以他也只得应聘期货客户经理这个岗位，并顺利得到了工作机会。

新地期货的试用期是6个月，而且要在试用期内考出期货从业资格证书才能转正。

毕业没多久，对于考证的事情，王晓农还是有信心的。就这样，王晓农一边工作，一边考证。

客户经理的工作，实际上就是让人来期货公司开户做期货交易，期货公司赚取手续费，客户经理拿手续费提成。

三个月过去了，王晓农还没有一个客户；不过，期货从业资格证他是考出来了。

王晓农搜集各种资料打电话，包括之前在保险公司打电话的名单，一个个重复打。

功夫不负有心人，王晓农终于联系到了一个人。这人叫黄娟，40多岁的样子，是四川人，讲话像连珠炮，看样子像是个急性子的人。

"我期货做了好多年了，但一直亏损，账户资金从100万亏到了10万。所以我想换一家期货公司交易，看能不能扭转运势。我看你这小伙子，文质彬彬的，挺投缘的。"黄娟说道。

"黄姐，你可以在我们公司交易试试，我可以每天把研发部的交易建议发给你。"王晓农回复道。

在王晓农稚嫩地努力下，这位黄姐顺利地在他这边开了户。

或许是这位黄姐想急着翻盘，重仓做日内短线交易，而且次数频繁。

没过多久，这位黄姐的账户资金持续缩水，从开户时的10万变成了5万，后来就不怎么交易了。

王晓农心里有点难受。

期货公司的前辈们告诉王晓农："脚下要有累累白骨才能支撑着走向成功"。

王晓农的内心是善良的，这样的哲理，对他来说太过残忍；但他现在要吃这碗饭，没有办法，只能往前走。

经过自己的努力，再加上运气，王晓农终于找到了第二个客户。这个客户是他在业务开发过程中别人介绍的，期货账户入金 100 多万。

100 万保证金，是新地期货对客户经理业务开发的门槛。王晓农终于达到了这个门槛。

为了让自己有更大的发展空间，王晓农还报名参加了期货投资分析考试。这是期货行业新出的一个考试项目，为期货投资咨询业务和资产管理业务的开展进行人才选拔。这门考试很难，通过率非常低。王晓农连考了三次，第一次考了 56 分，第二次考了 54 分，第三次终于以 73 分的成绩通过了考试。

连续几份客户开发工作，王晓农的业绩都不太好。他的客户保证金一直维持在 100 多万，后面也没有什么增长。团队里面其他同事的客户保证金有的超过了 1000 万，工资基本上就不用愁了。

别人都说"扬长避短"，而王晓农做的正是"扬短"的事情。他发现自己并没有做销售的天分。

通过了期货投资分析考试，王晓农倒是想去研发部门工作；但身在业务部，他怕业务部领导说他"背叛"本部门，不好意思开口。

不过，期货公司交易氛围很浓，经常有客户来公司交易，有的同事私下也进行期货交易。王晓农渐渐发现，自己对期货交易产生了浓厚兴趣……


3、期货交易

王晓农性格内向，平时不怎么说话。为了服务客户，他每天关注着期货行情。渐渐地，王晓农对期货行情也有了自己的看法，再加上周边交易氛围浓厚，他有了做期货交易的冲动。

期货公司规定，期货从业人员及其直系亲属不得从事期货交易；而且期货公司对网络进行了设置，公司内除客户交易室外的网络都无法登录期货交易账户。

但即便如此，大家都还是有办法——拿亲戚的名义开立期货账户，然后通过手机进行交易，因为第三方公司已经开发了手机交易软件。

2013 年 3 月，王晓农找了自己的表弟开了一个期货账户，他把自己的钱转到了表弟的账户，开始进行期货交易。出来打拼几年，王晓农没攒到几个钱，他把手头仅有的 5 万块钱拿了出来。

由于钱不多，一开始对于保证金需求量大的品种王晓农是不敢做的，比如铜、橡胶、黄金等品种，1 手保证金要 3 万元以上；而且这些品种受国际行情影响很大，往往会在第二个交易日高开或低开，因此这些品种持仓过夜的风险很大。王晓农选择了螺纹钢、塑料、大豆、棕榈油、白糖等保证金相对较小但波动大的品种进行交易。而且，为避免隔夜风险，王晓农选择了日内交易策略——和他之前的客户黄娟一样。

3 月 8 日星期五，王晓农从棕榈油主力合约的周线上发现，棕榈油的价格很有可能继续往下走；但从日线分析，会有短暂反弹。

果不其然，棕榈油主力合约星期一跳空高开 64 个点，整日又回跌 27 个点收盘；星期二棕榈油主力合约高开 20 个点，但整日以下挫 45 个点收盘。王晓农认为机会来了。但碍于隔夜风险，他决定星期三开盘放空棕榈油期货。

不曾想，星期三一开盘，棕榈油主力合约直接跳空低开 130 个点，小时线形成一个大大的缺口。王晓农犹豫着要不要继续空，他的心里非常紧张——而他的手机交易软件已经打开了棕榈油期货的交易界面，数量是 3 手，只要他手一点"卖出"，委托单子马上就会报进交易系统。

想不了那么多了……王晓农手一点，持仓栏马上显示了 3 手"卖出"单子，价格 6350……盈亏数据不断跳动着，王晓农的心也跟着怦怦直跳，他的眼睛直直地看着行情，眨也不眨。

棕榈油期货的价格朝着王晓农预期的方向往下走，王晓农的内心既激动又喜悦。

下午，王晓农以 6280 的价格平了仓，除去手续费，赚了 2000 块钱！

天哪，这可是王晓农将近半个月的工资！这也是他做期货后的首战完美胜利！

如果星期二隔夜持仓，王晓农可以赚得更多，但是他不惋惜，因为隔夜的风险实在太大。

有了第一次交易的成功，王晓农充满了信心。

3 月 15 日，螺纹钢期货主力合约周 K 线收了一根长长的下影线；日 K 线上是一根跳空高开的长阳线，但是价格还位于 20 日均线下方。王晓农认为，螺纹钢期货的价格有可能会止跌反弹，后面会有买入的机会。

由于价格仍在 20 日均线下方，王晓农不敢贸然买入，他观察了两天。

3 月 16 日，价格小幅低开 9 个点，全天价格都在 3 月 15 日的价格范围之内，形成一根阴线十字星。

3 月 17 日，价格小幅低开 4 个点，全天价格波动比 3 月 16 日更窄，形成一根阳线十字星。

连续三天价格波动收窄，预示着变盘即将来临。

3月18日，螺纹钢期货主力合约微微高开4个点，此时价格离20日均线还有一段距离。王晓农认为，当前价格到20日均线价格的距离就是上涨的空间。

王晓农以3845的价格买入6手螺纹钢期货主力合约。

此时螺纹钢期货的"性格"就像一个成熟稳重的人，不急不燥，价格缓慢上升。

王晓农虽然认为螺纹钢期货会上涨，但他心里还是有点紧张，因为他意识到这种上涨只是一种反弹，而且反弹的空间也可能不会很大。

王晓农的运气还不错，当天以3865的价格离场，除去手续费，赚了1100多块钱。虽然没有空棕榈油赚得多，但至少是赚了。

后面几天螺纹钢期货的走势证明，王晓农买入赚的那20个点，仅仅只是反弹。他庆幸自己只是做日内交易。

就这样，王晓农一边上着班，一边做着期货交易；既有工资收入，又有期货交易收入；中午的时候也有一大段休息时间，和同事打打台球，生活还是比较惬意。

但王晓农内心还是比较忐忑，毕竟公司评价他的只是业务，而非交易。如果业绩没有增长，他待在办公室里面也是如坐针毡。所以他偶尔也会出去走走钢材市场、塑料城之类的地方，和那些老板们聊聊行情，希望能够多开发一些业务。

然而，事实是令人沮丧的，王晓农的期货开发业务一直没有什么进展。

因此，对于业务和交易两块内容，王晓农的心里很矛盾，但又苦于找不到解决的办法，一直在那里僵持着、僵持着……

# 第二节、结婚生女

1、认识青梅

王晓农是 1985 年出生的，高中之前他就是一个"好"学生，不曾恋爱；进入了大学，他喜欢上了一个女生，在长时间的思想斗争后鼓起勇气向对方表白，却遭到了拒绝。

王晓农第一次体会到了撕心裂肺的感觉。在往后的日子里，他经常一个人泡图书馆，终于熬过了那感情失意的大学四年。

进入社会后，由于工作不稳定，王晓农没有心思去找对象；亲戚准备介绍女孩子给他认识，他也没有去搭理。

直到 2010 年的一天，在一个女同事的撮合下，王晓农认识了青梅。

此时，王晓农在省城的一家投资公司从事客户开发工作，工作还不太稳定。

青梅比王晓农小 3 岁，在省城的一家美容院上班，从事美颜美体工作，服务于各种时尚、靓丽、成功的女性。

说起美容院，现在人理解的已经不是那种"纯粹"的美容院，总是会想得更宽泛，认为在里面上班的都是不正经的女子。

王晓农一开始也是心里打鼓，后来慢慢了解了美容这个行业、慢慢了解了青梅，知道这是一份正常的工作。

他和青梅的第一次见面是在一家 KTV，是同事特意安排的。

王晓农性格内向，没想到青梅的性格更加内敛。说话时，青梅总是低着头，从来没有正眼看王晓农。这让王晓农可以有更多的机会注视着青梅：标志的鹅蛋脸，梳着一条马尾辫，一双大眼睛看着自己的双腿眨巴眨；嘴角上方有一颗明显的痣，下巴肉嘟嘟的，有点婴儿肥；身材匀称，穿着一双长筒靴非常好看。王晓农看到青梅的第一眼起，就喜欢她。

或许美容院里都是女顾客，也或许是青梅涉世未深，还没学会如何和一个男生交流。

王晓农了解到，青梅的老家在安徽六安的一个小山村，她初中毕业就出来打工了。按理，打拼了这么多年，应该已经有足够的社会阅历了。没想到，青梅还是那么单纯和青涩。

王晓农喜欢青梅的单纯和青涩，因为他也是同样的单纯和青涩。

至于青梅的初中学历，王晓农倒不是很在意，但是总觉得别人会说些什么。

一来二去，王晓农和青梅建立了恋爱关系，并开始约会。

有了女朋友的感觉真好，多了一份牵挂、多了一份浪漫。河边的小长凳，闹市中的 KTV，有名的自然景点，都是他们约会的好地方。

王晓农此时收入还很低，这令他感到自卑。但青梅好像也不怎么关注他的经济状况，他们平时的交往都那么单纯和自然。

有了青梅在，王晓农的生活变得充实起来，眼前也充满了阳光和希望。

随着和青梅的感情渐浓和关系趋稳，王晓农把这个事情告诉了家里。

对于"外地人"、初中学历、"美容"工作，王晓农的父母一开始还是有点介意，但无奈自己家中条件不好。既然儿子女朋友的事情有了着落，他们也就不说什么了。

王晓农家里条件确实不好。家中的房子还是 80 年代建的二层楼，那是王晓农 3 岁的时候建的。父母告诉他，那时他已经可以帮忙搬起一块砖了，父母当时别提有多开心了。

王晓农的父亲高中毕业，当时在村里任职，后因被排挤，做了纸箱厂厂长；后来纸箱厂倒闭，他便随了王晓农的爷爷卖起了猪肉，因被赊钱太多，也没有赚到钱；再后来和亲戚合作卖皮衣生意，也是以亏本收场。无奈，最后就进厂上了班。所以家里一直平平淡淡，没有攒到钱。

眼看着别人房子建了一次又一次，二层变三层，王晓农家的房子还是20多年不变——老样子。二楼栏杆镶着马赛克，外墙上的几处石灰已经脱落，大门还是那种老旧的带门闩的木门，开起来嘎吱嘎吱作响。

相识一年之后，青梅同意去王晓农家见他父母。在青梅去之前王晓农就给她打了"预防针"，表示自己家的条件非常不好，要她做好心理准备。

还好，后来青梅也没说什么。当然，如果青梅想了什么，也会默默放在心里，不会跟王晓农说。王晓农已经了解了青梅的性格。

除了缺钱外，王晓农和家里人的生活还算和谐、舒心。自从儿子有了女朋友后，父母每天都非常开心。

有一次，王晓农父亲在单位的一次年会抽奖上抽到了一个奖，可以选择一辆小自行车或一套蚕丝被。王晓农父亲想也没想就选择了小自行车，说是以后给孙子用的。

想来好笑，王晓农和青梅还在谈恋爱中，孩子的事情还早着呢，更何况生男还是生女。

刚好王晓农嫌每天坐公交车上班太麻烦，就把这辆小自行车拿来用了，还可以骑着自行车带青梅出去逛街。

恋爱中的人是甜蜜的，哪怕没有钱，哪怕只有一辆自行车，都会觉得很开心。

王晓农听过一句话，"宁愿坐在宝马车里哭，也不愿坐在自行车上笑"，这是部分女生的想法。

所以，王晓农庆幸自己遇上了青梅，她愿意坐在自行车后座并搂着自己，不管是漆黑的夜晚还是寒冷的冬天。对于大部分的女生，王晓农根本就不敢有这样的奢望。

他满足并珍惜自己的当下，因此可以容忍青梅内向背后的倔强；可以容忍因教育程度差异而导致的观念和行为不同；也可以容忍青梅职业所带来的议论纷纷……

2、结婚

经历了几年的考验，终于修成正果。

2012 年的 2 月 14 日，正值西方的情人节。王晓农和青梅二人在这一天正式步入婚姻殿堂。按照农村习俗，他们举办了婚礼。

因青梅老家在安徽，迎亲不方便，于是王晓农在省城的一家宾馆订了房间，作为迎亲的场所。

王晓农家离省城 30 多公里，约 1 个小时的车程。

2 月 14 日一大早，迎亲队伍就出发了。迎亲的车子都是王晓农这边自家的亲戚和同学提供的，都是普通的轿车，看起来有些寒碜；但是每辆车子都有鲜花装扮，洋溢着喜庆的气氛。

王晓农穿上了一套新西服，头发只是简单地剪了一下，脸上也没有特别收拾。他给青梅买了一枚铂金戒指，但自己却没有买，只是在网上花了 100 块钱买了一枚银饰戒指。头西服时随西服有送一条蓝色的领带，王晓农本来想将就着用。可结婚前一天，亲戚说结婚应该戴红色的领带，好心帮他买了一条新的红领带。

经过一系列的流程，车队终于把新娘子迎回了王晓农老家。

按照习俗，王晓农的舅舅把新娘从车上抱到大门口。门口已经准备好了一把椅子，青梅在椅子上坐下，一身白色婚纱，清新脱俗。

事先安排的亲戚家的小孩，站在门口，端着一碗糖水，用勺子舀了一勺喂新娘喝。众人围在边上，脸上都洋溢着开心的笑容。

随后，王晓农和青梅才真正进入了家门。

证婚人是村里有名望的长者。随着他一声"鸣炮"令下，烟花、鞭炮齐鸣，喜庆之声随之飘远。

"新郎、新娘面对祖先三鞠躬……"

"面对面三鞠躬……"

按照证婚人的指令，在人群的簇拥下，王晓农和青梅进行了这神圣的仪式。古代有"一拜天地、二拜高堂、夫妻对拜"的仪式，但现在明显有了变化。

王晓农的父亲穿上了一套旧西装，也没有特别打扮，眼窝下两个黑眼圈，略显憔悴；王晓农的母亲烫了一个波浪卷头发，倒是显年轻了一些，笑容满面；王晓农的奶奶已经70岁了，但神色不错，她虔诚地拜着祖先，磕一次头拜三下，磕一次头拜三下，连磕了三次头。

酒席是传统的流水席。王晓农父母叫上了所有的亲戚，共摆了20桌，桌子从堂前摆到了屋后。

王晓农母亲有五姐妹，这天全到场了；

王晓农的叔叔和姑姑两家人，都来了；

王晓农奶奶的娘家人也来了，他们住在钱塘市隔壁的一个地级市，王晓农只记得小时候去过一次，后来就一直没去过；

村上帮忙的邻居，每家各来了一个人。

王晓农还叫了几个从小一起长大的同学，来共同见证自己的婚礼。大学同学大都在北方，没办法来；初、高中同学基本上没什么联系了。所以，这些同学王晓农都没有叫。

唯一令王晓农遗憾的是，他的爷爷已经不在了。王晓农记得当时爷爷走之前，他专门从省城回家见了爷爷最后一面。爷爷最大的遗憾是没能亲眼看见孙子结婚。那时王晓农心里非常伤心，眼泪忍不住从脸颊两侧流了下来，恨不能满足爷爷最后一个心愿。现在自己结婚了，而爷爷已经永远地离去……

中午，青梅换上了一身红装，犹如盛开的牡丹。

王晓农和青梅顾不上自己吃饭，忙着给每桌的亲戚倒酒、分烟；王晓农的母亲和姑姑一起跟随。

大家见着新娘子给自己倒酒，都欣喜不已，纷纷从口袋掏出事先准备好的红包给王晓农的母亲。王晓农的母亲接着一个个红包，笑得合不拢嘴。王晓农的姑姑则在一旁给大家分着糖和糕。

婚礼最重要的客人就是青梅的娘家人，有青梅的父母、弟弟、堂妹、姑姑等人。

青梅的母亲从来没有出过远门，坐车还晕车；不过，女儿结婚，她还是来参加了婚礼；青梅的父亲黝黑、清瘦，但为人善良，说话中肯；青梅有一个弟弟，比她小两岁，个子高高的，在安徽做门窗生意；青梅的堂妹比她小五岁，和青梅一样，在省城的一家美容院上班；青梅的姑姑，也在省城，做卖猪肉的生意。

王晓农家里条件不好，无法让青梅娘家人看到一个良好的家境；但王晓农还是希望招待好岳父岳母，让他们的印象不至于太差。所以，王晓农给他们倒酒、倒茶，问寒问暖，生怕他们不适应这边的饮食习俗。

两边父母坐在一起，共同见证了子女的终身大事，这是王晓农和青梅人生当中最难忘的时刻！

在父母的操持下，婚礼终于圆满结束。

和别人不一样的是，王晓农的婚礼没有设置"闹洞房"环节；而且，他和青梅的"爱的小屋"——婚房，来不及住，因为他们都要回省城上班。

王晓农和青梅——婚礼的主角，在客人散去后，犹如客人一般，离开了农村老家；青梅的娘家人也要回省城的亲戚家。只有王晓农父母二人，在家里继续感受着喜庆的余温……

3、女儿降生

在婚检的时候，青梅被检查出已经怀孕。当王晓农结完婚回省城后才把这个好消息告诉了父母。王晓农掩饰不住自己内心的喜悦，终于快要当爸爸了。

等到胎儿 5 个月大的时候，青梅辞去了美容院的工作，安心在省城的出租房内待产。青梅特别爱吃西瓜，王晓农就经常买西瓜回家；而下班回家，青梅已经做好了可口的饭菜。两人的小日子过得很甜蜜。

虽然小孩还没有出生，王晓农已经考虑小孩的教育问题了。他买了《弟子规》、《三字经》、《成语故事》等书籍，希望小孩长大一点的时候可以学习做人的道理，吸收古代文化中一些好的东西。

王晓农春风满面，积极工作。他此时已经在新地期货公司上班，虽然业绩不怎么好，但每月也有 5000 元的工资。工资不算多，不过，满足一个小家庭每月的基本生活开销还是够的。

2012 年 10 月 24 日，一个婴儿呱呱坠地，她便是王晓农的女儿，王晓农给她取名"泽溪"。

虽然农村还是有重男轻女的思想，都希望能生一个儿子。"生儿子有面子，讲话硬气"，这是王晓农能感觉得到的。不过，对于王晓农来说，不论是男孩还是女孩，都是上天对自己的恩赐；而且他觉得女孩跟父亲比较亲近，长大后谈婚论嫁的经济压力也会小一些。王晓农的父母对于新降生的孙女也是十分喜爱。

新地期货属于国有企业，福利待遇和员工关怀都很好。单位工会领导来医院看望，并带来了很多婴儿用品，祝贺王晓农生下了可爱的女儿。

王晓农所租的房子是在一处农民房的一楼，条件简陋，阴暗潮湿，面积很小。和青梅住在里面，现在又加上了女儿，王晓农觉得愧对母女二人，希望以后可以多赚点钱，把日子过好。但眼下他还没有这个能力。

王晓农在网上买了一个木制摇篮，回出租房进行了安装，这以后就是泽溪睡觉的地方。

王晓农买了一些放儿歌的小玩具给女儿播着听，有时他自己学着哼几声，仿佛自己也回到了儿时童年。

青梅在出租房内除了洗衣做饭，最主要的乐趣就是逗女儿玩了。一会在泽溪头上顶本书，一会在泽溪额头上绑根鞋带，一会在泽溪耳朵上挂根蝴蝶结，一会又在泽溪鼻梁上戴副太阳镜，女儿俨然成了青梅的"玩物"。泽溪则一会吐着舌头，一会疑惑地望着妈妈，一会乐呵呵地笑着，一会又睁大了眼睛作惊恐状，脸上红扑扑的，甚是可爱。

王晓农所租房子的边上有一个公园。一到周末，王晓农就和青梅母女俩来到公园，沐浴着阳光，呼吸着新鲜空气，欣赏着各色植物和花朵，听着别人闲聊，看着其他小朋友玩耍。那场景，多么温馨和愉悦。

泽溪一点点长大，给王晓农和青梅带来了欢乐。但是王晓农了解到，在省城没有房子，以后小孩上学会成为一个大问题。他希望通过期货交易赚到钱，并实现在省城买房的愿望。事实上，王晓农的期货交易还挺顺利，资金曲线持续地往上走。

2013 年，王晓农通过对宏观经济的分析，认为商品期货的价格会往下走，因此他一直以做空为主。事实也证明他的判断是正确的。

从 2013 年上半年开立期货账户，到 2013 年的 12 月份，王晓农通过日内交易的方式，账户金额从 5 万元变成了 20 万元，这让他心中燃起了莫大的成就感。

很多人会觉得通过期货赚钱买房，那简直是天方夜谭，怎么可能实现呢？但王晓农当时充满了信心，坚定地认为自己可以做到。

由于业绩平平，王晓农对期货客户开发工作缺乏信心，本想转到研发部，但又觉得对业务部的领导不好交代。想着自己适合做期货交易，王晓农心一横，决定辞去期货公司的工作，回出租屋做期货交易。这样既可以专心做期货交易，又可以陪青梅母女俩。

王晓农是一个顾家的男人，他希望自己既能兼顾工作，又能兼顾家里，两全其美；同时自己为自己打工，不用看领导的脸色，也不用去献媚客户，自得其乐；还有一个就是，通过期货交易赚钱，实现财务自由。

当时，业务部的领导得知情况后，紧紧握着王晓农的手，告诫道："王晓农，你要知道，期货市场上很少有'长胜将军'，哪怕是短暂地赚了钱，以后也还是要还给市场的。你要想好了，不要轻易走这条路！"。

公司领导也找王晓农谈了话，觉得王晓农还是一个可以培养的人，希望他留下来，也同意可以把他调到研发部做研发工作。

不过，王晓农比较执拗，业务部领导和公司领导的话他都没有听。既然已经提出了，他就不想回头。

2013 年 12 月 30 日，王晓农就这样离开了期货公司，回到出租屋，靠着一台旧电脑，开启了他专职做期货交易的生涯……

# 第三节、宅在家里

## 1、交易受挫

王晓农回出租屋做期货交易后，青梅仍旧回到了美容院上班，泽溪就由王晓农照顾。

王晓农没有告诉父母自己离开了期货公司却没去找工作，因为一般人不太理解期货交易这个事情，王晓农的父母也是如此。

王晓农专心地研究着期货行情。

很多大宗商品在 2013 年有了一定跌幅，王晓农也是因为做空赚到了钱。但是进入 2014 年后，王晓农不敢再做空，希望可以找到做多的机会。

过完春节不久后的 2 月 17 日，收盘后，王晓农看到螺纹钢期货主力合约日线的价格从布林带中轨下方往上突破中轨，形成一根中阳线，王晓农认为可以尝试做多。

2 月 18 日一开盘，王晓农买入 10 手螺纹钢期货。

然而，螺纹钢期货的价格在短暂的上涨后，转头而下。由于价格还在布林带中轨上方，王晓农认为这只是短暂的回调，而不是真正的下跌。因此，他决定继续持有螺纹钢期货的多单。

王晓农眼睛直直地盯着电脑屏幕，希望价格可以往上走。

然而，临近收盘，螺纹钢期货的价格仍旧没有往上走的迹象，王晓农纠结着要不要平仓。他过去一直做的都是日内交易，基本上不过夜。经过考虑，为避免风险，王晓农只能决定亏损出局。从开仓到平仓，亏损 20 个点，共计亏损 2000 块钱。

"哎……"

王晓农长长地叹了一口气。

盯了一天盘，神经紧绷、眼睛酸痛，却以亏损而告终。

这是王晓农少有的损失，虽然亏损不多，但对王晓农内心造成了较大冲击。

亏钱总是让人心情沮丧和难过，还好有泽溪在。看着泽溪那可爱的脸庞，王晓农心里宽慰了许多。

待在出租屋里，王晓农突然发现自己的信息变得闭塞。在期货公司的时候，大家聊聊行情、看看研报，思想上有一些碰撞，可以激发灵感——而此时，王晓农的这种灵感仿佛消失了一般。

2月21日星期五，沪锌期货主力合约价格上涨，收于布林带中轨上方，并以布林带中轨为支撑。王晓农认为，沪锌期货的价格还会继续往上走。

2月24日星期一，王晓农以15230的价格买入了2手沪锌期货。在沪锌期货价格上涨至15250时，王晓农又买入了2手。

不曾想，当沪锌价格上涨至15265后掉头而下，并快速突破了15200；正当王晓农疑惑的时候，沪锌价格继续往下走，到达了15150。

期货账户浮亏已经达到了1800元，王晓农的心扑通扑通快速跳着，但他还是想再看看行情的变化再做决定。

沪锌期货价格没有止跌回升的迹象，反而是轻松突破了15100关口，然后快速到达了15050。日线上已经形成了一根大阴线，把布林带中轨狠狠地斩断。

此时王晓农的期货账户浮亏达到了3800元。

王晓农额头直冒冷汗，胸口喘着粗气，有一种想要吐血的感觉。

日线图已经变坏，王晓农闭着眼睛，忍痛平了仓……

他的内心久久不能平静。

没有了工资收入，交易还亏钱，王晓农心里开始有点发慌。他想到了业务部领导跟他说的那句话："王晓农，你要知道，期货市场上很少有'长胜将军'，哪怕是短暂地赚了钱，以后也还是要还给市场的。你要想好了，不要轻易走这条路！"

但转念王晓农又告诉自己："既然选择了这条路，就要走下去；哪怕是错了，那就让时间来证明自己的错误！"

他想好了，给自己一年的时间。一年之后，如果期货交易不成功，那就放弃，继续找工作上班。

……

王晓农每天在出租屋里面，除了陪女儿就是做期货交易。或许是因为无聊，他每天盯着行情，交易频次增加了很多。不知不觉中，他的账户资金持续减少，由离开期货公司时的 20 万变成了 16 万。

王晓农有点沮丧，在期货公司时交易赚钱的风光不再。

不过，青梅还是支持他，愿意给他一定的时间去尝试。

时间过得是那么快，一眨眼，一年的时间已经过去。王晓农期货账户的资金定格在了 15 万。

出租房一年的房租不少，再加上日常花销，王晓农无法再这样承受下去。

他尝试着去打期货公司电话，希望可以找一份工作。但联系一遍后都是业务开发的岗位，他不想再做业务了；可应聘研发岗位，对方都要求硕士学历，而且要发表过研究报告，王晓农也没有符合。他手中的那张期货投资咨询证书也没有起到什么作用。

考虑到女儿的上学问题，王晓农在和青梅商量后，决定带着女儿回农村老家。这样既可以解决房租问题，还能陪伴女儿。更重要的是，王晓农心里还是不甘心，希望再给自己一年的时间去做期货交易。

泽溪已经三岁了。青梅习惯了自己带小孩，觉得公公婆婆无法给女儿一个好的教育和习惯，独自让他们带不太放心。因此青梅同意王晓农带着女儿回农村老家并陪伴、照顾女儿。

就这样，2015年初，带着一点点沮丧，还带着一点点不甘心，王晓农收拾了他的那台旧电脑，带着女儿，静静回到了农村老家……

## 2、饲养长毛兔

在家做着期货交易，收盘后陪着女儿玩耍，偶尔还自己做做饭，王晓农的日子过得挺惬意。但每天如此，他总是觉得缺少了些什么，感觉生活不够充实。

村里有人饲养长毛兔，做了好几年了，赚了不少钱。王晓农来了兴趣，也想养长毛兔，并得到了父母的支持。

养长毛兔第一步，就是建兔子窝。

王晓农家后面有一间60平方米左右的屋子，平时只是堆些杂物。他决定把这屋子作为长毛兔养殖的基地。经专业人士指导，屋子规划了两长排，每排分三层，每层17个兔子窝，总计102个兔子窝。

王晓农的二姨父是一个泥工，身材瘦小，已经65岁了，平时在工地上干活，只有雨天的时候可以休息。他的一双手在泥浆长年累月的腐蚀下，变得粗糙、龟裂。王晓农把二姨父叫来了帮忙，用砖一块一块垒起了框架，他自己则在一旁当着小工，提水泥、递砖块。

兔子窝的材料是水泥板和竹排，没有现成卖的，但可以买原材料来自己做。

王晓农家门前有一个晒谷场，刚好可以用来做水泥板。他和父亲共同上阵，父子二人把沙、石子、水泥混合在一起，然后在中间拨开一个洞，倒上水，再用铁锹一遍一遍搅拌；搅拌完毕，便在模具中倒入泥浆，并一遍一遍抹平；泥浆成型后，轻轻地拿掉模具，开始做下一个。一个接着一个，直至铺满了大半个晒谷场。

王晓农买好了长长的竹片，邀请亲戚前来帮忙。有的人负责锯，有的人负责钉。竹排间的间距很有讲究，不能太密，也不能太稀。竹排太密，兔子拉的颗粒状的粪便就掉不下去，会把竹排搞得很脏；竹排太稀也不行，兔子的脚会踩空，进而伤到腿。

对了，兔子也是要喝水的。王晓农用水泥、沙子给每一个兔子窝做了一个水碗。就这样，他一个一个做，手都磨破了。

养兔子的准备工作终于就绪。

第一次，王晓农买来了 10 只可爱的小长毛兔：7 只母兔和 3 只公兔。他每天给兔子们换着水，添加着饲料；还经常带着女儿泽溪前往兔子棚，看着小兔子们一天天成长。见着可爱的兔子，泽溪非常开心。

兔子长大一点后，可以喂些嫩草了。为此，王晓农的母亲在鱼塘边撒了一些麦草籽，专给兔子吃。

母兔发情期到后，需要给它们配种。为了提高母兔的受精率，不进行自然受精，而是采用人工灌精的方式。这个活，王晓农和他父亲都没有干过，一开始也不敢干，只能请来周边的养殖户来帮忙，为母兔配种。

王晓农能做的是给兔子喂食喂水，定期给兔子打预防针；为兔子铲屎的脏活则由他父母来处理了。

母兔受精后的第 30 天，王晓农给它们打了催产针。他还被告知，兔子容易在后半夜生产，需要守着兔子；不然小兔子会被冻死，或被踩死，甚至会被母兔自己吃掉。

母兔待产的那天晚上，王晓农哄睡了女儿泽溪，准备了口罩和手套，和自己的母亲一起等待兔子下崽。第一次作为兔子的"接生婆"，王晓农有点忐忑，也有点激动和期待。

"生了！生了！"王晓农兴奋地喊道。

刚生下的兔崽皮肤暗红色，眼睛还没有睁开；身体软软的，像脱了毛的老鼠。它们身上还散发着一股血腥味，王晓农隔着口罩都能闻到；而他母亲则不时地泛着恶心。

有的母兔生了5、6只兔崽，最多的竟然生了10只兔崽！"兔子的繁殖能力真是强大！"王晓农惊叹道。

王晓农把生下的兔崽快速地放在事先准备好的小箱子里。小箱子里面铺上了干燥的稻草，作为兔崽的小窝。他数了一下，7只母兔，竟然生了整整50只兔崽！放满了准备好的7个小箱子。

王晓农用棉布把这些箱子盖住，单独放开。

这些兔崽和人一样，是要喂奶的。

第二天，王晓农把母兔们从兔笼子里面一只一只拎出来，让它们趴在盒子上，兔崽们则在母兔肚皮底下吸起奶来。不同的兔崽力气不一样，有的吃得多，吃完奶肚子鼓鼓的，还能通过肚皮隐约看到里面白色的奶；有的兔崽抢不到奶吃，王晓农只好把这些较弱的兔崽放在一块，让它们吃第二次奶；还吃不饱的兔崽，王晓农就把它们的嘴按在母兔的奶头上继续吃奶。

就这样，兔子一天天长大，慢慢地可以睁开眼睛了；身上的毛也越密、越白。大概半个月后，可以给兔子增加喂食饲料了。

长毛兔，主要是剪它身上的毛来卖，一次剪毛周期大概在两个半月左右，夏天时间间隔会短一点。

长毛兔的毛又长又白，包裹着整个身体，像个大雪球，又像一团棉花糖，毛茸茸的，一副憨态可掬的样子；可剪了毛之后的兔子，露出粉嫩的皮肤，行动利索多了，一蹦一跳的，像只小羊羔，非常搞笑。

王晓农的第一批兔子第一次剪了将近10斤毛，平均一只兔子一次剪毛1斤左右。当时兔毛价格每斤90多元。按照这个价格，王晓农第一次卖了 1000 块钱不到。除去饲料成本，没赚几个钱。不过，王晓农想着，先把兔子养殖规模搞上去再说，赚钱那是后面的事情。

3、最后的执着

养殖长毛兔让王晓农的生活充实了不少；然而一旦闲下来，他的心中却充满了焦虑。王晓农知道，养殖长毛兔只是一个幌子。他内心最渴望的是，做期货交易能够赚到钱。

王晓农潜心研究着期货交易方法，希望可以获得成功。

他选了四个交易活跃但保证金不大的品种作为自己的交易对象，它们分别是螺纹钢、白糖、大豆和聚丙烯。首先，他把屏幕设置成四块，这样可以实时监控行情变化而无需来回切换；然后，在开盘前预测这四个品种可能的价格走势，并在笔记本上记下来。盘中一旦某个品种 5 分钟线价格破了布林带中轨，并形成看多或看空的 K 线组合时，就进场。可是，经过一次次的交易，王晓农发现，一直盯着盘面非常累，这不是一个可持续的办法；而且品种定死了，很多时候没有大的单边行情，导致只赚了一点点，价格就朝相反的方向走去，频繁止损，最后以亏损告终。

王晓农接着考虑，每小时看一下各主力合约的价格走势，等小时线价格有做多或做空的信号时，马上切换到该品种的 5 分钟线，寻找点位进行交易。进行了一段时间尝试后，他发现，这个方法虽然可以看到更大的价格波动范围，但也有缺点——那就是小时线结束时，5 分钟线的进场点位不是最合理的；而且每个小时切换品种，发现做多做空信号的时间比较仓促，没能更好地去进行深入分析，错误率比较高。这个方法最终也以失败而告终。

经过几次失败的尝试，王晓农开始反思。他感到，做期货要有生意人的思维。做生意的人哪有每天频繁地买进卖出呢？他们必定是认准了某一品种在未来较长的时间内有上涨或下跌的趋势后才做出决定的，哪怕是快进快出，那也是以日线为参考的。放到行情盘面上，不能再做日内交易，因为这样做会缺乏对大势的判断，会缺乏持仓信心。

王晓农对这种方法进行了尝试，可现实跟他想象的又不一样。期货品种不多，也就几十个，日线信号很少，他每天待在家里，手闲不住，非常寂寞和无聊；而且在没有大的单边行情的时候，容易来回震荡打止损。同时，做日线还要承担隔夜风险。他在根据日线价格交易鸡蛋期货时就被价格震荡打了止损，亏了不少钱。可气的是，后面价格却又回来了。

王晓农思来想去，最后还是决定做日内交易——这是他过去交易成功时所用的方法。

王晓农把交易流程写了下来，提醒自己交易的时候必须要按照流程来操作。

1、收盘后以各品种小时线组合是否存在方向和交易空间来选择交易品种，二者须同时满足，缺一不可。

2、5分钟线是否有一浪较大的涨跌？

3、5分钟线的第二浪整理是否即将结束？

4、根据5分钟线第二浪估算止损位、开仓点位以及仓位。

5、是否有K线或K线组合信号突破调整？

6、开仓，总仓位止损额度为1000元。

7、根据5分钟支阻位预测第三浪长度；如无支阻位，则按与第一浪等长原则预测，设置好止盈，在调整浪后方设置止损。

8、然后关闭电脑，根据以下情况选择手动平仓：

调整反弹浪每6根5分钟线收线观察一次；趋势浪每18根5分钟线收线观察一次；观察点K线走势朝单子相反方向运行则手动平仓，有足够盈利也可手动平仓。

有了这个流程，王晓农开始实践，并把每单的交易情况记录下来。

白糖：没有破位就进场，止损；
橡胶：交易调整浪，止损；
沥青：盈利后止损，止盈设置不合理；
菜油：面临隔夜，放弃；
镍：止损；
聚丙烯：盈亏比例不合理，放弃交易；
螺纹钢：开盘建仓，5分钟内止损；
铝：分心，随意下单导致亏损；
……

一次次、一幕幕，让王晓农非常焦虑。很多情况的发生都让人意想不到，而有的情况是他没有按交易计划和流程执行导致的。虽然有几单是盈利的，但是亏损的次数占据多数，而且交易成本也在不断上升。

时间　天天过去，王晓农统计了每月的交易结果，他的信心正一点点被磨灭……

2015年3月：亏损6500元；
2015年4月：盈利4000元；
2015年5月：亏损400元；

2015 年 6 月：盈利 300 元；

2015 年 7 月：盈利 1600 元；

2015 年 8 月：盈利 100 元；

……

王晓农从期货公司离职在家做期货的目的，是为了获得财务自由；然而，事实向他证明，他错了，他亏去了之前赚到的钱，还浪费了宝贵的时间。如果去上班，哪怕一年收入 5 万元，两年就是 10 万元。这一进一出，相差太大了。而且，每天待在家里，王晓农渐渐感觉到，自己与这个社会的距离越来越远……

期货，真的是一个既可以让人获得成功，也可以让人掉入地狱的行业。只是，成功离王晓农越来越远，他在这个泥潭里越陷越深而无法自拔……

# 第二章、走入工厂

# 第一节、下定决心

## 1、放弃

从 2014 年初到 2015 年底，整整两年时间过去了。

王晓农的期货账户仍旧处于亏损状态。对于通过期货交易赚钱这个事情，他已经感到心灰意冷，不抱任何希望。

"为什么以前在期货公司时交易能赚钱？为什么自己专职做期货交易后反而亏钱？"

王晓农一直在问自己。

他觉得，最重要的一点是，自己的心态发生了变化。在期货公司时有固定的收入，哪怕亏了钱也没有关系。这样的心态，使得王晓农的内心非常强大，哪怕账户资金浮亏 10000 元，他仍旧可以坚持持仓，直到盈利；而他专职做期货后，没有了固定收入，浮亏几千块钱，心里就已经承受不住了，不得不在最不利的时候平仓止损。反复止损，造成了账户资金不断缩水。

忽然间，以前期货公司领导的话又在耳边响起："王晓农，你要知道，期货市场上很少有'长胜将军'，哪怕是短暂地赚了钱，以后也还是要还给市场的。你要想好了，不要轻易走这条路！"

王晓农用两年的时间来证明领导的话，代价不可谓不大。至此，他才知道，期货公司领导说得都是真心话，他真是追悔莫及。

王晓农的长毛兔养殖，兔子数量从最初的 10 只，已经达到了 150 只；但不幸的是，兔毛的价格从最初的每斤 90 多元降到了每斤 50 元。

本来还想着养长毛兔赚点钱，但兔毛价格的暴跌，让王晓农整个兔子养殖的亏损已经达到了 15000 元。真是"福无双至，祸不单行"！

一个堂堂的大学生，在家折腾来折腾去，浪费了时间，浪费了金钱，还遭人白眼，最后一事无成！

不管是期货交易还是长毛兔养殖，王晓农已经失去了信心。

过完年已经是 2016 年的二月中旬，王晓农强烈地感觉到，自己不能再这样"混"下去了，不然自己的未来将是完全没有任何希望。

他和父母商量后，把所有的长毛兔都卖掉了，留下一个个空空的兔子笼；至于期货交易，他还偶尔做着，主要是为了消磨时间。

王晓农开始关注外面的世界。

"国家不是一直在提，要从'中国制造'转变为'中国创造'么，只有中国的实体经济腾飞，国家才能变得更加强大。"王晓农心里暗暗想着，也希望为中国的实体经济做点贡献。

他浏览了招聘网站，上传了自己的简历，希望找一份离家近一点的工作。他觉得市区有点远，能在镇上找一份工作那是最理想的。

钱塘市是东部的一个县级市，经济发达。市区在城市东北角，工作机会也相对较多。而王晓农的家在城市的西边，驱车到市区也要50 分钟左右；遇到堵车的话，耗时更长。王晓农没有汽车，去市区只能坐公交，加上等车、转车，去一趟总共得花上一个半小时。他是吃不消每天上下班这样折腾的，换了一般人也很难长期坚持。

安宁镇原先是钱塘市西部的一个小镇，有着悠久的历史文化；后来兼并了周边的两个乡镇，变成了钱塘市西部的一个大镇。随着城镇开发建设，项目引进，安宁镇也渐渐变得繁华，有了点城市的感觉；但产业结构还是比较单一，主要以轻工制造业为主，服务业还未发育成熟。

王晓农是做期货的，期货属于金融服务业。而在安宁这样一个小镇，是没有期货这个行业的。如果放弃期货，进入工厂，那就得从头开始。王晓农虽然有着为实体经济做贡献的"远大理想"，但想到什么都要从头开始，心里还是有一点恐惧。

王晓农也不知道自己可以做什么工作。打开招聘网站，除了一线的工种，就是仓管员、文员等工作；要不是就是推销、业务员之类的工作，与他的工作轨迹完全不在同一个平面上。他只好把自己的简历挂在网上，让别人看得见，而自己并没有主动去投递。

时间过得很快，一晃就进入四月份了。王晓农在家也没什么事，唯一可以让他出现感情波动的是他可爱的女儿泽溪。自从在家做期货，他就成了一个"家庭"主男，带泽溪睡觉、起床、穿衣服、吃饭、玩。泽溪爱吃面条，他还特意买了一台摇面的机器。自己和面，然后做面条，自给自足、自得其乐。如果没有经济压力，或者回到农耕社会，他还是非常享受这样的生活。当时回家，就是为了去实践陶渊明的"采菊东篱下，悠然见南山"的生活。

但是，现在这个社会已经没有一个僻静的角落，哪怕是偏远的农村。所有的人都融入了中国经济发展的大潮之中而无法独善其身。劳苦大众都是为了生活而生活，王晓农也是其中的一份子。

而且，女儿泽溪马上可以上幼儿园了，他已经没有理由独自一个人留在家里。

为了"牛奶"和"面包"，也为了不留在家里被人嘲笑，王晓农已经做好了再次融入这个社会的准备……


2、找工作


王晓农已经决定了在自己家所在的安宁镇找工作。

他调整了自己的心态，愿意从零开始，也愿意接受较低的工资水平，只是希望有一份稳定的工作。

王晓农过去的工作太不稳定，都是业务开发类的工作，他不擅长业务开发，工作换了一份又一份；后面的期货交易更糟糕，没有工资收入，反而亏了钱。所以，他真是太需要一份稳定的工作了！

至于是一份什么样的稳定工作，王晓农没有想好。毕竟，除了期货这些金融行业方面的内容，他没有其他的专业特长。

通过招聘网站，王晓农发现镇上有一家玻璃厂在招采购经理。玻璃，正是期货上的一个品种，他交易过，也比较熟悉。虽然没有做过采购工作，更别提采购经理了，但凭借着期货上对玻璃一丁点的了解，他有了过去一试的冲动。

王晓农鼓起了勇气去面试。

他进了玻璃厂，几个员工正在跟着音乐做操，这让王晓农感觉挺新奇的。

"企业文化做得很不错"，王晓农心里想着。

他走进应聘办公室，里面是一个40多岁的中年男子。

"你好，我来应聘采购经理"。王晓农说道，并递上了自己的简历。

"你没有做过采购么？"这位中年男子看了简历后问道。

"是的，虽然我没有采购工作的经历，但是我做过期货交易，对大宗商品的价格波动比较敏感，所以我想我做这个工作还是有一定优势的。"王晓农解释道。

"这个不行，没有采购工作经验，我们不招的。"

王晓农不知道怎么应对。

"那你们还有其他的招聘岗位吗？"王晓农继续问道。

"我们就招这一个岗位。"

"哦……"

没聊几句，王晓农便离开了。"重出江湖"后的第一次应聘就这样碰了壁。

他又看到一家做卫浴的单位在招内贸跟单员和外贸跟单员。一开始，王晓农并不知道"跟单"是什么意思，出于好奇，他去应聘了。

在这家卫浴公司，招聘人员向王晓农介绍了内贸跟单的主要工作：接到订单后，跟进生产，确保按期交货。

王晓农发现自己不了解、也不喜欢这个工作。

对方又问王晓农对外贸跟单员的工作是否感兴趣。外贸跟单员需要跟国外客户沟通，要会用英语。

虽然从初中开始到大学，有整整十年的英语学习过程，王晓农也在大学里通过了英语四级，但他对自己的英语水平并没有信心。

王晓农谢绝了对方的好意。

两次"出击"，并没有什么结果。

王晓农回想着自己大学里上过的课程：《西方经济学》、《企业管理》、《市场营销》、《国际贸易》、《人力资源管理》……

大学课程里面，王晓农对《人力资源管理》这门课程还是很感兴趣的。因此，他开始关注这方面的招聘岗位。

有一天，王晓农像往常一样打开招聘网站，登录自己的账号。他发现有人发来了一条信息，写着"请你于4月15日来我公司面试。"王晓农仔细一看，是安宁镇经济开发区的一家机械厂，他们在招人事行政助理，留的联系人是"黄先生"。

安宁镇的经济开发区原先是打算搞农业的，后来不知为什么迁来了很多工厂，目前已经发展成了不小的规模。

王晓农还想起自己刚大学毕业时，遇到的初中同学王宇宁，他当时说要在安宁镇开发区找工作。几年过去了，不知道他现在怎么样。

既然有单位邀请，王晓农就抱着试试看的心态，想去看一下。他打了网站上留的电话。

"喂，你好，我在招聘网上收到一条面试邀请。我想确认一下，你们是在招人事行政助理这个岗位吗？"

"你好，是的，你明天上午过来面试吧。"

电话里对方没问自己是哪位，有没有做过这方面的工作，感觉很随意。王晓农心想着：他们是不是很缺人？还是说要求很低，只要是个"人"就行？

他不再多想，准备去看了再说。

王晓农把这个事情告诉了自己的父母和青梅，父母和青梅都支持他的选择。毕竟有了一份正经工作的话，他可以在别人面前理直气壮地说话，而不必忐忑不安。

说真的，王晓农在家做期货交易和养长毛兔的这段时间，他父母承受了很大的压力。村里不时有人说："你看，王晓农大学毕业了，还不是回家养兔子，每天待在家里，读书有什么用。"

对于外人的冷嘲热讽，父母虽然没有说什么，但王晓农明显感受到他们对这个现状的不满。

为了解开这个结，他只能选择去工作。

唯一让王晓农感到遗憾的是，心心念念、日日陪伴并寄予财务自由希望的期货交易生涯，从此就要说再见了，他心里不是滋味。这样的结果证实了他两年多努力的失败，追求财务自由理想的破灭；这样的结果也预示着他内心孤独挣扎的结束，这未必不是一件好事。

3、面试

王晓农早早地起床，刮了刮胡子，挑出自己还算可以的衣裤，擦了擦许久不穿的皮鞋。在家待久了，平时不注意着装打扮，这次是他这两年除过年外，第一次郑重的穿着。

吃好早饭，王晓农插上电瓶车钥匙准备出发。电瓶车已经提前充好了电，应该够一个来回。

王晓农知道这个机械厂的大致方向，但是不知道该厂的具体位置。他打开了手机导航，感觉越骑越远。经过一个个安静的村庄，经过在建的颠簸马路，经过人群拥挤的农贸市场，经过马路边的一家家工厂，他终于到达了手机导航的位置。

　　王晓农停下来，左右张望，终于在自己的右前方发现了在招聘网站上留下的工厂名称，"家美机械有限公司"，王晓农喃喃地念着。此时离他从家出门已经快四十分钟了。

　　王晓农在马路边把电瓶车停好，慢慢走向大门。大门门卫是一个四十多岁的中年男子，皮肤黝黑，头发谢得只剩脑袋外围一圈，穿着一身浅绿色的制服。

　　"你好，我是过来应聘的"王晓农朝着门卫说道。

　　大门徐徐敞开，中年男子从窗户里面探着头对王晓农说："你过来填个单子。"

　　王晓农走进门卫室，拿过门卫师傅递给他的一本小本子，一看是"会客单"。他接过门卫师傅给他的笔，把自己的拜访信息填了上去。

　　填完后，门卫师傅把副联撕下给王晓农说道："人事行政部一直往前走到底，然后右拐就到了。出来时这个单子叫他们签个字，然后交到门卫室。"

　　"好的，谢谢！"王晓农接过单子朝前方走去。

　　通道两旁是绿化带，地上的马路坑坑洼洼。忽然一辆叉车从王晓农前面开过，冒出一股浓烟，扬起一阵灰尘。他捂了捂嘴巴和鼻子，径直往前走去。耳边机器的轰鸣声越来越大，还有那种有节奏的撞击声。

　　在通道尽头，王晓农抬起头向右边张望，感觉里面黑压压一片，并不像有什么办公室——他以前上班的地方是那种商务楼，安静、整洁、干净。他想着："人事部怎么会在这里面？"

进去几米，左边有一个较大的房间，上面写着"人事行政部"。

门是那种一半玻璃一半铝合金的，从外面能看到里面。王晓农敲了敲门，里面没有什么反应。可能是他敲门声音太小，又或者是边上的机器噪声太大。

王晓农推门进去，看到第一个座位上坐着一个小姑娘。

"请问黄先生在哪里？"王晓农对着小姑娘问道。

还没等小姑娘回答，后面座位上传来了声音：

"来应聘的是吧，过来这边坐。"

王晓农没听太清楚，"您好，您是黄先生吗？"他走过去问道。

"是的。"

"您好。"

王晓农有礼貌地坐了下来。他正眼看了一下这位黄先生：平头、国字脸，戴着一副金边眼镜，皮肤较白，看上去三十岁左右。

这位黄先生递给王晓农一张纸，说道："你先把应聘表填一下。"

王晓农接过应聘表，上面有很多个人信息要填。他知道，找工作这是必备流程，到哪家单位都得写。

他拿起边上的笔一项一项地写着。房间里没有人说话，边上的机器声一阵一阵地响着。写字的桌子随着机器响声的节奏不断震动着，桌上放置的台历也随着震动声不断往王晓农这边"走来"。

王晓农很快就把应聘表写完了。

"黄先生您看一下。"他把应聘表递了过去。

这位黄先生看了王晓农的应聘表，问了他一些基本问题。王晓农头凑得很近，生怕听不清楚。

"你之前做期货的，怎么不做了？"黄先生问。

王晓农回答道："自己原先在期货公司上班，后来自己想做交易，顺便带带孩子，所以就从期货公司离职了。但是自己在家做了两年多的期货交易，没有赚到钱，想着还是想找一份正经的工作。"

"学历还是可以的，本科。"

"现在本科生还是比较多的吧。"王晓农回答道。

他对自己本科学历的竞争力没什么信心。因为大学扩招后，本科学历的含金量越来越低。大城市人才市场上聚集了不少大学生，在就业上形成了较大竞争，刚开始的工资也都不怎么高。在王晓农的心里，大学生已经变成了廉价的大白菜。而事实上也是如此。

"人事行政助理这个岗位就是协助处理人员招聘、入职、考勤、资料归档，还有门卫、卫生、办公用品领用等工作，事情是比较杂的。"

"事情杂、事情多没有关系，我可以吃苦。"王晓农回答道。

"这个岗位试用期工资是 2800 元，转正后是 3200 元。上班时间呢，是早上八点到下午五点，中午休息一个小时，单休。"黄先生说道。

"嗯。"王晓农应答道。

"如果觉得能做的话，明天就可以过来上班。"

"好的，谢谢黄先生，那我先回去考虑一下，征求一下家人的意见。"

"好，好。"黄先生回答道。

王晓农挪了挪椅子，起身掏了一下口袋说：

"黄先生，这个是门卫师傅给的单子，说要叫您这边签个字。"王晓农把会客单递了过去。

"好的。"

黄先生接过单子，在右下方"接见人"一栏里签了字。

"黄先生，那我先走了。"王晓农拿过单子后说道。

"好的，慢走。"

王晓农看了下手机，从进门到面试结束，花了还不到 15 分钟。

他原路朝门卫走去，一边拿起会客单仔细瞧了瞧黄先生签字的地方，上面写着"黄明杰"三个字，字迹潦草，但很稚嫩，又很牵强。王晓农学过书法，知道楷书、行书、草书的基本写法。虽然各家有各家的书写习惯，但是都会有一些基本的章法；而会客单上那几个字写得没有一点章法。在王晓农眼里，这只有小学生的水平。

走到门卫室，王晓农把单子交给门卫师傅，问道：

"这位黄明杰是什么职务啊？"

门卫师傅回答道："他是人事行政部经理。"

"哦…谢谢！"

王晓农和门卫师傅打了个招呼，骑上停在路边的电瓶车就回家了。

无疑，家里人一致同意他去上班。

王晓农工作的事情就这样定了下来。

# 第二节、开始上班

1、正式上班

2016 年 4 月 16 日——这对王晓农来说是值得纪念的一天，因为他的人生有了新的开始。

上班第一天，王晓农早早起来，"梳妆打扮"一番，吃好早饭才 6 点 45 分。新的一天，对他来说，是脱胎换骨的开始。

等到 7 点 10 分，王晓农看看时候差不多了，就骑着电瓶车"刺溜"一声走了，头发随风飘动着。

厂里是 8 点钟上班，所以时间肯定来得及。

王晓农 7 点 45 分到达工厂，比面试这天快了几分钟。此时，已经有工人陆陆续续来上班；不一会儿，黄明杰也来了。

"黄经理早。"

"早，你来得挺早的嘛。"

"没有，刚刚才到。"

就这样，王晓农和黄明杰都进了办公室。

"今天我们的主要任务是'搬家'——我们办公室要搬了。这个是你的办公桌。"黄明杰指了指第一个桌子对王晓农说道。

"噢。"

王晓农按照黄明杰的要求，把桌上的资料整理了一番。桌子是带轮子的那种，刚好可以推动。

王晓农想起来，来面试的时候这里是坐着一个女生的，"怎么我坐在这里了？"他心里暗暗念道。

此时，门口有人进来，噪声瞬间变大了。

王晓农抬头朝门口看去，原来是那个女生来了。那个女生没有走到王晓农这边，而是径直走到了黄明杰那里。

他们俩说了几句，声音比较轻，王晓农也没仔细去听。那个女生把两件蓝色的衣服，还有一个牌子交给了黄明杰。

没有停留多久，这个女生就出去了。

王晓农心里想着，这个女生应该是在办理离职手续吧。那她为什么要走？

他刚来，也不敢多问。

王晓农推着桌子，附带桌面上的资料，朝新的办公室走去。

桌子比较重，而且感觉轮子也不太好用。忽然桌子一阵倾斜，桌面上的文件架全掉地上了。

王晓农有点不好意思，第一天上班就犯这样子的事情。他赶紧蹲下把资料捡起来。一看，原来桌子的一个轮子陷进地面的坑里了。

王晓农赶紧把桌子移正，捡起资料放好，慢慢推着桌子走。

新的办公室其实也不新，它是搭在房子主体边上的钢结构建筑，目测大约 20 个平方左右。

"这样的建筑应该算是违章的吧。"王晓农心里想着。

办公室的地面是用瓷砖铺就的，但是瓷砖上沾了很多污渍，怎么擦也擦不掉。听黄明杰说，这里以前是租给一个轴承厂做仓库用的。

就这样，他们完成了"搬家"，有了一个新的办公室。黄明杰坐最里面，一个直角型的大桌子；王晓农坐中间，桌子不大，桌子边上密密麻麻的放着很多档案；离门口最近的还有一个桌子，和王晓农的桌子一样大，坐着的是另外一个女生，干的也是助理的工作。当时王晓农面试的时候没有注意到她。这个女生扎着辫子，额头前面是齐刘海，戴着一副无框眼镜；她个子娇小，皮肤略黑且光泽暗淡，看着好像不太爱说话。听黄明杰说，她是本地的一个 90 后小姑娘。王晓农进门时向她微微笑了一下。

就这样，王晓农开始了在工厂上班的全新生活。

电脑还是原先的电脑，里面的工作资料仍旧原封不动保留着。王晓农打开了员工花名册，真是让人眼前一亮！

公司所有人员的详细资料居然全部在上面，包括姓名、身份证号、学历、住址、电话、岗位等一一呈现在王晓农眼前。像这样的隐私信息是那些不法分子想方设法要获取的，而王晓农现在可以不费摧毁之力，大大方方地查看，犹如进入了伊甸园那般兴奋和无所顾忌。

他带着浓厚的兴趣仔细查看着每一条记录，希望能找出一些"有价值"的内容。

"丁剑宁，男，1977年，本科，之江市新堡区，副总经理"。

之江市就是省城，也是王晓农老婆上班的地方。新堡区在省城的最东面，离安宁镇不是特别远。这位丁总，王晓农还没有见过，不知道是何许人。

"黄明杰，男，1987年，本科，钱塘市盐村镇，人事行政经理"。

原来黄明杰是87年的，真是让王晓农大跌眼镜！

王晓农是1985年的，至今仍一事无成，还得像刚毕业的学生一样从头学起；而黄明杰比他小，却已经是一位堂堂的人事行政经理了！

这太令王晓农震撼了。他开始后悔自己做了两年多期货，没赚到钱还浪费了大好光阴，使自己和同龄人的差距不断扩大；而且那些后起之秀也都已经超过他了！

王晓农能说什么呢，一切都是自己的选择。现在能做的就是奋起直追，缩小和同龄人的差距。

"张云燕，女，1990年，大专，钱塘市安宁镇，人事专员"。

原来坐在王晓农前面的这个女生叫张云燕，是安宁镇本地人。90年这个年纪在王晓农看来是很小的，却也已经开始登上"历史"舞台。

王晓农的其中一个工作就是把每天所有员工上班和下班的考勤

导出来，汇总出当天的出勤情况，然后发给黄明杰。上次那位走的女生把考勤机的使用在笔记本上写了满满一页纸留下来放在了桌子上，笔记清秀、端正。王晓农对这个女生虽只有一面之缘，但对她留下了良好的印象。

王晓农接续了工作，逐步融入了人事行政部的氛围。黄明杰非常友善，有求必应，对王晓农在工作上提出的问题都进行了非常耐心地解答。

做考勤、新员工入职手续办理、档案整理、办公用品领用……一个月过去了，王晓农初步了解了人事行政助理的工作。

在工作中，王晓农也了解了家美机械的过去和现在。

家美机械成立于2012年，刚开始时厂址在钱塘市的另一个小镇，从2014年起才搬到了安宁镇；主营功能沙发铁架，2015年产值为1.2亿元。王晓农入职那刻，公司总人数是150人。

就当王晓农刚熟悉整个工作的时候，坐在他前面的小张——张云燕，却突然提出了离职。王晓农很疑惑。

"不是一个月前才刚离职了一个小姑娘么，怎么小张也要离职？"他心里暗暗嘀咕着。

后来他私下里听小张说，她想走的原因是事情太杂，而且觉得在这里也得不到成长。

王晓农刚来才一个月，对他来说一切都是学习的过程，只能用"如饥似渴"来形容。他体会不到小张说的那种感觉。

小张走了，活还得继续做，新工入职上保险、每月餐费、水电费的统计等工作，王晓农一一接了过来。

不过，小张的座位没有空下来。公司从生产部调来了一个小伙子，坐在了小张的位子上。他是做计件工资的，工作没有变，只是办公地点搬到了人事行政部。王晓农查看了花名册，知道他叫孙金，1993

年生，是安宁镇本地人，大专学历，来公司不到一年。

王晓农只是做着一般的人事行政工作，对公司的工资体系还完全不清楚；不过，他暂时也没有兴趣去打听公司各员工的工资情况。

### 2、会议记录

有一天，王晓农接到黄明杰的指示："下午5点10分开会，并做好会议记录。"

"5点10分开会，5点钟不是已经下班了么？"王晓农心里嘀咕着。可黄明杰已经说了，他也没有多想，觉得参加就是了。

黄明杰对王晓农说道："开会时间可能会比较长，一会先在食堂吃点晚饭。"

"哦。"王晓农回答道。

王晓农跟家里打了个电话，说晚上加班，不回家吃晚饭了。

黄明杰跟王晓农说了下如何做会议记录，并让他在会后做成一个表格。于是，按照黄明杰的意思，王晓农做了表格，标题栏写上了"存在问题"、"解决方案"、"解决时间"、"负责人"等内容。

王晓农在食堂吃过晚饭，刚好5点钟出头。随后他就跟着黄明杰走到食堂的另一端。

没想到，公司的会议室竟然在食堂的一个角落。会议室两边用铝合金玻璃门搭靠在属于食堂的两堵墙上，整个环境阴暗、潮湿。

会议室里面的墙壁上写着家美机械的企业文化：持续改善、追求完美。

王晓农坐在了黄明杰边上，靠近桌尾的一个位子。

参会人员陆陆续续到来，王晓农把会议签到表递给大家签字，这也是黄明杰事先交代的。

桌子两边都已经坐满，只有朝正南方向的座位还空着。

看来这是一个全厂的高级别会议，各部门领导都来了。王晓农只知道自己是来做会议记录的。

大家有的在那互相聊天，有的在那静静坐着，像是等待着什么重大时刻的到来。

5点10分，随着开门声，进来一位身材挺拔、戴着半框眼镜的男子，手中拿着茶杯，慢慢走到朝正南方向的空位上，拉开椅子坐下。

王晓农已经明白，这就是家美机械的老板——牛忠强，刚从国外出差回来。

他听黄明杰说起过牛总的经历：1968年生，老家就在安宁镇本地，从北京一所著名的大学毕业后自己出国留学，现在是加拿大籍华人。回国后牛总先是开了一家贸易公司，2012年才成立了家美机械。

"我回来在工厂转了一圈，发现存在很多问题。"牛总双手抱着茶杯，眼睛环顾四周说道。

"生产现场脏、乱、差！去锐车间，地上又湿又黏；工件箱产品没有标识；员工没有安全意识，吊钢卷不戴安全帽！"

"这哪像一家企业，简直就是一个小作坊，没有任何管理！"

王晓农在单位从来没有见到过这么大的阵势，搞得胆战心惊，只低着头飞快地在笔记本上记录着牛总的讲话。他搞不清"去锐"是什么意思，也不知道这两个字怎么写，只知道这是一个车间，便在笔记本上写下了"XX车间"。

王晓农事后才了解到，铁架是由一个个小铁件组成的，小铁件在公司叫做"工件"。工件是由冲床按照模具冲压出来的，冲压下来的工件边上带有毛刺，"去锐"这道工序就是专门去除工件边上的毛刺的。

"丁总负有责任！"牛总厉声说道。

王晓农一听，这个丁总应该就是员工花名册上家在省城之江市、在公司任副总的丁剑宁。

"你们说一下怎么解决、怎么改善！"牛总提起了嗓子说道。

丁总说道："牛总批评得对。现在面临较重的生产任务，弱化了整个生产'6S'管理。在这个会议上我表态，经过一个月的时间，我们一定通过相应的措施和制度改善'6S'管理，实现一个月大变样。"

王晓农把丁总的话如实记录了下来，只是不知道这"6S"是个什么东西。他也是事后才知道，这"6S"就是"整理、整顿、清扫、清洁、素养、安全"6个方面的内容。

"还有，'办公室'在办公用品采购、委外维修费用问题上，账目不清，需要当月把账对清楚！"

"办公室"？王晓农纳闷这三个字的含义，好像不是平时所理解的那个意思。

在抬头间，王晓农猛然发现，牛总是对着黄明杰在讲话。

牛总说的"办公室"，就是黄明杰所管辖的人事行政部。

黄明杰点了点头，没有吱声。

王晓农战战兢兢地在笔记本上记下了牛总的讲话内容。

牛总还讲了质量和成本方面的内容……

整个会议氛围非常压抑，整整持续了两个半小时。王晓农满脸通红，额头冒着汗珠。

王晓农看到了牛总的威严，也发现了各位领导也不是什么"领导"，在牛总面前只有挨批的份，都不敢喘一下粗气。

他不知道黄明杰为什么叫自己参加这样的会议。这是主管及以上级别领导参加的会议，他自己只是一个刚入公司没多久的职场新手，且只是负责人事行政助理的工作，怎么说也没有资格去做一个这么高级别的会议记录。

王晓农在会后做了会议纪要的整理工作，有什么不懂的地方，他积极向黄明杰请教。在黄明杰审核完成后，他把会议纪要发给了每一位参会领导。

这是王晓农做的第一份会议纪要，他开始对家美机械内部各环节有了一些朦胧的了解。


3、变更领导


有一天，黄明杰把整个公司历年的月工资表发给了王晓农。他感到非常惊讶。

"黄经理为什么要把所有人的工资，而且是历年的工资都发给我？工资的事情是高度机密的，像我这样转正后每月才3000多块钱的人，有什么资格去看公司所有人的工资？"他心里想着。

虽然这么想着，但王晓农对公司各员工的工资还是充满了好奇。他输入黄明杰给他的密码，打开最近一个月的工资表：铆接 温XX 7200；冲床 黄XX 5500；组装 李XX 6200……然后在行政人员的表格中惊讶地看到，丁总的工资是10000，黄明杰的工资是5000，其他一般行政人员的工资大都在3000到3200的样子。

公司所指的行政人员，就是诸如采购、财务、技术、人事行政等职能部门的员工。

王晓农了解了公司工资的全貌，总体上车间员工的月工资比较高，但上班时间比较长，一个月出勤高达28天、29天，而且晚上还有加班；行政人员只有高管的工资较高，普通行政人员的工资都很低。

王晓农感慨，身为一个本科毕业生，而且在期货行业有投资咨询资质的人，只拿着3000多的工资，完全比不上车间大字不识的一线工人，真是让人笑话！

现实让人唏嘘感叹，而生活还是得照样过。王晓农并不指望着这3000多的工资能派上什么用常，因为他对期货交易有着复杂的感情。虽然在家做期货失利了，但他觉得这不是自己的实力有问题，而是自己的心态出了问题。他还是希望在工作之余抓住机会交易期货赚点钱。期货随便波动一下都很容易达到当前的工资水平。他来上班主要是为了学习和历练的，同时也是为了接触社会、修复心态。

接下来的这段时间，王晓农竟然多次参加由牛总主持的一系列会议，做会议记录并整理，比如《出入库计划流程》、《公司发文规范》、《班组会议纪要》……

在不到一个月的时间里，整整四五次冗长的会议，而且都是在晚上进行，再加上整理，可把王晓农给忙坏了。

王晓农除了了解到公司字面的企业文化"持续改善、追求完美"外，他还感受到另外一种文化，那就是加班文化。他在做期货交易的那段时间可以盯盘盯到半夜。不过，这是为他自己做，他是自愿的；而上班加班，以前是从来没有过的。更要命的是，家美机械的这种加班是"无偿"的，没有加班工资。

王晓农已经感受到了私企这种对工人的"剥削"、对劳工权利的"侵犯"。这和他的价值观是格格不入的。

王晓农曾经对人生的价值观有所思考，那就是健康的身体、温暖的亲情和宁静的内心。身体是革命的本钱，人一切的活动都依附于人的躯体，所以健康的身体至关重要；中国社会是一个亲情社会，而家是一个人精神力量的源泉以及最后的寄托，王晓农离开期货公司，一部分原因也是家庭因素的考量；当今社会人心浮躁、人人趋利，且竞争加剧，提倡的是"入世"哲学，而王晓农秉承的是"出世"哲学，他希望可以像古代有些高人一样，做一个隐士，远离社会的喧嚣，追求内心的宁静。

现在，王晓农只能暂时收起自己的清高，向现实低下他那高傲的头颅。

他进厂没有多久，抱着学习的心态，慢慢适应和接受了这样的工作状态。

正当王晓农在工作上全力以赴、渐入佳境的时候，他耳边传来了一个重磅消息：黄明杰要离职了！

"黄经理为什么要离职？"王晓农细细想来，"怪不得近来黄经理把很多工作都叫我去做，还把工资表等资料交给了我。"

他当时还有些不理解，心想着："怎么什么事都让我做？"还以为是在欺负新同事。

说实在话，黄明杰是一个充满善意的人。王晓农入职三个月以来，黄明杰给了他很大帮助。带领他从零开始，慢慢了解了整个工作流程。

王晓农问黄明杰："黄经理，你为什么要走啊？这让我很震惊。"

"感觉有点累了，想先回家休整一段时间。"黄明杰继续说道，"其实我走了，对你来说也是一个机会，继续往上走的机会。你是本科毕业，工作的事情只要稍微熟悉一下都可以做好。"

王晓农笑了笑，不知道说什么。人事行政工作才刚刚接触，他只是想着先熟悉，以后的事情还来不及想。

"我们这个部门有很多对外的工作，比如环保、安全等，不要随便在一些协议和文件上签字，不然到时候被公司卖了都不知道。"

"哦。"王晓农应了一声，但对其中的深意还不是特别清楚。

……

黄明杰离职后，丁总兼任人事行政部的日常管理工作。意思就是，王晓农的直接领导由黄明杰变成了丁剑宁。

王晓农对丁剑宁的了解很少，仅限于花名册信息以及几次开会的印象：短发、边框眼镜、牛仔裤、休闲球鞋，说起话来声音低沉、沙哑。

丁总对王晓农说："你知道黄明杰为什么走吗？"

"丁总，这个我不太清楚。"王晓农回答道。

虽然黄明杰说起过，但王晓农不认为他说的完全是真实的原因。

"黄明杰走主要有两个原因，一个是他希望能成为一名人力资源总监，但牛总没有答应给他搭建这样一个平台；而且他月工资一直是5000元，没有加过；第二个原因呢，以前办公用品的采购都是人事行政部来负责的，黄明杰自己买来后再向公司报销。但后来牛总规定人事行政部只能写请购单，买东西的事情交给了采购部，黄明杰觉得老板不信任他。"

"黄明杰说'燕雀安知鸿鹄之志'，他的志向比较大。"

"而且他是人力资源专业毕业，做人事工作是很专业的。"丁总接着说道。

王晓农也很佩服黄明杰，年纪比他小，但在这个社会的成就已经超过了他。

丁总表达了他对人事行政部的日常管理是暂时的，工作重心还是在生产上。

"你要多学习，要快速成长。"丁总语重心长地对王晓农说。

"好的，丁总，以后还望丁总多多栽培。"王晓农不好意思地说道。

"我有一个优点，就喜欢培养人。以前我在一家家具厂做总经理的时候，培养了不少年轻人，现在有好几个转到了其他公司，做了重要的领导岗位。"

王晓农希望在丁总的带领下，如他所说，可以快速成长并脱颖而出⋯⋯

# 第三节、招聘领导

1、老板授意

在这期间，牛总叫王晓农送过一箱矿泉水过去。牛总烧水是用那种小瓶装的矿泉水；而搬水这种事情，则落到了人事行政部王晓农的身上。因此他和牛总也有了一些接触。

有一次牛总让王晓农搬水，搬完水后牛总问他："小王，最近工作怎么样啊？"

王晓农毕恭毕敬地回答道："牛总，还好，我现在已经基本熟悉了整个工作流程。"

"小王，你是什么学历啊？"

"牛总，是本科。"

"是几本啊？"

"牛总，二本。"

"你以前是做什么的？"

"牛总，我以前做期货的，在期货公司上过班，自己也做过期货交易。"

"那怎么不做了呢？"

"感觉金融这个东西比较虚，还是想为实体经济做点事情。"

牛总连连摆手道："玩金融没意思，还是要踏踏实实做事。"

"嗯，是的，牛总。"王晓农回答道。

"家美机械是一个很好的平台，好好干。"牛总说道。

"好的，牛总。"

"办公室要招一个人事主管，人事经理也可以。招一个女的，强势一点的，学历至少要大专以上，全日制的。"

牛总习惯性把人事行政部叫做"办公室"；他所说的人事主管或人事经理实际上是指人事行政主管或人事行政经理。因为在家美机械，人事和行政两块职能是放在一起的。

"还有，形象要好。以后会有比较多的对外工作。"牛总补充道。

"好的，牛总，那工资定多少？"王晓农问道。

"只要有能力，工资好谈。"

"嗯。"王晓农应答道。

王晓农明白牛总的意思，人事行政部要对外招一个领导——他自己的领导。

现在人事行政部的具体工作都由王晓农在做，包括招聘工作。

就这样，王晓农就把招聘工作的重点放在了这个岗位上。

有一天，王晓农的邮箱收到一份简历：郁婷，女，1985年6月生，大专，服装设计专业，应聘人事行政经理。工作经历上写着做过总经理助理、保险公司讲师，最近一份工作是在一家纺织企业做人事行政主管，她是安宁镇本地人。

王晓农对"郁"这个姓感到好奇。"郁"是比较罕见的一个姓氏，除了"郁达夫"外，他也想不起来其他令人熟知的姓"郁"的名人。

王晓农约了她过来，并向丁总汇报了这个情况——因为丁总是他的直接领导。

郁婷如期而来。她个子高挑，目测在一米七左右；头发留得不是很长，脸上泛紫红色。安宁这个地方地势低平，冬天湿冷，这种颜色应是冻疮所致。

王晓农递给郁婷一张应聘表，她接过后不一会儿就写好了。

王晓农和她做了简单交流，并向她介绍了公司：家美机械成立于2012年，刚开始厂址在钱塘市的另一个小镇，从2014年起才搬到了安宁镇，主营功能沙发铁架；2015年产值为1.2亿元，现在公司总人数是 160 人；上班时间是早上 8 点到下午 5 点，中午休息一个小时，单休。

王晓农是第一次从公司人事的角度去面试管理岗位，除了一些简单的沟通外，他也不知道说什么，于是把丁总叫了过来。

"丁总，她叫郁婷，是来应聘人事行政经理的。"看到丁总走进人事部，王晓农说道。

"这是公司副总——丁总。"王晓农对郁婷介绍道。

"丁总好。"郁婷在王晓农介绍的瞬间，从座位上起来朝丁总微笑着打招呼。

丁总坐在人事行政部最里面的大座位上。王晓农把郁婷刚才坐的椅子挪到了丁总桌子的对面，示意郁婷坐下，同时把郁婷写的应聘表递给了丁总。

丁总拿过应聘表看了一眼，说道："你最近一份工作是在一家纺织企业做人事行政主管？"

"是的，丁总。"郁婷回答道。

"纺织企业和我们机械厂的差别有点大啊。"

"是的，行业不一样，但是人事行政工作具有相通性。如果有幸进入公司，行业知识我也可以慢慢了解。"郁婷回答道，并露出很阳光的笑容。

"你们厂现在产值多少？有多少人？"丁总问道。

"年产值在 5000 万，总共 50 人。"郁婷依旧保持着她的笑容。

"家美机械去年产值在 1.2 个亿，按照现在的发展速度，今年产值估计会达到 1.8 亿。未来公司会发展成 300 人的规模。因此公司的人事行政部必须变成很强大的部门。不管是人员招聘还是后勤保障，都要加快跟上。我们对这个岗位的招聘非常谨慎。"

"嗯。"郁婷应答道。

"情况我大致了解了一下。来应聘这个岗位的人比较多，公司这边会做一些筛选，到时候王晓农会和你联系。"丁总说道。

"好的，丁总。"郁婷回答道。她见没什么好说的了，就起身向丁总和王晓农道了别。

王晓农在郁婷的会客单上签了字，并和郁婷一起走了出去。

"我也是安宁镇的，我们两家应该离得很近。"王晓农向郁婷说道。

"是嘛，那最好了。真希望可以在这里上班，大家都是本地人，沟通起来也方便。"郁婷眼睛闪耀着光芒，露出灿烂的笑容，略带恳求的语气向王晓农说道。

"确定了我会给你打电话，就这两天吧。"王晓农说。

"好的，那我先走了，拜拜。"

"再见。"

王晓农送走郁婷回到人事行政部，发现丁总还在。

"这个人不太合适。"丁总对王晓农接着说道，"牛总需要一个强势的人，郁婷显然还比较嫩，没法跟上公司发展的步伐。"

"哦。"王晓农应答道。

"而且应聘表上写了她有一个女儿，很有可能会生二胎。"

"嗯。"

现在国家放开了二胎政策，很多家里有两个小孩。有些企业担心女性职员因生二胎而影响了工作，特别是像家美机械这样的公司，"一个萝卜一个坑"，一旦有人离职，很难有空余的人员来顶岗。

"既要一个女的，又要避免生二胎。那最好是找一个生过二胎的人。"王晓农心里想道。


2、遇见学妹

王晓农仍旧继续浏览招聘网站，发布招聘信息。邮箱也陆陆续续投来了一些简历。

王晓农注意到了一份简历：沈丹燕，女，30岁，身高161CM，已婚已育。上面还配了一张生活照，波波头发型刚好包裹了整个脸蛋，和脸型完美契合；一双大大的眼睛炯炯有神，似要把人洞穿；嘴巴抿着，有微笑的趋势，但还没有达到微笑的程度。她整个状态表现得自信、淡定和高冷。

王晓农继续往下看着。沈丹燕目前在一家纺织厂做人事主管，已经做了5年。上面写着该公司的人员规模有500人，这比家美机械大了不少。

"能在这样的大公司做人事主管应该是很有能耐的。"王晓农心里想着。

教育经历一栏写着本科，专业是"新闻与传播学"。

接下来的信息令王晓农眼前一亮。沈丹燕高中毕业于钱塘市第一中学，这正是王晓农高中毕业的学校。原来沈丹燕和王晓农是校友！王晓农心里有些小激动。按年龄，沈丹燕应该比他小一届，王晓农应该叫她学妹。

王晓农对沈丹燕有了一丝亲近和敬意，拿起电话拨了过去。

"你好，是沈丹燕吗？"

"是的。"电话里回应道。

"我是家美机械的，看到你在网上投的简历，应聘人事行政经理，明天上午你来一趟吧。"

"好的，那你把具体地址发我一下。"对方爽快地答应了。

"好的，那我把地址发你，明天见。"王晓农挂下电话，立马把地址发了过去。

王晓农若有所思，回忆起自己的高中生活。自己当时对数理化兴趣不是很大，所以选择了文科。高中的生活很单调，除了学习就是学习，也没有什么业余生活；他连同年级的女生都认识不全，更别说比自己小一两届的女生。所以王晓农之前并不认识沈丹燕。

第二天上午，门卫向王晓农报告有人应聘，王晓农通知他把应聘的人带到人事行政部。王晓农心想肯定是沈丹燕来了。

果然，沈丹燕如约而来。确实是那种波波头发型，脸蛋比简历上的略小；身型清瘦，眼睛和简历上的一样散发着光芒。

"你好，过来这边坐。"王晓农指了指办公室三角形会客桌边上的椅子。

"你好，谢谢。"沈丹燕笑着打了个招呼，并顺势坐了下来。

"你的简历我看了，不过，公司模板的应聘表还是要请你再填一下。"王晓农把应聘表递了过去。

沈丹燕接过应聘表写了起来。

丁总告知过王晓农，不管应聘的人是否投过简历，来公司应聘的人仍需按照公司的模板另写一份应聘表。一方面，可以通过字迹来判断一个人的性格、品行和修养，俗话说"字如其人"；另外一方面，公司的应聘表上面设置了家庭成员信息等内容要填写，便于对应聘者有一个全面的了解。

很快沈丹燕就写好了。王晓农拿了过来，一看字迹还是比较清秀，内容和简历上的相差无几。

"你之前在纺织厂上班，为什么要离职呢？"王晓农问道。

每个来应聘的人可能都会面临这样的问话——离职原因。

"我在纺织厂做了 5 年，感觉在这家单位上升空间已经受到了限制，无法再去实现自己的价值了。"沈丹燕坦然回答道。

"你老公在哪里上班？"王晓农问道。

"我老公就在盐村镇上班。"

盐村镇是安宁镇隔壁的一个大镇，主要产业是纺织业。

"你现在几个孩子？"

"现在一个孩子，三岁。"

"要找一个合适的，还要生过二胎的应聘人员，还真是不容易；而且招聘信息里也不能公然列上这个要求。"王晓农心里默默想着。

"现在国家放开二胎了，还可以再生一个嘛。"王晓农回过神试探性地对沈丹燕说道。

"不生了，不生了。"沈丹燕微笑着回答。

王晓农笑了笑，话锋一转，开始介绍起了公司。

"家美机械成立还不是很久，但发展很快，每年的增长率在50%以上，员工人数也在快速增加。因此公司想要招一个专业、强势的人事主管或经理。虽然你看现在人事行政部办公条件不是很好，但随着公司的发展，条件肯定会慢慢改善的。"

"这个没关系，我也是了解到家美机械的快速发展才过来应聘的。发展中的企业对员工来讲也是存在较大发展空间的。"沈丹燕回答道。

刚好这时，丁总走了进来。

"丁总。"王晓农起身叫了下丁总。

在沈丹燕来的时候王晓农已经发信息告知了丁总。

丁总在办公桌前坐下，王晓农也引导沈丹燕坐在丁总桌子前面的椅子上。

于是，王晓农忙其他事情去了，中间还出去一趟办了点事。

……

等王晓农回来时已经中午11点钟了。他记得沈丹燕是9点到的，时间已经过去两个小时了。此时丁总和沈丹燕还在聊着，看来两人谈得很投机。因为一般应聘人员的面试最多也不会超过半小时。

中午 11 点 30 分，吃饭时间到了，他俩还没有结束的意思。王晓农和办公室孙金先去吃饭了。

中午 12 点，他俩终于结束了谈话，整整 3 个小时！

丁总让王晓农送沈丹燕出去，并约个时间让沈丹燕和牛总见个面，因为牛总这天刚好不在公司。


3、错失良才


两天后牛总回到公司，王晓农向牛总汇报了丁总对沈丹燕的面试情况。

"牛总，丁总对沈丹燕还是比较认可的，您看您是否还要再面试一下？"王晓农问。

"明天吧，约她明天过来一趟。"

"好的，牛总，明天几点合适？"

"明天下午我都在。"

"牛总，那我约她明天下午 2 点钟过来吧。"

"好的。"

王晓农约了沈丹燕，沈丹燕也如约而来。

……

"你好，不好意思，又让你跑一趟。"王晓农歉疚地说。

"没关系的。"

"你是钱塘一中毕业的吧？"王晓农明知故问道。

沈丹燕惊讶地看了王晓农一眼，回道："是啊。"

"我也是，"王晓农接着说，"我应该比你大一届。"

"哦，是嘛。"沈丹燕眼睛冒着光，嘴角扬起惊喜的笑容，一下子感觉亲近了许多。

王晓农和沈丹燕说起了各自的任课老师。令人啼笑皆非的是，他们说的老师对方都不认识。

就这样，他俩进了牛总的办公室。

"这是我们牛总。"王晓农向沈丹燕介绍道。

"牛总好。"沈丹燕微笑着朝着牛总说。

王晓农示意沈丹燕在会议桌前坐下，他自己也并排着坐了下来。

牛总捧着茶杯走到会议桌前，在王晓农和沈丹燕对面坐下，接过王晓农递过来的简历看了起来。

"你那天来面试过了吧？"牛总问道。

"是的，牛总，"沈丹燕继续说道，"那天我和丁总聊了3个小时，感觉很投机。"

"3个小时？那么长时间，丁总把公司的老底都说穿了吧。"

"呵呵，"沈丹燕笑了笑说道，"不会，牛总。这样我可以更好地了解公司。"

"嗯，"牛总停顿了一下问，"你选择一家公司最在乎的是什么？"

"牛总，我现在已经30岁了，30到40这个年龄段是一个人职业生涯非常重要的时期。所以我对自己未来的选择非常慎重。我看中一个企业的成长和发展。家美机械是一家很有潜力的发展中企业，我希望可以有幸加入公司，在家美机械这个平台上实现公司和个人的共同发展。"沈丹燕继续说道，"像大企业，各方面基本上都已经很完善，我觉得很难再有自己的发展空间了。"

"你说得对的，家美机械现在发展很快，每年的增长率都在50%以上。随着企业的发展，我们需要各方面的人才。人事经理这个岗位非常重要，我们对这个岗位的要求也会比较高。"

"我们需要一个能力强，对企业忠诚，能和企业共同发展、共同进退的人。"牛总补充道。

"如果能加入公司，我肯定是竭尽所能为家美机械的发展贡献力量。至于忠诚度，刚开始也谈不上什么忠诚度，需要一段时间才能体现。"沈丹燕坦然说道。

王晓农惊愕地看着沈丹燕，想不到她居然可以说得这么直接。

牛总停顿了一下，问道："那你对工资有什么要求呢？"

"拿到手十二万一年吧。"沈丹燕回答道。

"不瞒你说，我们总监一级的月工资都只有8000元，而且是税前的。你的这个工资要求已经超出了我们整个公司的薪酬体系范围。"牛总说。

"我觉得我值这个工资。"沈丹燕非常坚定地说。

王晓农注意到，沈丹燕说这个话的时候腰板挺得很直，眼睛一眨不眨地直视牛总，一脸的淡定。

"你为什么这么看重工资呢？"牛总问道，语气柔和。

"我觉得工资是一个人值的体现，是对一个人价值的认可。"沈丹燕回答道，还是那么的坚定。

王晓农心里想着，现在社会，金钱已经成为了衡量一切事物价值的尺度，而人才作为一种资源，它的价值用价格来标注，这一点也不奇怪。

同时王晓农也感慨，自己的一个学妹竟然有这么大的胆量和魄力，在老板面前把自己真实的想法说出来，去为自己的利益争取。他自己是做不到的。他最多只是想想，不会去向老板说自己要多少工资，老板给多少他就接受多少。如果实在觉得工资低了，他最有可能做的是用脚投票，而不太好意思去为自己争取。他骨子里就有一种逆来顺受、不与人争的思想。

不仅是王晓农佩服沈丹燕，牛总也流露出敬佩的神态，讲话很柔和。这是牛总很难得的状态。

"这个岗位比较重要，来应聘的人也很多，我们会比较慎重，等我们确认后让王晓农回复你。"牛总对沈丹燕说道。

牛总要招一个强势的女生，沈丹燕恰好符合了牛总的要求。虽然牛总说过只要是人才，多少工资都可以；但真正遇到的时候，他还是要掂量一下，对方是不是真的值这个钱。

面试结束，王晓农带着沈丹燕离开了牛总办公室。

王晓农边走边对沈丹燕说："你太厉害了，有气势有魄力，我远不如你！"

"哪里哪里，刚才面试的时候我还是有点紧张的。"沈丹燕说道。

王晓农和沈丹燕是高中校友，讲话自然显得亲近和真实。

"可以看出来，牛总是很欣赏你的。至于工资问题，等公司这边确定后我会及时通知你的。"

"好的，谢谢。"

就这样，他俩道了别。

回去后牛总告诉王晓农，沈丹燕这个人不错；但工资公司满足不了，公司只能接受税前 7000 元/月，再加上年终奖，也有十来万一年。

王晓农把牛总的意思告诉了沈丹燕。沈丹燕考虑后对王晓农说要拿到手 7000 元/月，但牛总还是没有答应。

……

后来，陆续来了两个女生应聘人事行政主管。有一个形象不错，但王晓农在牛总的授意下经过背景调查得知，该女生高中时在学校厕所生下了一个婴儿。牛总觉得这种事情影响不好，也怀疑对方的人品，便回绝了；另外一个也算是比较踏实能干，但她不是安宁镇本地人，牛总心存芥蒂，这个事情也就不了了之。

王晓农忙前忙后，到最后一个都没有成功。他觉得牛总要求太高了,在安宁镇这个小地方,哪能那么容易找到中意的人呢——能力强,工资要求还不高?

牛总跟王晓农说过,招人要宁缺毋滥。如果没有合适的人,宁愿这个岗位空着。

王晓农倒是觉得,"不拘一格降人才"才是用人之道。

# 第三章、一马当先

# 第一节、建言日

1、《通知》起草

王晓农来公司才三个月，干劲十足。既然招不进人，他自然就接过了人事行政部除计件工资以外的所有工作，包括招聘培训、考勤统计、工资造册、会议记录、办公用品领用、保洁和门卫管理、对外联系等等，一样不落；孙金负责每天计件工资的录入和计算，有时候也会在办公用品的领用上帮帮忙；丁总名义上仍然是整个人事行政部的领导，但不负责具体的事务。

王晓农每天都在奔跑急走之中，有时候连喝口水上个厕所的时间都没有。在进入公司后的几个月时间里，他竟暴瘦了十斤！整整十斤！以前穿的裤子腰上都挂不住了，腰围变小了许多。

王晓农心里想，自己精力有限，怎么也忙不过来这么多事情。就好比揉面团做饼，面团有限，要想把面饼摊大，面皮肯定是越来越薄，最后有可能在某个地方破了个洞而没法覆盖。他现在面临的正是这种情况。

这不，事情又来了……

有一天，牛总叫王晓农搬水。

王晓农把水搬过去后，牛总对他说："小王，现在公司存在很多问题，我们需要听到员工的心声，听到员工的建议。"牛总一边往水壶里倒水一边向王晓农问道："小王，你觉得如何才能调动大家的积极性？"

王晓农顿了一顿，他没有做好思想准备，不知道牛总会问他这样的问题。他当前做的都是具体的执行工作，还没有进入对公司出谋划策的状态。

他略加思索，脑袋闪过三个字："建言日"。

"牛总，我看公司是否可以成立一个建言日？大家可以在建言日当天把自己对公司的建议写下来投进意见箱。"王晓农继续说道，"建言日可以放在每个月的第一天。"

公司有一个意见箱，挂在生产部外面的墙上，平时也没人在里面提意见，箱子上面都积满了灰尘。

"不错，公司可以对一些好的点子进行奖励……这样，把这些建议分为金点子、银点子、好点子三个等级，"牛总接着说，"小王，这个事情你去负责落实一下。"

"好的，牛总。"

王晓农走出牛总办公室后，脑袋里一直想着这个事情该怎么去做。他一度怀疑自己说的"建言日"这三个字是否确有其说。后来他在网上搜了一下，还真有这个说法，这才松了一口气。

王晓农根据牛总的指示开始起草关于建言日的通知：

为了鼓励每一位员工为'家美'大家庭的发展建言献策，现将每月的第一个工作日作为建言日。每人可以将各自对'家美'现存的问题，包括生产、质量、安全、宿舍、食堂等方面，以及'家美'未来发展等相关问题发表看法、提出建议。建言内容由当事人投递至意见箱。如不能书写的，可口述让他人代笔。人事行政部将于建言日后打开意见箱，把有价值的内容呈送公司领导……

王晓农继续写道：

对建言内容，公司将评估该建言的价值，根据贡献度大小，将建言内容分为一级建言（金点子）、二级建言（银点子）、三级建言

（好点子）三个等级……

王晓农一气呵成，不一会儿就把整个通知写了下来。牛总说了分金点子、银点子、好点子三个等级，他倒是觉得"一级建言"、"二级建言"、"三级建言"的写法更书面化，索性就都写上了。

同时，他把三个等级的评判标准也列在了上面：

一级建言就是，建言内容被采纳，对公司现有状况有较大改观或对公司未来发展产生重要正向价值的，主要体现为有效降低成本、有效提高公司效益、有效优化公司运营管理等方面；

二级建言就是，建言内容被采纳，相对之前公司的生产经营有了一定的优化和改观，比如工作效率有了提高、清洁度有了较大提升等方面；

三级建言就是，建言内容因客观原因尚未被公司采纳，但具有一定的价值；或者建言内容被采纳，但产生的效果不及前两者。

对于评判标准，王晓农觉得应该可以有更好的描述，但他一下子也想不出来其他的，只好将就着先写上了。

最后，就是这几个等级的奖励金额需要确认。

王晓农的直接领导是丁总，他首先把这份通知拿给了丁总看。

丁总看后说："这份通知没有问题，但现在工人忙于生产，执行上面如果没有人推的话，效果会比较有限。既然牛总提了，生产部这边我会推动。"

丁总让王晓农去向牛总确认一下几个等级的奖励金额。

王晓农知道，丁总的主要职责是负责生产，自己"建言日"倡议的工作必须得到生产部的配合。

他请示了牛总。经过最终确认，几个等级的奖励金额终于有了：一级建言（金点子）奖励 800 元，二级建言（银点子）奖励 500 元，三级建言（好点子）奖励 200 元。

一切准备妥当，王晓农在《通知》的右下角盖上了人事章，并对全厂进行了公布……

## 2、建议书筛选

2016 年 8 月 1 日，在丁总的推动下，公司不少人写了纸条。王晓农听生产上的人说，他们白天上班没有时间，是在晚上下班后躺在床上写的；更有甚者，是在别人睡着后，在床上打着手电筒写的……听起来像是回到了学生时代。

王晓农真佩服丁总的号召力和领导力。

王晓农打开意见箱，从里面拿出一叠纸，大的、小的各种各样的都有。他数了一下，建议书共计 35 份。

本来，提出"建言日"的想法，大家有建议交上来，王晓农心里还是很有成就感的；但是面对着这么多份字迹各异，有的还有专业术语的建议书，他显得有点头大。原有的人事行政部的日常工作就已经让他忙得焦头烂额了，现在又要对这些建议书进行整理，录到电脑上。王晓农有种"搬起石头砸自己的脚"的感觉。可是，没有办法，他只能硬着头皮去做。

王晓农一份一份地录，从中也是一次又一次感受到了普通员工的心声。

"我建议在宿舍四楼厕所处装盏灯，因为大晚上厕所什么都看不见；还有能不能有个晒衣服的地方，因为有的宿舍没有阳台。现在是夏天，如果是冬天，被子都不知道到哪晒。"

家美机械的宿舍楼底层是食堂，二楼是租给其他公司的，五楼是空置的，只有三楼和四楼两层是员工宿舍；而这栋宿舍楼是栋老建筑，年久失修，基础设施配备不齐全，条件较差。

"抽烟室比较热，我建议加台风扇。每次抽支烟，衣服就像刚洗过一样。"

抽烟室是由钢棚搭建的，面积不大，顶上还透着光，夏天太阳直射下来，里面就像个蒸箱。

"食堂的菜有虫子，建议洗干净点。"

食堂厨师和帮工都是本地的农民，卫生意识差；而且，食堂总共才两人，人少时间紧，帮工有时候洗菜也就洗得不那么仔细。

"建议加强各组之间的感情交流，在不损坏各组之间利益的基础之上，要使各组之间的小利益同公司的大利益相互和谐，都共同奔向一个目标，这样才能使我们的工作取得较大的进步。"

……

王晓农觉得工人的工作和生活环境相当艰苦，他们的诉求也相当朴实，有的也很有大局观念。他觉得心里有愧，自己在人事行政部，本来就是负责后勤服务的，怎奈工作太忙、事情太多，后勤工作没有做到位。只不过他也才入职三个多月。

经过两天的时间，王晓农终于把每份建议书的内容录到了电脑上，并交给了丁总。在和丁总沟通后，丁总邀请了公司管理委员会的几位领导共同参与评选。

又是经过一番评选……

王晓农把每位领导的评选结果进行了整理、汇总，结果终于出来了：共计好点子 5 个，银点子 1 个，没有金点子。

王晓农仔细看了一下，这几份的内容都是关于质量、成本和安全的。

"在铆接生产过程中，每个人都要学会自检，要注意是否铆到位，铆钉套子是否打破，是否有垫片；要看自己的工件是否用对，以及生锈的工件要做到及时处理，不要等到问题出来了才发觉……"

这是铆接工序的员工写的，铆接是指把各个工件用铆钉连接在一起，家美机械把这个工序完成的部件叫做"伸展片"，是电动沙发伸展过程中所需要用到的。

"动力费用——像电费能省则省，如休息时间关机器、关风扇；材料节约——打扫卫生的时候把能用的料全部捡起，打坏的伸展片能修的尽全力修好；关于采购——所购材料质量必须过关，货比三家，采购单要透明化；关于提高工作效率——铆接是个特殊的工种，必须上下工位配合好，搞好团结、互帮互助。"

这也是铆接工序的员工写的，特别提到了工作效率的提高。因为铆接是流水线作业，上下工位节奏一致，才能保证最高的生产效率。

"培训'6S'的管理制度，每星期检查，评选等级并给予奖励。有德无才，培养后用；有才无德，禁止使用；有德有才，提拔重用。"

这里涉及到"6S"管理的内容，即整理、整顿、清扫、清洁、素养、安全6个方面的管理；也涉及到用人的一个标准。看到这里，王晓农觉得员工在思想上一点都不差。

还有一个银点子是这样写的：

"我们厂工件车间里，堆放柴油的地方有安全隐患。因为柴油是易燃物品，隔一层泡沫板的位置是浸漆线，柴油和油漆槽离得太近，油漆也是易燃物品；同时隔壁空气压缩储存罐是易爆物品，三大危险源离得太近，万一发生火灾后果很严重，我建议应该专门找一间远离车间的、防晒降温的屋子放置柴油；另外加完柴油应该把盖子拧紧，专门有人管理和监督。"

没有评出金点子，因为从王晓农拟的文件的角度看，这些提案的价值量还不是特别大。"

但王晓农看到，每一位员工都是在以主人翁的心态关心着公司的发展，时时为公司考虑，真是了不起！

## 3、员工大会

牛总花钱的原则是"花最少的钱达到最好的效果"。为了激发全厂员工积极参与家美机械发展的热情，牛总想召开一次员工大会。他把王晓农叫了过去。

"小王，好的建议已经评出来了，不能简单奖励一下了事。你跟丁总说一下，明天早上 7 点 10 分召开一次员工大会，在会上公布评选情况，并当场把奖金给到他们。"

"好的，牛总。"王晓农回答道。

"这是现金，你数一下，每份奖金装一个信封。"牛总指着桌上的一叠现金对王晓农说。

"牛总，5 个好点子，1 个银点子总共是 1500 元。"

"好的。"

王晓农看着桌上的这叠现金，目测应该在 1 万元左右。他用左手拇指和食指在这叠现金的表层捏住一小叠拿了出来放在右手掌上，开始点了起来：100、200、300……1300、1400、1500。

"牛总，刚好 1500 元。"王晓农说道。

王晓农对数字是非常敏感的，在估计某样东西的长度、重量、数量等数字的时候，他总能说个八九不离十。这方面他有相当的自信。

离开牛总办公室，王晓农嘴上念叨着："早上 7 点 10 分……"

王晓农早上上班时间是 8 点钟，7 点 10 分开会的话就要提早来公司了。还好是夏天，早上天亮得比较早，没有什么大的问题；车间大部分岗位是 7 点 30 分开始上班，偶尔一天提早个 20 分钟上班，大家肯定也能接受。

回到办公室，王晓农把牛总的要求向丁总作了汇报。

既然是牛总的意思，丁总也没迟疑，随即通知公司各部门的领导，让他们传达到位。因为丁总除了负责生产部和人事行政部外，还有一个副总经理的职务，协调各个部门的工作。

包现金要信封，王晓农在办公室找了半天也没有找到信封，想着只好下班后去外面商店购买。

信封现在不是时髦的东西，王晓农担心买不到。不过还好，后来他在一家超市的"教育类"区域里面找见了，就顺手买了 10 个信封。

……

第二天一大早，王晓农骑着电瓶车，赶在 7 点钟之前到了厂里。车间的员工穿着灰色的工作服，有的小组排成一队，像上学时做操一样，整齐地朝着会场走来；有的小组人员零零星星从四面赶了过来；而穿着蓝色衣服的职能部门的员工也慢慢汇集了过来。

开会的地方是门卫室通往仓库的通道上，也是进出厂区的必经之路。王晓农当时应聘就是从这条路走进去的。这条通道不宽，大概只有 3 米的样子；长度倒是不成问题。

丁总示意所有的员工背对着仓库，朝门卫室方向按生产小组排好队；人少的模具组和同样人少的去锐组排成一队；行政人员加起来只有十几个人，也排成一队。大家挤在一起，共排成了 8 队。

此时的家美机械员工总人数为 162 人，生产员工 142，行政人员 14 人，食堂、门卫、保洁共计 6 人，行政干部队伍相当精简。

牛总也到了。王晓农把事先准备好的扩音喇叭递给了牛总。

牛总扫视了一下所有的队伍，拿起扩音器对着大家说："今天一大早召集大家在这里集合，首先是要展示大家的'精、气、神'，我们每天上班要有激情、要有斗志昂扬的精神状态。"

牛总接着说道:"这次'办公室'提出了'建言日'的想法,我觉得很好。在场的每一位员工都是"家美"的财富,大家在厂里不只是干活,更要以主人翁的精神参与公司的发展,为公司建言献策,公司也会为大家的发展提供上升的平台……"

"大家要敢于讲,既要敢于讲有利于改善工作、有利于公司发展的建议,也要敢于讲公司现存的一些问题,敢于讲对某个干部的意见。有我对大家的支持,大家不要担心别人会给你穿小鞋!"

"这次大家提出了不少意见和建议,有的可以马上落实掉的,我会让'办公室'马上去落实;有的暂时没有办法落实的,我们只能先放一放,待时机成熟再去落实……"

牛总说的"办公室"就是指王晓农所在的人事行政部。

牛总热情激昂地说着,言语间让人感觉非常中肯。

牛总经常出差,广大员工很少有机会直接聆听牛总的"教导"。牛总的讲话给了大家巨大的鼓舞。

最后牛总宣布了这次"建言日"活动评选上的人员名单。

王晓农让获奖人员上前,并把装有现金的信封一一递给他们。这其中有3位铆接工序的员工,1位负责模具维修保养的员工,1位仓库班长,1位质量班长。看来,铆接工序的员工参与热情是最高的。

……

至此,第一次"建言日"的活动在一片热烈的掌声中结束了。王晓农忙前忙后,可把自己给累坏了。

虽然活动结束了,但事情还没有结束。这些意见和建议的落实很大一部分落在了王晓农的头上。他安排宿舍装灯、吸烟室加电扇、改善食堂伙食等等……

牛总对"建言日"活动寄予了较大期望。他希望通过这种方式了解"民情"、提升管理，而且花钱也不多。不过，对于王晓农来说，他自己的本职工作都已经忙得焦头烂额，"建言日"活动的工作实在是给他增添了太多负担。

# 第二节、市长来了

## 1、全厂大整改

"建言日"的活动刚过，王晓农就从丁总那里得到消息：钱塘市市长几天之后要来厂里视察工作！

王晓农虽然是钱塘市的"一份子"，但对市政府大员姓甚名谁，主管什么工作，他浑然不知。以前的工作都不需要跟政府部门打交道，以致他对自己的"父母官"从来就不怎么关心。

自然，王晓农对这位即将到来的市长也一无所知。他开始上网搜索，立马就找见了这位市长的信息。只见这位市长姓蔡，1970年生，是钱塘市本地人。蔡市长1990年2月加入中国共产党，1990年9月参加工作，中央党校大学学历。网上配的照片额头饱满、皮肤白皙、略带微笑，显得非常英俊。

还没等王晓农转过神来，任务却来了：全厂大整改。

丁总说整改的内容主要从"6S"管理方面入手：整理、整顿、清扫、清洁、素养、安全。

根据丁总的意思，需要整改的内容有：

1、加强门卫管理；

2、加强公共区域、绿化带的清理工作；

3、车间张贴醒目的"6S"标识牌；

4、车间主通道、各个角落清理；

5、地上划线，所有物品摆放整齐；

6、对铁皮地面和所有老化线路进行整修。

王晓农负责前面两点的整改，后面几点也要参与。

王晓农从自己进厂面试第一天起，首先进入的是门卫这道关卡，他当时对那个头发谢顶、皮肤黝黑的门卫师傅印象还是比较好的。他叫沈国虎，是 2016 年 3 月份来公司的，只比王晓农早来了一个月。他管的这道门当时是家美机械唯一的一道门；但不久之后公司东边又开了一道大门，白天和晚上各有一个门卫师傅值班。

东边一个门卫师傅叫张建明，57 岁，体型较受，但个子很高，估摸着有一米七、八的样子，也是 3 月份才来的。听说他过去很有钱，因为养甲鱼亏了钱，才过来找了份门卫的差事。

另一个门卫师傅叫裘金根，56 岁，来厂里整整一年了，留着又短又糙的胡子。听说他在厂里值完班后还经常去外面做做临工、卖卖菜什么的，导致在厂里值班的时候经常打瞌睡，着实让王晓农头痛。

王晓农重新对三个门卫师傅进行了宣导："市长要来厂里视察了，你们要遵守公司的门卫制度，上班时间不要穿拖鞋、不要打瞌睡，外来人员和车辆要登记好，自己门卫室周边要打扫干净……"

王晓农没有真正意义上管过人。他以前在期货公司的时候虽然是业务部的一个小队长，下面有 4 个人，但平时最多也只是带他们出去拜访拜访客户，空的时候大家一起打打台球。他都是以朋友的心态处事，没有什么架子。

王晓农和这几个门卫师傅都是安宁镇本地人，说着乡音也比较亲切。他把门卫平时没做好的工作告诉他们，让他们注意，不要经常犯，让领导看见了不好。他和门卫师傅的交谈更像是好心地奉劝和建议，而不是居高临下地训斥。

保洁人员也是王晓农负责管理。

厂里保洁阿姨共有两个人，一个人叫童建芳，1960 年生，个子有一米七，身材壮实，是安宁镇本地人。她平时搞卫生的时候，见到各个办公室的人员，喜欢聊个天，嗓门很大；但干活倒是挺勤快的，效率很高。

另一个保洁阿姨叫夏小云，1955 年生，身材一般，是湖北鄂州人，随儿子媳妇一起来到了安宁镇。她平时话不多，就跟在童建芳后面，童建芳安排她干什么她就干什么。

厂里面有两个垃圾桶，放在去往仓库通道和组装车间边上的三叉路口，客人来，这都是必经之路。每次王晓农都得费劲地安排阿姨清理或找其他地方藏身。这次也不例外。

绿化带里面东西很多，有可乐瓶、木块、铁丝、废手套，有宿舍楼上扔下来的塑料袋，还有车间员工扔的槟榔包装袋。这下可苦了两个阿姨，她们在太阳底下，戴着草帽，一样一样捡到蛇皮袋里，额头冒着豆大的汗珠。看她们干累了，王晓农就叫她们来办公室吹吹空调，歇一歇。

车间大门口边上堆满了很多用完的硬纸板，也需要阿姨用刀片划开后叠齐捆好，然后交给老板的妈妈拿去卖钱。这个区域不整理好，客人进车间印象就差了一大截。所以王晓农对这里也不敢松懈。

还有，厕所也是一个难以见人的地方。整个地垫一片漆黑，地垫下面都是污泥；洗手台下面管子堵了，一洗手地上就冒出一大滩水。王晓农联系了外面的水道工把水管疏通，也请购了新的地垫。旧的地垫吸了水、沾了泥，死沉死沉的，王晓农帮着阿姨一起拖了出来；而且整个地垫散发着浓浓的氨氮味道，令人作呕。阿姨把地上的黑泥拖了一遍又一遍，才把新的地垫铺上。

车间也是忙得不亦乐乎。工人在墙上张贴新的标识牌，标识牌清晰明亮，好像和整个昏暗的车间环境、陈旧的墙壁不太搭调；地面已经划上了崭新的黄线，只不过有的黄线一道一道不是很直，那是车间晚上加完班后紧急赶出来的；机修工在焊补翘起的铁皮地面，在安装被叉车撞得散架的消防框，在把露在外面的电线线头重新用胶带缠起来；靠近去锐车间的过道上结满了很厚一层油泥，走在上面就像是走在泥泞的路上，一抬脚鞋子有一种被吸掉的感觉，保洁阿姨用拖把是拖不掉的。只见有几个年级稍大的工人用着铲子把泥一点一点铲出来，露出清晰的水泥地坪。车间的各个角落、墙上的蜘蛛网和灰尘，王晓农也已经安排阿姨去打扫了一遍。

经过一番"折腾"，整个厂区总算是有了些许改变。

## 2、买会议桌

厂区已经整改完毕，可是问题又来了。

家美机械不仅整个厂区陈旧，就连一张像样的会议桌、一把像样的椅子都没有。之前管理层开会都是在食堂的一个角落——破旧的桌子和椅子，昏暗的灯光，空气中闻起来有股潮湿和发霉的味道。

现在市长要来视察，总不能还在这个地方开会吧？去牛总办公室开会也不行。牛总办公室的会议桌很小，只能容纳七八个人。王晓农听说市政府来人再加上地方政府的陪同，至少有十几号人，牛总的办公室根本待不下。于是，王晓农又接到了任务：会同采购部一起去购买会议桌、椅子和茶杯。

采购部经理叫杜国忠，同时又是总经理助理，大家平时都叫他杜总。他是牛总的同学，之前是卖二手车的，由于公司缺人，就被牛总叫过来了帮忙。

第二天一早，杜国忠和王晓农两人，准备先去省城之江市买会议桌和椅子。杜总开着车，但这天天公不作美，下起了磅礴大雨，车上视线很不好。

他们就近先去了之江市的一处家具市场。市场里面店铺众多，令人眼花缭乱。他们看了几家，有的会议桌色调和样式简约而清新、时尚而富有活力，感觉适合年轻企业家或适合放置在高档的办公楼；

有的会议桌用较贵的实木做成，外面上着朱红色的漆，感觉高贵典雅，复古意味很浓，可能在政府部门用得比较多。

他们连跑了几个市场，杜国忠把牛总可能中意的桌子拍了照片发给他，可是牛总都不满意。

时间过得很快，马上到了中午，外面又下着大雨。他们在市场边上的一处快餐店坐了下来，准备先吃个饭。

"我们看了几个地方都没有合适的桌子，看来在之江市是买不到了"。杜国忠对王晓农说。

"那该怎么办？"王晓农不知所措地问道。

"听说苏州有个大的家具市场，我江苏那边的同学买家具都在那里买，你知道那个市场吗？"

"我对这些市场一点都不了解。"王晓农耸了耸肩说道。

王晓农"世外桃源"待久了，连自己家乡的一些地方都不熟悉，更何况远在一百多公里之外的苏州市。

"走，我们去苏州！"杜国忠一拍大腿，对着王晓农说。

他们狼吞虎咽一番，冒着大雨回到了车上。王晓农看了看手机，此时已经是 12 点 30 分了。

外面雨下得很大，雨刮器加到了最快档，发出有节奏的声音。王晓农打开了手机导航，杜国忠顺着导航上了高速，朝着苏州方向进发。

杜总不敢开很快，而且厂里的电话一个接一个，要命的是接电话的时候走错了一个岔口……所幸导航切换了道路，还是能够导到苏州，就是时间变长了。

经过整整三个半小时，他们终于抵达了苏州城区，到达了目的地附近。

这里不像是一个家具市场，而像是一个个家具市场组成的家具城。马路两边都竖着家具广告，看着整一片都是，而导航显示的目的地时间还有好几分钟。

因为时间紧急，杜国忠也不管导航了，车子在就近的一家家具市场门口停了下来。

他们上了楼，顺着路一家一家看过去，里面确实有好多店铺，摆放着各式各样的桌子和椅子。

牛总是一个传统的人，不喜欢花里胡哨的东西；但也不是一个老古董，他喜欢实用。

杜国忠和王晓农走了几家，把牛总有可能喜欢的桌子拍了照片。经过筛选，他们发现有一张桌子应该能让牛总中意：桌子两半边是木质的咖啡色，中间一长条是皮质的灰色，整个桌子共有 6 大块拼装而成，前后各有对称 3 块；桌子边长 4 米，宽 1.5 米。看上去既稳重大气，又不失商务气息。杜国忠和王晓农都觉得适合作为公司的会议桌，也觉得牛总应该会喜欢。于是，杜国忠把这张桌子的照片发给了牛总，顺便看着椅子，等待牛总的回复。

时间一点点过去，马上 4 点 40 分了，还不见牛总回复。这下他们急了，因为店铺的老板跟他们说市场 5 点钟就要关门。

牛总在厂里有较高的威严，大家一般不会轻易给他打电话，平时大多都是当面沟通或通过信息沟通。

杜国忠已经下定决心买这张桌子了。配着这张桌子的样式，他开始挑选椅子。他看中了一款：与身体贴合的座椅部分是黑色的皮质，椅背较高；与地面接触的支撑架是三面不锈钢，连着扶手；椅背下面是悬空的，看起来新颖又不失档次。杜国忠在椅子上试着坐了一下，又前后晃了晃，感觉还不错。

经过一来二去的价格博弈，最后确定每把椅子为 230 元，共计 15 把。

15 个人的位子，已经满足家美机械主管及以上领导开会的需求。

椅子再加上桌子，总共花了 1 万多块钱。店家答应找车子明天送过去，但运费由买方支付。杜国忠答应了。

等全部弄好刚好是 5 点钟。此时杜国忠才收到牛总的信息："可以。"

他们俩终于长舒了一口气，放松地在苏州的一家小餐馆吃了个晚饭。

而王晓农回到家已经是晚上 9 点了……

会议桌和椅子买好了，还有茶杯、果盘、植物等东西，王晓农也和采购部一起，一一准备妥当。

## 3、全程陪同

市长终于要来了。王晓农获得了一项"光荣"的差事：作为公司的代表之一，陪着牛总接待市长的视察团。另一位公司代表是丁总，总共就两个人。王晓农感到万分荣幸，心情也特别激动，因为他从来没有接触过那样大的场面。

8 月 10 日下午 2 点钟，天气炎热。王晓农穿着短袖工作服，汗珠从额头冒了出来。他手拿笔记本跟在牛总后面，在公司大门处等候。

一辆日系的中型客车缓缓驶了进来，从车上陆陆续续走下十几个人。牛总和他们一一握手；而王晓农只是和他们相视而笑。他们是市里相关部门的领导以及安宁镇开发区的领导。市长最后一个下来。他穿着蓝色格子衬衫、黑色裤子和铮亮的皮鞋；其人额头饱满、身形微胖。牛总上去紧紧握着市长的手，欢迎市长的到来。

车间噪声很大，王晓农早已准备好了耳塞，分发给每一位来访的领导——但领导们都没有戴。

牛总带市长一行人先去了车间。丁总在牛总身后，市里的领导和安宁镇的领导紧随市长一侧。牛总边走边向市长介绍着公司的情况。车间噪声很大，估计市长也听不太清楚，不时地点着头。王晓农在后面用手机拍起了照片，只拍得了牛总和市长的背影，又把随行人员拍了一遍。

他们沿着主通道绕车间走了一圈，仅仅花了5分钟时间。

随后，牛总准备带着视察团去会议室。

王晓农赶紧拿起手机给保洁阿姨打了电话，让她把杯子里面倒上水。这是王晓农事先交代保洁阿姨的，在杯子里面先放好茶叶，只要他电话一响，就把各个杯子的水倒上。阿姨已经待命多时了。

会议室就是原先的样品间，在二楼。因为房间宽敞，于是就把新买的会议桌和椅子安放在了这里。桌上是王晓农早已准好的两盆小型发财树和两盘水果，每个座位前都放上了青花瓷的茶杯。

牛总带领市长一行人走上楼梯，形成一条长龙，慢慢朝会议室走去。

会议室的门是开着的，牛总引导大家进来入座。

牛总和市长在中间相对而坐，市里领导在市长两边缓缓坐下；丁总坐在牛总边上，开发区的领导也坐在了牛总一侧。王晓农没敢坐下，拿着本子站在了靠墙的一旁。

私语声、拉椅声、入座声渐渐地归于平静。

"今天真的非常荣幸，蔡市长能在百忙之中来到我们家美机械。蔡市长的到来实在是给了我牛忠强很大的面子。"牛总首先说道。

"关心企业发展，是我们市政府应尽的责任，所以我也带了其他部门的分管领导。如果牛总有什么困难，只要在政策范围内，我们都可以敞开沟通。"市长一开口就表了态。

"谢谢蔡市长。蔡市长，或许您知道，我就是在安宁镇这片土地上长大的，大学毕业后去了国外，心里总想着为家乡做点事情。所以呢，在2012年的时候开了这家厂。公司现在年产值已经达到1.2个亿，我们希望在三年内做到5个亿，逐步成为世界性的一流企业。"

"现在由于生产场地受限，需要另建厂区才能完成这个目标，所以需要政府的大力支持。"牛总接着说道。

"我们也希望更多的优质企业落户钱塘市。开发区还有300亩地的指标，牛总这个要求是没问题的。"蔡市长回应道。

接着蔡市长跟边上的相关领导交代了具体工作，要求加快安排，争取在9月份供地。

相关领导点头应允，并在本子上认真地记了下来。

"牛总资源多，希望能够帮助牵线搭桥，引进好的项目。钱塘市可是一块风水宝地啊。"蔡市长接着说道。

"蔡市长，应该的，应该的。我是一个讲原则、重情义的人，虽然现在经济形势不太好，实业难做，但只要是好的项目，我肯定会介绍。钱塘市是我的故土，我们每个人都有责任把钱塘市发展得更好。"牛总回应道。

……

牛总和蔡市长你一言我一语，气氛非常融洽；牛总还招呼着大家吃水果，大家一边吃一边热烈地聊着。

而王晓农则在一旁站得笔直，聚精会神把会议内容记录下来。他能感受到自己的心脏在扑通扑通跳个不停，这是他从未有过的令人激动的经历。他看到了商人和政府官员之间是如何交流，神态是如何变化；言语背后是什么样的动机，哪些话是真话，哪些话是客套话。他也感佩牛总惊人的政府关系网络，两级政府部门过来"关心"企业发展，对企业来讲是何等的荣耀！

下午3点30分，在一片祥和的气氛中，市长一行人结束了视察工作。在握手和道别声中，客车驶离了家美机械厂区。王晓农也长舒了一口气，终于又完成了一项任务。

晚上的钱塘市新闻中马上就播出了蔡市长视察家美机械的新闻，所有"家美"人沉浸在一片喜悦之中……

令王晓农欣喜的是，在市长视察之后他的工资涨了，月工资从3200元变成了4200元。

# 第三节、当头棒喝

1、被迁怒

市长一行走了之后，厂区又回归了平静。王晓农也回到了忙碌的日常工作中，录考勤、招聘、工资造册、领东西以及各种行政事务管理，忙得不可开交。

有一天上午，西门卫沈国虎向王晓农报告说他们的门坏了，螺丝已经全部松动，拧不紧了，需要叫人来修。

门卫室的门，是那种单扇的小门，门框是白色的铝合金，门中间镶着玻璃，平时开起来嘎吱嘎吱作响。

王晓农联系了厂外维修人员。那修门师傅说上午走不开，要下午过来。既然联系好了，王晓农就忙其他的了，没把这个事情放在心上。

不一会儿，西门卫沈国虎打来电话："小王，不好了，采购部小顾来门卫室，推门时摔了一跤，手肘磕在了碎玻璃上，流了好多血！"

王晓农放下电话马上跑到西门卫室，见门已经不在原位，而是被靠边放了起来，门中间的玻璃也已经没有了。沈国虎正在清扫地上的碎玻璃，地上还留有几滴血迹。

"人呢？"王晓农急切地问。

"杜总已经带她去医院了。"沈国虎回答道。

杜总就是市长来前和王晓农一起去买会议桌的杜国忠。他手下有一个叫顾婷婷的采购员，1994年生，是安宁镇本地人，性格泼辣。王晓农平时申请办公用品都得写请购单给她，有时写得不规范还常常被退回来要求重写。这个小姑娘不好惹，此次受伤的正是这个顾婷婷。

"小顾怎么会受伤的？"王晓农问道。

"门卫室这边有一张供应商寄给小顾的发票，她来取发票。我见她过来了，马上叫她注意这个门。谁知她速度太快，推了门就想进来。一瞬间，门倒了，门上的玻璃也全碎了；然而小顾没站稳，向前摔了一跤，胳膊肘就磕在了碎玻璃上。"沈国虎向王晓农描述道。

"这个门本来靠边上的螺丝已经松动了，锁也已经坏了，我们就用两根木棍左右顶着不让它倒下来。我知道这个门已经很危险了，所以通知你让人来修。"沈国虎继续说道。

"你明知这个门危险，怎么不提前拆下来放边上？"王晓农问道。

"这么个大热天，门拆了热得要死，空调制冷效果又不好。"沈国虎解释道。

王晓农也没说什么，让修门的尽快过来。

下午，门终于修好了。

王晓农听说顾婷婷胳膊肘上缝了两针。

几天之后，王晓农像往常一样在办公室忙着。突然间从办公室门外急速走来一人，径直走到王晓农座位前，把一叠发票和报销单用力甩在他桌上，发出"砰"的一声。王晓农抬头一看，此人正是顾婷婷，他还从来没有见过这样的架势。

"此事因你而起，你把我的报销单写了！而且你要向我道歉！"顾婷婷向王晓农厉声吼道。

"报销单是报给你自己的，你自己写就可以了啊，"王晓农接着反问道，"你摔伤了跟我有什么关系？"

"怎么就跟你没关系？门坏了你怎么不在上面贴个纸条提醒一下？不然谁知道门坏了？"

"我马上要结婚了，要穿抹胸婚纱裙，手肘上搞一个疤叫我怎么出去见人！"

"此事就是因你而起的！"

顾婷婷越说火气越大。

"我只是一个小角色，事情又那么多，这事怎么能怪得了我？"王晓农无奈地说道。

"你到底向不向我道歉？"顾婷婷又厉声反问道。

王晓农从小到大几乎从来都没有跟人吵过架，一般也不与人争。这事让他感受到了莫名的委屈，但又不知道如何去说。

"对你手受伤的事情我也怪不好意思的，这是谁也不希望发生的事情。"

王晓农虽然没有说"道歉"俩字，但话语明显软了下来。

"报销单还是你自己写，我不会写的。"王晓农说道。

"不写是吧，那你就让丁总写！还有，以后只要是你请购的东西我就不买！"

顾婷婷说完扭头就走出了办公室。

王晓农抿着嘴巴，咬了咬牙，感觉眼眶都慢慢湿润了。碍于孙金也在办公室，他只得摘下眼镜，用纸轻轻擦了一下眼睛。

王晓农平时为人和善，讲话轻声细语，从不得罪别人，这还是头一遭。他感觉很委屈。

"平时整个人事行政部大大小小的事情都要自己处理，而自己只是一个人事行政专员，埋头在那里做事情，现在还要受这个气！"王晓农心里想着。

他越想越委屈，隐忍着内心的苦闷和憋屈，给丁总写了一段文字："丁总，现在这种情况自己很难再进行请购工作，今后办公用品的请购让其他人和采购部对接。如果这种情况改善不了，我在公司很难继续做下去。"

人事行政部的工作又多又杂，人又少。丁总同意了王晓农，让孙金和采购部对接，负责日常办公用品的请购。孙金和顾婷婷是初中同学，关系不错。

最后，顾婷婷的报销单还是丁总写好后交到了财务部。

事后王晓农对顾婷婷的受伤还是有些愧疚，感到自己在门卫管理上确实有不当的地方。然而从此以后，顾婷婷和王晓农之间隔阂已经建立，无法弥补……

2、被训斥

门卫管理一直是被很多领导诟病的问题，经常有领导见到门卫人员有上班迟到、大门不关、上班睡觉等情形。他们跟王晓农说后，王晓农就跟几个门卫强调有哪几个点是要做到的。比如，工作时间要精神饱满，不能打瞌睡、不能玩手机；比如，门卫室内不能吸烟；比如，在没有人员进出的情况下，大门要保持关闭状态；又比如，打饭、上厕所离岗时要挂牌子说明……要求他们遵守工作纪律，做好自己的工作，并把门卫管理制度贴上了墙。王晓农可谓是苦口婆心。

但是说过之后往往好了一阵，没过多久这些问题又出来了；然后又遭到投诉，王晓农又去教育，反反复复、无穷无尽……

主要还是王晓农性格偏弱，缺乏管理者应有的气势——其实他也不是一个真正的管理者，名义上他只是一个人事行政助理的角色，却做着"名不正、言不顺"的事情；再加上平时工作忙，这些行政管理方面的工作就被他疏忽掉了。

10月15日，星期六，天气阴冷，王晓农照常上班。

下午4点钟，王晓农接到牛总电话："王晓农，你和孙金马上来一下东门卫室！"电话里牛总声音严厉，明显是生气了。

家美机械自从新建了一个门卫室之后，就有了两个门卫室，大家习惯性地用"西门卫室"和"东门卫室"进行区分。

王晓农一听，心想："完蛋了，肯定又出了什么事。"

他只得老老实实按牛总说的话，叫上了孙金，跑着去了东门卫室。

王晓农和孙金到了东门卫室，牛总指着公司敞开的电动伸缩大门，大声吼道："王晓农，你们这叫什么管理！连一个门都管不好！门开得那么大，门卫室里面连个人影都没有！"

王晓农低头不语。此时裘金根刚好从西面门卫室处走来，孙金叫他马上把大门关上。

"我就不相信一个门都管不好，哪怕叫我老爸来管都比这管得好！"

牛总的老爸是安宁镇有名的赤脚医生，开了一家诊所，还兼着家美机械食堂买菜的活；家美机械营业执照上的法人代表也写着牛总老爸的名字。牛医生已经有 70 岁了，但他身体硬朗、脚步敏捷、思维活跃，显得比较年轻。

"你们要是不想干，可以走，我不拦你们！"牛总大声呵斥道。

王晓农眼睛盯着其他地方，脸色苍白，咬了咬牙，心想：

"你就骂吧！大不了我不干了！"

王晓农自尊心很强，牛总越是这么说，他越是有不想干的冲动。

骂完后，牛总回去了。

王晓农和孙金向裘金根询问事情的经过。

裘金根也觉得委屈，向王晓农解释道：

"小王，我刚才肚子痛，准备去西门卫室那边上厕所，正好宿舍里有人过来要出去。我实在忍不住了，就打开了大门，然后就去上厕所了。"

厕所在西门卫室那边。东门卫室是后来新建的，没有洗手间。

所以东门卫人员上厕所就需要跑到西门那边，东西门相距50米的样子。

东门主要管理着住宿人员的进出。

听了裘金根的解释，王晓农有点想笑。厕所问题是一个客观事实，但裘金根确实也不太负责任。既然老板看到了，现在说什么也没有用。

几个门卫人员里面，就属这个裘金根最滑头、事最多，不是穿拖鞋就是睡大觉，有时还不在岗。王晓农每次跟他说，他都有一大堆理由，而且还经常犯，被好多领导都看见过。因此，牛总应该也会有所耳闻，这次刚好被他逮了个正着。倒霉的是王晓农，连带着被批评。

"以后有事要离岗的，你打电话给我，我过来值班！"王晓农对裘金根说道。

王晓农回到自己办公室，默默凝视着窗外，回想着刚才这一幕。

忽然间，手机一声震动。王晓农回过神来，看到手机上有牛总的一条语音信息，他点了一下。

"王晓农，拿一箱水上来"。牛总的声音比刚才柔和了一些。

没办法，老板叫拿水，怎能不去？

王晓农拿着钥匙，打开水房门，给牛总搬了一箱水上去。

到了牛总办公室，王晓农放下水。牛总先开口说道：

"王晓农啊，我作为一个老板，今天门卫这个事情不应该由我来出面说的。公司大门是安全的第一道屏障，人不在、大门敞开，像什么话？就这个样子，家美机械如何能成为国内一流的铁架企业？"

"嗯。"王晓农应了一声。

"实在不行，你去把这几个门卫人员换掉，或找保安公司，要加强门卫管理。"

"好的，牛总。"

事后，王晓农给几个门卫人员打了预防针，叫他们严格按照门卫管理制度做好自己的工作，不然就换保安公司的人了。他也试图去搜寻一些保安公司的资料，可后来牛总说，保安公司的事情他自己负责去联系。

就这样，王晓农不再关注保安公司的事情了；关于离职的想法，也稍稍缓和了一些。因为已经 10 月份了，过年总归还有一些年终奖，再怎么委屈，也要咬咬牙过完年。

## 3、被威胁

2016 年 10 月 20 日，下午 5 点 10 分，主管及以上领导开会，牛总主持。

各个部门领导坐会议桌两侧，牛总坐会议桌前方，气氛严肃。

"2016 年铁架行业竞争激烈，价格战硝烟四起，企业面临非常大的压力。"牛总跟大家说道。

"我们要严格管控质量和成本，降低企业风险。因此我们有必要推行生产各个部门的第一责任人考核。丁总落实，确定考核对象、考核标准、考核方式，月底之前把考核的内容理出来。"

丁总点了点头，并用笔在笔记本上记着。

王晓农坐在会议桌一角，把牛总说的每一句话认认真真地记录了下来。

"我们每一个干部要带头表率、以身作则，只要生产加班，所有干部必须全部到场。"牛总继续说道。

现场雅雀无声，大家都低着头默默地听牛总训话。

会议持续到了晚上 7 点钟，王晓农这才饿着肚子回到了家中。

……

就这样，第一责任人考核制度在丁总的领导下轰轰烈烈地开始推行了。

生产8个班组开始考核，每个班组的组长作为第一责任人，然后把他们的年终奖金分摊到每个月作为绩效奖金。

考核内容分为"质量标准执行绩效"、"质量造成后果绩效"、"生产成本管理绩效"、"现场'6S'管理绩效"、"服务和执行力绩效"五大块，由王晓农负责去执行。

这样，王晓农又多了一项任务，肩膀上的担子越压越重。

对丁总提出的绩效考核的几项内容，王晓农是完全赞同的；但把年终奖金分摊到每个月作为绩效奖金，然后每天去检查、去扣钱，他持有不同的看法。绩效考核的根本目的不就是做得好奖励，做得不好没得奖或扣罚吗？那就应该有奖有罚，就像手机话费充值一样。现在就相当于把每个人的手机话费都充好了，剩下的就是王晓农来做的事情：扣、扣、扣，这给他造成了非常大的挑战。

王晓农资历还浅，对公司制度只有执行的义务。既然考核方案已经定了，他只能按照这个方案先做。

首先，王晓农开始去了解考核内容的每一项条款。对他来说，生产工序的专业名词、每一个部件的名称、质量标准等等都是从来没有接触的，这等于是介入了生产，从头开始学起。

然后，针对每一项条款，丁总带着王晓农去车间查看，向他讲解每个班组的首检和巡检有哪几项内容；看所有物料、半成品是不是都有流程卡，标识是否清楚；看机器设备是否按时加油、按时保养；看现场是否整洁，摆放是否整齐，有无超线……

这慢慢成了王晓农日常工作的一部分。他每天去车间一次，见到违反考核内容的地方就掏出手机拍照，再整理出来进行扣款公告。

王晓农心理压力很大。他原本性格柔和、为人和善，从不与人争；然而现在做的考核这个事情，明明就是把自己变成了恶人，处处要挑每个班组长的毛病。

王晓农对生产也完全不懂，他生怕扣错，生怕得罪人。走在车间，他敏感地时时关注着别人对他的态度。从别人的眼神中，他明显感觉到自己变成了一个不受欢迎的人。

王晓农的脑海里经常浮现古代监工驱使劳工干活的片段。他是劳苦大众出身，过着社会最底层人民的生活；现在摇身一变，成了"监工"一样的角色，很不自在。

虽然王晓农每天都会去车间，但由于专业因素和心理障碍，能找到的问题不多。牛总对此很不满意。

有一天早上，王晓农醒来，发现手机上收到牛总的一条信息：

"加强考核，不努力拿不到原来的工资。"

发送信息的时间是晚上 11 点钟。王晓农当时已经睡着，没有看到信息。

王晓农内心的委屈一下子喷涌而出，眼泪顺着脸颊缓缓地流到了枕头上。

牛总写的"原来的工资"应该是指王晓农现在的工资。王晓农入职转正后的月工资是 3200 元，后来加了 1000 元，现在也只是 4200元。

王晓农表面柔弱，内心则非常倔强。他可以吃苦，可以马不停蹄地尽心干活，但他受不了被威胁。他觉得牛总这条信息是在威胁他。

总共也就 4200 元的工资，比几年前王晓农在期货公司的工资低多了。当时月工资 5000 多，还双休。现在这么点工资，像当牛做马那样干活，还要被威胁。王晓农心一横，想离职了。

……

来到公司，王晓农想了想，给丁总发了个信息："丁总，我想离职了。"

不一会儿，丁总来到了办公室，问王晓农："出什么事情了？"

碍于孙金也在办公室，王晓农没说话。他把牛总发他的信息拿出来给丁总看。

丁总看了一眼说：

"这指的是被考核的班组长吧。牛总的意思应该是让你加强考核，如果这些班组长不努力去改善，他们就拿不到原来年终奖折算的考核工资。"

丁总的这一番解释，让王晓农耳目一新。

"牛总难道真的不是在说我？"王晓农心里想。

王晓农将信将疑。他知道牛总是一个非常强势的老板，要求很高，对看不怪的事情和人完全有作出威胁的可能性。

最后，王晓农在丁总的引导下取消了离职的想法。其实他自己也不是很想在这个时候离职，毕竟没有多长时间就要过年了。但是自此，被威胁的阴影长久地笼罩在他的心头。他把牛总发的这条信息截图保存在了电脑上，犹如越王勾践卧薪尝胆，不忘耻辱。

# 第四节、年末

## 1、留人工作

时间过得很快，转眼就到了 12 月份。虽然天气开始变冷，但偶尔还能见到穿短袖工作服的工人，王晓农从内心里佩服他们。因为很多人，包括王晓农自己，已经在长袖工作服里面穿上了厚厚的毛衣。

功能铁架生产过程中，有几个工序是怕热不怕冷的。一个是铆接流水线，员工一刻不停在那里打铆钉，手脚并用，犹如跳舞；一个是涂装工序，有炉子，夏天热得要死，冬天倒是还舒服。

下半年是家美机械传统的旺季，每个月的生产任务都很紧张。但随着年关将近，有的员工为了早点回家，已经提前开始申请离职，人员有持续缩减的趋势。

王晓农尝试着在中介摆摊招人，也去路边发传单，在电线杆、小区张贴"小广告"。但临近年末，找工作的人很少，他的招聘没有什么效果，也没有其他的招聘渠道。

现有的一线工人既面临较大的工作任务压力，又面临着员工人数减少而导致的工作时间被拉长的窘境。之前，工人从早上 7 点 30 分上班一直到晚上 8 点钟下班，半个月才休息一天；而临近年末，员工需要干到晚上 9 点钟，一个月只能休息一天。

在这种情况下，公司管理层决定出台留人制度，尽量把员工留到春节前几天，尽最大限度地完成工作任务。

留人制度的具体起草工作又落到了王晓农身上。当然，主要的决策方案是丁总口头告知他的，他负责把丁总的想法转化为文件。

第一个是车票报销。只要是按照公司规定的放假时间离厂和返厂的，转正并签订劳动合同的正式员工可以享受车票报销——卧铺、高铁和飞机票打折报销。

王晓农听说公司以前没有车票报销的政策，这是第一次。这多多少少还算是额外给员工带来了一点福利。

第二个是请假和离职手续。请假两天以上需经部门经理批准；离职手续须提前一个月办理，同时领取离职单需征得部门经理同意；如未按正常手续离职的，扣发当月一半工资。

王晓农怎么看都觉得这是一个霸王条款。领个离职单还得部门经理同意；未按正常手续离职的要扣一半工资，真狠！

第三个是评优制度。公司将根据员工及各生产小组在 2016 年度的表现，评定优秀员工、优秀团队等荣誉。但设定了一些硬性条件：一年内无旷工记录；一年内无重大质量事故发生；2016 年按时返厂，且 2017 年按公司规定离厂；无二次及以上进厂记录……

这里的硬性条件既设置了按规定时间离厂，要让所有的员工牢牢地坚持到最后一天，又牵扯到来年年初的返厂情况。

这年初年末，是以春节为节点进行划分的。

王晓农觉得这个评优制度对很多人来讲应该没什么吸引力，因为最终评为优秀的人和团队只有凤毛麟角。反倒是增加了他不小的工作量，需要按照这些条件筛选出备选的人员和团队。

第四个是贡献奖制度。员工根据入职年限按 800 元、1200 元、1600 元 3 个档次进行奖励。满 1 年不满 2 年的奖励 800 元；满 2 年不满 5 年的奖励 1200 元；工龄超过 5 年的奖励 1600 元。但是如果有提前离厂或延迟返厂、旷工、重大质量事故发生、1 年内请假超过 15 天等情形的，需要降级处理。

这个贡献奖制度就是原先的工龄奖制度。这里增加了降级的条件，最主要的还是离厂和返厂的规定。这两者挂钩，对员工来讲是极为不利的。意味着只要是提前回家过年，原来的这个工龄奖就没有了。

最后一个是年会。公司提前告知大家，只要坚持到最后一天公司开年会，就会有200元的现金红包，还有年货一份、精美纪念品一份。

公司通过"胡萝卜加大棒"的方式，软硬兼施，促使所有员工坚持、坚持、再坚持，去完成公司既定的生产任务。

除了留人制度的公布，丁总还出了一招，对班组长进行思想动员。

有一天晚上，丁总召集一线的所有班组长开会，王晓农也被丁总要求参加。

丁总兴致勃勃地讲述精益生产、"6S"管理等内容，并告诉大家当前生产任务的紧迫性。并最终汇总为一句话："干不死就往死里干！"

王晓农愕然，这句话怎么听都不像是一句正经的话。外人咋看还以为家美机械是一个传销团伙，打了鸡血在为梦想"奋斗"着。

然而这就是家美机械的现实，丁总将奋战到底的热情"传染"给每一位班组长，使班组长成为一个个"死士"，让他们把坚持到底的意志扩散到每一位员工。

各个班组的组长，是家美机械最坚实的基础，是最具战斗力的一群人，是生产的核心。

晨会是每一个班组每天的必备流程。通过班组长的灌输，家美机械的所有一线员工纷纷被感染了"干不死就往死里干"的"病毒"，固定在各自的工位，快速地、机械地重复着一个个动作……

王晓农自己也成了一台忙碌的"机器"。日常工作一样都不少，而且还要增加各种汇总统计。工作的重担压得他有点喘不过气来……

2、主持年会

家美机械从开厂到现在，每年的年会都是人事行政部组织，不请外人。这次自然也不例外。

有一天，牛总叫丁总和王晓农去他办公室。

丁总和王晓农在牛总办公桌前坐下。

"去年年会是黄明杰主持，今年年会谁来主持？"牛总问丁总。

"我觉得王晓农可以做这个主持工作。虽然他平时不怎么讲话，但在6月份安全月的时候脱稿演讲，给我留下了较深刻的印象。"丁总说。

当时牛总刚好在国外出差，安全月的活动没有参与。

实际上王晓农当时也是写了稿子，在上台演讲前已经把稿子上的内容记熟了，仅此而已。

牛总对丁总的话不以为然："丁总，我看今年的年会还是你来主持吧。"

"牛总，我就不了，还是把上台的机会留给年轻人。"丁总说道。

牛总迟疑了一会，在整个过程中，眼神一直都没有移向王晓农。

王晓农低着头，也不说话。

"行，这个事情丁总你来定。"牛总说道。

就这样，在丁总的推荐下，由王晓农主持年会。他的肩上又压上了一块石头。

在大家的共同努力下，王晓农终于在规定的时间前做好了年会流程、现场布置等准备工作。

2017年1月22日，农历腊月廿五，星期日——公司年会当天，王晓农早早地起了床，把年会流程内容在脑袋里过了一遍。

他做事力求完美，虽然准备了稿子，但是不喜欢在台上念稿子。他知道这会严重影响主持效果。所以他必须想尽办法力争把所有的流程内容放到脑袋中。

……

下午 2 点 30 分，家美机械食堂。所有人员都已经就座，牛总和他的家人也坐在了中间第一排。

王晓农穿着结婚时的一套西装和一双新买的廉价皮鞋，缓缓地走上舞台。舞台是用托盘搭建而成，上面覆盖了"红地毯"；墙上挂了横幅"励创未来——家美 2017 新春年会"；横幅下面是车间员工用气球组合拼写的"家美"两个字的拼音首字母"JM"。

王晓农面对着所有人，左手持着话筒：

"尊敬的各位领导，亲爱的各位同事：大家下午好！"

王晓农挺直了腰板，声音从腹腔经嗓子传了出来。

"好！"

想不到座位上还有不少人回应，看来大家都很开心。忙碌了一年，难得有这么放松的一天；而且开完这个年会，大家就可以回家了。

"今天，我们家美机械的同仁们欢聚一堂，共同欢度 2017 的年会盛典！这是难得相聚的时刻，这是值得铭记的瞬间，这是令人热血沸腾的一天！"王晓农慷慨激昂地讲道。

接着他又继续他的开场白：

"回首 2016，我们有过艰辛——原材料价格的剧烈波动，严重影响了我们的生产。在材料不断上涨的时刻，我们还是义无反顾地确保材料供应，以使生产正常进行；我们也有过喜悦——在全国制造业比较艰难的时刻，我们的产值仍在大幅度增加；新的土地的批复，让我们憧憬的二期工程仿佛就在眼前。2017 年，对家美机械来说，是'励创未来'的一年，我们将踏上征程开疆拓土；同时我们也将面对愈演愈烈的国际贸易保护主义的挑战。机遇与挑战并存，狭路相逢勇者胜！我们有牢固严谨的质量意识，有努力奋进的管理团队，有吃苦肯干的一线工人。因此我们可以相信，'家美'的未来必将是光辉灿烂的！"励创未来"，是我们每一个'家美'人心中的梦！"

王晓农一口气把2016年家美机械遇到的困难、取得的成就概括了一番，以他一个人的"臆想"代表了全体员工憧憬着家美机械的美好未来。

王晓农平时关注期货行情，随着供给侧改革的深入，2016年热轧钢卷期货的价格上涨了80%以上，家美机械用的正是这种钢材。不过，牛总还是比较乐观的，他认为困难是暂时的，咬咬牙总是能挺过去的。以前家美机械的利润率很高，现在充其量是少赚了点，还不至于伤筋动骨。

上次市长来访后不久，牛总买地的申请很快就获得了批复，这让大家对公司未来的发展有了更大的底气。

接着牛总开始上台演讲。牛总主要讲的竟然也是王晓农刚才讲过的这些内容；只是作为老板，牛总讲得更加细致和深入。

王晓农没想到他自己的开场白和老板讲的内容"撞衫"了，他们事先并没有沟通。牛总认同王晓农说的内容，在讲话中还表扬了他。

然后，第一首歌曲就来了个大阵势——生产部从班组长到经理，排成两排，集体合唱《团结就是力量》，还自制了两个落地式话筒架。

生产虽然忙到最后一天，在丁总推动下，生产部还是准备了这个耳熟能详又极具感染力的歌曲。这领唱的是生产一部经理褚新忠和生产二部经理牛少强，在两位经理的带领下，大家唱得很有气势，获得了热烈的掌声。

接下来的是一个"吸啤酒"游戏。王晓农从台下叫了两个人上来，用吸管插入啤酒瓶中，谁先吸完谁就获胜。在经过两人的自我介绍之后，王晓农得知这两人是同宿舍的，关系也较好。就抛出了一个上联让台下的人对：鸡年基友吸啤酒。 这刚好可以弥补吸啤酒的空档时间，避免冷场。他给大家整场年会的时间来思考这个对联怎么对。

接下来歌曲、游戏、颁奖按照流程继续进行着。最让王晓农记忆犹新的是有一个一线员工演唱的歌曲《打工行》：离开家乡爹和娘，背起行李走远方；酷暑寒冬多保重啊，打工路上自己闯；谁叫咱是男子汉，顶天立地要坚强；莫负爹娘养育恩啊，要干就要干出个样；多流汗水莫流泪，遇到困难莫忧伤；风里雨里莫言苦啊，再苦再累自己扛；人生就要立大志，艰苦创业记心上；等到咱创业成功时啊，再风风光光回家乡。

一首《打工行》道出了打工者的坚强，也道出了打工者的无奈，不禁让人潸然泪下。

整个年会气氛还是比较好的。随着抽奖进行，大家激动的心情也溢于言表。有人抽到了蚕丝被，有人抽到了电饭煲，也有人抽到了电水壶。最后是财务部的小姑娘抽得了特等奖——一部苹果手机。

大家抽奖抽得开心，也忘记了王晓农出的对联。在临近年会结束，王晓农给出了自己对的下联：冬日东方乐不休。这也算是对整场年会的期许。虽然迎的是新春，但天气还是冬天的天气，所以王晓农用了"冬日"一词。不管对联对得是否恰当，用词是否恰当，这都已经不重要了；重要的是整个气氛很好，大家很开心……

晚宴就在食堂进行，是安宁镇当地乡厨做的菜。大家边吃边聊着天，又互敬着酒，其乐融融，仿佛是这一年中最舒坦的时刻；但也有的人还没等晚宴结束，就匆匆道别，趁着夜色朝着故土进发……

王晓农心情大好。有机会主持年会，这是他人生中的第一次。随着年会的圆满结束，他有了一点小小的成就感。还有一个就是，他被评为了"优秀员工"，拿到了600元奖金，这也算是公司对他工作的认可。

## 3、还有任务

年会结束了，但是人事行政部事先已经发过通知，行政人员还需要再上两天班。

一线员工该回家的都已经回家了，路途较远的行政人员也请假回去了。实际上，留下来继续上班的行政人员大多是家在安宁镇的本地员工。当然，王晓农也不例外。

王晓农还了解到，按往年的惯例，这两天牛总要给主管及以上级别的领导开年终总结会，但这次他也被通知参加。王晓农此时名义上不是主管，他自己理解为参加会议主要是为了做会议记录。事实上或许也是如此，公司对他的定位可能只是一位普通员工。这从他年会的评优中可以看出，他是被评为"优秀员工"，而不是被评为"优秀干部"。

主管及以上级别的领导要开年终总结会，而普通的行政人员其实这两天是没有什么具体工作的；但是有一件对他们最重要的事情——拿年终奖。

按照丁总的要求，王晓农打印了封条，以便所有人离厂后把封条贴在所有的门和窗上。还有一件事情，王晓农被通知起草一份过年值班名单。

"过年为什么还要值班？"王晓农心里纳闷。

原来，生产线上有一个油漆泵，需要24小时不停运转，但要防止油漆漏出来。

就这样，按照丁总的要求，王晓农拟了一份从腊月廿八到大年初七晚上的值班表。能够在春节期间值班的只能是本地的一些员工，王晓农把自己排在了大年初一，值班的时间是晚上8点到第二天早上8点。白天就不需要了，因为白天有门卫人员值班，交代他们时不时去看一下就可以了。

两天的总结会，王晓农记录了各位领导过去一年来的工作情况；也记录了牛总对新的一年家美机械的发展计划。值得高兴的是，会上丁总特意表扬了王晓农。

丁总说："王晓农入职之后的表现还是不错的，挑起了整个人事行政部的重担；年会主持得也很好。他上来之后我工作的压力减轻了不少。"

王晓农也明显感觉到牛总投来了赞许的目光。

他心里明白，牛总在年会之前对他的工作是不太认可的，特别是在门卫管理的事情上。牛总认为王晓农太柔弱、太"懦"，担当不了整个人事行政部具有挑战性的工作；而年会的宴席上，牛总亲自过来向他敬酒，赞扬了他在年会上的表现。显然，此时牛总对王晓农的看法有了一些改变。

王晓农心里也明白，牛总对他看法的转变，是丁总不断培养和极力推荐的结果。因此，他对丁总非常感激。丁总是他在家美机械一路成长的领路人。王晓农不会拍马屁，他把自己对丁总的感激之情深深地埋在了心里。

总结会后，王晓农被叫到牛总办公室。牛总对王晓农说：

"小王，你虽然来公司时间还不是很长，只有半年多，但总体来讲表现不错，这个是1万块钱的年终奖，后面继续努力。"

王晓农接过牛总装满现金的信封，说了声："谢谢牛总。"

虽然是简短的一句话，虽然不是那么厚的一叠钱，却是王晓农这不到一年的付出所得到的成果。

有了牛总和丁总的肯定，王晓农对未来的工作充满了信心。

······

总结会结束，其他人都已经放假回去了，只剩下王晓农和几位主要领导。王晓农把事先准备好的封条涂上胶水，和几位领导把车间门窗和各个办公室的门封好。

农历新年的钟声敲响了，安宁镇到处喜气洋洋，又是一个不眠之夜。王晓农给亲朋好友发着新春祝福信息，他也特意给丁总写了一段话，感谢丁总对自己的栽培。

大年初一晚上，王晓农提前到了厂里。整个厂区夜色笼罩，昏暗、寂静。他巡视完车间油漆泵，回到自己的办公室——趁着这份静谧，思考着新的一年的路该怎么走。

"现在月工资是 4200 元，虽然不高，但是过年还有 1 万元的年终奖；工作虽然辛苦，但还是比较充实，学到了不少新的东西，自己的价值多多少少也被公司认可了一些。现在的这个状态比待在家里寄希望于做期货交易赚钱要好得多。"王晓农心里想着。

王晓农此时对这份工作的态度已经发生了变化，变得比较积极，已经完全没有了之前一直要离职的想法。他真正感觉到，一个人存在的价值就是被别人认可；如果做的事情不被认可，那么这个事情就很难持续进行下去。犹如他做的期货交易那样，刚开始非常坚定地辞了职回家做期货交易；然而得不到父母的认可，再加上搞不出什么名堂，他自己也就失去了信心。

进入家美机械大半年时间后，王晓农的工作和心态都已经走上了正轨。

# 第四章、努力工作

# 第一节、负债前行

1、买房

时间回到 2016 年 9 月份。

这时离王晓农入职家美机械才过去五个月。他虽然工资不高，但也还是踏踏实实在做。唯一的缺憾就是夫妻俩不能团聚在一起，因为青梅还在省城上着班。有时候王晓农带着女儿去看青梅，有时候青梅回家看望女儿和他，总的来说聚少离多。这样的生活状态已经持续快两年了。

青梅不愿意回来上班的一个原因，就是觉得和公公婆婆住在一起会产生很多矛盾，不自在。如果有一套属于他们自己的房子，这个问题才能得到根本解决；而且泽溪慢慢长大，也需要做长远考虑。

房子是王晓农的一块心病。他本希望通过自己的本事赚到钱然后再买房，而且是全款买房。因为他不希望父母操心；也不喜欢求助于别人，哪怕是银行贷款。

按照开始时王晓农在期货公司交易获利的趋势，他觉得自己在不长的时间内可以赚到 100 万，实现全款买房的梦想；然而现在梦想破灭，钱包不断缩水，但买房的现实需求却更加强烈。

王晓农的父母也希望自己的儿子能买一套房子，让青梅可以定下心来，回来工作。

房价涨得很快，2016 年年初的时候安宁镇的房价每平方米在 4000 元左右，而到 2016 年 9 月份每平方米已经涨到了 6000 元。王晓农的父母心急如焚，四处打听。

有一天吃好晚饭，父亲对王晓农说："你表哥的一个同事正打算把房子卖了，你要不要去看一下？"

"到时候再说吧。"王晓农回答道。

房子王晓农肯定是想买的，只是手头紧张，现在买不起；而且做期货亏钱的事情他还一直瞒着父母。

"不要到时候再说，到时候再说。房价涨那么快，现在不买，以后你想买都买不起了！"父亲厉声说道。

"如果钱不够，我们给你；如果再不够，我们到亲戚那边去借，凭我们的为人，总能借到钱的！"

父亲好像看出了王晓农的心事。

这刺到了王晓农的软肋。要父母出钱，又要他们放下身段一个个去求情借钱，王晓农心里真的是一百个不愿意，想想都心痛。这不仅意味着自己成为了一个"啃老族"，又成为了一个地地道道的"房奴"。

王晓农记得马云说过"十年后房价如葱"。他真希望房价能跌下来，但是他等不了十年。

王晓农没有办法，勉强答应父亲去看房。

这个房源信息是王晓农表哥介绍的，他只听说房主是表哥的同事。表哥姓许，从事教师职业。王晓农上初中的时候，表哥还教过他。

由于青梅休息时间和房主休息时间不一致，所以看房时间没有约在白天，而是约在了一个晚上。

那天晚上，王晓农和他的父母，还有青梅和孩子，一家5口人，在表哥带领下"浩浩荡荡"地来到房主家。

房主已经在家，王晓农表哥先进去了。其他人也陆陆续续脱了鞋进去，王晓农站在了最后。等他换上鞋进入大厅的时候，他猛然发现这个房主原来就是自己初中的体育老师。怎么那么凑巧？王晓农脑袋里转了一下，还好记得这个老师姓"付"。

"付老师您好。"

"你是王晓农吧。"

"是的，付老师。"

王晓农从小学到大学，那么多老师，有些老师叫什么他还真记不得了。付老师当时教体育，个子很高，讲话很幽默，所以王晓农对他有较深的印象；而当时付老师跟王晓农表哥教同一个班，王晓农又是班长，付老师大体对王晓农也还是有一些印象。

寒暄过后，王晓农坐在了沙发一边，表哥在和付老师聊着天。他一下子也不知道讲什么，想到师生之间做买卖，感觉怪怪的。

王晓农的父亲对这套房子好像饶有兴趣，仔细观察了起来。

沙发正面是一个超薄、超大的液晶电视屏，靠窗边的墙角放着一台立式空调。整个客厅很大，墙面用白色的乳胶漆刷成，地面用浅色的木地板铺就。客厅地面还用台阶隔成了两部分，既宽敞又有层次感。

见王晓农的父亲在观察房子，付老师起身带领大家边看边介绍了起来。

客厅的南面是书房，书柜里面放了不少书。墙上挂了很多装饰画，让人感受到浓郁的文艺气息。书房进去左拐就到了卧室，床是东西向放置的，衣架上衣物还在。墙四周贴着别致的墙纸，在暖黄的灯光照耀下，让人感觉温馨又甜蜜。

付老师在和王晓农的父亲介绍着，而王晓农却落在后面独自欣赏，仿佛是来参观的，并没仔细听父亲在和付老师说些什么。

从卧室和书房退出来，东面有一条木质的楼梯，是通往阁楼的。

"上面是阁楼，当时买房子的时候这个阁楼是送的。"付老师说。

"居然还有阁楼？"王晓农终于回过神来，心里感到诧异。

大家通过楼梯上了阁楼，里面全是小孩的玩具：娃娃、球、木马、蹦床……

"哇，这么多玩具！"泽溪叫了起来。

"我要玩蹦床。"泽溪朝着妈妈说。

没等青梅反应过来，付老师抱着泽溪上了蹦床。泽溪开心地蹦了起来。

"我女儿都长大了，这些玩具都用不着了，你们买了房子之后，这些玩具都可以送给她。"付老师指着泽溪说。

王晓农也只是笑了一下，没吱声，赶紧叫泽溪下来。

"爸爸，我要玩。"泽溪倔强地说。

搞得王晓农都有点不好意思。

阁楼上有点闷，不一会儿大家就边聊边下来了，泽溪也跟着下来了。

这套房子看起来很宽敞，不算阁楼，有 130 个平方。但王晓农觉得偏大了点，就他和老婆孩子 3 个人，哪需要那么大——主要还是考虑这套房子肯定不便宜。

王晓农的父亲倒是对这套房子非常满意，已经在向付老师问价格了。

"付老师，这套房子看着还不错，晓农的表哥说你这个房子要 78 万；我们也是真心想买，但是没攒几个钱，你适当便宜一点。"

不算阁楼的话，130 个平方那就是每平方米 6000 元。

这是一套住了十多年的老房子了，想想这个价格还是贵的。

"我平时跟许老师的关系比较好，你们又是许老师的亲戚。价格上我不会要得很高，'大约麻子'能过得去就行。我在中介那里挂的是 80 万，许老师说你们要，所以我跟他说了 78 万。我们自己去把手续办了，也可以减少中介费用。今天你们都来了，如果真的想要，76 万给你们。"

付老师不是安宁镇本地人，但在这边教书教了多年，安宁镇的方言也学会了不少。"大约麻子"就是大约、大概的意思。

王晓农父亲说道："付老师，这房子有十几年了，刚才我看到墙壁有点裂了，阳台的瓷砖也破了，你看是不是再便宜一点？"

"这个问题不大，你们以后肯定也是会再重新装修过的吧。"付老师接着说，"这样吧，再便宜5000块，75.5万。"

"付老师，你曾经是晓农的老师，看在师生之情的份上，就取个整数，75万吧。"王晓农的父亲说。

"这个真不行，再便宜的话我就做不了主了，我老婆会怪我卖得太低。"付老师说。

……

磨了半天，付老师就是不愿意妥协。王晓农一家怏怏然回去了。

王晓农父亲这么急谈价格，原来他已经向一帮亲戚东拼西凑借好了10万块钱，加上自己家的积蓄，他觉得首付应该是没有问题的。

对付老师的这套房子，王晓农也有自己的想法。首先，这是一套老房子，别人已经住了十几年了，花大价钱买一套老房子总觉得不舒服；其次，这套房子偏大了一点，三口之家住的话有点浪费；另外，这套房子的区位已经边缘化了，这里属于老镇区，而安宁镇大开发的热潮正慢慢向新区推进。

所以王晓农劝父亲不要再执着于买这套房子了。

本来，王晓农对买房子没有什么积极性，可是现在父亲钱都已经借好了。他知道，现在这个时代人情冷漠，借钱需要放低身段，以祈求的姿态好话说尽；日后还得欠人家一份人情。总之，钱不好借。

王晓农父亲刚开始积极主动，儿子却不想买这套房子，他有点泄气了。

"如果你不想买房子的话，我就把钱还回去。但是我要跟你说，这次还回去的话，以后不一定再能借得到钱——你的几个表弟、表妹过不了几年就要结婚了，到时候就很难借钱了。"

"爸，钱先留着吧，我再去中介看看有没有合适的房子。"王晓农对父亲说。

"我手上也还能拿出个10万块钱。"王晓农接着说。

"做期货亏钱了？"父亲问道。

王晓农已经毕业8年了，中间有一段时间跟父母说起过自己银行账户有20多万了；几年过去了，能拿得出的钱变少了，父亲想来他肯定是亏钱了。

"刚开始赚了些钱，这几年陆陆续续亏回去了10万……"王晓农终于鼓起勇气说了出来。

"总的来说还是赚钱的……"他补充道。

平时父亲问王晓农期货做得怎么样，他总是含糊其辞地说"还行吧，赚点工资钱"，总说不出个确切的数字。父亲已经意识到儿子这个期货做不出什么名堂来，只是一直没有去戳穿。父亲深知打工的艰辛，一般人打工要打多少年才能存下10万块钱？而且这几年儿子又亏钱又不上班的，一来一去能差个20多万了，父亲感到非常惋惜。

王晓农开始积极去中介找房子。由于钱不多，他着眼于单价便宜、面积稍小一点的房子。经过几轮比较，他终于选择了安宁镇新区离老家比较近的一套二手毛坯房。整套房子属于靠东边的边套房，约100个平方，还外加了底层的一个小自行车库。房子价格为52万。

王晓农付了32万作首付，剩下的钱向银行办理了贷款手续。贷15年，月供1500元左右，从他的银行卡上扣除。

由于向亲戚借了一些钱，房子首付也在预算内，所以王晓农手上还留了几万块钱，以备不时之需。

同时，王晓农带着青梅办理了房产过户手续，房产证上写上了两个人的名字。

现在还不够钱装修，房子只能暂时空置在那里。

青梅也答应过了年之后回来找份工作，一家人终于快可以团聚了。

而此时的王晓农真正变成了一个"房奴"……

## 2、买车了

2017年的2月份，青梅办理了省城原单位的交接手续，终于回家了。由于买的房子还没有装修,她和王晓农还是住在农村的老房子。

王晓农开始为青梅在安宁镇附近找工作，这对他来说不是什么难题。他平时做的就是人事行政工作，经常去劳务中介，跟那些中介人员混得很熟，消息比较灵通，知道安宁镇最近哪个厂在招人、招什么工种。

就这样，王晓农通过中介帮青梅找了一份仓管员的工作，月工资3500元。

这是一家包装厂，离王晓农所在的家美机械不远。只是青梅这家厂下午4点30分就下班了，而王晓农正常情况下5点钟才能下班。青梅只能等王晓农一起下班，因为她不会骑电瓶车；而王晓农也只是骑电瓶车接送青梅，他实在有些过意不去。想想以后碰到下雨天或冬天，如果骑个电瓶车的话就要让青梅受苦了，因为从安宁镇开发区到家有十几公里路程。

王晓农在厂里虽然没有一个管理者的名分，但是很多人把他看做人事行政部的负责人，特别是一些基层员工。有时他们会问："你一个领导怎么还骑着电瓶车？"王晓农语塞，不知如何回答。很多工人在家美机械赚了钱，纷纷买了车；而且大部分行政人员也是开车来上班的。在安宁镇，汽车已经非常普及，王晓农已经落伍了。

王晓农5年前在省城上班的时候已经考取了驾驶证，这几年一直没有买车，也没跟别人借车开过，他现在开车的技能基本上已经退化为零了。

王晓农看了一下银行卡里还有 3.7 万块钱。他想着是不是贷个款，然后买个便宜一点的车，只要车子不超过 10 万元他都可以接受。

青梅倒是不同意王晓农买车。她觉得每天坐坐电瓶车也没有什么关系；如果买了车平时花的钱都没有了。但是，王晓农思来想去，觉得还是有必要买一辆车，至少可以先去了解一下。

有一天，王晓农休息，他带着女儿泽溪去了一家汽车店。面对着好几款车型，他一一咨询了店老板，最后看中了一款车，一辆乳白色的国产小型 SUV。这款车配置不算低，裸车价格 6 万多，办完所有手续价格是 8 万元，符合王晓农的心理预期。

王晓农又咨询了贷款的事情。他了解到如果贷款 4.3 万元，分 3 年付清，每月要扣 1300 多元。他心里盘算着，房贷每月扣 1500 元左右，再加上这个车贷总共是 3000 元不到；自己的月工资是 4200 元，扣掉社保什么的，应该够付贷款。

这个车泽溪看着也很喜欢。

于是，王晓农当机立断，加上押金共付了 3.7 万元，又贷款 4.3 万元，就把这个事情定了下来。

他对车子已经很生疏，不敢开，让店老板把车子开到了自己家。

王晓农母亲看着满心欢喜，新车也吸引了周边的邻居过来品头论足。

这车虽然不是什么好车，但王晓农总算有了一辆自己的汽车；平时他和青梅上下班途中也有了一个遮风挡雨的地方。王晓农母亲还特意在新车的两个反光镜边上栓了红绳，寓意"出入平安"。

只是，自此为止，王晓农银行卡里一分钱都不剩了。为了应对突发要钱的情况，他特意去办了一张信用卡。

买完车后的那几天，外面下着蒙蒙细雨。车放在家门前，王晓农开始重新"学车"。一开始他只敢在家门口前进和倒车。由于车身两侧的宽度无法估计，他便在地上用碎砖头根据轮胎的宽度划了两条直线。线虽然很快被雨水浸得模糊，但还是能看出些许印记。

等有一点感觉之后王晓农便大着胆子上了家前面那条乡村马路。

谁知第一次上路就出了问题。

王晓农车速开到了每小时 50 公里。本来雨天没什么车，小路上一辆车子开开倒没什么，可突然迎面驶来一辆大货车。王晓农慌了手脚，用力打方向盘往路一侧靠。会车之后，还来不及回到马路中央，右侧竟出现了一段护栏，右侧车头便"砰"的一声撞到了护栏上。他下车一看，车头右侧出现了一个凹坑，上面还刮上了护栏上的红漆。

刚买的新车就出现了损伤，王晓农有点心疼；想想刚才那一幕，他也有点后怕。在这么一条不宽的乡村马路上，每小时 50 公里的会车速度太快了。

还好车只是"皮外伤"，并无大碍。王晓农只得小心翼翼练习自己的新车，而且不敢开太远。

王晓农母亲也担心，便叫了亲戚过来指导。虽然王晓农比较犟，不太情愿，但是车子已经被撞过了，他也不好意思拒绝。

一天晚上吃过饭，亲戚坐在王晓农车子的副驾驶，让他把自己的上班路线开一遍，边开边指导。

就这样，王晓农每天下班后练练车，那熟悉的感觉又重新回来了。经过一个月时间，他终于可以轻松地开着车和青梅一起上下班了……


3、装修

王晓农买的新房子在大半年时间里一直没有装修，而这段时间装修材料价格涨了很多，因为国家加大了环保整治力度，关停了一些污染较大的企业。

看到这个情况，王晓农父母和儿子商量，希望尽快把房子装修起来。

王晓农不是不想尽快装修，而是囊中羞涩。半年前买的房子，又是向亲戚借钱，又是向银行贷款，现在还贷款买了车。他总共已经负债 30 多万，这还不算利息、不算父母出的钱，哪还有余钱来装修。

可父亲说要装修，王晓农也无力反驳，就听了父亲的。如果半年前不是父亲坚持要求买房，现在王晓农已经买不起房了。安宁镇的房价已经涨到了每平方米 8000 元。

房子真是个神奇的东西，它主宰了所有人的婚姻和幸福，大家不得不对它趋之若鹜。一个家庭，甚至是双方的家庭，拿出所有的积蓄，只为了子女买一套遮风挡雨的"安乐窝"。节节攀升的房价，让没买房的人心急如焚，让买了房子的人庆幸万分。大家的情绪都跟房价联系在了一起。

王晓农对装修的事情完全不懂，而父亲在镇上总还是有些人脉。所以装修的事情他就让自己的父亲去负责。

好在，父亲了解到，现在装修房子可以把材料钱先欠着，晚点结算也没问题。这让家里的资金压力小了不少。

就这样，一家子已经在负债累累的情况下，开启了新房子的装修工程。

王晓农买的房子是三室一厅一厨两卫加一个阳台，是毛坯房。青梅希望实现一个简约、素雅的装修风格。

父亲叫了自己的连襟——也就是王晓农的二姨父，对这个新买的毛坯房进行了局部修改。因为这套房子的厨房和卫生间都比较小，需要进行调整。王晓农的二姨父是泥工，当时搭建的兔子棚也是他来做的。

王晓农的父亲又叫了一个熟人木匠在卧室和阳台各做了一个衣柜，在客厅做了一个吊顶，同时在进门处做了一个鞋架和玄关。

王晓农的父亲还叫了村里的一个漆匠，根据青梅的意思，把室内的门和墙用乳胶漆刷成了白色。漆匠建议墙上贴墙纸，青梅觉得还是用乳胶漆环保一点，墙纸里面的胶水对身体不好。

卧室里铺上了红棕色的木地板，其余房间铺上了奶白色的地砖。

值得一提的是，靠北面的房间做成了王晓农的书房。窗户边新做了书桌，书桌右侧是新做成的书柜。这个房间比泽溪的房间要大，但因为考虑采光问题，泽溪的房间没有安排在这里。

框架装修完就要添置家具了。因为钱的原因，家具添置搁置了一段时间。

有一天晚上，王晓农建议一家人去镇上看一下沙发和泽溪的床。他本来是想增强大家的参与感，谁知在买沙发的问题上王晓农父亲和青梅产生了分歧。

父亲想买一张大一点的沙发，这样搬入新房那天，他和王晓农母亲就可以睡在沙发上。王晓农不知道安宁镇上还有这样一个习俗——"子女搬新房，父母要过来住一晚"。

青梅觉得客厅不大，不应该买大沙发，买张小一点的就可以。如果搬新房那天公公婆婆要临时住一晚，就去买个折叠床，这样到时候不用了也可以叠起来；如果自己娘家人来做客的话，折叠床也可以拿出来睡一下。

双方僵持了半天，这让王晓农好不尴尬。

最终还是按照青梅的意思买了一张小一点的、淡灰色的沙发。

后面又陆陆续续添置了空调、热水器、餐桌、茶几等。

整个装修工程做做停停，总共花了将近半年时间。

王晓农把每一笔账都仔仔细细地记在了自己的电脑里：泥工工钱8000元，瓷砖11500元，木材款17500元，漆匠工钱和材料钱13200元，卫浴5300元，防盗窗5000元，木地板8000元，木匠工钱10000元……七七八八加在一起总共花了将近13万元！

就这100平方米左右的房子，王晓农搞的也算是简单装修，竟然花了这么多钱！要是放在一两年前，像这样的装修可能也只需要7、8万元就够了，材料和人工费用涨得真是太快了。

王晓农根据父亲的意见，有钱了先付人工工钱，材料钱可以延后再付。

王晓农仔细算了一下，买房、买车、装修的外债总共已经有40多万，快接近50万了！对于一个农村家庭来说，这是一个多么庞大的数字！一个家庭需要工作多少年才能还清这笔债务！正是对债务的畏惧，王晓农过去对于买房和买车总是下不了手。如果没有父母的乐观态度以及背后的支持，他一个人定是难以承受集中到来的"债务危机"造成的心理压力。

就这样，王晓农唯一能做的，就是努力工作，然后省吃俭用。等积攒到可以付一笔款的时候，就把它付掉。和他同甘共苦的还有父母和青梅，大家都勒紧了裤腰带，用一家人的团结和努力，付着一笔又一笔的欠款……

# 第二节、大量招人

1、去中介招人

2017年2月4日，正月初八，员工陆陆续续回到厂里上班；然而当天到厂的只有102人，到岗率连50%都不到。虽然年前出台了车票报销政策、跟贡献奖挂钩的按时离厂、返厂政策，但许多人还是希望在家里多待几天，毕竟一年就这么一次集中的休息时间可以走亲访友。

对于王晓农来说，这是严峻的事实。根据公司产能要求和发货计划，他需要在半个月之内把人员数量恢复到节前水平才能正常完成生产任务。

虽然任务艰巨，但王晓农没有退路。

他马上去了劳务中介。公司和中介有服务协议，800块钱一年，价格还是挺便宜的。

中介那里坐满了各家公司来招聘的人员。王晓农看了一下，有十几家招聘单位。得知他们有的初六、初七就已经过来了，王晓农顿时感到来得有点晚了。

各家公司的招聘人员在中介那里都有一张桌子，王晓农也有一张。每家公司在桌上放着自家的招聘资料，大家一起"吆喝叫卖"，犹如菜场卖菜一般。

面对这样一个"买方市场"，再加上招聘任务紧急，王晓农只有主动出击。他站到马路上，拿着招聘资料，给一个个前来中介的应聘人员，询问他们的求职意向，介绍家美机械的优势。

家美机械相对来说有点偏，不像有的公司在主路边上。王晓农特意在招聘资料上放了地图，画出了行进路线，方便求职人员前往。

"你好，我们公司招聘普工，岗位比较多，简单易学；工资挺高的，正常上班的话，每月能拿到6000至8000元。"王晓农一遍遍向前来询问的人说道。

他心里明白，家美机械员工的高工资都是靠加班加出来的。他们几乎每天都加班，每天上班时常超过12个小时，折合成小时工资那是不具备优势的。

王晓农并不擅长言谈和"吹嘘"，但是凭借着对这个岗位的责任心以及认真积极的态度，他邀请了不少人去厂里应聘和现场查看。

厂里人事行政部由丁总坐镇面谈和分配工种，然后孙金负责带人去车间查看具体工种情况。

孙金是负责做计件工资的，但是没办法，遇到年初招人忙碌的时候，他也得帮忙。

王晓农去中介的当天，就带了10几个人过来。办公室里面丁总和孙金也忙得不亦乐乎。

王晓农因为还有其他工作，不能长时间待在中介，上午10点多就回了公司。去中介的第一天，招聘效果还算不错。

除了中介，其他的渠道主要还有招聘网站招聘以及去附近的地方贴"小广告"。丁总告诉王晓农要多管齐下，以最快的速度把人招齐。

王晓农把上午新报名的人员资料进行了整理，下午又和孙金两人拿了招聘宣传单去外面贴"小广告"。

家美机械附近有一条商业街，这里有菜场、商店和娱乐场所，边上还有居住区。王晓农和孙金就把目标锁定在了这里。

王晓农事先把宣传资料上贴好双面胶，然后和孙金每看到一处空白的墙或柱子就撕下双面胶的外面一层，随即把资料贴在墙上或柱子上，再用手抚平，速度很快。王晓农还把撕下的双面胶垃圾认真地放在文件袋里，见到垃圾桶才一起扔掉。

墙和柱子成了王晓农和孙金的"主战场"，"五步一岗，十步一哨"。没过多久，整个商业街就彻底"沦陷"了。

正当他们贴完资料准备回去，王晓农赫然发现，不远处穿着"黄马褂"的保洁阿姨，正在他们刚才贴宣传资料的地方把资料清理下来。王晓农和孙金两人嘘唏不已，看来贴"小广告"这个方法是不顶用了。趁着还没被保洁阿姨发现，他们赶紧一溜烟跑了。

后来，丁总对他们俩说，"小广告"还得贴，但可以"转移阵地"，到其他人多的地方去贴，比如小区、外租人员比较多的农村等等。

就这样，王晓农每天上午去劳务中介，下午和孙金去贴"小广告"，空的时候网上、聊天群里发发招聘信息。多管齐下，还确实招到了不少人；再加上老员工的陆续返厂，半个月之后，人员终于恢复到了春节前的水平。

人事行政部年末和年初的工作是最忙的。随着新员工的加入，王晓农需要为所有这些新员工办理入职手续、归档资料、做考勤卡和饭卡、交保险等工作，忙得焦头烂额；而且刚开始新工都不太稳定，人员一茬一茬地换，工作一遍一遍地做。

工作量实在太大，仅凭王晓农和孙金两人来把所有的事情做好、做到老板满意，那几乎是不可能的。

原本人事行政部要招一个经理，可是大半年过去了，陆陆续续来应聘了不少人，牛总始终没有定下来。

近来，王晓农听丁总说，牛总同意招一名人事行政专员，把人事行政部一些具体的工作分摊掉。

那真是太好了！加一个人至少可以分摊掉王晓农的一部分工作；而且不再招人事行政经理，也从侧面说明了牛总和丁总对王晓农工作的肯定。

王晓农开始发布人事专员的招聘信息。

2、新人入职

人事行政专员的招聘相对于人事行政主管或人事行政经理的招聘要容易得多。随着招聘信息的发布，很快就有人来面试了。

对于应聘人员的面试，王晓农只能是初试，最终任用与否还得由丁总来决定。

第一个来面试的女生叫邓晓莉，1986年生，长得瘦高，皮肤略黑，老家是江西萍乡的，现住在省城的一个开发区。该开发区与安宁镇接壤，所以离家美机械不远。住在省城而想在安宁镇这个小镇工作的人还真是不多见，除了丁总——丁总也是住在省城的。

经过面试，丁总留下了这个女生，并对人事行政部三个人的工作重新进行了分配。

经过几天相处，王晓农觉得这个女生非常开朗，经常会开心地笑，在她身上好像就没有困难似的。这种开朗和笑声能感染到别人，特别是原先办公室只有王晓农和孙金，再加上偶尔过来的丁总。她的到来，打破了三个男人沉默和严肃的尴尬氛围。

然而，不到一个月，这个邓晓莉却选择了离开，给出的理由是"来这里上班只是想来玩一下而已"，真是让人大跌眼镜。

第二个来面试并入职的是一个叫孙喆的女生，1993年生，长得小巧，皮肤白皙，是安宁镇本地人。她刚做完月子，襁褓中的婴儿仍需照顾。对此，丁总是有些顾虑的，但面对人事行政部当前的局面，他只能决定先试用。

王晓农觉得孙喆这个女生还是可以的，职责内的工作都能很好地完成，只是偶尔请假回去照顾孩子。

有一次，孙喆的孩子患了感冒，有点严重，她在家照看了几天。这使得王晓农的工作又变得紧张起来，很多事情来不及做。

后来丁总要她保证，安排好家里的事情，不能耽误工作。她觉得难以做到，也干了不长时间就离职了。

之后还有一个女生入职，因不适应这里的工作，干了不到一个星期就走了……

连续几个人都没多长时间就干不下去了。这让王晓农联想到他自己入职的那会就有两个女生离职。这些足以说明，家美机械是不吸引人的。

家美机械的办公环境在整个开发区应该算是最差的，再加上噪声大、工作杂，很难留人。

王晓农很无奈，自己的座位因为她们的入职和离职，频繁地调换——她们入职了，王晓农把自己的位子让出来，自己坐以前人事行政经理黄明杰的位子；她们走了，他又得搬回自己原先的位子。因为办公室平时只有两个人的时候，丁总会过来坐坐。

虽然让新人留下来很难，但招还是要继续招的。

时间过得很快，已经到了 2017 年 5 月份。

有一天，又有一个女生来应聘。她叫周琪，1995 年生，长得很"魁梧"，一副男生的骨架，个子也高，是安宁镇本地人，之前做过人事工作。

王晓农向她介绍了公司的一些基本情况，她一直就腼腆地点点头，话说得很少。

当时丁总有事在外面，王晓农向他汇报了这个女生的情况；而丁总让王晓农自己决定是否任用。王晓农觉得周琪做过人事工作，就让她来上班了。

就这样，王晓农又挪了座位，把自己的座位让给了这个新来的小周。

同时，丁总对办公室三个人的工作又进行了明确：

王晓农主要负责外联、公司级制度的起草、会议记录以及结果跟踪落实、办公室印章管理、保安和宿舍管理、办公用品请购和台账填写、消防和安全及环保管理、公司年会策划和实施、车票报销、应急事件处理和协调、组织架构设计及部门岗位职责设计、员工招聘和培训、非计件人员工资计算和工资表造册、"第一责任人"绩效考核、工伤处理和协商、劳动争议处理和协商。虽然添了一个人，但人事行政部的主要工作还是压在了王晓农的身上，真不知道他之前是怎么坚持过来的。

孙金主要负责生产人员计件工资统计和保洁管理。

新来的小周主要负责办公用品领用和统计分析、员工档案管理和人事关系调整办理、劳动合同签订、保险购买和退出、员工考勤统计和核对。

这个小周刚毕业一年，性格温和，说话时经常带着轻柔的笑声，显得一脸稚气。王晓农把部分工作向小周进行了交接；小周也很聪明，她很快就熟悉了这份工作。

小周是以人事行政专员的身份招进来的，这个岗位工资不高，和王晓农当时进来时一样。

就这样，小周在家美机械慢慢稳定了下来，适当减轻了王晓农的工作压力，也结束了王晓农经常换座位的尴尬。王晓农、孙金和周琪三人，在接下来的时间里，组成了人事行政部的稳定架构。

王晓农虽然没有名分，但已经是被默认为人事行政部的主管了，负责处理人事行政部的具体事务；丁总还是挂着人事行政部的领导职务，但一般不来王晓农办公室，对一些重要的工作和重大的问题，他会指示王晓农办理和解决。

日常工作都有流程参照，决策性的事务会有丁总指示，有时还会有牛总的一些任务安排，因此王晓农在很大程度上仍旧是作为一个执行者存在着。

总的来说，王晓农的身份还是略显尴尬。不过，他不在意，踏踏实实做着自己的工作。

## 3、新工培训

开年后新工来了不少，新工的培训问题迫在眉睫。丁总要求王晓农对所有的新工都要进行入职培训。

上一年王晓农忙着手头的事情，没有意识到要做新工培训工作。

对于培训，王晓农没有什么经验。不过，经历了年会的主持，他还是觉得自己能把这个事情做好。

王晓农跟丁总商量后，决定把培训分成两批，每批 30 人左右。

第一批培训放在一个星期六的上午 7 点钟。因为 8 点钟工人要去车间工作。

王晓农准备了《员工手册》、《住宿管理制度》、《危险源辨识清单》等内容，拷进了自己的笔记本电脑，并一一进行了熟悉。

新工进来，需要熟悉公司的各项规章制度，包括有些需要住宿的员工，还要了解公司的住宿制度。最关键的是，工厂内部有不少安全风险较大的地方，需要新员工了解。

培训当天，王晓农起得很早，到公司后调整了投影仪，静等新工过来培训。培训的地方是家美机械的食堂，桌子就是吃饭的餐桌。整个食堂光线昏暗，不过，看投影恰好合适。投影布是可以移动的，放在食堂特别不搭，好在还是比较实用。

等名单上的人员签完到，慢慢安静下来，王晓农开始了他第一次"培训讲师"的角色。

"大家好，我叫王晓农，目前在人事行政部工作，负责人事和行政后勤的各项具体事务。以后大家在这些方面有需要帮助的，可以随时来找我。"

王晓农说得不假，家美机械的人事行政部是很接"地气"的，每天进进出出的员工很多，王晓农为他们办理大大小小的事情。

"我们在座的新同事，有的已经来了好几天了，对公司的一些制度可能还不是很了解，我今天为大家作一些讲解。"

坐在餐桌座位上的新员工一本正经地看着王晓农。

"首先是考勤制度。公司正常上班时间是上午8点到下午5点，车间具体的上下班时间以生产计划为准，一般情况下每月休息2到4天。"

家美机械平时都很忙，工人经常要加班加点，休息时间很少，真的是非常辛苦。

"请假的话，一天以内由班组长审批，一至三天需部门经理审批，三天以上的请假需要副总经理审批。不按手续请假的，以旷工处理，每天扣200元。"

虽然王晓农嘴上这么说，但他心里还是虚的。200元对员工来说不是个小数目，他们一天的工资可能都没有200元。在人事行政部的这个岗位上，既要为员工服务，做好后勤工作；又要维护公司制度，和员工之间形成管理与被管理的关系。王晓农"在其位，谋其政"，已经没有退路。丁总一直告诫他，要从公司的利益出发想问题、做事情。作为身处"社会底层"的王晓农只能把对员工的同情放在内心深处。

王晓农接着说到离职手续："如果做了段时间发现这份工作不

合适，可以申请转岗或离职。如果是离职的，转正员工要提前一个月提出书面申请，试用期内员工提前三天提出书面申请。如果不按正常流程离职的，要按急辞处理，扣800元。"

在家美机械，由于生产任务紧，员工离职非常困难。最让人惊愕的是，生产部的经理常常把员工的离职单撕掉，不承认员工的离职；有时就是压着空白离职单不给员工，也不让人事行政部给。

"另外，公司严禁打架。如果打架的，公司一律作开除处理，并扣800至1000元。"王晓农继续说道。

家美机械的原材料和半成品都是铁做的，如果以这些原材料和半成品作为打架工具的话，后果真的是不堪设想。

讲完了扣钱的内容，王晓农长舒了一口气。

接着他讲了有关安全的内容。比如，车间叉车较多，要注意和叉车保持距离，不要一边走路一边看手机；比如，钢卷堆放的地方要"宽转弯"，避免手甩到钢卷而割破手；比如，注意脚下翘起的铁板，避免摔跤；比如，不要在起重设备下逗留，要快速通过；比如，避免电焊光和烟的伤害；比如，易燃易爆气瓶要规范放置，乙炔和氧气瓶不能放在一起；比如，箱子要堆放整齐，避免坍塌造成的安全风险；又比如，远离加热设备，避免高温烫伤……让新工平时注意这些容易产生风险的工作环境和工序。王晓农特别提醒大家，不要一边走路一边看手机。现在大家都有了智能手机，经常掏出来看，造成很大风险。

然后，王晓农又讲了一些住宿管理制度，包括住宿、退宿、床位、用电安全等内容。

7点50分，培训结束，大家刚好可以回去干活。

不管培训成功与否，王晓农把该讲的内容都讲了。他自我感觉还算不错。

有了第一次培训经验，王晓农对内容的讲解、时间的控制有了更好地把握。他依样画葫芦，后面又同样地组织了第二次培训。唯一令王晓农不如意的地方，就是培训时间都定在了上班之前，每次都得老早起床准备。但他也没有办法，家美机械就是这样一种企业文化。

# 第三节、新厂房建设和技改环评

## 1、新厂建设

2016 年下半年，牛总如愿以偿地买下了一块新的土地。

这块地在家美机械西面两公里左右，共计 80 亩。牛总准备建新的厂房以扩大现有产能。由于牛总经常在国外出差，这个项目启动很慢，开发区管委会一直在催促。

2017 年 8 月 15 日，牛总通知王晓农，带上笔记本，一起去开发区管委会。

开发区有一个部门叫"项目推进办"，大家习惯称之为"项推办"。

牛总和王晓农走进了项推办。

"许主任您好您好。"牛总热情地向坐在座位上的一位中年男子打招呼。

王晓农也笑着轻声打了招呼："许主任您好。"

原来这位中年男子姓许，面容清瘦，是这个项推办的主任。

许主任示意牛总和王晓农在沙发上坐下。

"许主任，我从来没有建过厂房，这方面一点都不懂，还望多指点指点。"牛总接着说道，"这是小王，王晓农，我特意把他叫来，今后新厂建设的手续办理就由他来负责。"

王晓农微笑着向许主任点了点头。

"整个建设流程事情很多，必须要专职负责。"许主任对牛总说。

牛总迟疑了一下，笑着对许主任说："许主任，以后就由小王专职负责这个项目。"

"怎么可能专职，人事行政部还有一大堆做不完的事情。"王晓农心里想着。

就这样，许主任把整个建设流程跟牛总和王晓农说了一遍，王晓农在笔记本上飞快地记着。

建房子的手续，王晓农是第一次接触，丈二和尚摸不着头脑，一头雾水。

由于拿地之后一直没有动静，拖了很长时间，现在只有加快建设进度，才能在规定时间内完工。时间很紧张，王晓农压力很大。

待许主任讲完，为便于以后工作中遇到问题进行解答，王晓农还留了许主任的联系方式。

按牛总的要求，王晓农根据许主任提供的手续流程，倒排着时间计划。

其实，在 2017 年 5 月份的时候，牛总已经让王晓农写了一份新建厂房项目的《可行性研究报告》。王晓农之前从来没有写过这种项目的报告，他参考管委会提供的模板，又向公司各部门一遍遍询问相关数据，几经修改，才最终写出了这份报告，并顺利拿到了立项批文。同时，王晓农在牛总的授权下，已经和设计单位、勘察单位签订了合同。

按照流程，审批期办理的事项有 21 项，竣工期办理的事项有 10 项；而拿到立项批文，这只是流程上的第三步，一切才刚刚开始。

"没个一年半载，这肯定是搞不定的。"王晓农心里想着。

为了能使项目得到更好地监督和实行，牛总花大价钱请了省城的监理单位，合同价 45 万。王晓农听说在钱塘市找一家监理单位 20 万都不用，看来牛总是不吝惜钱的。

与此同时，王晓农按照流程一项项准备资料，并频繁来往于市区和厂区，如民用建筑节能审查、建设用地规划许可证办理、临时基建用电、临时基建用水、施工图联审等等。每个流程资料准备麻烦，有的还得几个政府部门盖章，再加上王晓农的不熟练，有时候资料不全，一个事情就重复跑好几趟。

更让王晓农觉得搞笑的是，属地政府正在推行"最多跑一次"活动，意思是让大家办事更加方便。王晓农心里想着，如果自己新厂房建设的手续只要跑一趟就办成那该多好，这不是体现了"最多跑一趟"吗？想多了，实际上没有那么好的事情。

幸好王晓农买了车，这时他的车派上了大用场。想来，如果没有汽车，到市区30多公里的路，坐公交的话那得多耗时，而且到了市区可能还要打的。自己有车那是方便多了。自从王晓农接了这个任务，截止到2017年底，对接各单位跑的次数总共不下50次。

王晓农也愿意跑，因为买的是新车，首保里程有要求，王晓农在这段时间有意识地多开开，加快车子的磨合。

后来牛总跟王晓农说开车办事油费可以向公司报销。王晓农傻傻的，最初几次跑市区的油费没有报，权当磨合车子自己出钱了，算下来也有几百块钱。

繁琐的流程，王晓农没有经验，只有"摸着石头过河"。

一次次地加任务，王晓农没有退缩，都硬生生地接了下来。或许是他买了房子和车子之后，欠了一大堆外债，经济压力很大，只希望现有的工作保持稳定，而不敢轻易放弃。当然，有的人想法可能刚好相反，正因为没有钱，就想着找一份工资高一点的工作。王晓农还是比较保守的，或者说他到了这个时候，开始倾向于保守了。

根据设计图纸，新建厂区包括两个大车间，一个是钢结构厂房，建筑面积2000平方米；一个是框架结构三层楼厂房，建筑面积2500平方米。还包括一栋四层的宿舍楼，建筑面积3400平方米。

王晓农畅想着以后在新厂区办公的美好愿景，觉得这里以后肯定很漂亮。

## 2、犯了错误

2017年10月份，由于整个项目的施工单位还没有最终确认，牛总决定先申请打桩。施工单位，他仍在联系中。

王晓农向当地政府部门提交了"桩基先行"申请，并顺利获得了批准。

但问题来了，施工需要用电，可现在还没有电。王晓农去供电所提交用电申请时，供电所柜台人员说施工单位要他自己去找。想着牛总是在找施工单位，所以这个事情王晓农也就没有放在心上。

当桩基施工单位确定的时候，王晓农问他们电的事情，桩基施工单位说电不是他们负责的。王晓农也搞不清楚电的事情到底该怎么弄，他打电话向项推办的许主任咨询。

"许主任您好，供电所我手续去办过了，桩基施工单位说电也不是他们负责的，请问我接下来该如何办理手续？"

"我上次不是和你说过了么，用电施工找金跃电力，难道你现在都还没去找？现在怎么来得及？他们排计划至少要一个月！"

王晓农被训得面红耳赤，连连答应并记下了"金跃电力"这个名字。王晓农努力回忆当时和牛总去项推办时许主任说的话，也翻看了当时的记录，对"金跃电力"这个名字一点印象都没有。或许是当时许主任讲的时候，由于王晓农对施工和电力方面一窍不通，缺乏敏感性，漏记了这个重要内容。

王晓农赶忙联系许主任说的这家单位，并提交了相关申请资料。对方确实说要一个月后才能来进行通电施工。

这该怎么办？王晓农把情况汇报了牛总。

由于时间很紧张，不能再拖，牛总决定先用柴油作为动力打桩，同时通过政府部门的关系催促金跃电力尽快开展通电施工。经过牛总的沟通，通电计划安排在了 20 天之后。

由于知道王晓农办理施工流程没有经验，牛总也没有怪他。王晓农自己倒是觉得愧疚，认为没有把这个事情办妥，横生节枝。他原以为施工单位就是造房子的施工单位，谁知还有电力施工单位。

整个工程的对外联系由王晓农负责，包括政府部门和工程相关部门；整个工程现场的建设管理由牛少强负责。牛少强就是年会时《团结就是力量》这首歌的领唱之一——生产二部经理，也是牛总的妹夫。他和牛总一样刚好都姓"牛"，名字中也有一个"强"字。他的脾气很倔，像一头倔驴，在公司中只有牛总和丁总能制服他。

随着现场杂草清理、土地平整以及勘察完毕，打桩单位的方桩一车车地运了进来，打桩机也进了现场。根据图纸，整个新厂区共计有方桩 750 根。

一切准备就绪，就待打桩。

这对家美机械和牛总来说，是个重要时刻。牛总妈妈特意去"菩萨"那里求得了一个吉利的时间：农历八月廿七，上午 9 点钟。农历八月廿七也就是公历 10 月 16 日。

2017 年 10 月 16 日，丁总提前带着公司一行人来工地，兴奋之情溢于言表。王晓农也提前到了。

上午 9 点钟一到，打桩机开始启动，第一根方桩一点点被打入地底下。

这一时刻，是家美机械新的里程碑的开始。大家庄严地注视着整个过程，并在打桩现场拍摄了集体照以作留念。

随着打桩工程的进行，王晓农的心情稍稍有些平复；至少工程能够顺利进行，不至于因没有通电而导致整个工程时间延误。

安宁镇当地对民间加柴油的控制比较严格，需要填写申请、公司盖章才可以加。不过，这些对于王晓农来说不是什么难事。

打桩工程进度很快，一个星期的工夫，所有的方桩都已经打入地下。

打桩单位的联系人将费用清单给到了王晓农。

王晓农仔细查看着柴油发电的使用数据：柴油共用了 821 升，价格是每升 5.5 元，共计 4515 元；发电机租用费用 9900 元。

也就是柴油发电的总费用是 14415 元。

"还好，损失不是很大。"王晓农心里想着。不过，他还是免不了愧疚之心，毕竟这是他的工作失误导致的计划改变。

同时他也在紧盯金跃电力这家公司，希望在这段时间不要出什么岔子。

王晓农原本以为联系这家公司人来施工就可以马上通电了，但事实没有这么简单。

通过一个回合下来，他联系了好几拨人，供电营业厅的申请、现场人员查看、电力设计、电力设备安装等等几个环节面对的都是不同的人。

"办理通电就需要这么复杂，更何况是整个工程了。"王晓农心里暗暗想道。但是他知道，现在最要紧的是尽早把电通上。

经过王晓农不停催促和跟进，终于在预定的时间里，金跃电力的人员来到了施工现场。他们手脚很麻利，施工速度很快，不到一天的时间就完成了。

随着安装和通电工作的完成，王晓农也完全卸下了心理负担，后续的施工过程可以正常用电了。

通过这个事情，王晓农吃一堑长一智。他告诫自己，在以后的手续办理中要更加认真、仔细，在事前多问，确保没有遗漏。最重要的是，不给老板惹麻烦！

## 3、技改环评

公司的事情非常多，一波未平一波又起。

在王晓农忙于新厂手续办理的时候，老厂买了一些自动焊机和冲床，按照规定要做技改环评。牛总决定，这个"光荣"的任务又落在了王晓农身上。

还好，王晓农已经在新厂建立的时候写过一次可行性研究报告。因此，这次技改环评的可行性研究报告对他来说轻车熟路，难度不大。这或许是牛总再次把任务交给王晓农的原因之一。

这个技改项目的名称是《年产200万套沙发功能铁架技改项目》，王晓农根据新厂写的可行性研究报告的框架依样画葫芦，分别从项目理由及市场前景、项目内容及产品方案、项目进度计划、公用工程及环保和节能、安全生产及劳动保障、设备投资概算及资金来源、技改后整个项目经济效益测算等方面进行了阐述，跟各部门核实相关数据后，没几天就完成了。

这个项目相对于新厂的项目简直就是"小巫见大巫"，总投资不到600万。但对王晓农来说，工作量没得少，该做的还得做。

这个事情最大的问题是在环评上。上了一个新项目，整个公司的环评就要重新做过。由于环保政策越来越严，以前合规的做法现在不一定合规。

王晓农联系了之前给家美机械做环评的单位，让他们重新做环评。

和王晓农接洽的是一个叫刘文菁的女生。约好时间后她来了家美机械现场查看。

刘文菁个子不高，皮肤略黑，刘海比较长，戴着金边近视镜。她讲话硬朗，但时不时"咯咯"笑一声，露出洁白的牙齿。

王晓农看过以前的环评，也是这个刘文菁写的。那是他入职家美机械前两年做的，当时的经手人是人事行政经理黄明杰。

为了表示亲切，王晓农称呼刘文菁为"小刘"。

王晓农带着小刘按照生产工艺流程绕车间转了一圈，并不停地"接收"小刘提出的各种各样的问题。王晓农对生产工艺以及环保措施不怎么了解，带着小刘的问题，他一个个向公司内相关部门进行确认。

王晓农是个诚实的人，也没有心机，把一些真实的数据都给到了小刘。

经过了解，小刘提出了家美机械存在的一系列问题清单，共有十几项：企业现有废水排放量超过企业现有排污许可总量指标；企业未单独收集废乳化液和废机油，不合规范；废水处理污泥导流沟防渗还不完善；废活性炭暂未更换，拆除现有使用活性炭的废气处理设施……

这些内容都需要在规定的时间内进行整改；最晚，也要在环评通过后的一定时期内整改掉。

牛总也没办法，只得在确认书上签字。牛总告诫王晓农，以后向外界提供公司的重要数据，一定要经过他的同意。

这其实是在批评王晓农。王晓农从做环评的小刘那里了解到，牛总对他向小刘提供近两年的用水发票数据非常不满，在小刘面前开玩笑地说要把他开除掉。

王晓农一阵唏嘘。老板的笑里藏刀，对他来说是非常大的一种震撼。

事已至此，无法挽回。留给王晓农的唯一启示是"战战兢兢做事，夹着尾巴做人"。

王晓农和小刘不停地交流，环评的进度也一步一步往前推进。

这个小刘的公司在省城，每次来家美机械基本上都要半天以上。所以到饭点时，牛总就让王晓农请她去外面的饭店吃饭。

开发区里面有几家熟知的饭店。有一次中午，王晓农带小刘去了一家"桥头饭店"。顾名思义，这家饭店在一座桥的边上，桥对面就是开发区管委会。所以这里人流量很大，这家饭店的生意很好。

王晓农进点菜间点菜的时候，客气地叫小刘一起进来，问她喜欢吃点什么菜。小刘也不客气，指着一条鱼说："听说这条鱼挺好吃的，我还没吃过呢。"

王晓农一看，原来是一条鲻鱼。在安宁镇农村酒席上经常有这道菜，一般是用清蒸的，味道鲜美、肉质细嫩。王晓农知道这家桥头饭店的菜不便宜，特别是鱼类、海鲜类，贵得很。他犹豫了一下。

"你可以报销的吧？"小刘问。

"是的，可以报销的。"王晓农回答道。

王晓农不好意思拒绝，点了这条鲻鱼，又点了其他一些素菜和饮料。

他们俩边吃边聊。聊天中王晓农得知这个刘文菁年纪比自己大两岁，是硕士研究生毕业，江西人。

"你们做环评的，工资应该很高的吧？"王晓农问道。

有些人聊熟之后就会问对方工资，王晓农也落入了这个俗套。

"高个屁，也就是几千块钱一个月。"小刘毫不顾忌地回答道。

"三千多也是几千，九千多也是几千。"王晓农笑着说道。

"我们工资很低的。"小刘补充道。

王晓农将信将疑。做环评有很多文字性的东西，最后编成一本环评书，那也是厚厚的一本，应该要花很大的精力。若真如小刘所说的工资很低，那这么高的学历在经济回报上是不合算的。王晓农自己也是深有同感。

等王晓农吃完去结账，他傻眼了，三四个菜居然花了近 200 块钱，一条鱼就 100 多块钱！没办法，他要了发票，到时候只有硬着头皮去报销了。

来来去去反复多次，环评资料渐渐齐备。几个月之后，终于顺利地通过了环保局的批复。

# 第四节、垃圾和危废处理

## 1、工业垃圾处理

中国人口众多，每天产生大量的垃圾，垃圾处理应该是每个地方政府头疼的事情。

王晓农负责人事行政部具体事物的处理，经常被当地开发区管委会通知开会。

有一次王晓农去参加会议，讲的是关于垃圾处理的事情。

会上王晓农了解到，钱塘市每天产生垃圾总量有 1500 吨，而每天实际垃圾处理能力连 1000 吨都不到，垃圾处理形势非常严峻。开发区管委会责令辖区内的所有企业申报年垃圾产生量，并对垃圾进行分类。

家美机械如果仔细观察的话，垃圾种类还是比较多的，除了餐厨垃圾、生活垃圾外，还有大量工业垃圾，比如废手套、废铁、木块、废托盘、废纸板、炉灰、铁沙、缠绕膜、石子、漆渣等等。

像废铁、废纸板、缠绕膜这种可以卖的，牛总家里人都管得很牢。废铁是牛总的妹夫牛少强在联系。他除了担任生产二部经理外，很重要的一块，就是处理公司的废铁。他有联系固定的合作单位，定期来收。废纸板、缠绕膜这种，是牛总的妈妈在负责，她让几个保洁员把这些废纸板、缠绕膜整理好，她去卖钱。

像废手套这种没有用的，就由工业垃圾站处理；木块、废托盘工业垃圾站不收，只好送给附近卖废品的；炉灰也没有办法处理，只能埋在绿化带边上的泥土里面；石子，工业垃圾站不收，生产车间也没有作严格区分，保洁阿姨有时会零星混在废手套里面；而铁沙这种没人要的，也没法处理的，只能暂存在厂内。

漆渣这个东西比较特殊，它是在产品浸漆工艺中产生的油漆皮。家美机械用的是水性漆，按照当时环评的定义，漆渣不属于危废，属于工业垃圾，需要工业垃圾站回收。漆渣已经在公司木箱里放了很多年，都硬得结块，而且很大；但工业垃圾站要求切成小块他们才收，这可苦了王晓农了。这些漆渣太硬，不好切。可没有办法，王晓农只能发动车间几个员工，拿刀片来切；他自己也上了阵，一刀一刀去把漆渣割成小块。整个场面热火朝天，犹如"庖丁解牛"般的感觉。

牛总觉得这么好的漆渣让工业垃圾站收去了，太亏了。厂里面也有焚烧炉，塞里面烧烧还能省点燃料。他有点舍不得，后来就没有处理漆渣这个东西了。但是，随着环保政策趋严，在以后的新环评中，漆渣被认定为危废。那就不能送工业垃圾站了，也不能自行燃烧，只能让有危废处理资质的单位来处理。

钱塘市有一个垃圾焚烧发电站。安宁镇开发区的工业垃圾站，每天会把运过来的工业垃圾切割打包，大车装好运往这个发电站，一天要运个两趟。

王晓农刚开始和环卫站签协议的时候，生活垃圾和工业垃圾回收的车辆每天早上都会来厂里清运垃圾。但自从 2017 年 7 月份之后，不知道什么原因，除了生活垃圾可以上门清运外，环卫站要求开发区的所有企业把工业垃圾分好类后自己派人送到工业垃圾站，并按吨收费。

像这种事情，都是王晓农所在的人事行政部的工作，人事行政部也只有王晓农自己来消化这些工作。

为了理顺这个工作，并减少工作的复杂程度，王晓农必须要有所行动。

一方面，王晓农拟了《关于工业垃圾处理的通知》，经丁总确认后发放至公司各部门。

一、对产生的垃圾进行分类，区分为工业垃圾和生活垃圾；

二、工业垃圾用蛇皮袋装好并用绳子系紧后统一放置在垃圾存放处；

三、生活垃圾可直接倒入垃圾存放处垃圾桶，等候环卫人员清运；

四、严禁工业垃圾倒入垃圾存放处垃圾桶。

过去大家垃圾分类的意识比较淡薄，对垃圾没有刻意区分；而且工业垃圾和生活垃圾最终都是集中存放在同一个区域，导致故意混放的情况时有发生。因此王晓农写的《通知》的重点是垃圾分类放置。

另一方面，王晓农亲自来做处理垃圾工作。当工业垃圾在垃圾存放处放满后，王晓农戴上手套，和保洁阿姨一起把一袋袋垃圾放到借来的载货三轮车上，然后用绳子交叉绑紧，以防路上掉落。公司刚好有一个年纪大一点的员工，骑了一辆载货三轮车来上班，于是王晓农就向他借来用了。

王晓农以前从来没骑过三轮车，而且他借的这辆三轮车刹车不太灵光，方向也不好把握。在汽车如流的马路上，他载着垃圾，双手死死地握着把手，额头冷汗直流，真担心一不小心就撞上了汽车。还好，工业垃圾站离家美机械不太远，骑个十分钟就到了。

工业垃圾站里面，味道很不好，一股恶臭扑鼻而来；所有的工作人员都是戴着口罩，苍蝇不时从他们身边飞过。王晓农有时去垃圾站刚好是饭点，看到工作人员在用彩钢板搭建的小房间里面吃饭。

在这样的环境下坚持工作，王晓农对这些工作人员真的是敬佩不已。想想他们，他也就不觉得自己工作辛苦了。

有时牛总妈妈在厂里帮忙，看到王晓农骑着三轮车运垃圾去工业垃圾站，称赞道：

"小王，你做事真是勤快，厂里多几个像你这样的人就好了！"

王晓农会心一笑，回复道："阿姨，应该的，这是我应该做的。"

王晓农想想，自己就是一个"受虐狂"。

"为了你们牛家这个厂，我真的连自己的命都不要了……"王晓农只能发出这样的感叹。


## 2、宿舍垃圾管理

宿舍垃圾管理是另一个令王晓农头疼的事情。

平日里王晓农其他事情较多，对宿舍管理基本上属于放任自由的状态。随着厂区垃圾处理的开展以及在丁总的要求下，宿舍垃圾处理问题也逐渐摆上了他的工作日程。

家美机械的员工宿舍大楼三、四、五层加起来共有 48 个房间。顶层由于太晒，没有安排人住；三、四两层共住了 60 多人，大部门是集体宿舍，4 到 6 人一间，另有零星几间是夫妻间。

宿舍的过道上垃圾遍地，楼梯口还有不少烟头。虽然保洁阿姨每天都有清扫，但是第二天去打扫的时候仍旧是原样。

人事行政部的好处就是可以以公司名义制定各种行政管理制度来约束员工，达到公司想要的目的。于是王晓农拟定了一份关于宿舍垃圾倾倒的文件。

为了营造良好的宿舍楼道环境，同时便于扫地阿姨清理，人事行政部对宿舍垃圾倾倒做如下规定：

1、每个宿舍门外的垃圾桶必须套上垃圾袋之后再倾倒垃圾，否则扫地阿姨不予清理；

2、不得直接把垃圾倒在门外或扫在门外，需用垃圾袋或其他包装袋装好放在门口，否则扫地阿姨不予清理；

3、宿舍门口垃圾桶内垃圾装满之后，请自觉将垃圾袋连同垃圾拿出放在一边，等待扫地阿姨清理。

请大家认真履行以上职责，以自己的举手之劳，方便自己、方便他人。


王晓农盖上章，把这份《关于宿舍垃圾倾倒的通知》张贴在宿舍内各个楼道口，剩下的事情就是定期检查。

宿舍卫生的事情也传到了牛总的耳朵里，牛总觉得光贴这一份《关于宿舍垃圾倾倒的通知》还不够，要求王晓农设立楼层管理员进行管理，并在每个楼层安装监控。

王晓农收到牛总的最高指示后，又马上开始了行动。他一边草拟关于设立楼层管理员的通知，一边联系装监控的单位过来安装。

王晓农想的是先让住宿人员自己踊跃报名。于是他在这份《通知》中写到：


公司宿舍每一楼层将设立楼层管理员，在各住宿人员中产生。请大家踊跃向人事行政部报名自荐。


同时，王晓农也明确了宿舍楼层管理员的权利和义务：


1、负责管理和协调宿舍公共区域卫生、节约用水、节约用电、人员纠纷、酗酒、晚归等事务；

2、及时向人事行政部通报影响宿舍公共利益的任何事务，并接受人事行政部的领导和检查；

3、有权在征得人事行政部同意的情况下取消任何一个人的住宿资格；

4、公司将奖励楼层管理员 200 元/月的管理费用，与工资一起发放。

王晓农心想着，《通知》内容写得很清楚，又有奖励费用，应该会有人报名。可是令他意外的是，在规定的时间内，竟无一人报名！

"这怎么可能？"

"难道是员工工作时间太长，没有精力做这个事情？《通知》贴在宿舍楼道显眼的地方，大家也不可能看不见。"

王晓农疑惑不解，决定去了解一下情况。

他去了宿舍楼，碰到一个员工，问道："现在公司要设立楼层管理员，你有没有这个兴趣做楼层管理员？"

这个员工笑了笑，回答道："我才不要当公司的狗腿子去管理自己的舍友。"

王晓农若有所思。宿舍员工每天住在宿舍，和其他住宿的员工住在同一栋楼里，抬头不见低头见，他们不想挑起不必要的矛盾；另外，当了楼层管理员，也算是成了公司管理队伍的一员，那就站在了广大宿舍员工的对立面。

王晓农挺佩服员工这种拒绝被权力和利益收头的精神，非常纯洁又非常洒脱。

他没办法，只能指定楼层管理员。他把宿舍名单找出来，比较后筛选出了平时还算是有管理能力的两个人，一个男的和一个女的。男的是车间喷粉线的员工，个子高大，干活利索，具备一定的组织能力；女的是车间铆接配件线的全能手，管理一群"女将"，她个子不高，和她老公都住宿舍。

王晓农找他们来谈了话，最终他们都答应了。他也把这个结果向住宿人员进行了公告，要大家配合两个楼层管理员的工作。

就这样，宿舍楼层管理员制度开始实行了。三楼一个管理员，四楼一个管理员。

王晓农感慨着自己所做的事情。本来是想给住宿人员自己表现的机会；没承想，最后还得是用"任命"的方式。

监控也马上进行了安装，三楼和四楼每个楼道边上各一个摄像头，监控线连到了王晓农的电脑上，方便平时查看。

装了监控不光可以检查宿舍倾倒垃圾的情况，还可以对员工晚归、打架斗殴、财务失窃等情况进行调查。

当然，住宿人员在过道上的行为以及生活作息习惯也完全暴露在王晓农的监控之下，比如女工晚上穿着睡衣从过道经过去洗衣间洗衣服……王晓农突然觉得自己身上有一种罪恶感。

经过这一系列措施之后，宿舍公共区域垃圾随意倾倒的情况得到了明显改善。


3、危废处理


家美机械除了普通的这些垃圾之外，还有一种垃圾叫做"危险废物"，简称"危废"。是在工业生产过程中产生的、具有一定毒性或污染性的废弃物。

家美机械的危废种类有废水处理污泥、废乳化液、废包装桶、废机油、废活性炭等几种。废水处理污泥过去一直是作为危废暂存的；而废乳化液、废包装桶、废机油是在新的环保政策出来后，被要求作为危废来处理的。

牛总觉得纳闷，废机油还是可以再利用的，怎么就变成了危废？百思不得其解，抱怨现在的环保政策越来越严。但这就是环保局的要求，企业必须严格遵守，不然是要负法律责任的。

在这以前，家美机械的危废从来没有处理过，除了污泥在厂区暂存外，活性炭一直都在重复使用，没有买新的，所以现有的废活性炭量非常少。自从环评单位建议更换新的废气处理设施后，活性炭就没有再使用了，废活性炭也不知所踪。

按照环保要求，危废处理要找专门的、有资质的第三方签协议，并进行规范处理。因此王晓农根据每种危废的代码，寻找省内有相应资质的处理单位，而处理危废的名单是开发区环保局提供给他的。

王晓农联系了几家，发现危废的处理价格都很贵，最便宜的也要 2000 元到 3000 元/吨，而且还要加上运费。

由于污泥量比较大，王晓农先选择了省内一家价格相对便宜的处理污泥的企业，签订了协议。

对各种危废的数量和重量，王晓农其实并不是特别了解，每次都是问现场的负责人，然后再写到环保台账上。

2018 年初，开发区环保局要求每家企业上报 2017 年的危废年报，王晓农也接到了通知。

根据危废产生现场负责人提供的数据，王晓农填写了 2017 年的危废年报：

2017 年废水处理污泥产生量 19 吨，2017 年处置量 12 吨，暂存量 18 吨；

2017 年废包装桶产生量 0.3 吨，暂存量 0.3 吨；

2017 年废乳化液产生量 1 吨，暂存量 1 吨；

2017 年废机油产生量 1 吨，暂存量 6 吨。

废机油的暂存量大了点，但是王晓农没有在意，在财务部盖了章就去了环保局。

到了环保局，办公室第一个座位上坐着一个女生。王晓农问道："你好，我这个 2017 年的危废年报交给谁？"

"交给我好了。"这个女生回答道。

"你就是小俞吧？"王晓农问道，并把手中的危废年报交给了她。

"是的，我就是。"

王晓农在电话里向她咨询过关于危废的事情，知道她姓俞。

这个小俞长得清瘦，皮肤倒是挺白的，戴着一副无框眼镜。

小俞看后说道："你的废机油量这么大，超过一年的有 5 吨，要抓紧时间处理。"

"我们现在还没有找到处置单位，还是先厂区内暂存吧。处理单位我们会尽快找。"

"那这样的话，要写一份延期贮存的申请。"

"好的，我回去就写。模板有吗？"

小俞找了一份其他单位延期贮存的申请书，王晓农拍了照，谢过之后就回去了。

王晓农回到公司，马上提笔写了申请书：

……我公司产生的危废废机油已按上级领导指示进行规范化贮存，然而尚未与有危废处理资质的单位签订协议，现有 5 吨废机油即将超过一年贮存期。我公司特申请这批废机油延期贮存至 2018 年 12 月 31 日，望上级部门予以批准……

没多久，环保局同意了，还写了一份《关于同意家美机械有限公司危废延期贮存的答复》。

就这样，关于危废的事情，暂时就这样过去了。

几天后，王晓农听到一个消息：采购部把废机油给卖了，卖了4吨！

"这怎么可以？废机油的贮存量已经汇报给环保局了啊！这下不是少出了很多！"王晓农心里纳闷，感觉事情有点严重。

但事已至此，已经无法挽回。废机油是不久前才被认定的危废，采购部杜国忠可能还不知道。

福无双至，祸不单行。王晓农接到环保局的通知，限2018年6月30日之前把贮存期限超过一年的废机油处理掉！

这……王晓农马上给环保局小俞打电话："小俞，你们不是同意延期贮存废机油了吗？怎么又要叫我们限期处理掉？"

"没有办法，现在上级环保部门要求严查。"小俞回答道。

王晓农既无奈又紧张。

年报上贮存一年以上的废机油有5吨，贮存不到一年的废机油有1吨，被杜国忠卖掉了4吨，实际上只剩下2吨，这个怎么办？如果量不够，环保局肯定会追问剩余废机油的去向，这问题就大了。

牛总在政府部门关系好，消息灵通，也知道了这个事情。他把王晓农叫了过去，厉声批评道：

"你怎么报那么多废机油！脑子进水了啊！"

王晓农辩解道："我也是根据现场提供的数据上报的……"

"少报点嘛……"牛总不耐烦地拖长了音调。

"这样，你让生产上把设备里的机油全部换出来，如果量不够哪怕是买新的，也要给我补上！"

王晓农领命，告知设备组的领导褚新忠——他是生产一部经理，兼管设备组。

其实牛总已经第一时间跟褚新忠说了；同时牛总还告知杜国忠，马上采购新的机油；而王晓农，马上联系废机油的处置单位。

······

一切准备就绪，生产一部经理褚新忠从机器上清出废机油 2 吨，加上当前贮存的 2 吨废机油，这样总共还差 1 吨！

按照牛总的要求，不够的拿新油补！

······

看着危废处置单位拉去了 1 吨新机油，而且还得付钱！王晓农心里说不出是个什么滋味。

事情终于得到了解决，但损失了 1 吨机油，得不少钱，采购部经理杜国忠心疼的要命；而且台账上还有废机油的贮存量，而实际上已经没有了，这也是一个潜在的"炸弹"。

偶然间，采购部顾婷婷碰到王晓农，嘲笑道："废机油报多了吧······"一副得意的样子。

顾婷婷就是当时去门卫，在门玻璃上磕破了手肘而迁怒于王晓农的那个女生。

王晓农的心已冷到了极点。

"我如实报有错吗？"王晓农心里问着自己，非常苦闷。

牛总是不可能张扬卖废机油的事情的，不然他可能要承担重大的环保责任。

苦果只能由王晓农自己吞······

# 第五节、安全和工伤

## 1、落实安全制度

制造型企业的日子是很难过的。环保要求越来越严；供给侧改革导致原材料价格不断上涨；还有安全问题也是一块重大内容。几大压力让企业一直紧绷着弦。

时间回到 2017 年 4 月。

王晓农接到开发区安监站通知，参加安全生产会议。他们给在座的每一位企业代表发了一份《通知》和一张表格。

各企业，为进一步落实企业安全生产法定主体责任，切实提高企业安全生产管理水平，决定即日起至 5 月底开展落实企业安全生产法定主体责任专项行动，现通知如下：

专项行动的目标是积极推动企业自觉落实应当遵守的安全生产法律法规、应当具备的基本安全生产条件、应当符合的国家标准和行业标准、应当承担的法律责任，有效预防和减少生产安全事故，为党的十九大和省第十四次党代会胜利召开营造良好的安全生产环境。

所有工业企业均要逐条对照《企业落实安全生产法定主体责任自查自纠表》进行自查自纠，并于 5 月 4 日前将自查自纠表报安监站，安监站将于 5 月底前完成逐一上门复核工作。

王晓农看了这份《企业落实安全生产法定主体责任自查自纠表》，里面共有 22 条内容，包括签订安全责任状、配备安全生产管理人员、特种设备人员持证上岗、进行安全生产教育培训、开展隐患自查自纠、安全标识和急救设施齐全有效、安全操作规程张贴、安全费用提取、职业病危害检测、危险作业管理等。

在此之前，家美机械在安全方面的管理是极不完善的。

叉车工无证上岗，厂内行驶车速飞快。车间内曾经发生过一起"叉车压脚"事件；幸好，被压的员工躲闪及时，脚只压到了一点，没有伤及骨头。

行车工吊料安全意识较差，责任意识淡薄。有一次，操作工把遥控器放在了钢卷堆放区的钢卷上。由于钢卷都是竖着放的，所以遥控器和钢卷的接触面只有一点点。而此时行车的吊钩上还挂着一卷钢卷。突然间，遥控器从钢卷上掉落到地面并启动了开关，行车随即吊着钢卷不受控制地移动，真是把所有人都吓坏了。行车轨道区域摆满了冲床设备，还好处理及时，最后没有酿成什么安全事故。

还有一次，货车在高速上爆胎，车厢内产品瞬间砸落地面。要知道，家美机械不管是原料还是成品，都是铁的，一箱或者一托，都是要按吨计的，突然掉落地面，那是多么可怕的事情。幸好周边没有其他车辆，没有出更大的事故，真是上天保佑！

虽然出了这么些事情，但是家美机械安全生产教育培训和责任状签订仍然只是形式，走个过场。

另外，工厂还有许多工作是没有做到位的：厂区内安全标识和急救设施缺乏；没有对员工进行职业病检测；隐患排查缺乏更新等等。

这些工作需要有人真正去落实；然而没有其他人，只能摊到王晓农的身上。

人事行政部另外两个小家伙，孙金主要负责计件工资，周琪主要负责人事方面的工作。这个周琪入职之后话很少，有时候就腼腆地笑着，做事不怎么主动。安全方面的内容本身就不是他们的本职工作，所以王晓农也没有把这块工作分摊给他们做。

关于隐患排查，原先的人事行政经理黄明杰在离职之前已经理出了一份厂区内各车间的《危险源辨识、风险评价和风险控制清单》，王晓农在新工培训的时候，针对每个车间的隐患点都会提到，请新员工注意。至于隐患排查的更新问题，当地安监站要求每家企业都签订一家第三方的服务企业，每年定期来厂里查看安全问题。王晓农也积极联系第三方企业，最后确定了一家，价格 1500 元/年，一年服务两次。

叉车驾驶和行车操作，没有证是不行的，出了事情就完蛋了。王晓农组织了叉车工和行车工报名参加培训。由于公司人员的流动性较大，为了大家考完证能较长时间为公司服务，丁总还特意让王晓农跟这些叉车工、行车工签订了协议，规定"培训费用由公司支付，但当事人取得证书之后需要继续工作半年以上，否则公司需要扣回这笔培训费用。"

牛总对叉车的安全问题也特别重视。他在参观国外的企业后，有感而发，要求在每辆叉车的前后装上蓝灯。效果确实挺好。

至于危险作业管理的内容，公司之前在这方面的管理制度是一片空白，管理特别不规范。有时外面来人施工，随随便便就开始电焊作业了，非常危险。

鉴于此，王晓农在网上找了相应的模板，根据家美机械的文件格式，一口气拟了《动火作业管理制度》、《防火安全管理制度》、《登高作业安全管理规定》等制度文件，需要一步一个脚印去落实。

对于安全责任状的签订，安监站非常重视，在开会现场找了几家有代表性的企业当场签订了当地政府和企业之间的安全责任状，仪式感很强。他们要求其他的企业负责人也同样签订安全责任状，并在企业内部一级一级签订。

回到公司后，王晓农拿着安全责任书，让牛总、丁总以及车间各个部门签订了安全责任状。

至于"安全22条"中的其他内容，王晓农只有一点一点去做。毕竟时间有限、精力有限，"一口气吃不成个大胖子"。对于难弄的事情，暂时就放下了……

王晓农终于明白了制造型企业中"安全重于泰山"这句话的分量了。而实际上，当地政府对安全问题比企业更加敏感……

## 2、热射病

勉强完成"安全22条"工作没多久，炎炎夏日开始到来。

家美机械的车间相对封闭，排风设施不畅；层高较矮，太阳的热量通过彩钢板顶棚，蓄积在了整个车间；再加上机器设备产生的热量、柴油叉车排放的尾气，让所有的员工都在各自的岗位上煎熬不已。更为麻烦的是，家美机械的订单源源不断，哪怕就是在这个行业的淡季，工厂的设备也是昼夜不停运转。产能的扩张，就像是一个吸血鬼，吸收着所有能够为之实现目标的要素，包括人的健康和时间。

就在这样的盛夏时节，所有的工人仍在一线拼命地干着；不只是白天，晚上还要加班到9点、10点，甚至是11点……

为了应对炎热夏天和高温作业，王晓农安排食堂每天熬了绿豆汤，放上冰块，送到车间打给员工喝；他还给车间发放了消暑药品。最后为了应对中暑现象，王晓农拟定了《夏季防暑应急预案》，如果确认员工发生中暑现象，必须马上安排送至生产部办公室。生产部办公室里面有空调，并配备了凉席等物品。

虽然做了这些准备工作，但不幸的事情还是发生了……

2017年7月25日晚上10点钟，王晓农已经入睡，突然手机震动声响起，原来是丁总的电话："晓农，有员工中暑昏迷，已经送到镇上医院，你马上过去！"

王晓农心里一惊，赶忙穿上衣服，准备去医院。医院就在镇上，大概十分钟的车程。

到达医院，医生已经在急救室里面抢救。生产二部经理牛少强、电焊车间的几个员工还有牛总的父亲牛医生已经聚集在了急救室外面。像这种情况，牛医生的小诊所已经难以处理了。由于情况危急，他也跟了过来。

王晓农进了急救室，看到中暑的这个人是才来了一个星期的新工，叫陈颖东。他全身衣服已经被脱掉，抽搐不止，并伴有腹泻。

不一会儿，医生把陈颖东转到了 ICU 病房。

丁总叮嘱王晓农，今天晚上就守在医院，随时汇报陈颖东的情况。

最后经过安排，牛少强和王晓农守在医院，随时了解陈颖东的病情；让牛医生和其他陪同来的人员先回去休息。

陈颖东所在的电焊车间正是由生产二部经理牛少强管辖。

ICU 病房外面，只有牛少强和王晓农两人坐在椅子上，聊着这个陈颖东的情况。

"晚上 9 点钟，电焊车间已经准备要下班了，他正在打扫卫生，突然倒地，昏迷不醒。还好我在生产部紧急对他实行了降温措施，不然他就完蛋了。"牛少强说道。

王晓农听医生说，这个就是热射病，死亡率比较高的。

王晓农第一次碰到这种情况，不知道说些什么；但是他有一个重要任务，要马上联系陈颖东的家属，告知他们病情，并过来照料。

由于人员档案资料都在公司，王晓农让一个信得过的住宿员工翻窗进了办公室，去找陈颖东的应聘资料。办公室的窗是坏的，所以很容易进去。

经过一番寻找，终于发现了陈颖东的应聘表。王晓农也收到了应聘表的照片。

王晓农看到，这个陈颖东 40 岁，是安徽歙县人。应聘表的紧急联系人电话一栏里留了号码，王晓农马上打了过去。

对方是陈颖东的哥哥，在安徽工作。

王晓农从他哥哥那里得知，陈颖东在安宁镇附近没有其他亲戚。

王晓农向对方告知了陈颖东的病情，并让他尽快安排人过来照料。

丁总不时发信息过来催问陈颖东的最新情况。几个小时过去了，陈颖东还是没有苏醒。

牛少强已经横趄在椅子上睡着了。王晓农睡不着，来回走着，并不时进 ICU 病房询问病情……

时间一点一点过去，王晓农心里忐忑不安。

"病人已经脱离危险了。"

直到第二天早上，听到医生的话，王晓农这才长舒了一口气。同时陈颖东的家人也打来电话，表示正从老家赶过来，会在下午 3 点钟左右到达医院。

王晓农向丁总汇报了陈颖东的病情和家属情况。丁总让他先回去休息，等家属来的时候再过来。

刚好，牛总也打来了电话。

"王晓农，不管花多少代价，一定要把他治好，不行就转到省城医院！"牛总在电话里说道。

"牛总，现在他情况好些了，应该不需要转院。"王晓农回答道。

下午 3 点钟，陈颖东的父亲从老家赶来，丁总也提前到了医院。

陈颖东的父亲是一个农民，看起来很憨厚、老实。王晓农向他解释了陈颖东发病和救治的经过；并向他表明，公司很重视，正在积极配合治疗。

丁总对陈颖东父亲说："大叔，你不要担心医药费的问题，医药费公司会全部承担；我也会让小王在附近预订好宾馆，这几天你的住宿不用担心。"

说着，丁总塞给陈颖东父亲一叠现金。

"大叔，这是2000块现金，作为你在安宁镇这几天的生活费。到时候不够的话，你跟小王说，公司会再安排。"

陈颖东的父亲表现很平和，也感谢公司所做的这一切。

……

几天后陈颖东彻底恢复了，王晓农开车把他送回了住处；陈颖东的父亲也回了安徽老家。

王晓农奔波忙碌这几天，自己新买的汽车作出了很大贡献，就像是一辆"公车"。

这个事情终于结束了。

公司医药费花了2万多，安抚费、住宿费花了几千块钱；而陈颖东及家人也没有额外再向公司申请经济补偿……


3、工伤谈判


刚刚这起热射病，王晓农去报工伤，工伤认定处说这不是工伤；改报医保，对方又说参保没有到一个月，也不能报。所以这笔费用就被搁置下来了。

不过，对于公司来讲，这个事情的处理已经很圆满了，没有闹出人命。所以，公司对这笔费用能不能报销也不是很在意。

在家美机械，热射病只是个例，更多的是机械伤害事故。比如铆钉打到手指、设备压到手指、铁丝割到手；更有甚者，员工使用切割机时割到了自己的脚。一年里面，大大小小的工伤有十几起。

遇到工伤事故，王晓农会马上放下手头的工作，带患者去医院；有时候也会根据伤情先给他们简单地消一下毒，用纱布包扎一下，再去医院。

钱塘市有一家骨伤医院，王晓农经常带工伤员工去这家医院。只是这家医院离家美机械有点远，开车要半个小时才能到。安宁镇倒是有一家大的医院，但是太坑人，口碑不好。

有一次，一个女生打铆钉的时候整个工件都被钉在了手指上，不能拿下来，每一分每一秒都是煎熬。工件很重、很长，她只能用另一只手扶着。在王晓农带她去医院的路上，车子稍有颠簸，这个女生就疼痛难忍、痛苦万分，眼泪刷刷地流了下来。王晓农看着非常同情，但也没有办法，只能在车上和她聊聊天，安慰一下，尽量分散她的注意力。

工伤医治是第一步。对于王晓农来说，后续的工作还有很多。先要去进行工伤认定；而有的患者还要求带他们去工伤鉴定。工伤鉴定所需时间就很长了，基本上要半年以上。

之前的工伤谈判都是由丁总来谈的，王晓农在一旁听着学习。丁总经常语重心长地对王晓农说："你要尽快成长，担下人事行政部的重任。"丁总的谆谆教导和殷殷期望让王晓农感激万分，觉得碰到了一个好的领路人。

2017年10月，有一个员工打铆钉打到手指，工伤鉴定为十级，要求公司赔偿。这次，丁总让王晓农独自谈判。

这个人叫陆汉明，1986年生，广西上林人，来公司第二天就工伤了。王晓农还没来得及给他交保险。这意味着所有的费用都得由公司支付而无法报销。所以王晓农也存在一定责任，没在陆汉明入职当天办理保险手续。

陆汉明工伤后，王晓农带他去医院治疗。后期在探望、接送、复查和工伤鉴定的整个过程中，两人建立了比较融洽的关系。陆汉明还向王晓农讲述了自己的亲戚朋友在非洲淘金的故事。他们在那里受到传染病和枪支的威胁，但为了淘金，仍旧前仆后继。这些淘金故事，王晓农之前闻所未闻，略微有种恐惧感。

既然已经鉴定出了工伤等级，公司肯定是要赔钱的。

陆汉明来到王晓农办公室，说："我准备去南方其他城市，希望公司尽快把我工伤赔偿的事情解决好。"

"好的，这个没问题。"王晓农接着说，"出了工伤，对你、对公司都是一种损失。一个是你自己身体上受到了伤害；另外一个，你来了第二天就受伤了，也没有给公司创造效益。"

王晓农顿了一下，继续说道："医药费公司已经全部替你出了。赔偿呢，像十级工伤，公司以前都是按 15000 元赔的。所以你也一样，按 15000 元一次性赔给你。"

王晓农停了下来，看着陆汉明的反应。

陆汉明没有说话，眼睛看着下面，似乎在想着什么，看起来比较镇定。

"如果没有什么问题的话，我这边给你拟一份《工伤了结承诺书》，你签个字；手续办完之后我就可以向财务申请付款了。"王晓农说。

"我回去考虑一下吧。"陆汉明回答道。

"好的，你考虑一下。"

就这样，第一次谈判结束了。

王晓农心里有点虚，因为以前工伤十级有赔过 2 万多的。

果然，陆汉明对 15000 元的赔付不太同意，第二次又来找了王晓农。

"我了解了一下，你们这个赔的有点少。"陆汉明说。

"这个是公司赔付的案例，公司规定只能赔这么多；而且你要知道，现在整个经济环境不太好，原材料成本又高，公司经营非常困难。"

"如果你觉得这个赔付不合理，你找劳动机构仲裁也是可以的；只不过要走流程的话，耗的时间就长了，没个一年半载是搞不定的。"

王晓农没有让步，陆汉明失望地走了……

后来陆汉明说他马上要去其他城市，同意15000元的赔付，也愿意签署《工伤了结承诺书》。该承诺书的主要内容是，他今后不再以该工伤事故向家美机械主张任何权利，而且这是他本人真实的意思表示，不存在任何欺诈或胁迫行为。另外，从此以后他与家美机械的权利义务关系终止。

陆汉明在这份《工伤了结承诺书》上签了字，并按了手印，钱也在当天拿到了手……

这是王晓农独自谈的工伤赔付的第一例，也是鉴定工伤等级后赔付金额最低的一例。

对于家美机械来讲，这个谈判是成功的。因为按照国家规定的赔付标准，赔偿金额远不止15000元。

而对于王晓农来讲，他的内心有些错乱。他也是一名底层员工，对别人遭遇的不公感同身受，他不知道哪一天这些不公也会降落到自己头上。但是现在他的屁股坐在公司这一边。丁总告诉王晓农：想问题、做事情要从维护公司利益的角度出发，处理问题不能手软。

处理工伤赔付，原本可以按照国家的规定，该赔多少就赔多少；但为了公司利益，能少赔则尽量少赔。这无形中加大了王晓农的工作难度。

王晓农没得选择……

# 第五章、人事大调整

# 第一节、丁总出走

1、扁平化管理

王晓农在人事行政部做了很多事情，这既是一种工作压力，也是公司对他的考验。丁总作为王晓农的直接领导，也乐于教他处理、协调事情的方法。王晓农从丁总那里学了不少东西，他对丁总充满了感激之情。

丁总还负责生产部和计划部。计划部原先没有独立的部门，是由生产部内部做计划，然后再独立出来的。里面有一个计划部经理，也归丁总领导。

生产部是一个大部，下辖两个经理和一个主管，分别是生产一部经理褚新忠、生产二部经理牛少强，还有负责铆接的主管温晓辉。他们管辖着公司超过80%的人员，拥有家美机械最核心的生产能力，是家美机械的顶梁柱。

从计划部、生产部，再到人事行政部，都由丁总领导；计划部经理、生产部经理和主管，再加上王晓农，都听从丁总的命令。因此，丁总的权力不可谓不大。

有一次开会，牛总说道："公司里面6S没有管理好，现场一团糟；生产首检巡检流程没有执行好，质量问题频发。丁总负有主要责任。"

还有一次，王晓农在食堂吃饭，发现丁总和计划部、生产部几个经理围在一桌吃饭，并聊着天。

这时，牛总朝他们走了过去，询问工作上的事情。丁总他们继续坐着吃饭，一边吃一边回答。

突然间，牛总大发雷霆。

"你们全都给我站起来！"牛总发飙道。

丁总缓缓站了起来，其他人也跟着站了起来，嘴巴里还在嚼着饭菜。

"老板过来跟你们讲话，你们还好意思坐在那里！你们有没有把我这个老板放在眼里？"

"你们现在铁板一块，针插不进，水泼不进，搞没搞清楚到底谁是老板？"

牛总发脾气的过程，王晓农整个看在眼里，心里战战兢兢的。很明显，牛总是在朝丁总宣泄着怒气。

几次牛总对丁总的指责，让王晓农感觉到，他们俩之间的关系已经出现了裂痕。

随即，牛总把王晓农叫到了办公室。

"王晓农，公司组织架构要进行调整，不能再这样下去了，要进行扁平化管理。"

"好的，牛总，扁平化管理可以提高效率，减少信息传递的失真。"

说话间，王晓农发现牛总办公桌上放着一本《明史》。

王晓农脑袋飞快地转着。根据他自己对明史的了解，明朝朱元璋曾废去丞相一职，六部直接向皇帝负责；同时还设立了锦衣卫制度。

结合公司现在的情况，王晓农估计牛总是受了《明史》的启发，要对组织架构进行改革。

"生产部拆分为生产质量部、生产一部、生产二部、铆接一车间、铆接二车间、涂装车间，新设立考核部，再加上人事行政部、销售部等其他部门，直接对总经理负责，总经理下设总经办以反馈和处理具体事务。"牛总说道。

王晓农飞快地记下了牛总的话。特别是这考核部，有点锦衣卫制度的味道；而涂装车间是指浸漆线和喷粉线，这是第一次提出"涂装车间"这个概念。

这样的安排，明显是针对丁总的。

扁平化管理的概念，王晓农在大学时学过。如果抛开丁总的因素，王晓农从潜意识里还是赞成的，这样可以提高工作效率。

但这样实际上就是分丁总的权。

当然，这是牛总创立的公司，没有人会反对这个做法。哪怕是心里反对，也得这样去做。

在王晓农眼中，丁总虽然权力很大，但是管理几个部门，责任也很大。王晓农通过考勤系统看到丁总每天7点多就到厂里了，但晚上都要9点左右才下班。丁总住在省城，离公司还是有一段路程的。

这几年家美机械产能扩张很快，内部产能问题、人员协调问题、生产管理问题很突出，丁总没有理由不尽心竭力去解决这些难题。

而且丁总身体不好，有高血糖。这种高强度的工作，对丁总的身体健康造成了更严重的影响。

开发区政府感于丁总的这种付出，把丁总作为劳模评比的候选人。王晓农给丁总准备了材料，从规范操作、安全生产、精细化管理、务实创新、以人为本、注重企业文化发展等几个方面客观描述了丁总在家美机械的工作情况。所以，丁总的付出是实实在在的。

或许，牛总从企业发展的角度，从对企业掌控力的角度，不得不做出这个改变。

扁平化的管理模式至此拉开了序幕。

王晓农成为了新设立的考核部的一员，而考核部隶属于总经办。总经办由总经理助理兼采购部经理杜国忠负责。王晓农把自己原些第一责任人考核制度的执行工作从人事行政部的管辖范围剥离了出来，变成了考核部的职责，但这些工作还是由他自己来做。就这样，王晓农受到牛忠强、丁剑宁、杜国忠的三重领导。

丁总名义上还是负责生产管理和人事行政部的工作，但是生产管理工作的权限已经受到了较大压缩。因为他下辖的生产经理和主管已经跳过了他直接向牛总汇报工作。

丁总私下对王晓农说：

"牛总是一个好人，但牛总不是一个专业的管理者。牛总最大的问题是没有打过工，没有在底层干过，他这样会被累死的。"

事实也是如此，主管及以上领导都直接向牛总汇报工作，牛总事必躬亲。王晓农每次有事找牛总时，都得排队，有时得等1个多小时。

另外，牛总又重新强化了汇报工作制度。主管及以上领导每天必须通过手机发信息汇报工作；如有不汇报的，一次扣200元！

至此，牛总已经把主管及以上的领导直接"掌控"了起来，他的"累"也是可想而知。


2、缺席年会


时间过得很快，公历2017年已经过去，农历春节也即将到来，年初和年末是人事行政部最忙的时候。

王晓农要忙着人员稳定政策的拟定、评优数据的统计汇总、工资核算、年会准备等工作，事情非常多。

不巧的是，丁总病了。

丁总他得了肺炎并开始住院，离过年还有不到半个月的时间。

以前还有丁总在背后指导，而这一年，丁总不在，该怎么办？没有人可以帮忙，只有王晓农自己一个人去扛。

年会如期而至，时间确定在2月11日（腊月廿六）下午1点30分，由王晓农主持。丁总已经确定不参加年会了。

当天中午，正当王晓农紧张地准备着开场白和年会流程的时候，牛总打来电话，要求把会场所有的空调开起来。王晓农忙着独自排练，就让自己部门的孙金去安排了。

年会前几分钟，牛总到达现场，质问王晓农：

"不是让你把所有的空调都开了吗？楼上的怎么没开？"

原来楼上几个空调没有开，王晓农无言以对。年会大厅在二楼，中间是直通往上的，所以二楼和三楼的空气可以自由流通。王晓农是交代了孙金的，可孙金没有办好。

年会一开始，牛总就给了王晓农一个下马威。

王晓农心里有些忐忑，但一切仍需按流程进行。

"今天是我们'家美'值得庆贺的日子，我们不仅圆满地完成了生产任务，可以坐下来互相恭贺农历新年的到来；同时更值得庆贺的是，我们迎来了'家美'五周年发展的重大阶段性时刻……"

王晓农开始了激情洋溢的开场白，不过，重头戏是接下来牛总的演讲。

"让我们以最热烈的掌声有请家美机械的领路人牛总上台为大家致辞！"

王晓农尽自己所能，表现出对牛总的尊重和崇拜。

牛总从家美机械的"昨天"、"今天"和"明天"三个阶段讲述了公司的发展历程。

前两个阶段的讲述，大家一直在聚精会神地听，场面严肃、安静，没有掌声。为了弥补年会开始前因空调没开全造成牛总的不快，王晓农想在牛总讲到精彩的地方，带头给牛总鼓个掌。

"家美机械新厂正在建设，公司前景无限，希望在这个平台上，大家和公司共同发展！"

牛总讲到这里，王晓农觉得是时候了，他马上带头鼓起了掌，大家看到王晓农鼓掌，全场立即响起了一片热烈的掌声。

可接下来的一幕，让王晓农尴尬不已。

"我就讲到这里，谢谢大家！"牛总向台下鞠了个躬。

台下一片沉寂，只有牛总从台下走下去的脚步声。

王晓农一下子懵了，他不知道牛总这么快就结束了啊，也不知道该如何去做补救措施，硬是让时间在那里流逝。不该鼓掌的时候鼓了掌，该鼓掌的时候没有鼓掌，真是拍马屁拍到了马蹄子上……

王晓农按照预定的流程总结了牛总的演讲，虽然极尽赞美之词，但也难掩那几秒沉寂的尴尬。

接下来的抽奖环节，采用了不同往年的形式——在 PPT 上滚动数字来揭晓获奖归属。在年会开始时，每人已经领到了一个数字编号，和开奖数字关联。为了这个 PPT 抽奖程序，王晓农花了不少心思，也请教了很多人。虽然他当年在大学里学过编程，但是接近十年不用，已经忘到九霄云外了。

王晓农在年会前做过多次测试，都没有什么问题，只是电脑屏幕偶尔跳出报错信息，他也没有在意。

然而，随着抽奖环节的进行，抽奖程序发生了多次报错，并且越来越多。好几次报错信息覆盖了开奖数字。王晓农没有办法，只能立即点掉报错信息，重新开始抽奖。

王晓农既要主持，又要在电脑上处理报错信息，整个动作太多，场面别提有多尴尬，也影响了大家参加年会的兴致。

另外，在宣布优秀员工名单和颁发奖状的时候，人员排列顺序和奖状放置顺序不一致，导致颁奖环节不流畅。这个事情，王晓农事前特意交代自己部门的周琪，不要把顺序搞错。在年会开始前，他还让周琪再核对一遍。周琪振振有词地说："已经核过了。"

谁知，还是出现了这样的错误。

凡此种种……

在年会结束的时候，王晓农向大家表达了歉意——当然，这并不在年会预设的流程里。

"今年的年会我们力求创新，但是由于时间仓促以及整个年会的策划团队人员较少，准备不够充分，给大家带来了不好的观感，真是非常抱歉。争取明年给大家呈现一台更高质量的年会！"

王晓农说的是实话，是客观事实。这次的主持效果比上一年差多了。

王晓农明显感觉到了这次年会的不同之处。这次年会气氛严肃，娱乐类节目都被牛总否掉了，剩下的只有"主旋律"；另外，这次年会丁总不在，王晓农突然发现缺少了一个"依靠的力量"。如果丁总在，那些错误多多少少可以避掉一些。

王晓农的担心终于成了真。年会后他被牛总一顿训斥。牛总斥责他"没有基本常识"。

王晓农无奈，可又与谁人说……


3、管理顾问


年会之后，牛总请主管及以上的领导吃饭，唯独丁总不在。丁总此时病还没有好，住在省城的医院治疗。

"你给丁总打个电话慰问一下。"饭后，牛总对王晓农说道。

"好的，牛总。"

这既是牛总的命令，也是王晓农应该做的。丁总是王晓农的上级，对他有栽培之恩。这一点，王晓农感铭于心。

"丁总，您现在情况怎么样？牛总知道您住院了，让我给您打个电话。"王晓农问道。

"输了几天液，还好。"

"丁总，没有您的指导，这次年会办得不太好。"王晓农如实说道。

"我听说了。时间比较紧张，人也少，准备不充分也是难免的。"丁总安慰道。

"还是需要丁总的指导。"王晓农说。

在公司待久了，王晓农也学会了说恭维话，但这个恭维话是他发自内心的。王晓农可以埋头苦干，但掌控全局的能力还没有，领导力还不够强——本身他在名义上就没有什么领导职务。一个没有领导者名分的人，要让他完美地干好一个领导者的岗位，实属困难。

"你要快速成长，家美机械的发展还是得靠你们。"丁总说。

"快速成长"这四个字，丁总曾经不止一次对王晓农说过。王晓农起先不是很明白，只是单纯地觉得丁总是在鼓励他；而现在，他隐隐约约有些明白了，丁总有可能是对家美机械、对牛总失去了信心，有离开公司的想法，想尽快培养人来担当重要的岗位。

"嗯，丁总。你要好好休息，保重好身体。"

临近电话结束，双方提前送了新春祝福，因为马上就春节了！

和往年一样，年会后，牛总召集主管及以上的领导开会，总结上一年度的工作情况，并对新的一年的工作进行规划。丁总因病缺席，而王晓农作为会议的记录者，照旧参加了。

"丁总因为身体不好，将会以公司管理顾的职务指导公司的一些工作。"

这是一个重磅消息，大家感觉有点意外。

根据牛总的描述，所谓的管理顾问，就是丁总不用每天来公司上班，针对公司的重大问题，需要的时候来指导一下，但工资照发——当然，这是王晓农私下听说的。

丁总身体不好，是事实。他血糖较高，像家美机械这样高强度的工作，对身体的影响是很大的。

丁总身体不好，也是一个"烟幕弹"。他对牛总的不认同早已有之。他来王晓农办公室的时候经常讲起牛总的一些是非。

丁总说，是牛总答应给他股权分红他才来家美机械的。他原来是大集团公司的副总，没有牛总的这个承诺，他是不会来这样一家小企业的。在这里，工作苦、时间长，还要下车间。

而现在看来，丁总对牛总的承诺已经失去了信心。

丁总也跟王晓农讲起上一年年终奖的事情。上一年牛总给丁总打了8万元的年终奖；而其他一个每天玩电脑游戏，偶尔去车间转转的质量部经理张国芳也拿了8万元的年终奖。张国芳和丁总在同一个办公室。王晓农去找丁总时，时常能看到张国芳在看小说，有时玩玩纸牌接龙。平时谁付出多谁付出少大家都看在眼里，丁总有些忿忿不平。估计这也是打击了丁总的信心。

而牛总不是这么认为的。

一部经理褚新忠是牛总的远亲，二部经理牛少强是牛总的妹夫，两人每天都是晚上十点之后回家，没有周末。他们俩是家美机械拼命奋斗的道德楷模。

有一次，牛总就在王晓农跟前质问："丁总怎么做不到像褚新忠和牛少强这样的付出？如果做不到，怎么管得好生产？"

牛总的要求是比较高的，一般人也是很难达到的。

在管理模式上，丁总和牛总也是存在分歧的。丁总一直认为，牛总没打过工，不了解下情，也不懂企业管理。

而牛总当然是不承认自己不懂管理的。他出国留学多年，又办厂多年，人脉广，哪怕看看也看会了。

就王晓农看来，两人的管理分歧在于：丁总注重实战，而牛总注重精神力量和企业文化。丁总是具有实战经验的，而牛总更善于从"意识"上驱动人。

显而易见，丁总和牛总之间的问题，不是简单用管理顾问这样的职务形式就可以解决的。

"管理顾问"这个头衔只是一块遮羞布，避免了撕破脸皮之后的难堪。牛总是一个要面子的人。

从劳动法的角度讲，企业一般也不会主动辞退一个高管，因为这样成本会比较高。

果然，王晓农的想法应验了。

在丁总挂"管理顾问"头衔两个月后，丁总就明确表示不来公司了，还要求王晓农将他的社保停掉。原因是质量部经理张国芳把他踢出了"质量群"。丁总一怒之下，退出了家美机械所有的聊天群。

藕断丝连已无意义，还是这样干脆地一刀两断来得爽快！

而牛总，面对这样的情形，也不再对丁总进行挽留……

# 第二节、人事调整

## 1、蔡艳回归

丁总走了，对公司整个人员架构的影响很大。不管是生产部、计划部还是王晓农所在的人事行政部，所有人都曾是丁总的部下。丁总既有以身作则的个人品质，又有丰富的实战管理经验，几个部门的人都比较信服。丁总能凝聚起所有人的力量。

现在丁总一走，大家人心浮动。

"丁总都走了，我们怎么还留得下来？"小道消息横传。

2018 年 3 月 17 日，星期六，牛总让王晓农拟定任命书——任命蔡艳为生产计划部经理。

蔡艳，1990 年生，家住钱塘市靠东面，离公司比较远。家美机械成立的那年她就来了公司，算是公司的元老级别。她性格泼辣，办事利索，深得牛总赏识。她在生孩子之前是公司销售部的内贸主管，后来因为生孩子期间生育金的问题闹得不愉快，就离开了公司。

事情是这样的：

蔡艳准备生孩子了，牛总赏识她，就答应她生孩子期间仍旧每月给她支付工资，让她生完孩子继续回公司上班。后来王晓农在牛总面前不经意间提到，等蔡艳回厂上班后要给她办理生育金报销手续。既要报销生育金，又要每月付工资，牛总感觉到这两笔钱都给她的话就多了。

于是牛总让王晓农联系蔡艳，答应把生完孩子再报销生育金的方式改为每月支付生育金，额外的补助就没有了。

蔡艳得知这个情况，觉得被耍，一来二去，负气离职了。

这也不怪蔡艳，谁叫牛总承诺在她生产期间每月给她发工资。

参加了生育险，生产后可以得到生育金，再加上牛总答应的工资，这对蔡艳来说，本来是一件很美好的事情。谁知牛总好心办了坏事，把她给气走了。

现在丁总走了，原有的一个计划部经理也早已离职，公司无人可用。牛总这才想起了蔡艳，知道她做过内贸，对数据比较熟悉，所以硬生生把她拉了回来。王晓农虽然不知道牛总具体给了她多少工资，但觉得肯定是给予优厚待遇的。不然蔡艳怎么可能扔下刚生下的孩子，这么远过来上班——上班坐公交，至少得花一个半小时。牛总给她配备了一台笔记本电脑，顶替丁总在计划部的位子，还给她配了一个助手，真是荣耀之至。

这个事情丁总也有耳闻，他对此嗤之以鼻。丁总对王晓农说："蔡艳太嫩了，而且只有大专学历，她根本就不如你；计划部的事情也就这点东西，你也可以做。"丁总走后，和王晓农还有着联系，王晓农对丁总的评论也只是听听，因为这是牛总的决定。

王晓农倒是挺羡慕蔡艳被重用的。虽然进厂之后他没有看到蔡艳有什么特别擅长的地方，或许平时大家交流也不是很深。

事情没有这么快就结束。

2018年4月21日，星期六，牛总又让王晓农拟定了任命书：经公司研究决定，现任命蔡艳为生产部副总监，负责生产部的日常运行和管理工作。

这是新增的职务，计划部经理一职仍旧由蔡艳担任。

真是令人大跌眼镜，才一个月工夫的时间，蔡艳又升了一级，管理庞大的生产部门！要知道，生产部还有几个元老在，包括生产质量部经理张国芳、生产一部经理褚新忠和生产二部经理牛少强。他们个个都是随公司创业一起走过来的，不管是资历、年龄还是经验，都远胜于蔡艳。

张国芳原先是质量部经理，现在变成了生产质量部经理，两者听起来差不多，但实际上权力收缩了不少。

牛总缘何有这个魄力提拔一个"黄毛丫头"，把几个元老踩在脚下？他就不怕这些人不服吗？大家都不解，很多人不看好蔡艳。

以前是丁总负责生产部。对于丁总，大家是心悦诚服的；现在突然换上了蔡艳，大家还是有点不太适应。

蔡艳被任命的时候，对于这个岗位确实是不熟悉的，肯定是要有一个或几个"辅佐大臣"来帮她真正进入生产部副总监这个角色——他们就是生产质量部经理张国芳和生产二部经理牛少强。不管情愿还是不情愿，他们在牛总的权威下，已经接受了这个事实。

这就是牛总的魄力和霸气。从牛总的角度讲，企业发展需要后继有人，需要既有管理理念又能敢拼敢为的年轻人顶上来。在牛总看来，张国芳、褚新忠、牛少强都不合适，蔡艳是现有条件下最合适的人员。

张国芳个人行为作风较差，公共场合抽烟，上班时间玩游戏、看小说，宿舍烟头和垃圾遍地。这些情况很多人都看到了，也传到了牛总的耳朵里。因此，张国芳不再被重用，已经被慢慢边缘化了。

褚新忠是做木匠出生，没有文化，只会跟随着牛总埋头苦干，情绪也不太会控制。文化水平限制了他继续往上走的空间。

牛少强干活也是一把好手，也有奉献精神，但性格暴躁、脾气很大，经常要得罪人，也难以带领整个生产团队。

另外，他们三人的年龄都已经超过50岁。

以上几点或许就是牛总不用三个元老而大胆任用蔡艳的考量。

王晓农还是很佩服牛总的勇气和魄力的。

值得欣喜的是，此时王晓农被正式任命为人事行政主管。干了两年这个岗位的工作，终于有了一个正式的名分。他的月工资也从

4200 元涨到了 5200 元。

## 2、重新招聘人事行政经理

虽然王晓农被正式任命为人事行政主管，但他后来才知道，这只是牛总的权宜之计。因为丁总走了，没有人主导人事行政部的事情，牛总不得不把王晓农提拔起来。

2016 年黄明杰走后，牛总一直想另招一名人事行政经理。由于他的"挑剔"，虽然应聘的人很多，但一个人都没有入职。这样一拖，两年过去了。

或许丁总是有意让王晓农担任这个职务，给了他做事的空间，希望他快速成长；但由于王晓农的个人性格以及部门的人员配置，再加上公司的急速扩张，很多事情他都心有余而力不足。

王晓农从丁总口中得知，牛总并不怎么看好他。这个他自己也明白。他知道牛总想要找的是一个强势的人事行政经理，做事果断、干练的人。

当前情况人员增多、管理复杂、制度落实不力、行政管理人员招聘困难，王晓农也仅仅是疲于应付。因此牛总又心生招聘人事行政经理的念头。

"随着公司规模的扩大，管理要上一个台阶。你的性格有点'懦'，这段时间也难为你了，人事行政经理还是要招。工资可以谈，但是能力一定要强。" 牛总对王晓农说。

虽然牛总的话王晓农早有心理准备，但不管怎样，心情总是不太好的。再加上丁总的离职，他心中布满了阴云。

既然牛总发了话，王晓农重新开始了人事行政经理的招聘工作。

开年后出于生产需要，王晓农的主要精力放在了一线员工的招聘；行政管理人员的岗位也就在招聘网站和劳务中介上挂着，问的人不多，更别提应聘和入职的。说白了，还是公司出价太低，工作环境又差。

随着王晓农把招聘重点放在了人事行政经理这个岗位上，终于来了几名应聘者，其中一名叫汪海洋。

汪海洋，男，1977 年 10 月生，现在是开发区一家快递公司的人事行政经理。因当地开发区政府出台政策让所有快递公司搬离开发区，所以他们公司要准备搬迁了。汪海洋仍想在开发区发展，看到招聘信息后，便找到了家美机械。

"'汪海洋'这名字水多，估计是五行缺水吧。"王晓农心里想着。

汪海洋皮肤有点黑，穿着花衬衫，梳着大背头，一看是有点经历的人。

经过几轮面试，牛总找来王晓农。

"你觉得汪海洋这个人怎么样？"牛总问道。

王晓农知道牛总这个时候肯定是有了自己的判断，问他只是一个铺垫而已，或者是作为一个印证。

"牛总，他有这方面的工作经验，我觉得他应该是可以胜任人事行政经理这个岗位的。"王晓农回答道。

"这个人看起来有一股'匪气'，'家美'这个时候正是需要这样一种品质的人加入；况且现在招聘也比较困难，就通知他来上班吧。"

"好的，牛总。"

牛总已经和汪海洋谈过了工资。牛总答应他每月工资 8000 元，年薪 12 万。王晓农作为招聘者，参与了整个过程，对于能给到求职者的工资数额，他是完全清楚的。

王晓农想想自己的工资，在丁总走之后月工资从 4200 元加到了 5200 元。虽然是加了工资，但是原先的基数比较低，加了之后相比于其他同职级的同事还是低了不少。其他主管级别的同事工资都在 6000 元左右；而且人事行政部的事情又多又杂，许多人也不愿意做这个岗位。

从纵向比较，5200 元的月工资只是 5 年前王晓农在期货公司的工资水平；而在他 2016 年买房后的一年半时间里，安宁镇的房价竟然涨了 50% 以上！真是让人唏嘘不已。如果当时没有买房子，他真的是一辈子都买不起房了，整个人生轨迹就要完全改变。

所以，王晓农的工资其实还是偏低的。面对新招聘的人事行政经理，做的事情还是这些事情，但月工资有 8000 元，王晓农心里总觉得不是滋味。关键是来了新的人事行政经理之后，他肯定是需要做岗位调整的。王晓农心里非常忧虑。

王晓农除了人事行政部的日常工作外，还有车间第一责任人的考核工作。车间第一责任人的考核工作现在隶属于总经办，由杜国忠领导。按牛总的意思，如果来了新的人事行政经理后，王晓农就调到总经办工作，具体处理总经办的一些事务。总经办属于新成立的部门，岗位职责还不是特别明确，王晓农心里不是很踏实。人事行政部的工作，虽然累一点，但他也已经习惯了。

要从人事行政部调到总经办，在一般人眼里，应该算是升职了；可在王晓农看来，这是要被边缘化了。王晓农清楚牛总对他的评价，他不是因为人事行政部的工作做得好才被考虑调到总经办的，而是工作做得没有令牛总满意才会如此。他觉得这是对他工作的一种否定。

汪海洋答应来上班了，但是快递公司那边要做交接工作，事情比较多，至少需要一个月的时间。

这段时间，王晓农心绪不安。

3、丁总劝离


　　丁总走了有几个月了，但王晓农和丁总之间一直保持着联系。

　　有一天，丁总和王晓发了信息，嘱咐他找一个僻静的地方打电话。

　　王晓农出了厂门，在公司对面靠河边的一条小路上，拨通了丁总的电话。

　　"丁总您好，您现在身体还好吧？"王晓农问道。他知道丁总血糖高，之前因工作劳累还住过一次院。

　　"在家休养一段时间，现在情况还好。"丁总继续说道，"小王，不瞒你说，我还是在开发区的一家机械厂，帮助一个朋友管理公司。这个你一定要保密，我现在还不想让牛总知道。"

　　"好的，丁总，我一定保密。"王晓农回答道。

　　"目前公司人事部有一个人要走，刚好有一个职位空缺，我觉得你比较合适。虽然我也可以对外招，但是能用熟人我肯定优先考虑用熟人，上手快。"丁总接着说，"这边是西班牙和国内合资的企业，工资、福利待遇以及管理规范程度都比家美机械好多了，下午 4 点 30 分下班，周末双休。你如果来，我至少可以保证你年收入大于 9 万元。"

　　"我知道你的情况，你适合进入一家管理相对规范的企业。家美机械不适合你，你将来也成不了家美机械的核心。牛总的规划我是清楚的，他想让孙启一做副总。孙启一搞技术出身，心眼太小，缺乏大的格局观念。所以，在那里是没有你的机会的；另外，家美机械也很难管好。"

　　丁总所说的孙启一是技术部总监，公司办厂开始就跟随牛总，一直做到现在。

"谢谢丁总的赏识和推荐，我会考虑的，只是现在人事行政部的工作还没有人接手。有一个应聘的答应入职，至少要一个月时间；他来了之后我肯定还要和他做交接工作。"

"你要尽快决定，我最多给你一个月时间。"丁总说道。

"好的，谢谢丁总。"

丁总的一番话让王晓农眼前一亮。下午4点30分下班、双休、9万年薪，对于王晓农来说，这些都是非常有吸引力的。

王晓农正常情况下是下午5点钟下班，但牛总经常还要在5点钟之后召集开会，一开就一两个小时，搞得王晓农老婆经常和他吵架。

王晓农老婆青梅也在开发区上班，平时上下班都是王晓农接送。只要是王晓农晚上开会，青梅就得在厂里面等很久。一次两次还好说，但是家美机械的会太多了。导致后来青梅一上车就吵架，一肚子的火喷薄而出。王晓农也只能沉默不语——拿别人的钱，没有办法，只有遵照别人的规矩办事。

家美机械是单休，但遇到特殊情况，星期天还得来公司，连单休都保不住。

现在王晓农月工资是5200元，加上年终奖，满打满算一年也不到8万元。

但是话又说回来了，偷偷摸摸和丁总的这种交易，让王晓农有一种负罪感。他觉得这是对家美机械的一种背叛，是对牛总的一种背叛。他心里有点虚。

另外，经历过这么多年，王晓农希望可以有一份稳定的工作，对未知的选择感到害怕，感到不确定。

"丁总说得这么好，自己是否真的能胜任？如果自己去了，那就是欠丁总一份情，该如何来还？"王晓农心里比较忐忑。虽然在家美机械的工作干得比较憋屈，得不到牛总的认可，但这一年来他还没有想过要离职。

还有最大的一个现实的问题是，汪海洋还没有入职。王晓农一直和他确认时间，让他早点来，他一直说不上个时间点。

既然有这样一个契机，王晓农还是想争取一下，探探牛总的口风。

刚好，王晓农处理了一起工伤谈判，对方要价太高，王晓农迟迟没搞定。

王晓农被牛总训了一顿。牛总嫌他不够强硬，说他做思想工作有问题。

"牛总，人事行政部事情比较多，自己能力也有限，很多事情处理不好，感觉比较累。"

牛总比较警觉，问道："你不会是要离职吧？"

王晓农腼腆地笑了笑说："牛总，还没有想好……"

"是因为这个工伤处理的事情吗？批评一下就退回去那可不行。"

"牛总，也不是说这个工伤的事情。确实事情较多，自己难以胜任。"

"王晓农，公司有较好的发展前景，你以后也会有较好的发展空间的。等汪海洋来了，你就调到总经办，处理总经办的具体事务。总经办是一个非常重要的部门。你要相信我，跟着我走不会错的。"牛总说道。

王晓农语塞，没什么好说的。

聊完之后，王晓农从汪海洋那里了解到，牛总随后就跟他打了电话，让他尽快入职。估计牛总也是急了，怕王晓农坚持不住。

丁总给的期限马上就到了，而汪海洋还没有入职。王晓农跟牛总交谈之后对于是否离职一直犹豫不决，他其实不太好意思撕下这层脸面。

一拖再拖，丁总告诉王晓农，那边等不了他了，已经招了一个人。原来，丁总在两头联系，找了他另一个以前的部下。

而汪海洋足足过了一个半月才正式入职。

终于，这个事情就这样结束了。王晓农也不用纠结是不是去丁总那里，只能继续干下去。

# 第三节、被边缘化

## 1、倚重汪海洋

2018 年 7 月 2 日，汪海洋正式入职。牛总心里的一块大石头终于落下了。

王晓农原来的办公室条件很差，"外面下大雨，里面下小雨"。

家美机械买下这个厂区的时候还有一栋楼的主楼部分没有利用起来，一直空置在那里。

为了提升公司形象和办公环境，2017 年下半年，牛总准备对这栋楼进行装修。把三楼作为部分职能部门的办公室，采购部、财务部、销售部、人事行政部将搬到新办公楼，而生产部、技术部等部门仍维持原状；把二楼改造成新的食堂，而原有的食堂改成组装仓库。

这样，人事行政部所在的办公室将摆脱过去恶劣的工作环境，部门内部要招聘新人时也会更加容易。

但是，对于人事行政部搬到三楼这个事情，王晓农总觉得不太合理。不过，现在这已经不是他所能考虑的了。

公司把新办公楼三楼一间原本当做会议室使用的小房间变成了总经办。总经办领导是杜国忠，但他有自己采购部的办公室，所以没有搬到总经办；而王晓农平时和基层人员打交道惯了，一个人在楼上觉得不自在，便在生产部办公室找了一个座位，平时就在生产部办公。生产部没有电脑，总经办新配的台式电脑也没有搬，王晓农每天带着自己的笔记本电脑处理各项事务。他不仅是"私车公用"，连自己的笔记本电脑也"充了公"。

而此时的汪海洋，开始对新办公楼赋予文化内涵。在这之前，新办公楼只是一片片白墙，其他什么都没有。

在汪海洋的推动下，各部门新的标识牌贴了上去；每个部门的玻璃门上有了家美机械的 logo 腰线；新会议室的墙上贴上了公司的企业文化，让整个会议室有了一种精神灵气；新办公楼一楼大厅进门，墙上大大的"家美机械"四个字，霸气外扬；大厅门口还设置了吧台、高脚椅，整个档次提升了不少；大厅的南面墙边放置了一套功能沙发，配置了实木茶几，以供来访客人临时休息之用；大厅和各个楼层和楼梯转角摆上了不同种类的绿色植物，让整个办公楼都"活"了起来；食堂开始张贴专门制作的有关"排队"、"节约粮食"的大牌子，非常醒目和美观；食堂墙上还挂上了大屏幕的显示器，作为企业文化宣传之用。

经过汪海洋的努力，整个新办公楼呈现出了现代企业良好的办公环境，开始有了家美机械自己的文化气息。牛总非常满意，对汪海洋说："只要你有想法，尽管去做，不管花多少钱我都支持！"

王晓农非常感慨，牛总什么时候变得这么大方了，难道是嫌过去钱花不出去，憋坏了么？

王晓农进厂的时候，公司规模还不大。牛总一直灌输成本控制意识，造成大家都不敢花钱。现在真的是"太阳从西边出来了"。

对于汪海洋的入职，王晓农是满怀善意的。在汪海洋入职前，王晓农把难处理的工伤、环保等工作处理完毕，尽量把他自己能解决的事情解决掉，给汪海洋留下一个好的开端。这是王晓农自己的工作本能，不愿意把未处理好的工作留给下一任。

对于汪海洋新办公楼的布置工作，王晓农也是非常佩服的。他一直在底层一线工作，见识不多、品味不够，对装修、布置这种工作缺乏概念。所以他非常支持汪海洋的工作。

但是，接下来，汪海洋对王晓农的工作进行了全盘否定，这让王晓农难以接受。

2018年8月18日，下午5点钟，牛总召集主管及以上领导开会。汪海洋作为新上任的人事行政经理，自然也参加了这次会议。他显得意气风发、威风凛凛。

让王晓农没想到的是，轮到汪海洋发言时，他对过去人事行政部的工作进行了"炮轰"："日后人事行政部的工作我会逐步加强管理。过去的管理太差了，迟到不扣钱、厕所到处是烟头、花名册离职人员名单信息不全、员工培训不到位等等，这些我会去慢慢改善。"

汪海洋的话让王晓农无地自容。汪海洋事先并没有和王晓农对这些问题进行沟通，就来了个"突然袭击"。而事实上，王晓农对员工的迟到每个月都是扣钱的，如果说漏扣那倒是有可能的；关于员工培训，他经常早上7点不到就来到公司组织培训，可谓是劳心劳力。

"汪海洋说的明显就不是事实啊，他是从哪得到的数据？"王晓农心里纳闷。

汪海洋说完，全场寂静，牛总也不表态，继续按顺序发言。

轮到王晓农发言，他低沉地说道："自己能力有限，人事行政部的工作没有做好。现在汪经理来了，我可以分出身来，重点做好总经办的相关工作。"

说完，全场沉寂了一会，牛总回应道："王晓农，你就是太省了，家美机械到了现在这样的规模，有些地方该花钱还是得花。"

家美机械的年产值已经接近3个亿了，速度不可谓不快。

给老板省了钱，还被说"太省了"，凸显老板是一个"慷慨"的人——老板反而站上了道义的制高点。王晓农想来有些好笑。

牛总和汪经理的指摘，让王晓农的心里真的不好受。一个人干着做不完的活，还要被别人指责。做得越多，错得越多，吃力不讨好；而苦闷还得往肚子里咽……

## 2、诉说心声

汪海洋成为了牛总的"新宠",牛总全力支持他提出的各种想法。因此,汪海洋对人事行政部的人员规模进行了扩充。他招聘了一名培训主管,增加了一名保安队长,另外又增补了人事专员和行政专员各一名。加上原来的周琪,整个人事行政部的办公人员增加到6人,阵仗不可谓不大。做计件工资的孙金调入采购部,计件工资的工作交由周琪担任。

这个待遇比王晓农那会不知道好了多少。人员翻了一倍,办公环境又好,汪海洋工资还比王晓农高了很多。这让王晓农情何以堪?

"这个世界怎么可以如此不公?"王晓农心里想道。

"做得苦、做得累未必能得到认可。"这是王晓农的深刻感悟。

更让王晓农可气的是,汪海洋表示人事行政部人多眼杂,行政管理干部的转正单让他总经办这边保管。王晓农看着新招聘的培训主管的转正单,上面赫然写着"转正后工资6000元/月",比他多了800块钱,还让他保管……王晓农心里顿生一种被羞辱的感觉,心想自己干了两年半时间,做了人事行政部的所有工作,还不如一个空降的培训主管工资高。还有一件令王晓农不快的事情是,牛总在汪海洋的申请下,给这位培训主管专门配了一台笔记本电脑。要知道,王晓农现在在生产部办公,用的可是自己的笔记本电脑;而且有段时间电脑出了问题,换了一块硬盘,他自己还掏了500块钱!

凡此种种,让王晓农心里翻江倒海,胸口郁结,几不能寐。他感觉到自己要被边缘化了……

有一天半夜,王晓农睡不着,起来打开笔记本电脑,想写辞职信。他写了一半又写不下去,因为新的工作没有落实,盲目赌气离职未必是最好的办法。

王晓农停下来，想给自己的直接领导杜国忠发个信息，诉说一下自己心中的苦闷。在调入总经办之前，他和牛总之间有直接的汇报关系，而现在中间还有个杜国忠，所以他觉得还是给杜国忠发信息比较合适一点。

"杜总：自从汪经理入职后，自己已经迷失了整个工作方向，因此想对自己的职业生涯重新进行定位。现在仓库管理有问题，我可以去管仓库；另外，我有期货投资咨询资格，我们公司用到大量钢材，也希望能以这方面的专业为公司做些事情。"王晓农写道。

经过几经斟酌，王晓农按下了"发送"键，胸口的郁结缓和了一些。

王晓农想着，杜国忠作为牛总的同学，也是总经理助理，和牛总关系密切，他应该会把自己目前的想法跟牛总汇报的。

杜国忠一直没有回复信息，显然是正在熟睡中。

第二天，天气晴朗，阳光照在身上暖洋洋的。杜国忠去市场买椅子，叫上了王晓农。

一路上，杜国忠跟王晓农聊起了天："小王，汪经理这个人牛总也只是暂时用，以后公司要重用的还是你们这些年轻人。汪经理的做事风格，我有时也不是很能看惯。"

"杜总，我对汪经理本人是没有什么意见的。我自己工作做得不好，体现不出价值，有些迷茫，所以想对自己重新定位。"王晓农回答道。

"重新定位是对的。不过，除了想做，还要能做好。这个要考虑清楚。"

"嗯。"王晓农轻轻点了点头。

"你现在工资多少？"杜国忠问道。

"我现在工资 5200 元一个月。"王晓农回答道。

"工资是低了点……"

王晓农沉默不语。

至于工作定位，期货是王晓农很想做的一个行业，哪怕是沾点边也可以，因为这算是他的专业。但是话又说回来，做期货是有风险的，谁也不能保证一定可以成功。所以王晓农心里很矛盾。

后来的几天，杜国忠给王晓农看了近段时间的钢材采购合同，还有钢材采购的价格统计表。王晓农也乐于了解一番。

现货采购和期货还是有很大差别的。王晓农在期货公司的时候知道期货到期要交割现货，但现货交割业务他没有接触过，过去主要是以投机交易为主。所以，杜国忠给的这些东西王晓农也只是看看，后面就没有下文了。

王晓农本以为自己发信息给杜国忠后，他会汇报牛总，然后牛总会找自己谈话，然而这个事情并没有发生。

王晓农闷闷不乐，一切又回到了和杜国忠诉说心声之前的状态。他想到过离职，不过，时间已经到了2018年10月份。如果选择这个时候离职，不太划算，毕竟离过年也没几个月了，到时候还有一笔年终奖，应该不会少于15000元。因为上一年他拿了15000元的年终奖。

王晓农虽然没有考虑马上离职，但也定不下心来正常工作了。车间的巡查，走马观花，哪怕是问题就在自己眼前，他也已经发现不了了。

工作不被认可，严重打击了王晓农的信心。他感到继续待着就是一种煎熬。

考虑再三，王晓农决定去"外面的世界"看看，看看有没有好的机会，可以提早做些准备。

事情发展到这一步，王晓农想起了之前丁总劝他离开家美机械时的情形，感觉有些惋惜，但为时已晚。

## 3、偷偷应聘

王晓农在几个招聘网站注册了信息，把他自己的工作经历写了上去。

王晓农在期货公司上过班，做过期货交易，来了家美机械后也做过人事行政工作。因此他认为可能合适的岗位有经济研究员、薪资福利主管、绩效考核主管、人事主管、行政秘书、期货分析师这几个。

王晓农跳槽的空间还是比较大的。至于想跳槽的原因，他觉得在家美机械已经慢慢被边缘化了，而且工资较低。

既然心里已经决定，王晓农便分别向相关的单位投了简历。

速度很快，马上有单位联系了他，让他去面试。

那是省城的一家期货公司，招聘岗位不是期货研究员，而是总经办的一个岗位。总经办这个岗位的工作王晓农还是比较熟悉的。

对这家期货公司，王晓农也有所了解。当时在期货公司上班的时候，他和这家期货公司打过一些交道。

至于距离，王晓农家离省城的这家期货公司有 30 多公里路，开车要 50 多分钟，油费压力会比较大。所以王晓农在意的是工资，如果月工资在 8000 元以上，他觉得这样还是可以接受的。

既然受邀面试，王晓农觉得还是得去一趟。不管怎么样，总还是一个机会。

面试当天，王晓农没有请假。由于工作的原因，他外出比较多，所以这次他偷偷跑了出去。

王晓农驱车离开公司，驶向省城方向。好久没有来省城了，高架两边的建筑曾经是那么的熟悉。王晓农触景生情，感慨不已。

也差不多 50 分钟左右的时间，王晓农到了这家期货公司门口。

他换上事先在车内准备好的皮鞋和西服，擦了擦眼镜，朝这家期货公司走去。

接待王晓农的是一位长相娇小的女生，穿着一身西服；西服在她身上好像是大了点，感觉马上要从她肩上滑落下来似的。这家期货公司里的其他人，也都穿着正装，和制造业的着装风格全然不同。

以前在期货公司，客户拜访、对外活动或大型会议，王晓农也会穿上西服；自从来了家美机械，他的西服就一直锁在衣柜里，很久没有穿过。这次应聘，他才又重新穿上。

经过简单的交谈，这个女生把王晓农带到了总经办，里面的领导姓周，长得很魁梧。

"周总您好。"

不管对方的职务是不是带"总"，王晓农就这样叫了。

这位周总让王晓农在他面前的椅子上坐下。

"你文笔怎么样？"这位周总问。

"一般的公文拟写没有问题。"王晓农回答道。

"有没有写过可行性研究报告？"

"写过的，之前公司做技改，可行性研究报告都是我写的。"

"好的，"周总继续说道，"我们计划在上海市洋山港自贸区设立一家资本管理公司子公司，你试着写一份可行性研究报告。"

王晓农有点懵，他离开期货公司好多年了，当时离开时虽然知道期货公司已经可以从事资产管理、风险管理等新业务，但是目前对整个行业的变化，他已经很陌生了。

"周总，我离开期货行业有几年了，对整个行业的把握可能还需要一段适应的过程，对自贸区的政策我现在也不是很清楚。不过，我可以试着写一下。"王晓农回答道。

"周总，请问工资是怎么样的？"王晓农问道。

"工资每月是6000元，年底会有年终奖，一年下来8、9万的样子。"周总回答道。

"8、9万……"王晓农心里盘算着。

王晓农觉得工资离自己的期望值相差太大。虽然有双休，福利也会好点，但是每天开车上下班这么远的路程，时间和费用都吃不消。因此他婉言谢绝了。当然，也没有写那份可行性研究报告。

如果从事期货行业，王晓农希望做一名期货研究员，但是网上招聘这个岗位的要求至少需要硕士学历，有的还需要发表过相关研究的文章。这些要求，王晓农都达不到，他只有本科学历。虽然他那会考出了一个含金量较高的"期货投资咨询资格"，但现在也成不了"敲门砖"。如果当时他在期货公司内部转岗，转为期货研究员，那是最容易的，领导也是答应的。可惜，人生没有"如果"，人生也没有后悔药。而且他现在也不好意思再踏入原先工作过的期货公司的大门。

沉寂了几天，王晓农应聘了开发区的一家机械厂，岗位是绩效考核主管。同样是因为工资达不到他的心理预期，没有成功。王晓农觉得跳槽是有风险的，如果在收入方面比当前没有较高地提升，还不如不走。正所谓"做生不如做熟"。

后来，王晓农又应聘了隔壁镇一家拉链厂负责环保和安全的岗位。经过几次沟通，感觉还好，工资也能达到预期。当时王晓农跟对方说可能年底辞职，入职要第二年春节之后。可是，家美机械年底特别忙，事情特别多；而且要命的是，这次年终奖没有如期发放，也不知道什么时候发放，这让王晓农下不了离职的决心。就这样，这家单位也不了了之。

用拖延年终奖的发放来阻止年初可能出现的离职潮，真是卑鄙！

# 第六章、艰难维持

# 第一节、贸易战阴云

## 1、共克时艰

时间回到 2018 年 3 月份。

大家刚走出春节的欢庆气氛，回到正常的工作轨道。

然而，家美机械不仅面临内部的人事变更、人心不稳，更是国际贸易的变幻莫测。

2018 年 3 月 22 日，美国总统唐纳德·特朗普签署备忘录，宣布以"中国偷窃美国知识产权和商业秘密"为由，依据 1974 年贸易法第 301 条，指示美国贸易代表对从中国进口的商品加征关税。

虽然这加征关税的商品涉及的是"中国制造 2025"计划所强调的产业，没有包括家美机械所在的金属制品业或者说家居行业，但是作为家美机械的董事长和总经理，牛总对整个中美贸易环境充满了担忧，因为家美机械 80% 以上的产品都是出口到美国的。

牛总召开管理层会议，告知大家要转战内贸市场；并在同一时间，挖了同行的一名销售总监和一名销售主管，准备提升内贸市场份额，平衡内外贸之间的比例，降低美国市场的风险。

2018 年 7 月 6 日，美国政府正式对来自中国的价值 340 亿美元的商品征收 25% 关税，中国政府也进行了强硬的反制措施。中美之间的贸易战正式开打。

一种悲观的情绪在各企业之间蔓延。

王晓农已经看到，在开发区的几个厂外面，聚集了很多工人。据传，是老板跑路了，工人工资还拖欠着。王晓农偶尔也能在早上上班途中，看到众多保安集结的场景、道路封闭的情形。

那些厂或许并不是因为贸易战才倒闭的，而是他们自身经营困难；但倒在贸易战的当口，让更多企业对未来感到悲观，觉得前途黯淡。

好在，家美机械的生意一直很好，产能一直在扩张中，在开发区可谓是"一枝独秀"。

2018 年 7 月 10 日，美国政府公布进一步对华加征关税的清单，拟对约 2000 亿美元中国商品加征 10% 的关税。

这 2000 亿美元的关税清单中，正有家美机械生产的功能沙发铁架。一旦加征关税，按照家美机械一年 3 个亿的产值计算，就要损失 3000 万元，这等于是吞噬了家美机械所有的利润；而且，在"供给侧"改革的背景下，钢材价格节节攀升，家美机械材料成本压力陡增。

2018 年 9 月，美国总统特朗普正式宣布对 2000 亿美元中国商品加征 10% 的关税，并于 9 月 24 日实施；而从 2019 年 1 月 1 日起，关税税率将上调至 25%！

家美机械正式面对美国的关税大棒。

牛总在公司的一次会议上跟管理干部讲道："国家号召大家'共克时艰'，我们公司也是一样，大家要做好过紧日子的准备。我们要找到志同道合的人，抱团取暖，渡过难关。"

牛总接着又说："贸易战未必是一件坏事，它可以促使整个行业进行整合，让真正有竞争力的企业坚持下来并脱颖而出。"

虽然经营环境变幻莫测，但是大家能感受到牛总"战斗到底"的决心。

企业的压力也迅速转变为员工的压力，特别是管理干部的压力。企业要向管理要效益，节约成本、杜绝浪费，一个人当两个人使用。

王晓农自从进入家美机械后，过的从来都是"紧日子"，疲于奔命，没有一点松懈，紧绷的神经一直悬在头上。他想多喘一口气，但是没有机会。

企业除了苦练内功外，还要积极寻求政府部门的帮助。

企业就像政府的孩子，哭一哭，政府也会考虑一下，适当的时候"喂点奶"，特别是那些上了规模的缴税大户。

钱塘市政府部门马上召开了企业代表大会，家美机械也在受邀之列。牛总派了王晓农和一名财务人员参加。

这次会议显得有点神秘。每个人桌上放了一个信封袋，主办方要求大家把手机放在信封里面，开会的时候不能拿出来；另外，桌上还放了一张白纸和一支铅笔，可以用来做笔记。

在会上，王晓农得到这样的信息：政府部门要求每个企业不能放弃美国市场，要坚持下去，争取和客户分摊关税；同时，钱塘市政府会根据每个企业在美国市场的出口额，给予不同比例的补助。

但是，主办方要求，在座的企业不得将政府的这个政策走漏消息；不然，政府将收回相应的补助，并取消其他优惠政策。

造成这次会议神秘的原因，王晓农觉得，一方面，关于如何应对贸易战，钱塘市上级政府部门还没有作出统一部署。钱塘市作为一个主要依靠外贸出口，并且主要出口美国市场的县级市，"受伤"很深，急需出台政策。另一方面，给予企业补贴，正是美国要求中国政府改善的行为之一，如果消息泄露，无疑是给中美贸易战火上浇油。

钱塘市政府先于其他地区，给出了应对贸易战的方案。作为企业，需要考虑的是关税损失、政府补贴以及市场份额几者之间的平衡。

从企业到政府，这无疑是危机时刻，双方的利益都受到了严重挑战。"共克时艰"成为了大家应对贸易战的最大统一战线……

2、铆接改革

贸易战阴云笼罩，家美机械内部加快了改革的步伐，首当其冲的就是铆接线。

铆接线就是将一片片零散的工件，通过铆接机，用铆钉连接为沙发功能架两侧伸展装置的流水线。每条流水线有20人，家美机械有4条这样的铆接线。

牛总给到改革的要求是：工资要合理，能激发员工的积极性；同时公司要受益，把成本降下来。

相比对汪海洋在公司形象上花费的慷慨和支持，显然，牛总对生产成本的控制是更加严苛的。

首先是对铆接线各个工位系数进行调整。

前4个工位的铆接由于工件少、重量轻，且只需打一颗钉，相对比较轻松，所以都安排了女工，这几个工位原来的系数是0.97；中间打两颗钉的工位比较复杂，重量也增加了不少，是工作强度最大的，原来的系数是1.05；靠后面的一个工位需要做一个翻转动作，一天下来也比较累，原来的系数是1.03。

牛总认为，这个系数差距太小，体现不出效率。因此授命王晓农将前4个工位系数改成了0.92，中间打两颗钉的工位系数改成了1.1，靠后面需要进行翻转动作的工位系数改成了1.05；同时，对其他工位的系数也进行了微调。需要指出的是，新的改革后，20个人总系数加起来不是20，而是19.85。牛总希望把这部分钱留存下来，作为员工表现优秀时的奖励。

其次，对请假的情形进行了规定。

流线水作业的特殊性在于，只要缺一个人，整条线就流转不起来。所以员工的正常出勤非常重要。

但是，家美机械铆接线的工作强度非常大。产品重，每天工作时间长，员工吃不消连续不断地进行作业，所以许多员工一个月总要请个一两次假。在这种情况下，全能手就需要上去顶替。

鉴于此，牛总告诉王晓农，请假人员的系数要剔除。牛总认为全能手顶替后，其他人员的工作量并没有增加，不能分享这个系数工资，这部分钱是属于公司的。

全能手的工资计算是按照整条线的平均工资计算的，人员不够的时候就需要顶替，类似于一个班组的组长。

王晓农通过计算，请假这笔钱还是比较多的。按照历史数据，4条铆接线加起来，这笔钱每月有好几千元。

"老板可真是精明。"王晓农心里想道。

改革方案一出，有人欢喜有人愁。

加人家系数的好说，可前4个工位系数减少了，每月也有几百块钱。这几个人提出了意见，而且她们都是女工。

为此，牛总亲自召开了铆接线的全体会议，给大家做思想工作。

"你们铆接线是一个整体，付出体力大的工位的员工打得快了，你们整条线的效率才会提高，你们的工资也才会相应提高。如果他们没有积极性，你们的工资也是高不了的。所以大家看问题要站在一定的高度，不要为了眼前的一点利益得失影响到了自己的工作情绪。"牛总向大家说道。

经过老板的一番疏导，关于系数调整的事情大家也就没有什么话说了，有的还表态支持老板的做法。

几个女生的问题解决了，但是请假人员的工资从线上总工资里面扣除，许多人还是难以接受。以前有人请假，虽然这个工位上有全能手顶替，但是这个工位的工资还是加在总工资里面的，最后由线上人员按照系数分掉了。大家已经习惯了这样的做法。现在突然改变，线上人员的工资就变少了，他们不太适应，怨言很多。

怨言归怨言，但是在老板的亲自推行下，谁敢不从？

王晓农在平时和生产质量部经理张国芳的交流中，了解到他对这个做法不是很认同。张国芳认为，有员工请假，虽然有全能手顶，但是请假人数多的情况下，全能手一个人也顶不过来，有时候某个员工得打两个工位。线上的整个付出肯定是比之前要多的，他们分享这部分的收益也是正常的。

虽然王晓农比较同情员工，但是他执行的是老板牛总的命令。

铆接线工资计算的调整由人事行政部周琪来负责，王晓农负责整个改革方案的推行监督。

王晓农偶尔会通过汪海洋从周琪那里要来几天的报表和工资计算情况。

2018 年 7 月 28 日，星期六，王晓农看着铆接 4 线的日报表。

型号是一款叫 9012 的伸展片，单价是 0.95 元，7 月 26 号的产能是 4500 片。王晓农算了一下，最高系数工位工资和最低系数工位工资相差 42.75 元，按一个月工作 28 天计算，工资差额 1197 元。也就是说线上劳动强度最大的男工比劳动强度最低的女工月工资高出 1197 元，差不多 20% 左右，应该来说是相对合理的；至少比以前来讲，是更加合理一些的。这达到了老板的改革要求。

请假方面，当天有一个 8 号工位的员工请假，该工位的系数是 1.02，报表中已经扣除，金额是 218.03 元。如果每条线每天有一个人请假，按一个月工作 28 天计算，4 条线加起来这个金额高达 6104.84 元。当然，按照家美机械以前的规律，每月请假的总人数没有那么多。但总的来说，这笔金额是不容小觑的。

另外，20 个人的总系数和从 20 变成 19.85，每条线每个月又留存下 800 至 900 元……


3、冲压改革

一波未平，一波又起。正当铆接改革进入稳步推进阶段，牛总又对冲压组的管理不满，着手准备对冲压组的管理进行改革。

冲压就是冲床通过配置模具，把钢材变成一个个所需要的工件的过程。

冲压组面临的情况和铆接线类似，他们都是集体计件。对于集体计件的效率，牛总向来是抱着怀疑态度的。

牛总的想法比较大胆——采用承包制。

对于冲压工艺来说，它的效率对装模、模具维修保养存在较大的依赖关系。

生产一个型号的工件，就要安装一次模具；更换一个型号的工件生产就要重新安装一次模具。生产型号更换频繁，换模就频繁。换一次模具很耗时，少则半小时，长则一小时。这个控制不好，对生产效率的影响很大。

另外，如果模具损坏，或者模具保养不到位，就不能生产出合格的工件；生产的工件不合格时，模具就要重新调整后才能再生产，大大影响效率。

因此，牛总准备把冲压组分成几个小组，每组由 1 个模具工、1 个装模工、4 个冲压工组成，模具工担任组长。这样，按照现有人员配置，刚好可以分成 4 个组。4 个组也可以进行"大比拼"。

工资分配方面，公司赋予模具工较大的权力，由模具工决定组内各成员的工资分配。

工资计算方面，每个工件都是有单价的。但正因为冲压涉及到装模效率和模具维修保养问题，之前个人计件的实行存在很大阻力，才以工件单价为基础进行集体计件；而现在，也将以工件单价以及模具工和装模工的现有工资为基础进行计算。

王晓农经过测算，三种岗位糅合后的综合单价为现有工件单价的 1.7 倍。再根据以往的产量数据，王晓农固定了每个组每天的基准工资，这个理论值是 1125 元。

牛总的"狡猾"之处在于，如果当天计算出的实际工资大于基准工资，二者之差，公司要拿走一半；如果当天计算出的实际工资小于基准工资，二者之差，由当事小组自己承担。

牛总不愧是当老板的，"点子"就是多。牛总的逻辑是：公司承担了当事小组设备、电、员工工伤等成本，理应从收益中拿走一半。

王晓农想想，这倒也是。虽说是承包制，但实际上并不完全是承包制。设备投入、电力消耗、保险福利等都是由公司来承担的。

为了改革的开展，以及责任的明确，在向模具工灌输"分组后的收入肯定比以前多"的观念后，王晓农又起草了《承包协议书》。规定了模具工及当事小组的权利和义务，明确提到"基准工资计算的时间标准为 11.5 小时(不含吃饭时间)；工作时间不足的，按标准时间折算基准工资"、"鉴于改革试行，承包期间包括设备、员工福利、社会保险、工伤事故、房屋　租金、水费、电费等与公司经营管理相关的费用仍由公司支付，但承包方对小组内的质量事故、工伤事故、成本浪费承担必要责任"、"承包方有权组建管理团队、聘用职工，对不想要的员工，可退回公司人事行政部统一安排"、"必须听从该部门经理和冲床组长的生产计划安排"等等，并让 4 个小组的模具工签署了协议。

一项新的制度的推行，有很多工作要做。王晓农忙坏了，他每天通过生产报表输入产能情况，进而得出当大的工资。一开始，牛总要求王晓农每天统计并张贴公布；后来由于产能报表的延迟、工资的敏感性以及对其他生产小组的影响，王晓农也就不每天公布了。到月终的时候，他统一把当月产能和工资情况告知每个冲压小组。

想象是美好的，但实行结果未必符合大家的预期。

经过几个月的实行，王晓农发现几个问题：

首先，模具工作为承包人，具有"旱涝保收"的分配特权，模具工只要获得了自己预期的工资，其余人员的工资情况、产能是否提升以及质量是否有问题，他们基本上是不会关心的。模具工实际上没有履行"承包人"的角色；

其次，装模工对模具工的分配存在异议。部分装模工认为自己付出的比模具工多，但拿的工资却比模具工少很多。装模工一直是在冲压现场的，而模具工是在另外的模具车间，工作场所的不同也造成了这种心理差异；

再次，操作工感觉工资降低了。除了公司拿走额外一半的收益外，模具工分配的权力使得操作工的部分工资转移到了模具工和装模工身上，这在效率下降的情况下表现得更为明显。实际上操作工是目前改革最大的利益受害者；

最后，造成人员和人心不稳。由于模具工不在现场，他们的主观分配，有可能使得付出多的人拿得少，付出少的人反而拿得多。

基于这种情况，生产一部经理褚新忠为了人员的稳定，做起了"和事佬"，每月经过模具工分配之后，他都要再对每一个人的工资进行核对，确认是否符合实际情况。当然，他自己也非常忙，很难完全确认每一个人的工作效率和工作付出。但是，作为一个经理，相比于模具工，在工资分配上会更具权威性，也更注重公平性。

褚新忠每次调完的工资总是会超出按改革后计算出来的应发总工资，这让王晓农很头疼，因为他要把控总工资。但有时候王晓农也拗不过，就让褚新忠加了，毕竟是为了人员稳定。

家美机械的产能一直在往上走，但因为噪声太大、工作环境不好，导致员工的流失率很大，招人不好招；在这个节骨上，又搞改革，搞得操作工人人心惶惶。王晓农也很能理解这种情况。

就这样，改革渐渐名存实亡，工资计算无法公开、透明，每月都是暗箱操作……

## 第二节、应对变局

### 1、外资合作

在积极改革的同时，牛总已经预感到整个经济环境对企业的生存越来越不利，仅靠政府的政策优惠很难改变企业所面临的困难局面。

2018 年 10 月 5 日，家美机械的员工没有享受正常的国庆假日。产能的持续增长，使得所有员工一直加班加点，难得有正常的休息时间，更何况享受长假；而且公司也没有执行国家关于假期的工资制度。员工真的是很善良，虽然有时候私下嘀咕一下，但仍旧遵照着公司的要求在工作。

这一天下午 5 点钟，牛总召集主管及以上领导开会，王晓农分别进行了通知。

到了开会时间，牛总入座，双手捧着茶杯。

"今天呢，想告诉大家一个消息，"牛总停顿了一下，"公司将和德国的一家企业合作。"

话音刚落，大家小声议论开来，这真的是一个重磅消息！

牛总继续说道："今天开会没有其他内容，我就是和大家宣布这个事情，以及和大家讲一下我为什么要这样做。"

所有参会人员的眼睛都直直地盯着牛总，希望能从牛总的脸上率先得到答案。

"大家都知道，当前国际经济形势复杂，很多企业都面临非常大的挑战，但是我们公司一直发展很好，订单不断上升，这在开发区是少有的。"牛总继续说道，"然而，我们的视眼不能仅仅局限于这样'一亩三分地'，'家美'要做大做强，需要有一个大的平台，需要上一个台阶，否则最多只能做 10 年。"

"曾经有人问我，是否考虑企业转型做其他行业？"

"做了这么多年沙发铁架，我对铁架还是比较懂的，但对其他的行业不是很了解，盲目转型会存在巨大风险。"

"铁架不是终端产品，只是一个中间产品，没有定价权。产业链如果不能往下走，'家美'终难有较大的发展。"

所有参会人员的眼睛依旧看着牛总，因为这不是日常的工作布置，没有什么可执行的内容，所以很多人没有记笔记，都在专心地听。只有王晓农在边听边记，因为会议记录一直是他在做，这是他的职业习惯。

牛总接着说道："和我们合作的是德国的一家著名企业，叫菲斯美诺集团，它在我们国内也有一家电机厂，铁架和电机之间的链接和配套，将是一个比较好的组合，有利于家美机械的长足发展。"

"有人问，你怎么舍得将自己一手创办的企业放手给别人？"

"确实，'家美'就像是我的一个孩子，是我一手将她带大的，我对她充满了感情，她走过的每一个脚印我都历历在目。"

"我们公司 2012 年刚成立的时候，只有两三台冲床，当时也只有孙总、老张、新忠、少强几个人。新忠原本只是一个木匠，根本没接触过模具，却也一点点尝试着去维修模具……后来新忠的腿还不慎被冲床压到，打了钢针，非常危险。所以'家美'能有今天的成就，是与你们在座几位元老的携手与共、辛勤付出分不开的。"

牛总所说的孙总就是技术部总监孙启一，老张就是生产质量部经理张国芳，新忠就是生产一部经理褚新忠，少强就是生产二部经理牛少强。

牛总接着说道："后来工厂搬到了安宁镇，也就是我的家乡，在各位的共同努力下，我看着企业慢慢做大。为了实现'持续改善'

这个目标，我们不停地改革、纠正错误，不足的地方炒冷饭似的一遍一遍讲，我倾注了很多心血。"

说着，牛总哽咽了起来，说了一句"sorry"，然后走出了会议室。

王晓农还一直蒙在鼓里，不知道是什么情况，因为他在低着头做笔记。

过了一分钟，牛总回到会议室。

"不好意思，讲着讲着就动情了，没控制住。"牛总说道。

原来牛总是去外面擦眼泪了。想不到平时这么强势的牛总，也有"煽情"的时候。

有人忙转移话题道："牛总，与国外公司合作这是一个好事，值得庆祝！"

牛总只是说了合作，这个时候大家并不清楚家美机械的股权是被全部卖掉了，还是只卖掉一部分。牛总到底还占比多少，大家都不清楚，所以跟着牛总用了"合作"这个词。

"确实，不管怎么样，'家美'这个'孩子'总有长大的时候，我不能管得太紧。"牛总接着说，"不过，大家放心，和外资合作之后，目前来讲，所有的东西都不会变，我仍旧是'家美'的常务副董事和总经理。大家要发扬家美机械创业初期的那种精神，继续做好自己的本职工作。"

……

会议结束后，王晓农听到有人在议论："跟外资合作后，我们可以双休了吧？各项政策是不是也会越来越正规？"

大家脸上所表露的是喜悦，而不是牛总的那种不舍。

王晓农心里也是挺开心的。

"企业上了一个平台，等于自己的工作也同样是上了一个台阶，以后应该会有更大的发展机会。"他心里想着。

王晓农感觉苦日子终于要熬到头了……


## 2、停工事件


牛总忙于并购的各项工作，而工厂里面则依旧是机器轰隆，没有什么太大的变化。铆接流水线的员工已经接近三个星期没有休息了，高强度的工作让大家疲惫不堪。

2018 年 10 月 25 日，本该是家美机械每月发工资的日子——发的是上月工资。公司发工资的时间除了周末顺延外，一般很少延迟发放；而这次，因为车间较忙，到 20 号才提交各个员工的工资数据，再经过统计员对计件工资的统计确认、王晓农对工资表的整理和计时工资统计，紧赶慢赶，递交到财务部已经是 10 月 23 日了。刚好牛总又在德国总部出差，所以 10 月 25 日那天公司没有准时发放工资，大家都在议论纷纷。

此时，计件工资的统计已经由人事行政部周琪那里转到了统计员陈欣那里。陈欣是王晓农新招的一个小姑娘，1992 年生，长得小巧，但已经是一个两岁孩子的妈妈了。她入职刚刚满两个月，接过了周琪的计件工资工作，和王晓农一起坐在生产部办公室办公，每天"享受"冲床有节奏的"砰砰"声。

工资的计算按理是人力资源工作的一部分；不过，汪海洋接手人事行政部不是很久，工资方面的相关工作暂时仍由总经办王晓农这边负责，还没有交接到人事行政部汪海洋那里。

10 月 26 日下午，王晓农从财务部那里了解到，工资已经发出去了，所有员工陆陆续续收到了短信提醒。

下午 4 点 30 分，有几个铆接线员工来找王晓农，说自己发的工资不对——发少了。王晓农答应帮他们查看。其实王晓农只关注工资总表的数据，计件明细他一直没有仔细深入地去研究过。

王晓农还看到有7、8个铆接线员工坐在车间外过道旁边的托盘上，说着话，不知道他们在聊什么。

下午5点多，王晓农匆匆离开公司，因为他还要去接青梅。

他回到家不久，就接到生产部副总监兼计划部经理蔡艳的电话："王晓农，不好了，铆接线的那几个员工都不见了，叫不回来，导致两条铆接线已经停掉了！你看怎么办？"

为了赶货，晚上原本是安排铆接线加班的——这并不是什么新鲜事，因为几乎天天晚上加班。

王晓农意识到问题的严重性，脑中闪现两个字：罢工。

"刚刚发了工资，这个时间点是最敏感的。罢工会不会跟工资有关？"王晓农心里疑惑。

"那我现在过来吧。"他回答道。

王晓农此时已经是总经办主任，在老板不在情况下，他觉得自己有义务去妥善处理这个事情。蔡艳虽然顶着生产部副总监和计划部经理的头衔，但毕竟还是一个"小姑娘"，她是招架不住的。王晓农也没有经历过这种事情，心里同样没底，但这个时候他必须得去。

晚上有可能需要向员工解释工资问题，所以王晓农准备把笔记本电脑拿去；而笔记本电脑放在卧室里面。

可女儿泽溪调皮，她把自己关在卧室并把门反锁了。因事情紧急，王晓农急促地敲着门："泽溪，赶紧开门，爸爸有事，要拿电脑"。

"我不开门。"泽溪从里面喊出来。

对峙了几分钟，泽溪就是不开门，搞得王晓农火冒三丈。

"我数到3，你赶紧开门，再不开门我就撞进来了！"王晓农扯大了嗓门喊道。

"1……2……"王晓农在门外大声数着，但里面一点反应都没有。

"3……"里面还是没有反应。

王晓农气急了，用脚直接蹾门，爆发出巨大的响声"嘣、嘣、嘣……"

经过十几脚地猛蹾，门终于开了，但是门和锁都已经坏掉了。

王晓农望进去，女儿泽溪正蒙着头躲在被子里面。王晓农跑过去，一把掀开被子，把被子扔在地上，然后抓起泽溪的衣服，把她重重摔在了被子上。泽溪吓得大哭起来。

王晓农拎起电脑包，快步下楼坐上车子朝公司开去；耳朵里只传来泽溪嚎啕的哭声……

王晓农到达公司，生产部副总监兼计划部经理蔡艳、生产一部经理褚新忠、生产二部经理牛少强、生产三部经理戴军都已经在了。铆接线正是由生产三部经理戴军管辖。牛总器重的技术部总监孙启一此时和牛总一起在国外出差，而生产质量部经理张国芳、人事行政部经理汪海洋回家了，没有来。

"大家讨论一下这个事情该怎么处理？"蔡艳首先问道。

"公司出现这样的事情是绝不允许的，对带头肇事者要严惩，不然后面就没法管理！"牛少强坚定地说。他是牛总的妹夫，平时讲话、做事都我行我素。

"这种事情以前在冲床组也发生过，开除带头的那几个人，然后工资也要核一下，看是不是工资发错了。"褚新忠说道。

冲床组属于生产一部，是褚新忠管辖的，之前也闹过罢工。

"产能跟不上，不能再落下了，我一会去把他们叫回来。"戴军的语气很坚定。

王晓农作为工资造册的主要当事人，他更多的是考虑工资的计算是否准确。

"工资问题，明天我和小陈一起核一下，如果确实有错误，马上补发给员工。"王晓农说道。

"戴经理，你明天把铆接线人员叫在一起开早会，蔡总、王晓农，然后叫上汪海洋，你们一起参加。告诉他们有问题说出来，不能动不动就不干活了。"褚新忠说道。

大家都表示赞同。

第二天早上 7 点 30 分，铆接线人员已经集合，戴军一开始就扯大了嗓门："知道你们昨天干了什么？这是非常严重的事情！你们有问题找我说啊，随随便便就不干活了，这么无组织、无纪律！因为你们，公司昨天产能没有完成！"戴军继续说道，"今天总经办王主任也在，你们有工资问题可以找他，我给你们时间，今天可以一个一个去对！"

王晓农也向员工作出了承诺。

早会比较顺利，大家有序散场并回到工作岗位。

王晓农佩服戴军，佩服他的血气方刚，也佩服他在这样的压力下能够控制住局面。王晓农比他大 4 岁，自叹不如。

后来经过仔细核对分析，发现计件工资的计算确实有错误。陈欣机械地套用公式计算，导致工资产生了漏项，王晓农对这些细节也没有去核实发现；另外，铆接改革后，每条线每月都有剩余金额，戴军对这些剩余金额的分配主观性很强，月间分配的不平衡也导致了员工的心理落差。

牛总碍于"罢工"两个字太刺眼，让王晓农把此事件定义为"停工事件"，并发文通报。

王晓农最终发文通报责任的时候，把他自己和生产三部经理戴军的名字都写了上去，并扣了钱；同时，文件对工资提交时间、工资审核、工资分配等方面作了要求；还有就是，开除了两名带头"煽动"离岗的员工。

王晓农此时觉得，扣钱是应该的，自己有责任，只要能妥善解决这个事情就好。

就这样，"快刀斩乱麻"的处理方式，使得这个事件很快得到了平息……

### 3、年底冲刺

一切为了生产，任何事情都阻挡不了产能扩张的脚步。

2018年12月1日，中美贸易战有了短暂地缓和，为期90天。

国外客户为了赢得这个时间窗口，提早下了订单，家美机械的订单量大增。而面临的情况则是，临近年底，员工离职或提前回家，人数一天比一天少；同时劳动力市场上又招聘困难，新人难进。

牛总对订单全盘接收，他讲究的是"在发展中解决问题"、"创造条件解决问题"，全然不顾人员和产能的现实情况。

12月下旬，人员紧缺情况异常突出。

牛总号召"全厂一盘棋，人人上前线"，为完成既定的任务目标而奋战！

为此，王晓农拟定了各职能部门人员参与车间劳动的排班表。主要是为了应对喷粉车间挂件工、收件工短缺，吃饭时换不了班的情况。挂件和收件两个工作相对比较简单，行政人员也能做，把产品往上挂或往下收就可以了；但由于是流水线，速度在那里，要坚持一个小时，还是很有挑战性的。

王晓农把采购部、财务部、市场部、人事行政部、技术部、计划部等部门，男的、女的，包括学校新来的实习生，都排进去了。每天挂件两人，收件两人，男女搭配，在中午和傍晚吃饭时间对原有线上的人员进行替换。

挂件的活很脏，戴上手套，整个手套都黑了；脱下手套，指甲缝里还有不少黑黑的泥，洗也洗不掉；速度慢了，挂得不及时，还得跟着流水线跑。

收件是产品喷上塑粉后，经过烘房再收下来的工作。虽然是冬天，但只要干个半小时，就汗流浃背，外套根本是穿不上的。

大家根据排班表自觉履行协助生产的义务，有些人虽有怨言，但还是坚持在做着。

农历除夕是2019年2月4日，此时离过年只有1个多月的时间了。

此时，牛总作出了一个重大的岗位调整，让王晓农拟了《任命书》并告知各部门。

"为了适应公司不断发展的要求，提升公司管理水平，经研究决定，任命孙启一为家美机械有限公司副总经理，协助总经理负责公司的日常管理工作。"

这个任命书是在原有岗位上增加的。也就是说，孙启一仍旧是技术部总监，现在又是副总经理。此时，孙启一这个副总的头衔主要是针对生产上的。自从上次铆接线停工事件后，显然可以看出，蔡艳担任生产部副总监，是摆平不了生产部的事情的。

孙启一临危受命，不得不面对生产人员缺少、订单暴增的情况。

"职能部门的男工，全部要上铆接线，你排个班。"孙启一对王晓农说。

王晓农是总经办主任，照理直接听命于牛总，但是孙启一毕竟是新上任的副总，王晓农对他也非常尊重。

"好的，孙总。"王晓农回答道。

之前只是让行政人员做做挂件和收件工作，现在要上铆接线，挑战可不是一般的大。

王晓农开始对职能部门的男职工进行排班。

领导干部肯定得作出表率作用，于是王晓农把自己和汪海洋也都排了上去。

王晓农一天排两个人，从早上8点钟做到下午5点钟。

职能部门的男同胞，包括王晓农自己，从来都没有接触过铆接机；而且铆接机非常危险，王晓农在人事行政部的时候，送过好几个受工伤的铆接工去医院，那惨状历历在目。但是硬任务在，不得不上。

第一个工位是比较简单的。一个工件上面透过孔放上垫片，再搭上一个工件，然后脚一踩，铆钉就打上了。脚踩的时候，手不能在冲针下面，不然就危险了。

原先铆接机上面有一套防护装置，当手还在冲针下面的时候，脚是踩不下去的，可以防止工伤发生；但是为了提升效率，设备买来的时候就把这套防护装置拆掉了。家美机械的铆接工效率非常高，在行业内是有名的。每个人在流水线上的速度都非常快，而且动作很优美，犹如跳舞一般。

王晓农打的时候，没有一味地追求速度，只求孔位不打错，保证安全。慢慢地顺手了，也可以打快起来。

经过几次练习，王晓农也可以打中间的工位了。

有一天，孙总跟王晓农说，通知铆接线上帮忙的行政人员，每天从早上8点钟做到晚上，和线上人员一起下班。名头是"和一线员工共同进退"。

王晓农心理压力有点大，怀疑这些行政人员是否能接受这样的安排。一线员工的下班时间一般都要到晚上9点30分或10点钟，而且行政人员的这种帮忙是无偿的，没有加班工资。

果然，一个技术部的员工找到王晓农，质问道：

"哪有这样安排的？我晚上不加班！"他也是帮了好几天忙了，时间突然延长，让他难以接受。

王晓农本想说"这是你们孙总安排的"，话到嘴边没有说出口。因为孙总既是副总，也是技术部的领导。

这个员工说完悻悻然而去……

王晓农作为总经办主任，头衔顶在那里，只能以身作则，硬着头皮上；但他也是一肚子的委屈，这么拼死干，拿的仍旧是5200元的月工资，觉得好不值当。可当他在线上帮忙的时候，也会闪现另一种想法："我倒是要看看，家美机械，你无耻的下限能到什么程度……"他突然有了一种自虐的念头。

此前，王晓农得了感冒，而且已经延续半个多月了，他没有时间去配药。晚上温度很低，风很大，他全身犯凉，打冷颤。他感觉自己的抵抗力下降了，以前感冒一般一个星期就好了。

在机器轰鸣的晚上，冰冷的工件、犯病的身体以及吹进车间内的嗖嗖冷风，让王晓农的内心变得异常寒凉。

2019年1月31日，腊月廿六，晚上9点30分。

这是春节前最后的一个工作日，工人们已经没日没夜干了将近一个月了，有的人手都肿了，没有时间去医院；有的人回家的年货还没有准备，而回家的车票就定在第二天。

王晓农在现场清楚地听到，边上的工人用工件敲着台子并大声抱怨："最后一天了，都不让人下个早班！"说完又无奈地干着活。

王晓农没有反驳，因为他也是感同深受。

第二天，工人终于获得了解放，但不是全部——公司安排留守人员组建了一条铆接线，准备过年期间接着干……

## 第三节、失望透顶

### 1、年初四拍照

终于过年了。

这次有了人事行政部汪海洋外叫的保安公司人员在春节值班，顺带把车间持续运转的油漆泵也检查了，王晓农他们就不用像往年那样再来公司轮流值班了。

而孙启一带着一群人继续奋战，几个生产干部带头上一线，维持着一条铆接线的运转。

鉴于此，每年的年终总结会议没有开，本该在总结会议期间发放的年终奖也泡了汤。

王晓农手头拮据，平时的工资都还了车贷、房贷，一心盼着发了年终奖好顺顺利利地去丈母娘家拜个年；没承想，事不如愿。但不管怎么样，丈母娘家还是要去的。王晓农心里想着，年终奖总是会发的，过年的事情扛一扛就能过去。

王晓农老婆青梅的娘家在安徽六安最西面的大别山里面。

王晓农买了车之后没上过高速，更没有开车去过丈母娘家。对于山路，他心里更是没底。

刚好青梅姑父是在省城卖猪肉的，青梅和她姑父商量好了大家一起回安徽。

青梅姑父开了王晓农的车载着王晓农、青梅和泽溪；青梅姑父的儿子，也就是青梅的表弟，开着新买的奥迪车载着在省城打工的一众亲戚。两辆车，风尘仆仆地回了安徽。

青梅娘家的房子就在山脚下，前面是一条清澈的小溪，晚上可以清晰地听到小溪淙淙作响、间流不断的声音。

冬日的山岭，草木枯黄，唯有这溪流，跳动着生命的韵律。

这个春节，溪水不大，水泥桥面露在外面，汽车可以顺畅地通过。

王晓农记得前年青梅弟弟结婚，他们来的时候小溪发大水，好几个路段都被溪水淹没了，无法从下面走，只能从山岭上绕下来。车子开在山岭上面，就像是在悬崖边；往下看，下面就是万丈深渊；路面泥泞、狭窄，而且弯道多，把王晓农吓个半死。车子到了家附近，人还得下来从小溪里面蹚过去，溪水冰凉冰凉的。王晓农心想，以后再也不从岭上走了，哪怕是发大水回不去，宁可在附近找个地方暂时过一夜。

在丈母娘家，有人的看电视，有的人打牌，有的人围着火盆一边烤火一边唠嗑，还有的人正吃着当地的特色美食。一片其乐融融、喜气洋洋的景象。这里的一个显著特点就是大家族，人多、热闹，不像王晓农家过年这般冷清。

然而，天气一直不好，听说要下雪了。如果下雪，山路积雪结冰，他们就出不去了，只能困在山里；而上班就在初八，在山里拖个几天，上班就赶不上了。

青梅姑父因为有生意，准备初三就走。王晓农想着，仍旧和青梅姑父一起回去。

丈母娘家屁股还没有坐热就要走，王晓农只待了三天。

初三早上，路上已经结了冰。经过 20 多分钟，终于开出了崎岖的山路。王晓农看到大马路上有车子打滑翻了车，等待着救援。

路上高速封路，只能绕省道，直到下午，才开到了巢湖地界；而太阳也暖暖地照了过来，感觉舒服了一些。

突然，手机铃声响了起来，王晓农一看，是牛总的电话。

"牛总。"

"王晓农，新年快乐！"

"牛总，新年快乐！"王晓农急忙回应。

"今天才初三，孙总他们已经带着铆接线在上班了，这种精神是难能可贵的。这个时候，你应该在场，把他们这种精神记录下来，拍一些照片。这是家美机械的一种精神财富。"

"牛总，我春节去了安徽，现在正在回来的路上，到家可能比较晚，要明天去公司了。"王晓农解释道。

回去确实是比较晚了，看导航，得到晚上8点钟才能到。

"好的，那你就明天过去。"牛总说道。

"好的，牛总。"

这是举家团圆的春节，是去除一整年的疲惫后难得修整的日子，然而……

年初四去拍照，王晓农是本能地抗拒，但又不能抗拒，因为这是老板的要求。

2019年2月8日，大年初四。王晓农吃过午饭，来到熟悉的工厂。厂区外围寂静无声，办公楼也贴着封条。车间大门打开着，走到里面越来越昏暗，发出零星的机器声。

副总孙启一、生产三部经理戴军、生产二部经理牛少强，都上了铆接线，充当一线工人，个个干劲充足、动作飞快；生产一部经理褚新忠开着叉车为每一个工位上的料箱上料。他们几个领导，带领春节期间留在厂内的员工，组成了一条20个人的铆接线。

才年初四，其他人都在团圆，都在欢声笑语之中；而这一批孤独的"战士"仍旧在"前线"奋战。是什么信念支撑他们这么拼命去做？而且他们还没有从节前紧张工作结束后的缝隙中好好地喘上一口气。

这真的是让王晓农佩服不已。

王晓农对几个领导，特别是孙总，拍了工作时的近身照。孙总戴着手套、袖套和耳塞，脸上露着"腼腆"的笑容，叫王晓农不要拍他。

几个一线员工，在专注着工作。王晓农也用手机记录下了他们敬业奉献的瞬间。

王晓农沿着铆接线走了一圈，幽暗的车间就这一条铆接线亮着灯，让人感觉分外孤独。

拍完后，王晓农把照片发给了牛总，心里有一种说不出的滋味……

2、迟迟不发的年终奖

春节前年终奖没有发，大家嘀咕几声也就没说了，因为"忙"是客观事实。所有人都没有好好休息一下，年终总结会议也没有开，春节期间还有人在上班。所以大家寄希望于春节上来后能拿到年终奖。

过完春节开始上班了，该招人的招人，该上班的上班，一切重新开始。可所有人心中悬着的年终奖的事情，却一点消息也没有。大家疑惑不解，又忐忑不安。

2018年下半年到2019年春节前的这段时间，是全体员工付出最艰辛的一段时间。是大家放弃了休息、放弃了与家人团聚的时光、乃至牺牲了自己的健康才成就了家美机械产能的突破；是各个部门齐心协力、相互帮衬、不计个人得失才获得了不易成绩。

本来应该有一场庆功会，来表彰所有人的努力和付出，然而没有；哪怕没有庆功会，年终奖也算是对每个人一年工作的肯定，本该在春节前发的，然而也没有。

过春节需要用钱的地方很多，请客、送礼、发红包都需要钱。很多行政人员平时工资不高，就指望着这年终奖来过春节，因为家美机械的年终奖占比还是比较大的。

节前没有发，节后上班了也没有发，而且没有正式的文件通告，很多人以为王晓农是总经办的，知道"内幕"，私下里来问。其实王晓农自己也蒙在鼓里，不知道是什么情况。他自己也希望能够早点发，因为他真的太需要钱了！

自从人事行政部汪海洋来了之后，王晓农感觉到自己一点点被边缘化，整个心已经凉了下来，没有了继续为家美机械卖命的热情，本想着发完年终奖后换份工作。之前他去应聘的那几家单位迟迟没有应承下来，就是希望发了年终奖再做定夺。现在年终奖迟迟不发，他也不敢贸然提出离职，想着再等一等。

有一天，王晓农发现牛总的司机开着一辆崭新的黑色奔驰来到了厂里，上前一问，原来这是牛总买的新车。从司机口中，王晓农得知，牛总不仅给自己买了新车，还给他70多岁的父亲买了一辆奥迪。

王晓农知道，此时的汽车进口关税已经下调了，国内买进口车变得更加便宜。

这个事情让王晓农产生了更大的愤怒，心里质问道："牛总，你真的一点都不体察民情吗？"

该发的年终奖不发，竟给自己和家人买豪车享乐！这巨大的对比难道不是在侮辱家美机械的所有员工吗？

或许是牛总注意到了大家的一些反应和疑惑，把王晓农叫到他办公室。

"如果有人问年终奖的事情，你让大家放心，年终奖肯定是会发的。现在节后刚开工不久，人员还不稳定。根据往年的经验，人员总是要到'清明'前后才能稳定下来。"

"嗯。"

牛总没有说具体什么时候发年终奖，但是这句话意味深长。

王晓农是一个聪明人，根据牛总说的'清明'这个时间点，他隐约感觉到，年终奖发放的时间有可能在'清明'前后。此时刚过元宵节，离'清明'还有一个多月的时间。

不知牛总是否有意跟王晓农这么说，好让他散布这个消息。

王晓农明白，牛总在乎的是春节上来后人员的稳定性。春节前把人摧残到了极致，怕员工发了年终奖后就离职，影响后续的正常运转。

这招可真够狠的。

激励措施，在王晓农的认知中，不外乎"胡萝卜"和"大棒"。家美机械采用的是拖延的"胡萝卜"策略。就像一根骨头放在狗的面前，只不过这个骨头上栓了绳子。主人在前面牵着绳子，想什么时候给狗吃，全凭主人说了算。狗真的不知道主人会引诱它到什么时候。当狗实在没耐心这样玩下去后，可能会选择放弃，而主人刚好省下了这根骨头；狗想要吃到这根骨头，就要一直被引诱下去。

无奈，广大员工有着和狗同样的命运。

有一天，人事行政部汪海洋碰到王晓农，笑呵呵地问道："年终奖什么时候发啊？"

汪海洋虽然才来了半年多，但也是知道有年终奖的。

"牛总说人员要到'清明'前后才能稳定，所以我估摸着，年终奖应该会在'清明'前后发。"王晓农回答道。

"'清明'前后发？等着上坟用啊。"

汪海洋这么一说，王晓农真是觉得好有讽刺意味。员工的年终奖不能在年终用，而要到'清明'用，这到底是在咒谁呢？

关于年终奖的事情已经在暗流涌动，不断发酵着。

王晓农接触了几个主管、班组长，还有部分行政人员，他们都在私下聊天中询问着王晓农关于年终奖的事情，希望能得到一个确切的消息。王晓农有时模糊地回答"具体时间我也不知道，但是年终奖肯定是会发的"，有时候也会猜测性地回答"应该会在4月份发吧"，因为'清明'就在 4 月份。

王晓农的信心也已经崩溃。下一步该怎么走？他的脑海里不断翻滚着……


3、提出离职


心里受了伤，很难一下子痊愈。

当时丁总劝王晓农离职，对王晓农来说是一种被动接受，最后没有成功。

而王晓农让牛总察觉到了这种退意后，他被边缘化的命运已经不可避免。汪海洋的入职以及对他的重用，已经充分说明了这一点。

汪海洋来后的这段时间，王晓农虽然也做了一些事情，但他的心一直是冷的：被否定、被冷落、被边缘化，不理想的工资，还有被拖延的年终奖……一切的一切，把他又一次推向了离职的边缘。

王晓农细细想来，他的理念本来就和家美机械的文化不相容，是他自己一忍再忍才坚持了下来。家美机械的加班文化、严苛的意识形态控制，给他带来了莫大的心理压力和家庭矛盾；而且，他的身体也出现了一些变化——头发一直在掉，而且越来越严重。

加班的情形已经是家常便饭，晚上要经常加班开会；星期天生产上班，也得过来公司上班。

作为干部，要以身作则，哪怕老板不说，也要自我加压，朝老板喜好的方向去走——自己给自己套上了枷锁。

王晓农的经常性加班跟接老婆下班、辅导女儿功课、陪伴女儿之间形成了巨大矛盾，他内心非常难受；但为了工作，只能一忍再忍。

不知从何时开始，王晓农的头发变得很油，捋头发的时候经常会掉下几根来，一开始他还没有在意。直到掉发变成了常态、直到洗头时家人说能看到头皮了、直到看见厂里面好几个人面临同样的问题时，他才意识到了问题的严重性。

生产质量部经理张国芳来公司的时候，还有一些头发，而现在已经成了光头；生产二部经理牛少强头发也开始变得稀稀拉拉；铆接线的一个员工，王晓农印象很深，他在年会上唱过歌，他当时头发浓密，而现在只要干活出汗，头皮就都露出来了……看起来，这不是个别现象。王晓农高度怀疑是厂里的废气、叉车尾气或粉尘导致的。

这一切的一切，已经远离了王晓农自己原先制定的追求"健康的身体、宁静的内心、温暖的亲情"这样的人生信条。

王晓农本来是想拿到年终奖后再提出离职的，可他真的是忍不住了。虽然年前应聘过的几家单位因为拖延时间太长而没有成功，但是王晓农一刻都等不了了，哪怕工作没有落实好也要走。他已经做好了拿不到年终奖的最坏打算——当然，对于年终奖，他还是想去争取的。

直接和牛总提出离职，王晓农还一下子说不出口，他考虑还是先跟他的直接领导杜国忠说。

刚好有一天，杜国忠来到了王晓农办公室。

此时，王晓农已经搬离生产部办公室，回到了办公大楼属于他的总经办。

虽然名义上杜国忠是王晓农的直接领导，但他的工作重心一直都在采购部，很少来总经办。

说完事情杜国忠刚想走，王晓农连忙说道："杜总，我有个事情想跟您说。"

"好的，什么事情？"

"杜总，我的情况你也了解，我想离职了，麻烦你跟牛总说一下。我这段时间可能会请几天假，去找找工作。"王晓农说道。

"你呢，确实工资太低了点……"

"杜总，既然我提出了要走，那肯定是要走的，不会再变了。"

"好的，那我跟牛总说……"

杜国忠还算是个通情达理的人，王晓农的情况他也已经有所了解，所以没多说规劝的话。

王晓农已经做好了杜国忠和牛总说了之后牛总找他谈话的准备。

果然，牛总把王晓农叫到了他办公室。

"听杜总说你对现在的工作有些想法？"牛总问道。

"是的，牛总，我考虑再三，还是想走。"王晓农回答道。

"如果你有其他更好的去处，你可以说一下，我帮你参考参考；但是你要知道，现在开发区没有一家企业能像家美机械这样提供这么好的一个平台。"

王晓农没有回答。

牛总接着说："你这个人性格比较懦，到其他地方是没有前途的，是没有人会看中的。"

这句话直接伤到了王晓农的心。他如何会相信这样的评价？反而有了一种"你越是这么说，我就越要走的冲动"。但是，他还是没有说话。

"王晓农，确实，这段时间没有照顾到你。人呢，要学会忍耐，学会蛰伏，等待时机。你要相信我，只要你在家美机械好好干，我不会亏待你的。虽然我现在不能对你有什么承诺，但是你要相信我，我不会诓你的。"牛总继续说道。

"我对公司还是有感情的，厂里的一切我都是那么熟悉……"王晓农的话语软了下来。

"所以，你不要东想西想，做好自己的本职工作，以后会有前途的。"

王晓农不知道说什么，可能心里还是没有想好。他一个人独处的时候想法非常坚定；然而碰到了牛总，却表现不出这样的坚定。

牛总还笑着说道："一个企业，如果没有人想走，那是有问题的。"

从牛总脸上的笑容，王晓农明显能感觉到他那得意的样子。

王晓农明白他的意思。牛总的逻辑是，大家都待得很舒服，说明企业在吃亏。这也说明，在他的眼里，企业和员工是对立关系，二者是零和博弈。王晓农也能感受到，为什么在经济形势如此惨淡的情况下，家美机械还在扩张，还有可观的盈利。

王晓农心里其实是不想再留下来的，但是又碍于情面，回绝不了……

# 第七章、新的开始

# 第一节、新的角色

1、升任经理

王晓农整个人的躯体，就像是被家美机械吸住了一样，挣扎一番后，还是不能逃脱这种力量。

他和杜国忠说了自己的想法，"既然牛总都谈过话了，那就继续做吧。"

王晓农有一种很无奈的感觉，感慨人最大的痛苦莫过于无法遵循自己内心的想法去做事。

有一天，王晓农从其他地方了解到，以后杜国忠就负责采购部，总经办的工作转由他来负责。这样的话，王晓农和杜国忠之间就不存在上下级关系了。

王晓农想，这应该就是牛总的决定。

2019 年 3 月 27 日，人事行政部汪海洋找到王晓农。

"恭喜恭喜，你要升职了啊。"汪海洋说道。

接着他递给王晓农一份任命书，上面写着："经公司研究决定，现任命王晓农为总经办经理，负责总经办的日常管理工作。"

"你看这样写行不行？"汪海洋问道。

以前任命书都是王晓农写的，现在要任命他自己了，所以就由人事行政部汪海洋出面来写。

"可以吧，以前也都是这么写的。"王晓农回答道。

其实，王晓农高兴不起来，他还没有从内心的阴影当中走出来，他并不在乎职位。帽子往上戴，责任更重了；而且升职为经理，部门就他一个人，其实就是一个光杆司令。至于工资，王晓农也不清楚。公司其他经理级别的月工资都是 8000 元，他有一些期待，但也有一些怀疑。因为他目前的月工资只有 5200 元，如果跳槽，兴许能找到月工资 8000 元的职位；而现在加薪，可能加这么多么？这是王晓农内心的疑问。

有一天，孙启一叫王晓农到他办公室。

王晓农和孙启一平时沟通不多，不知道孙启一这次叫他所为何事。

"王晓农，牛总之前说过，今年开年上来要对部分人员的薪资进行调整。你也确实表现不错，但是刚升任经理，如果工资加得太多，怕别人会有意见，先给你加到 6500，以后再慢慢往上加；而且，从 5200 加到 6500，比例已经增加了 25%，在所有人员中，你工资调整的比例是最大的。"

王晓农"嗯"了一声，点了点头。

孙启一试图在告诉王晓农，加薪的比例已经很高了，而且后面还有加薪的机会。

"你把这份名单整理一下，然后交给财务，注意保密。"孙启一继续说道。

王晓农接过孙启一递过来的一份手写名单。名单上面写了大概有 20 多个人的名字，孙启一把每个人的工资调整情况向王晓农说了一遍。

王晓农了解了孙启一的用意后，把薪资调整单拿到了自己办公室。

王晓农心里有些失落，调整后的工资离他自己的预期相差很远。

他把这些人的薪资调整情况一一录到电脑表格里。

"会计小汤从 6000 调整为 6600，内贸跟单员小许从 5000 调整为 6000，生产副总监兼计划部经理蔡艳从 8000 调整为 9000，生产三部经理戴军从 9000 调整为 10000，人事行政部汪海洋从 8000 调整为

8500，副总孙启一从 12000 调整为 15000……"

而王晓农的工资则是从 5200 调整为 6500。

从中可以看出，王晓农先前的工资只比内贸跟单员多一点，也不如一个会计。所以可想而知他之前的委屈。

哪怕是加了工资之后，王晓农离同级别的戴军也相差甚远。当然，戴军负责生产工作，每天晚上 10 点、11 点回家，这个工资王晓农也是能理解的。

而孙启一的工资是从 12000 调整到 15000。他真当王晓农是傻子么？王晓农一眼就看出，12000 到 15000 也是涨了 25%。

"他孙启一凭什么说我的工资调整幅度最大？怎么不说他自己？"

王晓农心里有点气愤，觉得自己的工资一直就比较低。如果工资只有 3000，涨 50% 也就只有 4500，这是用比例就能把别人说服的吗？

虽然家美机械的收入构成还有年终奖，但是王晓农非常肯定地知道，这些经理和总监的年终奖是远远高于他的。

和汪海洋对比，王晓农也是一肚子的委屈。汪海洋接替他的是同样的工作，而工资却比他高了一大截。

王晓农心里不是滋味。

"牛总、孙总是不是认为我可以接受，所以让我来拟这份薪资调整表？"王晓农一个人苦笑道。

这样一个经理的职位，这样一份经理的工资。比起同级别的经理，王晓农有一种自卑感，而他要做的是非常难做的工作——对各个部门的考核，一份具有对抗性的工作。他有什么底气去做？

工资和职位不匹配，犹如一脚在前、一脚在后，扯了"蛋"。

王晓农可以体会得到，牛总真正重用的是孙启一、戴军、蔡艳这几个人。戴军、蔡艳职位都是火箭式上升，工资是跟随职位一起调整

226

的；而孙启一从技术部总监到副总经理，工资也是水涨船高的。

王晓农总觉得牛总对他有偏见，而且"口惠而实不至"，有时候就说几句"辛苦了"来搪塞。

但那又能怎么样呢？王晓农只能是心里想想，然后被迫接受，从来不会去抗争。这就是老实人吃亏的道理。

既然已经答应牛总留下来，王晓农只得继续隐忍……

## 2、制定《岗位手册》

多想无益，路还得继续往前走。

令王晓农稍许安慰的是，年终奖终于在 4 月底发了，他银行账户到账了 2 万元，这是他内心预期的最低值。

2018 年真的是非常艰苦的一年，特别是年末的时候。随着时间的流逝，当时的苦痛王晓农已渐渐淡忘。能收到 2 万块钱，他也不再计较什么；但是钱还没有捂热，他就立马把这钱还了债。买房子的时候他向亲戚借了钱，还有 10 多万块钱没有还清。总之，还一些，负担就轻一些。

回到工作的事情上，公司希望能够明确各个部门的岗位职责，形成一份《岗位手册》。当时这个任务是孙启一交给汪海洋的，可几个月过去了，汪海洋迟迟没有动静。

"孙总，这个我来拟吧。"

王晓农自告奋勇，向孙启一表明，自己可以把这份《岗位手册》整理出来。

家美机械发展迅速，人员精简，一向是一人多岗，所以在职责的划分上比较模糊。随着企业规模的扩大，岗位职责的明确已经成为了一个迫切需要解决的问题。

既然升了职，不管怎么样，总得表现得积极一些，为公司分忧。

岗位职责分散于各个部门，只有每个部门自己清楚，王晓农一个人一下子很难弄得全面。于是他让各个部门根据实际情况，把岗位职责写出来给他，然后他再来汇总。

几天过去了，给王晓农岗位职责的部门了了无几。有些确实没有现成的资料；而生产部门几个经理文化水平不高，不会写。最后只有市场部、财务部、采购部几个部门把岗位职责给了王晓农。采购部杜国忠是用钢笔写的手稿，王晓农一个字一个字地把它们输到了电脑上。

其他几个部门没有提供岗位职责，但这个事情还得做。王晓农只有两个办法，一个是网上搜集，一个是他自己写。

不管是网上搜集还是王晓农自己写，都要符合家美机械的现状。

王晓农在公司已经待了多年，凭借着对各个部门的了解，再加上其他的一些辅助资料，终于在一个星期后，他把这份《岗位手册》拟了出来。

这份《岗位手册》为公司十几个部门列明了部门职责，并确定了各部门的人员编制以及各岗位的职责。

王晓农把汪海洋迟迟未完成的事情经过一个星期就完成了；而且这是公司第一份详实、全面的《岗位手册》。王晓农心中莫名地升起一股自豪感。

王晓农把这份《岗位手册》让副总孙启一"过目"。至于为什么是先给孙启一而不是给牛总，一个原因是，王晓农总感觉和牛总之间有点隔阂，而且他也不希望和老板走得太近，觉得别扭；另一个原因是，这个事情是孙启一提出来的，他新上任副总不久，王晓农想着总是要把他副总的权威树立起来，给他点面子。

可孙启一对王晓农写的这份《岗位手册》似乎并不感兴趣。他发给了王晓农一个链接，让王晓农看一家上市公司的岗位说明书。孙启一对王晓农说，可以参考这上面的岗位说明书来拟定公司各部门的岗位职责。

王晓农一看，七八十页，有些内容并不符合家美机械的现状。

"孙总，这份写得是比较详细，但有些内容并不适合我们现在的情况。"王晓农说道。

"虽然现在不适合，但是我们肯定也要朝着这方面去发展。"孙启一说道。

"孙总，我现在就一个人，这么多内容，很难一下子完成。"王晓农面露难色。

"一下子完不成没关系，你可以一个一个写，比如可以先从技术部开始写。"孙启一又说。

"嗯。"王晓农低着头应了一下。

王晓农一肚子的不爽，自己耗费心血写成的《岗位手册》不被接受，还要重写。他心里不想写，可又不想拂了孙启一的意，只好硬着头皮写。但是他心里想好了，只写技术部一个部门，其他的内容推脱没空不写。

等到技术部新的岗位职责写好后，王晓农给了孙启一一份。

刚好牛总也听说了这个事情，跟王晓农要岗位职责的内容，于是他就把自己写的《岗位手册》的内容加上后面重写的技术部的岗位职责一并给了牛总。

牛总看后说："还是前面这份比较接地气"。

这下，王晓农终于长舒了一口气。

牛总的态度王晓农没有跟孙启一讲。同时，碍于孙启一的面子，王晓农也一直没有对各部门公布这份《岗位手册》。就这样，这份岗位手册就一直"束之高阁"，只停留在王晓农的脑海里以及他的电脑中。

家美机械还容易发生部门之间协调不畅、相互推诿的情况。因此，除了编制《岗位手册》外，王晓农还让各个部门提交需要其他部门配合的一些内容，希望把这些内容也放在考核明细里面，作为对各个部门的考核依据。虽然王晓农把这些内容都整理了出来，但是考虑到公司并购之后和总部之间可能会有一些新的制度对接，牛总对此并没有给予明确肯定。所以，这个事情同样也就不了了之了。

3、华为培训

有一天，牛总把王晓农叫到办公室，对王晓农说：

"我们的客户在深圳华为组织了一次为期三天的培训活动，是关于人力资源方面的，明天报到。本来我想叫汪海洋去，但最后我还是觉得你去合适一点。你要珍惜这次培训机会，回来跟大家讲一讲。"

"好的，牛总。"

王晓农紧急在网上买了第二天去深圳的机票。

王晓农跟家里说明了出差情况，开始收拾行李。王晓农母亲还把他当作小孩子，知道儿子只身一人出远门，很不放心，嚷嚷着要老板的电话，想叫老板再找一个人陪着儿子去深圳。王晓农好不容易才把母亲说服，并让她放心，自己会注意安全的。

王晓农之前只坐过一次飞机，那是大四在一家单位实习的时候，被派到沈阳参加一个展会，距现在已经11年了。他对坐飞机还是有一点点紧张的。

王晓农这次买的是右排中间靠窗的一个座位，刚好能看到飞机外面的风景。天空中的云时而浓重时而轻薄，时而柔软时而刚硬，时而像山时而像河，时而金光亮丽时而乌云密布，不同形态的云组成了另一个新奇的世界。

当云层稀薄的时候，还能看到地面的风景。细长的小河、排队的车辆、绿色的山林，都一一映入王晓农的眼帘。

飞机上看到的风景丰富了王晓农的人生体验。

不到两个小时，飞机降落在了深圳。深圳的天气有点热，又有点潮湿。王晓农打了车到达指定的酒店，此时天色已渐黑。

第二天，大巴来到酒店门口，车子刚好坐满。车上的乘客都和王晓农一样，是这个客户的供应商代表。大巴上的导游是华为的一名女职员，站着给大家介绍华为的故事。她口中时时提到任总——任正非，并以各种例子阐述华为"以客户为中心、以奋斗者为本，长期坚持艰苦奋斗，坚持自我批判"的企业文化。从她口中感受到她作为一个"华为人"的自豪。

第一站去了据说是华为员工办工的地方。里面地方很大，好似大学校园，环境优美，都是各种西式建筑，犹如世外桃源。让人感慨企业也可以办成这样。当然，这肯定是要花巨资的。

让人意想不到的是，里面居然还有小火车！这在中国乃至世界上，应该都是独一无二的——用火车作为公司内部的交通工具。

天气很热，导游带大家去了内部的咖啡厅。王晓农拿起一杯咖啡找了个桌子坐下，静静地喝了起来，并欣赏着大厅里播放的优雅音乐。

王晓农突然眼睛一亮，撇见咖啡杯上写着"灯塔在守候，晚舟早归航"，还配着灯塔和大海的图像，塔上照射着耀眼的灯光。

而华为首席财务官、任正非女儿梦晚舟，因受美国司法部门指控，现仍旧在加拿大接受调查。

王晓农顿时明白，华为通过这个宣传，希望梦晚舟可以早点回来。

"还真有创意。"王晓农心里想着，并用手机把杯子拍了下来。

中午吃饭是在华为自己的餐厅，里面环境很好，宽敞、亮堂、干净。对照家美机械的食堂，王晓农真的是自惭形秽。

餐厅外面是一个人工湖，湖里游着几只比鸭子大的禽类，像是鹅，可都是黑色的。经导游介绍，王晓农才反应过来，这就是传说中的"黑天鹅"。"黑天鹅"事件在金融领域讲得比较多，往往指的是意料之外的重大事件。听导游说这几只黑天鹅非常贵。

忽然边上有人说："如果把这几只鹅炖了，味道应该很好。"

王晓农听后，只汗颜，心里咒骂道："就知道吃！"

把黑天鹅养在自己单位的湖里，充分说明了华为思维的前瞻性，并且具有危机意识。

参观结束，后面两天就是授课环节。

对于课程内容，其实王晓农并不是特别感兴趣，因为课堂上讲的都是大道理。王晓农学的是经济管理，在校时期有学过类似的课程，但是碍于要回去分享，他不得不竖起耳朵仔细听。

授课的酒店房间里面，冷气温度开得很低，包括大厅、过道温度都很低，把王晓农冻得肚子疼。他脑海里只有一个想法："华为钱多"。在家美机械，哪能这么开空调，空调温度设置都是有严格规定的。

课程培训从人力资源、流程、产品管理、数字化转型等方面进行了阐述。其实让王晓农感受最深的是华为的一些价值观语言：深淘滩、低作堰；"薇甘菊"战略；猛将必发于卒伍，宰相必起于州郡；一杯咖啡吸收宇宙能量，一桶浆糊粘接世界智慧；胜者举杯相庆、败者拼死相救；烧不死的鸟是凤凰；从泥坑里爬出来的是圣人；利出一孔，力出一孔；向火车头加满油……这些凝结了华为价值观的语言，正是王晓农回公司希望分享的内容。

在结束培训前的最后一个晚上，主办方还带一众供应商们去海边玩，让王晓农有幸能近距离地聆听海浪的声音。海边很多对新婚夫妻在拍着结婚照，洋溢着幸福的神情。海岸的对面就是香港，朦胧地浮现着。王晓农知道，此时香港局势紧张。他多么希望，不管是香港还是大陆，都能够社会稳定、人民幸福。

回程后，王晓农专门制作了PPT，向公司管理层分享了此次华为的培训经历。

# 第二节、外资注入

1、外方来访

公司和外方菲斯美诺集团的合作事宜正在进行中，而外方团队将在一个月之后访问家美机械。

王晓农知道，牛总是一个要面子的人，所以一直以来，大家讲的都是"合作"，而不是"并购"；而实际上，菲斯美诺集团第一期将收购家美机械80%的股份。

犹如家里来重要客人前总要拾掇一番一样，为了迎接大股东团队的到来，牛总准备号召全厂重新进行整理、整顿，不能让外方觉得家美机械很脏、很乱、很土。

外方股东看重家美机械的是盈利能力和成长空间，而现场管理一直是家美机械的软肋，什么"6S"管理，大家都没有时间和精力去搞，目标都在产能扩张上。随着规模的急速扩张，场地问题越来越突出，现场管理越来越乱，没有标识、乱放产品、腾挪产品等现象频发。

以什么理由来号召大家进行整理、整顿？王晓农本来拟的标题是《统一思想认识——踏上接轨集团总部'6S'管理新征程》，但是牛总觉得这样的标题太过谄媚，放低了自己的身段。因此，王晓农只好把标题改为表述平平的《统一思想认识，加强'6S'管理》。

在这份文件里面，要求各部门检查所有照明灯，要统一样式；整理更新所有标识牌；地面保持整洁和干燥；所有物料、箱子、液压车按线整齐、有序摆放；流程卡、物料标识等填写必须完整、规范；严禁在厂区内边走路边看手机以及其他违反公司员工手册和行为规范规定的行为……要求各部门以百米冲刺的精神在一个月之内实现"蜕变"！

对于家美机械来说，上面所说的问题都是老问题，反反复复，一直不能彻底解决。这次再做一遍，希望可以有所改变，给外方大股东带来好的印象。

临近外方团队来访的前一天，王晓农接到牛总的任务——帮他写一份演讲稿，内容主要是家美机械的发展历程。

在这之前，牛总从来没有叫王晓农写过演讲稿。

"这次牛总是因为太忙？还是为了提升他自己的架势？"

王晓农不得而知，也容不得多想。

"家美机械是我们'家美人'引以为豪的资本。这么说，是因为'家美'不平凡的发展经历。我作为'家美'的实际创始人，一路看着她成长。"王晓农从这里开始写起。

接着他从家美机械的成立、搬迁，以及新厂的建设几个方面描述了公司的发展历程，并以牛总经常说的"10 年 10 个亿"作为公司发展的宏愿。

王晓农继续写到了家美机械的精神："'家美'之路体现的是永不停歇、开拓创新的精神，这种精神永远是'家美'之魂。"他从队伍建设、质量控制、全球化服务等几个方面进行了阐述。

最后，他以合作的宗旨作为结尾："相信我们这次合作，在各位的共同努力下，可以成功实现铁架行业和机电行业的融合壮大，为最终实现机电一体化奠定不朽的基石！"

王晓农花了不到两个小时的时间，一气呵成，终于完成了这份演讲稿。令他意外的是，当他把这份演讲稿给牛总的时候，牛总竟然一字不改，照单全收了。

外方团队人员终于来了，总共有 10 个人，包括来自欧洲、美国及国内的成员。

王晓农也有幸列席了他们的会议。

这是王晓农第一次这么近距离地听老外讲话。他们讲解 PPT 的时候全程英语，没有翻译。王晓农听得云里雾里，又正值夏天，搞得他昏昏欲睡；而长久沉睡在他脑海中的英语记忆，也只打开了一点点的缝隙。

集团大老板是一个德国人，脑袋上已经没有了头发，留着一撮白胡子，中等个子，估摸着应该有 50 多岁。王晓农听牛总提起，这个大老板在全球有 50 多家公司，生意做得很大。

在会上，孙启一作为家美机械技术部的领导，向在坐的所有人介绍了公司产品的种类、型号和特点，方便团队在各自市场顺利推广。王晓农也有幸进行了一次产品的学习。

王晓农除参加会议外，也做了服务工作，如煮咖啡、倒咖啡。

咖啡是这次会议上必不可少的饮品。为了他们的到来，人事行政部汪海洋还专门请购了咖啡机、咖啡豆和奶精。对于咖啡这个东西，像王晓农这样的底层人民，是喝不习惯的；虽然他在华为培训的时候喝过几杯，但感觉不出什么滋味。可他也知道，西方的咖啡和中国的茶，都是文化交流和人员沟通的纽带。

除此之外，王晓农还关注着车间的整理情况。他知道，这些老外开完会、喝完咖啡，会去车间现场看的。他在车间走了一圈，发现边边角角有问题的，直接打电话给各个部门领导，让他们马上进行整改，以维持一个相对整洁的现场环境，让老外尽量留下一个好的印象。

不同团队的交流、不同国家人员的交流、不同肤色人员的交流，王晓农瞬间发现自己置身于一个世界级的企业平台中，真是开了眼！

2、完成合作

和外资合作的工作持续进行着。

王晓农作为总经办的领导，也参与到了整个合作过程的具体工作之中。当然，这是一个保密等级很高的工作。

根据集团总部要求，家美机械需要披露公司目前存在的一些问题。

在牛总的授意下，王晓农拟了一份《披露函》，包括了：有6000平方米厂房未办理政府相关验收手续，属于违章建筑；三台柴油叉车无法通过特种设备检测，无法上牌；公司社保按钱塘市当地政府最低要求缴纳，因有的员工不愿意缴纳，所以没有全员参保；公司某些岗位存在噪声较大的情况，有职业病风险。除此之外，还有一条，就是家美机械所有环保上的内容都是以另一家公司"安纳"的名义进行报备的。

牛总说的内容基本上是事实，只是关于社保，讲得比较冠冕堂皇。由于企业要承担大部分社保费用，因此家美机械用其他险种来代替了社保，没有包含养老保险，成本低了很多。

而"安纳"这家公司，全名"安纳机械有限公司"，也是牛总创办的。它有环评资质，和家美机械属于同一个厂址，因此家美机械就借用了"安纳"的环评。说来牛总也是厉害，就这样的操作，环保局却不来查证。

另外，外资股东合作的厂区，还包括正在新建的厂房。新厂房建设的手续正是王晓农一手办理的。此时，新厂房主体部分已经基本完成；而外方股东希望三个月之内进行投产，并要求牛总提供一份时间进度表。

这个任务当然又是要王晓农来完成。

根据投产计划，王晓农拟写了设备购买、生产线建设、水电气基础工程建设等的倒排时间表。

对于这栋新建厂房，外方股东只是租用，所有权还是属于牛总的。

在各项工作紧锣密鼓地推进下，公司的并购重组逐渐接近尾声，商务局的备案也已完成，即将办理营业执照变更手续。

新的问题是，按照税务部门要求，公司需先申报并缴纳转让股东的个人所得税后才能办理营业执照变更。但公司是外方并购，根据国家外汇政策要求，股权转让金需在营业执照变更完成后才能办理汇入境内手续。

简单地讲，牛总需要先报税才能办理营业执照变更，而营业执照变更完毕后外放股东才能打钱进来。现在牛总还没有收到钱，就无法报税。

两个事情互为因果，真是搞笑。

为了解决这个难题，牛总让王晓农写一份说明给税务部门，申请延缓缴纳税款，希望等首期股权转让金到位后再缴纳。

根据牛总的授意，王晓农很快写好了申请书。

凭借牛总不错的政府关系，这个问题很快解决了。

2019年8月1日，王晓农顺利办好了营业执照并拉取了变更登记资料，就等外资注资进来。后来王晓农了解到，此次外商投资额度为1亿美元。

基于保密要求，牛总把并购的所有资料让王晓农进行保管。

登记资料上面显示，公司名称没有变，法人代表变成了外方股东的姓名；出资比例外方为80%，牛总为20%。

同时，王晓农看到了一条重磅信息：牛总任公司董事，同时担任公司总经理，任期3年！

这也就意为着，3年之后牛总有可能离开他一手带大的家美机械！

对牛总的管理模式，王晓农一直不太认同，但也只能默默忍受着。如果牛总离开了家美机械，那么公司的管理文化可能会有所改变。这正是王晓农所期待的。

王晓农畅想着未来：以后可能不需要在晚上开会；以后可能不需要再对自己的老板顶礼膜拜、毕恭毕敬，该笑的时候笑，该坐的时候坐；以后可能不需要再在周日或国定假日来公司上班；以后也可能会让自己的工资水平更上一层楼。

可是，3 年呢，能再继续忍受 3 年吗？王晓农的心里没有底。

按照牛总的意思，在他担任家美机械总经理的这段时间，所有的一切还是照常，什么都不会变。

王晓农觉得唯一要变的是公司的每个个体。作为外资控股企业的一名员工，乃至管理层，英语水平肯定是一项要求。家美机械之前是土生土长的本地企业，很多人连普通话还不一定能说得准，更何况英语；而上过大学的，长期缺乏语言环境，学过的英语也早就忘光了，或者英语口语比较差。王晓农就是属于这一类人。

王晓农从初中开始学习英语，直到大学毕业，十年时间，花费了不少精力，却还是说不了一口流利的英语；而现在的学生，从小学就开始学英语了，整个学习的年限就更长了。

和外资合作的完成，让家美机械的竞争力大大增强，为公司的长远发展打下了坚实基础；也让家美机械的员工看到了黎明前的曙光，看到了新的希望。

而家美机械的管理层，以后会怎么变化，现在谁也说不清楚。大家都是跟着牛总一起打拼过来的，有信任、有情义。在不少人的心里，只要牛总在，他们都会聚集在牛总的麾下，在"战场"上奋死"拼杀"，未来的事情就让未来去决定……

3、政府饭局

对于安宁镇开发区来说，这次外商投资 1 亿美元买下家美机械 80%的股份是一笔大投资、大买卖，也是开发区招商局的一大政绩。

为了庆祝此次并购合作的成功，牛总约了开发区各部门领导，在市中心的一家五星级酒店吃晚饭——把酒言欢。

牛总把王晓农叫到办公室，说道："王晓农啊，今天晚上约了政府领导吃饭，你和孙总一起参加。多和政府部门领导打打交道，便于以后工作，对你自己也有好处。"

"好的，牛总。"王晓农应道。

"你先回去换身衣服，这种场合要穿得正式一点。"

"好的，牛总。"

王晓农看了一下手机，已经是下午 3 点 15 分。

此时正值炎热的夏季。王晓农身上出了很多汗，工作服又不透气，包裹在身上，黏黏的，非常不舒服。他赶紧开车回家，脱下汗味浓重的工作服，洗了个澡。

王晓农只有一套当年结婚时穿的西装还算名贵。因此每到重要场合，他就把那套西装拿出来，不管是夏天还是冬天。

牛总通知王晓农傍晚 5 点 10 分在大路口等，他的司机会开着商务车来接。陪领导吃饭肯定是要喝酒的，喝了酒没法自己开车回来。

王晓农家离大路口还有两公里路。他把自己收拾妥当后，把车开到大路边，时间已经是 5 点钟了。他在路边紧张地等着，一会塞一下衬衫，一会擦一下眼镜，生怕哪里出了状况。

5 点 15 分，商务车终于到了。王晓农见牛总和孙总孙启一坐在中间排，他便上了副驾驶座。

和老板坐一个车，王晓农有点不自在，也不知道说些什么，只是静静地听着牛总和孙总聊天。

车子终于在 6 点钟到达市中心的酒店。牛总让王晓农从后备箱中拿出准备好的白酒和红酒带到包厢。

王晓农一看，有 4 瓶茅台酒和 6 瓶红酒。红酒看起来像是国外进口的比较高档的那种。

此时，开发区的领导还没有到。

王晓农比较忐忑，跟老板之间不知道说些什么，一个人就等在包厢外面，想着给开发区几位领导指个路也好。

几位领导陆陆续续到来。等领导们坐定后，牛总在他们每个人面前放了一包烟，然后示意王晓农在一个空位上坐下来。

大家互相作了介绍。来的开发区的领导，有项推办林主任、经发局张局、市场监督局姚局、综合执法局吴局，还有开发区党委副书记兼管委会副主任俞书记。家美机械这边是牛总、孙总和王晓农。

牛总开始给领导斟酒，王晓农也起身给左右两边的领导斟了酒。

"感谢开发区的各位领导对我们家美机械的支持，所以呢，我要先敬各位领导一杯。"牛总首先说道。

"牛总的企业管理得相当不错，短短几年能发展到这个程度，真是让人佩服。也感谢牛总引进外资，为开发区做出了很大贡献。"开发区党委副书记兼管委会副主任俞书记回应道。在座的其他领导也纷纷点头表示赞同。

大家推杯换盏，气氛热烈。

这几位领导，借着饭局，闲扯着家常。牛总在一边饶有兴致地聆听着，偶尔笑着插一句话。这俨然成了几个政府领导的内部聚会。

王晓农心里感叹，哪怕是在一个企业里面说一不二的老板，在政府领导面前也只有陪笑的份。

"我敬一敬俞书记，"经发局的张局拿起酒杯起身对着俞书记，后又转向大家说道，"老俞太敬业了，就像一个神经病，别人 4 点

30 分就下班了，他到 5 点钟还不下班……"

其他人在边上补充道："怎么能叫老俞呢？俞书记还年轻着呢。"

王晓农估摸着俞书记应该在 50 岁左右。

敬了俞书记一杯酒后，张局继续说道："要不是俞书记在，我早就不想在经发局干了。"

俞书记笑着回应道："张局啊，你要感谢，感谢生命中有我这个书记。"

酒桌上立刻响起了歌声："感恩的心，感谢有你……"

"俞书记，哪怕给我个工会主席当当也好。"这个张局开玩笑地说道。

"给你个副处当当。"俞书记回答道。

"还副处？"张局眼睛里流出一丝淫邪之意。

"说'处'多不好意思，前面加个'副'么好了呀。"俞书记笑着回应道。

大家顿时哈哈大笑。

此时，服务员刚好上了菜。盘子上是一只冰雕的鹅，上面放着鹅肝，场面看起来很壮观。

张局眼睛直溜溜地看着服务员，说道："美女，加个微信。"

女服务员个子高挑，身材匀称，盘着发髻，长得挺漂亮的。她腼腆地回答道："不好意思，我没带手机。"然后微笑着离开了。

大家又是一阵大笑。

有人回忆起以前在其他城市遇到的诸如加女服务员微信就给她发红包、半夜找女生唱歌之类的事情……

王晓农属于一个规规矩矩、没钱没胆的人，自然没有这些领导那样丰富的人生经历，只能兴致勃勃地竖起耳朵听着领导们聊天。

大家开始尝起鹅肝这道菜，边吃边点头称赞，觉得这鹅肝味道不错。

"俞书记喜欢吃鹅肝。"市场监督局的姚局突然说道。

"是的，鹅肝我还是很喜欢吃的。"俞书记回答道。

此时，大家纷纷转动着桌上的转盘，把放鹅肝的盘子转到俞书记的座位前，请俞书记吃。

"那我就不客气了。"俞书记说道。

俞书记吃完了剩下的鹅肝。

在牛总的示意下，王晓农也是拼了，向领导们一个一个敬过来，喝了很多红酒，头晕晕乎乎的。

王晓农平时不喝酒，也没什么应酬，晚饭都是老婆下班后在家做着吃的。

酒足饭饱，有的领导还有其他活动，有的领导要去接什么人，所以晚上 8 点钟左右饭局就结束了。

王晓农喝得有点多，走路不太稳，跟跟跄跄地随牛总和孙总坐上了商务车。驾驶员顺路先行把他送回了家⋯⋯

# 第三节、老领导回归

## 1、"汪严"治理

自从王晓农调入总经办后，人事行政部就由汪海洋负责了。

而实际上，汪海洋的工作主要是负责对外，公司内部具体事务由一位叫严凤的主管在负责。

严凤，就是汪海洋入职后新招聘的一位培训主管。汪海洋原本打算让她在培训方面多做些事情，但最后整个培训工作没有做起来，反而让她负责了人事行政部内部的具体事务。王晓农当时耿耿于怀的就是严凤的工资以及被重视的程度，让他心里酸的很。严凤月工资6000元，比当时王晓农的工资高很多，公司还给她额外配备了一台电脑笔记本电脑。

虽然王晓农当时心理受刺激，但他跟严凤之间还是比较友好的，最后还和她交接了工资表的编制工作。

巧合的是，严凤和王晓农同住一个小区。她每天坐她老公电瓶车去上班，但下班时间和她老公不一致，所以经常会叫王晓农开车顺路带她回家。

在汪海洋和严凤入主人事行政部后，一改王晓农过去节俭、深入"群众"的作风，在三楼办公、规定员工领用物品的时间、增加后勤人员等等，惹来种种非议。

关于"节俭"，牛总当时是批评王晓农而支持汪海洋的，牛总需要的是脸面和档次，汪海洋符合了牛总的要求；而牛总的妈妈，对这种状态就看不下去了。

牛总妈妈是一个传统的农村妇女，平时在家种种菜，厂里忙的时候也经常来帮忙，打打包、挂挂件，"哪里需要去哪里"，所以她对厂里的情况还是有点了解的，当然也包括人事行政部的情况。牛总的妈妈特别节约，对别人有时也到了非常"抠"的程度。

有一次牛总妈妈在食堂帮忙，跑来向王晓农诉苦："小王，刚才给员工打饭，有的人要吃馒头，一般每个人我给他们两个馒头。有一个个子小小的员工过来要吃馒头，我以为他个子小么，吃一个馒头总够了，就只给了他一个馒头，没想到被他痛骂一顿。我心里真是气得要死。"

王晓农心里想着："阿姨，你真是太抠了，给别人两个馒头，给他一个，他不骂你才怪呢。大家都是一样在为你儿子干活。"

看到车间员工干活慢的时候，牛总妈妈也不时向王晓农抱怨："小王，你看那个谁，打个包没干多长时间就要休息一下，喝个水、上个厕所。这么点活，我干干么，一两个小时也就干完了。"

牛总的妈妈就是这样的一个人。

她看到汪海洋人事行政部的状况，碰到王晓农，又说了起来："小王啊，还是你那会好。你那会办公室就3个人，现在都6个人了，我看到他们都是在玩手机，也没做什么事情！"牛总妈妈接着说，"你当时还自己装垃圾，自己骑着三轮车把垃圾运到垃圾站。这个汪海洋，每天厂里逛一逛，办公室茶喝一喝，没有你这么尽心尽力。"

王晓农附和着牛总妈妈，也感谢她对自己的认可。可是现状如此，王晓农也无能为力。

说到喝茶，王晓农看到汪海洋桌上有一个茶壶，他每天在那里倒腾来倒腾去，看起来一副闲情逸致的样子。王晓农当时哪有这个福气，忙的一天都喝不上几口水。

自从新办公楼装修好后，汪海洋和严凤就一直在新办公楼三楼办公，原先一楼的办公室作为办公用品仓库使用。

汪海洋让严凤给各部门发了个通知，意思是所有部门人员需要领用办公用品的，每周六集中到办公用品仓库领取。可是生产比较忙，很多人都是临时缺了什么才想到去领；而去领的时候，办公用品仓库的门往往是关闭的。有的人就打退堂鼓了，而有的人就打人事行政部电话，让他们来开门办领用手续。这造成了员工的不方便，经常吃闭门羹；也造成了人事行政部领用专员的不方便，经常员工一个电话就往下跑，一天不知道要跑多少趟。人事行政部最后索性把仓库钥匙放边上的车间里，让车间班组长代为开门领用，真是滑天下之大稽。

除了领用，还有招聘等工作，人事行政部人员每天上上下下，一天在上下楼梯中不知道要浪费多少时间。

做事风格上面，严凤这个人比较"直"，和员工沟通经常搞得不愉快，得罪了不少人。员工来问工资的事情，一句"工资问题先去问你们经理，懂了吗？"就把员工打发走了；一句"按照公司规定，你这种行为就应该扣钱，不服气的就去找汪经理，懂了吗？"也让员工觉得严凤非常冰冷和霸道。她讲话的时候，总是把口头禅"懂了吗"放在嘴边。王晓农有一次和她沟通的时候，也被她一句"懂了吗"搞得莫名其妙。

有一次，严凤还和生产三部的经理戴军为了考勤的事情杠上了。戴军每天晚上都 11 点多下班，挺辛苦的，所以他早上上班来也比较晚一点，但不打卡。严凤和戴军沟通，要求他打卡，可戴军就是不愿打卡，最后严凤就给他扣了 200 块钱。戴军大火，把这个事情闹到了牛总那里。

在牛总眼中，生产是公司的重心，人事行政部是兼具管理和服务两个职能。在这个问题上，牛总的态度是"管理要服务于生产，要人性化，制度不能把企业管死"。

因此，戴军"得意"，严凤"失意"。在和其他部门的交流上，严凤的"原则性"并没有得到大家的认同，反而受到大家的反感和唾弃。

王晓农其实有点同情严凤。公司一直说"要按公司制度办事"、"要提高执行力"，而真当有人这么做的时候，反而要强调人性化和灵活性。

此时，汪海洋和严凤的管理已经受到了巨大挑战。

## 2、严格考核

2019 年 5 月份，中美贸易战愈演愈烈。美国总统特朗普宣布对合计 2500 亿美元的中国输美商品征收 25%的关税。

家美机械笼罩在巨大的贸易战阴影之中，公司内部的管理也越收越紧。

牛总要求，加强管理、严格考核，哪怕是开除管理干部！

生产二部的主管叫安顺宇，主要负责电焊车间的管理。他做事比较有个性，不听计划部的计划、不听上级领导的工作安排，只按照自己的想法做事。安顺宇的上级领导就是牛总的妹夫——生产二部经理牛少强。安顺宇就像一匹野马，连牛少强这样脾气暴虐的人也难以制服他。

此时，安顺宇已经成为了潜在被处置的对象，只等合适的机会。

有一天下午，牛总到安顺宇所管辖的电焊车间。牛总发现首检和巡检工作做得不到位，区域内没有样品架、没有工艺手册，物料没有流程卡。

牛总大火，马上召集牛少强和王晓农，确定解决方案。

"首检和巡检的样品要放专门的塑料箱，样品上要用白板笔写上操作工的姓名和生产时间！"牛总接着说道，"购买两个样品架，样品做好标识、归类!样品和样品架保持干净、整洁，样品架上方装灯，确保美观、明亮!样品架上放上尺子和技术工艺手册，手册要简明扼要!"

王晓农飞快地在本子上记下牛总说的每一个字。

"所有物料运送必须有流程卡，注明日期、品名、数量、规格并签字，下道工序收到的半成品数量和出去的数量要保持一致……去制作一式两联的流程卡!"

牛总说完，使劲地喝了一口水。

"王晓农你给我去盯着，必须在一个星期之内给我完成!"

"嗯。"王晓农点了点头。

王晓农心里有点紧张。一个星期的时间，要买塑料箱、样品架，做流程卡，时间非常紧。他会后马上写了请购单，让采购部杜国忠安排人去买;同时他和牛少强把生产二部主管安顺宇叫到了生产部办公室。

"小安，今天下午牛总批评了我们电焊车间的管理，指示我们要在最短时间内进行改善，有这几个内容，你记一下。"牛少强对安顺宇说道。

牛少强把牛总的要求一一传达给了安顺宇，要他务必做到。

这次安顺宇乖顺了很多，边记边点头，表示会按照要求去做。

装灯的事情，王晓农也在第一时间通知了机修工。

另外，关于技术工艺手册，牛总指定的负责人是孙启一。王晓农去找了孙启一，但他表示最近忙，没有空，也没有人员。碍于孙启一副总的职位，王晓农只好协调了一位生产部的主管担任编制技术工艺手册的工作。这位主管姓刘，叫刘远飞，是安徽人，他之前是孙启一的下属，对产品质量也比较熟悉。后来，他被调到了生产质量部，上级领导是蔡艳。蔡艳也同意了由刘远飞来担任技术工艺手册编制这个任务。

此时，生产质量部的领导张国芳因和牛总意见不合而被边缘化。他郁郁寡欢，而且又得了结石病，因此后来就一直告病在家休息，再也没来公司。

生产质量部之前就张国芳一个人，他一走，这个部门就空了。王晓农就把刘远飞当作张国芳这样的角色——虽然他没有这个名分。

所有工作安排妥当，就等一个星期后的结果。

东西的采购是一个瓶颈，王晓农非常担心，一直催着采购部杜国忠。

在王晓农的催促下，样品架、塑料箱、流程卡终于在第 7 天到达，王晓农安排了机修工对样品架进行了安装。安顺宇也在第一时间把样品摆在了样品架上，做好了标识。

在第 8 天，王晓农对电焊车间的整改情况进行了检查。

样品架上已经摆放上了样品，灯光照下来也显得明亮；然而王晓农发现，没有技术工艺手册，也没有放置尺子；电焊车间流转到下道工序的流程卡，有的没有品名，有的没有签字。

王晓农找来了安顺宇。

"小安，样品架上没有尺子，流程卡填写也有问题。"王晓农说道。

"尺子还没有买来，流程卡我再跟员工说一下，他们还不是很习惯。"安顺宇回答道。

"尺子没有到，你其他的尺子先放一下。"王晓农给安顺宇支了招，因为车间每个组基本上都是有尺子的。

"好的，知道了。"安顺宇回答道。

王晓农又问了刘远飞技术工艺手册编制的情况，刘远飞说还没有好。

过了一个星期，王晓农又去电焊车间查看。发现样品架上积了很多灰,技术工艺手册还是没有,流程卡填写不完整的情况还是存在。

此时风声很紧,公司有意要对一些干部"开刀"。

在 5 月 27 日,星期一的早会上,王晓农把电焊车间整改后仍存在的问题提了出来,要问责安顺宇和刘远飞。

家美机械主管及以上领导会议的例会制度,在牛总的要求下,已经从过去下午 5 点左右开会转变为每周一早上 7 点 30 分开会。牛总认为早上开会能提升大家的"精气神"。

这次早会上,安顺宇和王晓农起了争执。安顺宇表示自己已经按照要求在做了,而王晓农看到的是他还没有做好的部分。

牛总也在会上,牛总明确表示,王晓农做得没有错。

牛总本来就有这个意思,王晓农只是按照老板的要求在做。

安顺宇沉默,或许他已经知道,公司要拿他"开刀"了。

几天后,安顺宇在家美机械消失了,没有办任何请假和离职手续……王晓农听说,他去了其他单位工作……

而刘远飞接受了 200 元的扣款,继续在原有的岗位上工作。

王晓农本来是一个内心单纯的人;却不想,在这个事件中,自己充当了"打手",有预谋地找别人的茬,以完成老板的指示。

可想而知,人性是多么的黑暗!


3、黄明杰来了


紧张的时刻并没有结束。

在牛总的授意下,王晓农仍旧紧盯各管理人员的工作绩效,特别是会议达成内容的执行情况。

由于人事行政部的做事风格与各部门的预期差距较大,各部门对人事行政部的抱怨也到了一个相当大的程度,会上提出来的以人事行政部作为责任人进行改善的内容也特别多。

比如，牛总提出，"废乳化液和污泥尽快处理；废包装桶核对台账，也要尽快处理"——因为生产中产生的废乳化液、污泥和废包装桶属于环保范畴，由汪海洋负责；

比如，孙启一提出，"用水问题折射出的是服务问题，工作需做到实处，不能再次出现类似问题"——因为由于人事行政部的疏忽，没有及时联系送水单位，导致车间饮用矿泉水断了一天，以至于车间员工跑到孙启一办公室去倒水喝；

比如，生产一部经理褚新忠提出，"安全问题较突出，喷粉线炉子外多备灭火器，保安晚上加强检查"——"喷粉"是其中的一道生产工艺，要使用炉子，比较危险，而保安是由汪海洋负责管理的；

又比如，生产二部经理牛少强提出，"尽快解决外协组装处的摄像头安装和人员住宿安排问题"——公司在客户那里设立了组装点，摄像头安装联系、住宿安排也是人事行政部的职责。

如此等等，大家提出的问题还有很多很多……

人事行政部的工作多而杂，而在家美机械其他管理人员眼中，人事行政部就是一个服务部门，生产才是整个公司的核心。一个为生产服务的部门，怎么能像老爷一样凌驾于生产的头上作威作福呢？这是这些管理人员的内心想法。

王晓农是从人事行政部出来的，他虽然做事接地气，但也明白人事行政部工作的难处。他在内心里还是有一点点同情汪海洋的。

汪海洋是个明白人，知道大家把矛头对准了他，便以回家开童装店的理由提出了辞职，还把辞职信给了王晓农保存。

形势发展到这个状态，王晓农也没什么好说的。

就这样，汪海洋在2019年7月份正式离职。

牛总决定，继续招人；在招到合适人员之前，由王晓农暂时接下人事行政部的工作。

王晓农知道，牛总过去是不认可他在人事行政部的工作的，不然也不会叫汪海洋来，现在这样一个安排只是过渡。所以王晓农也没有把自己的座位搬到人事行政部，而是每天和主管严凤沟通工作上的事情，具体工作仍旧由严凤去处理。

王晓农想到了引荐他进入家美机械的领导——黄明杰。王晓农和他还有一些联系，知道他在省城的一家网络公司做人事经理。黄明杰因房子买在了钱塘市市区，照顾小孩不方便，曾经跟王晓农表露过希望回钱塘市工作的想法。

安宁镇虽然也属于钱塘市，但开车也要一个小时才能到市区。不过，王晓农还是想试试。他把这个想法告诉了牛总。

几年过去了，牛总对黄明杰还是留有好的印象——虽然当时黄明杰离职的时候，牛总对他颇有微词。牛总同意王晓农联系黄明杰过来。

······

"黄经理，大家都好久没见了，牛总希望你过来坐坐聊聊天，现在公司新厂房也建起来了，到时候带你一起去看看。"

虽然几年没见，王晓农还是习惯性地称呼他为黄经理，对他的老上司尊重有加。

"好的，我也想念以前的兄弟，有空过来看看。"黄明杰答应道。

王晓农表明了牛总希望他回来的想法。黄明杰表示他要和老婆商量一下，上班的话市区到家美机械有点远，而且现在生了二胎，老婆一个人照顾孩子不方便。

王晓农表示理解，先约了时间让他来坐坐。

······

半个月后，黄明杰终于成行。三年不见，他一点都没变，理了个小平头，精气神十足。

王晓农带黄明杰见了几位经理和老员工，续了续旧；也带他参观了车间和新厂。三年的时光，公司变化很大：设备增加了很多，产值增加了很多；黄明杰以前待的又破又漏的办公室现在已经搬到了三楼，窗明几净，环境优美；新厂房也快建成，未来让人期待。

王晓农把黄明杰带进了牛总办公室。

"牛总……"黄明杰先开了口。

"明杰，来坐，大家都几年没见了。"牛总热情地招呼道。

"明杰啊，其实当时大家也没有什么大的一些问题，你走我还是觉得挺可惜的。"牛总继续说道，"你做事比较灵活，这是我比较赞赏的。现在人事行政经理要离职，我还是希望找一个知根知底的人。公司的情况，王晓农也应该告诉你了，家美机械未来发展会越来越好，公司会给你一个很好的发展平台。"

黄明杰面带微笑，连连点头。

"关于工资，只要你干得好，公司可以给到你 15 到 20 万一年。"牛总主动提起工资的事情。

这个工资应该是大于黄明杰现有的工资水平的。当年黄明杰在家美机械的月工资只有 5000 元，牛总愿意以 15 到 20 万的年薪把他叫回来，意味着是真正希望重用他。

"牛总，关于工作的事情，我还是要跟我家里人商量一下。我老婆现在住在市区带两个孩子，如果找来公司上班的话，那就不能每天都回去，我老婆压力会比较大。"黄明杰回答道。

王晓农从来没有见到牛总这么慷慨过。

"人只有失去之后，才会觉得珍惜"，牛总的做法体现了这句话的真谛。

既然牛总已经出马，成或者不成，只看黄明杰自己的选择了。

经过几天等待，黄明杰终于给王晓农打来电话。他说服了家里人，雇了一个保姆在家带孩子，同意于 9 月 1 日正式再次入职家美机械！

# 第八章、风云突变

# 第一节、稳产能

1、新厂开工

王晓农带黄明杰去新厂参观的时候，新厂厂房、宿舍楼已经建成，很是气派；而厂区室外道路才刚刚建好不久。

贸易战持续进行中，打打谈谈，对企业来讲，是非常煎熬的事情。

新厂的厂房和宿舍于 2018 年底就已经完工，正是由于贸易战的不确定性，室外工程的施工迁延至今，直到最近才完工；而整个建设工程的验收手续，王晓农正在办理中。

外方股东要求牛总新厂尽快启动生产。

王晓农和开发区政府进行了沟通并提交了申请，开发区领导同意家美机械在验收前可以进行试生产。

经牛总决定，新厂试生产时间定于 2019 年 10 月 3 日。

新厂购置了八台冲床和两条铆接线设备。

9 月 30 日，冲床在每个预留位置就位，铆接线安装完毕，油漆线工程完工，天然气供能手续王晓农也已经办理完毕。

王晓农有一种久违的成就感。从 2017 年 8 月到 2019 年 9 月，两年多的时间，他亲历了新厂房的拔地而起，以及各种手续办理的艰辛，现在终于要迎来开工的重要时刻。王晓农心中充满了喜悦。虽然还有一大堆验收工作需要做，但对整个工程来讲，已经是"九九八十一"，进入了收尾阶段。

10 月 3 日如期而至，新厂的冲床和铆接机启动。冲床的"砰砰"声和铆接机短促、清脆、密集的"啪嗒啪嗒"声交织在一起，在空旷的厂房内尤其响亮，像是在宣告，这片区域已经有了新的主人。

为了纪念这历史性一刻，铆接线的员工，在主管的带领下，还拍摄了集体照，大家穿着工作服整齐划一，脸上洋溢着兴奋的表情。

至此，家美机械有两个厂区同时进行生产，新厂的规模和老厂不相上下；而且两厂区不过两公里，物资调动也快。

为什么在贸易战仍然持续的情况下，家美机械要扩张产能？

这正得益于并购的好处。

外方股东总部在越南有电机厂，家美机械可以把铁架出口到越南的电机厂，再销往世界各地。

由于贸易战的原因，以及劳动力成本的上升，很多国内企业开始在越南设厂生产。

有一次王晓农听到牛总和孙启一在商量是否进军越南市场的事情；但为了谨慎起见，他们决定家美机械只是先和越南的电机厂进行合作。

时局艰难，国内很多企业无法生存。家美机械所在的开发区，就有好多企业倒闭，像家美机械这样继续在稳步生产的企业已经不多了。

比如王晓农的老婆青梅，工作几经调整，现在所在的环保设备处理公司，已经没有了订单，从开发区租用的大楼搬至了一个偏僻的农村，只剩下一个仓库。青梅想着过年后要离开这个单位，但新的单位还没有着落。

开发区的其他企业，有的已经跑路。王晓农看到有一家企业门口，拉着横幅，员工聚集在厂门口讨要工资。大街上，大批的安保人员出动，维持秩序。

而有的企业缩减业务，变卖设备；有的企业出租厂房，维持生计，如此种种……

过去，大家都一直抱怨家美机械工作辛苦，没有休息；而现在，能有一份忙碌的工作已经是一种幸福和荣耀，意味着可以继续安心在家美机械这个平台上赚取工资来养家糊口，而不用东奔西跑谋求新的出路。

家美机械在复杂的经济环境中，继续稳定生产，确实不易；也凸显了牛总卓越的战略眼光。

和外方合作之后，家美机械可以有更多的渠道去开拓市场，公司需要做的是继续招人，并确保人员稳定。

马上，因为产能需求，新厂的铆接线从两条增加到四条，黄明杰人员招聘的压力陡增。

一条铆接线20人，两条铆接线就是40人。一下子招聘这么多人困难不小。

黄明杰来前，王晓农已经谈妥了两家劳务公司。现在黄明杰刚好派上用场，启动了劳务派遣项目。虽然价格较贵，但是产能需求迫切，不得不用劳务派遣。

新厂的环境相对较好，宽敞、明亮，还可以安排崭新的宿舍。宿舍在一条小河边上，风景不错。

不足的地方也还是有的，由于场地空旷，冲床的噪声比老厂的更大；新厂没有食堂，饭菜都要从老厂配送，用一次性饭盒，增加了垃圾数量；新厂没有专门的管理班子，老厂的管理人员要两边跑，日常的质量、安全问题全靠班组长自己应对；物资的短拨也是如此，经常性的缺料，增加了新老两厂区的运输频率。

同时，采购部杜国忠向王晓农传达了牛总的工作要求，让他负责跟进新厂监控系统的安装。

新厂的监控初装，涉及车间、外围、宿舍三个场地，也算是一个大项目，王晓农和采购部杜国忠商量了方案，杜国忠报牛总批准后正式开始进行安装。

唯一的缺陷是，新厂这边没有网络，监控只能到现场看，不能联网查看。

纵使新厂还有很多问题，但大家都相信，这些问题都是暂时的，毕竟是"万事开头难"。各部门的领导不断沟通，加强参与新厂的管理，新厂各项工作的理顺或许只是一个时间问题……

## 2、安全风险再起

安全，对于一家制造业企业来说，是最重要的前提条件。如果没有了安全保障，所有的一切都没有意义。

这一点，王晓农很清楚。

王晓农自从进入家美机械车间的第一刻起，就已经感受到：高高在上的行车，叠了三四层的铁箱子，车间内来回不断的叉车，频发的工伤……家美机械的员工，为了那一份工资，每一天无不在与风险伴舞……

另外，年关将至，员工的"乡愁"也越来越浓，是否能安然渡过这最后的时刻，仍然是家美机械面临的重大考验。

然而，担心什么来什么，家美机械这期间接连不断地发生了安全风险事件。

2019 年 12 月 3 日，车间二楼组装小组靠护栏一侧的一箱木块，从楼上直接掉了下来，下面是铆接线的检验台，有两个检验员。幸好铆接线上方的冷风管挡住，才没有掉在检验台上，有惊无险；而冷风管已经被砸得凹陷，并开始下沉。

2019 年 12 月 10 日，一名货车驾驶员在老厂和新厂之间短拨物料，在路上转弯的时候，几个铆钉箱顷刻间倒在马路上，铆钉散落一地，幸好此时边上没有车辆和行人。铆钉箱是铁箱，铆钉也很重，一箱有好几百公斤重，砸到人或车，那真是不堪设想。经查，是货车驾驶员认为新厂和老厂很近，一会就到，没有固定车厢的紧固装置。更要命的是，这个驾驶员并没有货车驾驶执照，他原先是开叉车的，因抽不出人手，生产内部才叫了他。王晓农对其做了扣款和全厂通报处理。

出于对安全的重视，牛总特意对主管及以上领导开了会，同时也时不时去车间查看。

有一天，王晓农在车间巡查，并没有发现什么异样。他突然接到牛总电话，叫他马上去工件仓库。

王晓农赶到工件仓库，发现牛总就在那里。牛总对着他大声呵斥道："王晓农，你每天在车间看，到底在看什么？这个叉车的蓝灯不亮还在开，难道你看不见？你到底在车间看什么？"

牛总指的那辆叉车是工件仓库的叉车，刚才王晓农从这边走过，并没有发现这辆叉车的蓝灯有异常。

牛总看到部分国外企业的叉车装有蓝灯之后，特意进行仿效，他让厂里每个叉车前后各装上了一个蓝灯。这样，人在 5 米之外就可以看见，大大降低了安全风险。同时，牛总要求，蓝灯不亮叉车不能开。

王晓农没有说什么，因为这个时候，这辆叉车的蓝灯确实没有亮。

牛总让王晓农通知所有的叉车工马上开会，并叫上了一部经理褚新忠。因为工件仓库是一部经理的管辖范围。

人员集齐完毕，牛总指着这些叉车工说道："你们都是公司的危险人物；不是说你们这个'人'危险，是你们这个岗位危险。拜托你们脚下'留点情'，开车慢一点；蓝灯不亮一律不能上车！"

"这次我不处罚你们叉车工，就处罚王晓农和褚新忠，每人扣200 元，这个月工资里马上扣掉。"牛总继续说道，"家美机械到现在还没出现重大安全事故，是因为我们'额头发亮'，老天保佑，但不可能每次都那么幸运。希望大家绷紧'安全'这根弦，这样才能安安心心地回家过个好年！"

牛总突然对叉车问题发飙，是因为开发区有一家企业出了事，叉车叉物压死了人。

王晓农事后了解到，那辆叉车蓝灯的线路接触不良，时亮时不亮；当时牛总走过来的时候蓝灯刚好没有亮。王晓农叫人赶紧去维修。

该扣钱就扣钱吧，王晓农也没什么说的。

"没有发现总归是自己的责任。"王晓农心里想着。

王晓农担任总经办经理的职务，只要是家美机械发生的一切事情，好像都和他有关，都可以承担监管不力之责。

总经办经理具有莫大的权力，责任也重大，按理，工资应该不低；然而，王晓农的月工资只有6500元，相比其他经理差得太远，更别提孙启一这个副总每月15000元的工资。

王晓农是学过经济和金融的。风险和收益的对等，是经济和金融领域最基本的原则，现在也是每个人的常识。

权、责、利的不对等，一直是王晓农心中的一个梗，使得他做事情放不开手脚，积极性也没有刚入职前两年那么高；而且，王晓农总经办经理的头衔也名不符实。公司日常事务的决策都是由牛总和孙启一两人商量决定，王晓农平时只通过信息的方式向牛总和孙启一汇报工作，他和牛总也不怎么见面。

制造业风险很大，再加上权、责、利的不对等，因此每当牛总批评王晓农时，他都有一种想离职回到原来期货行业的冲动。然而回到现实，他又没有这样的勇气，只能继续做着。

公司的安全风险一直是悬在每个人头上的"达摩克利斯之剑"，令人寝食难安。虽然公司每次开会都会强调各部门要增强安全意识，也在定期进行设备的日常检查和保养，但是谁又能保证一定不发生问题？

或许这也是牛总焦虑的原因。


3、绩效奖励


安全问题，时常"敲打"，目的还是为了生产。

为了避免往年春节前员工的提前离厂给公司生产造成的重大困扰，牛总和孙启一决定，只要能按照公司规定的时间离厂和返厂的，公司可以给予本人一个月工资的绩效奖励。

牛总怕用"年终奖"这个词引起不必要的误读，因此改用"绩效奖励"这个词。

根据牛总和孙启一的意思，王晓农拟了一份《关于2019年绩效奖励制度的通知》。

主要内容为：员工能在岗位坚持工作至规定日期的，公司将给予绩效奖励。其中，上班至公司放假日的，先兑现50%的奖励，等员工按公司规定时间返岗上班后，再兑付剩余的50%。绩效奖励为员工全年12个月的月平均工资。哪怕中途离职的员工，也可享受这个奖励。

这里的"员工"是指生产一线工人。

公司往年春节前的最后一个工作日都已经是腊月廿五或廿六了，这次规定的时间又延迟了一天，要工作到腊月廿七，也就是腊月廿八才放假。

为了留人保产能，牛总也是下了"血本"。按照家美机械现有的人员和工资情况，如果这一政策大家都按要求享受到，那么总共需要100多万。在王晓农的印象中，牛总从来没有这么大方过。牛总从来都是要求大家多付出，要求大家眼光放长远，不要在乎眼前的利益。

为了显示公司的恩惠，牛总要求召集全体员工开大会，他亲自向大家公布公司的这一个好政策。

大会安排在一天早上的 7 点 30 分，所有的一线工人和干部都参加了。厂区大门口，400 多个人，大家按组、按部门排好了队形，聆听牛总的讲话。

"去年年底，我们订单量急速上升，在春节前没有完成。大家放假回家后，在孙总的带领下，我们部分员工还继续坚守岗位，连过年都没有回去。"牛总继续说道，"为了让大家都能够好好回家过年，我们就需要在节前完成足够的产量。"

"所以，今年公司设立了一个绩效奖励制度，只要大家按照公司规定的放假时间离厂和返厂的，就可以拿到一个月的绩效奖励，哪怕是中途离过职又来上班的员工，也可以享受这个政策。"牛总向大家说道。

"你如果按照公司的规定，中间每个月也是正常上班的，假设你的月工资是 6000 元，那么公司就会再额外奖励你 6000 元；如果工作没满 12 个月的，奖励金额就是上班月份的工资总额除以 12，希望大家都可以拿到这笔钱！"

"大家要鼓足干劲，在节前最后的一段时间里，不松懈、不动摇，坚持到最后一刻！"

牛总说得慷慨激昂，想给大家打上"鸡血"，但王晓农知道，要拿到这笔钱是不容易的，需要减少和家人团聚的时间。大家出门在外打工，一年只能春节的时候回去一次，总想着春节前早点回去，春节后晚点上班；然而，在家美机械，却是做不到的。

王晓农作为安宁镇本地人，不需要像许多员工那样来回奔波，但他早年在外地上大学，能体会到思乡之苦，能感受到节前员工回乡心切之情。"乡愁"是每个游子心中挥之不去的情怀；然而，为生活奔波，是当下许多人的一种无奈。

制度公布，对一线员工积极性的带动还是很大的，大家纷纷做好了车票购买安排；买不到票的，由人事行政部协助想办法买票。

不过，政策中有一条，剩下50%的奖励，在员工符合返厂时间的前提下，要等到第二年4月份和行政人员的年终奖一起发放。

返厂时间是正月初八，也即公历的2月1日。到4月份，也就是开年上班后还要等2个多月的时间。

而对于行政人员来讲，去年的年终奖已经延迟到4月份发放，今年又要4月份发，心中多少有些不快。毕竟春节的时候支出比较大，大家都要用钱。

就王晓农来讲，他有房贷，而且另外又借了钱，手头紧张；然而，又有什么办法，作为总经办经理，公司的政策他又不能不拥护。

或许这个时期是大家对工资和年终奖比较敏感的时期，牛总应该有感觉到。

有一天，牛总找到王晓农说："孙总、黄明杰和你的工资在春节后会做出调整，但加工资的时候你要表现出一种姿态。你要说自己能力上还欠缺，还需要历练；加得太多了，少加一点。"

"嗯"。

王晓农应答了一声，但心里觉得好笑，工资还没有加呢，剧本却已经设定好了，而且还那么虚伪。

王晓农早已练就了"喜怒不形于色"的本领；而且，他对牛总的承诺向来是不怎么在意的。经过这么多年的相处，王晓农知道，牛忠强就是一只"铁公鸡"，要想从他身上得到好处，那是难上加难；哪怕是承诺了，兑现的时间也不知道要到什么时候，很有可能到时候"煮熟的鸭子"就飞掉了。所以，只有工资到账了那才算是真的。

# 第二节、疫情来临

## 1、疫情传闻

正当王晓农处理绩效奖励政策的时候，他突然在网上看到一则小道消息，说一医院内部聊天记录显示武汉发生了不明肺炎，而且这个肺炎跟 2003 年的"SARS"很相似。

联想到当年的"SARS"，王晓农顿觉不寒而栗。当时，他正在读高中，"SARS"疫情来临时，学校所有的学生被要求隔离在学校，不得回家，搞得人心惶惶。

但是武汉的这次不明肺炎，官方并没有正面报道，而是处分了"造谣"的"网民"。

王晓农从直觉上判断，事情不太妙。他一直以来风险意识、危机意识比较强，碰到这种情况，他"宁可信其有，不可信其无"。

厂里的卫生意识一直较差，风险很大，特别是食堂。厨师和帮工都没有戴口罩；盛饭的不锈钢桶很深，而勺子很短，员工盛饭得弯腰，衣服擦在桶壁上，盛完饭把勺子仍在米饭堆里，被每个人手握过的勺子柄直接接触到了米饭；洗碗池的水龙头是那种用手拧的，需要几个手指的指肚接触来旋转，这么多员工使用，也是一大风险；有些员工卫生习惯不好，随地吐痰，更容易导致病菌的传播。

王晓农还查了花名册，发现公司有 10 名湖北籍员工，但全部是集中在模具组。要知道，模具组是公司非常重要的部门，因为模具是生产的前提。如果模具组的人员出了问题，相当于整个公司就瘫痪掉了。

对以上问题，王晓农以日常信息的方式向牛总和孙启一作了汇报，建议整改食堂，提高员工卫生意识，并招聘其他区域的模具组人员；同时，王晓农直接和黄明杰进行了交流，让他对食堂问题进行整改。

此时刚过 2020 年元旦，离农历春节只有 20 多天了，而全国仍然是静悄悄的，没有一点紧张的气氛，王晓农毛骨悚然。要知道，春运马上就要开始了，如果疫情信息属实，那将是一个灾难性的后果。

王晓农去药店买了 20 个口罩，以备不时之需。

令他心里不安的是，马上要准备年会，人员聚集，而且还得聚餐。

王晓农告诫家人，外面有病毒流传，注意卫生，少跟别人接触，父母还觉得一点都没事，天下太平；而王晓农也不敢大肆声张，怕被变成一个"造谣者"。

另外，王晓农工作也忙，要策划年会。这次年会公司安排他和黄明杰一起主持。更为重要的是，总部大老板老外要来参加年会。

王晓农一边忙着工作，一边关心着疫情的变化。

专家表示尚未发现明显人传人现象及医护人员感染，整体疫情"可防可控"；

1 月 15 日，中国疾控中心转为一级应急响应，并宣布病毒不排除已经有限人传人；

1 月 20 日，中国工程院院士钟南山首次公开表示此次肺炎存在人传人迹象，并且已有医护人员感染、呼吁民众戴口罩及避免前往武汉；

1 月 21 日，说疫情"可防可控"的专家也中招，被确诊感染了新型冠状病毒。

形势看来正在迅速恶化。

农历腊月廿八，也即公历 1 月 22 日，家美机械的年会开始，地点在厂区新办公楼二楼大厅。

身处东部小镇，很多人也在小圈子里面讨论疫情，但是并没有做任何防护措施，觉得瘟疫离自己很遥远。

王晓农心里有点紧张。刚好副总经理孙启一咳嗽不停，而且没有戴口罩；而王晓农和他有过近距离地交谈。

墙上的年会宣传画上，有两只金色的老鼠，因为 2020 年是农历鼠年。

王晓农之前有听人说"猪年猪瘟、鼠年鼠疫"。2019 年发生了大规模的猪瘟，导致猪肉价格大幅上涨；2020 年年初又传闻北方闹鼠疫。所以王晓农提前跟黄明杰说老鼠不吉利，不要把老鼠设计在宣传画上；但黄明杰没有采纳，还是把老鼠放了上去。

谁曾想，鼠年来的不是鼠疫，而是新冠肺炎。

王晓农心中充满了忧虑。

虽如此，年会上王晓农仍旧按原计划和黄明杰搭档主持，同时他自己还唱了一首歌。这是他首次在年会上表演节目，为此还练了好几个晚上。

黄明杰的主持风格诙谐幽默，给大家带来了欢声笑语。特别是抽奖环节，他将这种氛围带到了极致。

晚宴是以安宁镇农村流水席的方式进行的。王晓农特意叫黄明杰安排上菜的人员戴上口罩和纱手套。口罩是王晓农听到疫情"风声"后叫黄明杰请购的；纱手套厂里本来就有。

除了上菜人员戴了口罩比较显眼外，其他人员都在开心地吃着菜、聊着天、敬着酒。老外董事长正在用自己的筷子夹着鱼，边上的女助手向他翻译这鱼的名称和做法。

王晓农和老外董事长、牛总、孙启一及几个经理坐在一桌上，只喝了点饮料，吃了几块糕点和水果，没怎么吃菜。

临近散席的时候，黄明杰还不忘补一句："现在武汉有疫情，大家不要去武汉……"

2、虚惊一场

　　2020 年 1 月 23 日，武汉市开始实施《传染病防治法》第四十二条规定的"甲类传染病封锁疫区"措施：当日凌晨发布公告宣布封城；当日上午 10 时起全市公共交通停运；到下午，湖北省内部分高速公路出口均已封闭。

　　武汉突如其来的"封城"措施，举国震惊！大家如梦初醒，这才意识到事情的严重性。

　　王晓农想起来自己买的 20 个口罩不够用，想再去买一些，走了几家药店，口罩竟然已经脱销！网上也已经买不到了！

　　要知道，20 个口罩，一家人用，用不了几天。王晓农真是后悔莫及，想想自己元旦的时候就知道了这个消息，竟没有多买一些口罩。主要还是春节前的一个月事情特别多，他一心忙于工作。

　　王晓农回到农村老家，看家里是否还存有一些口罩。翻箱倒柜一通，他惊奇地发现还有一盒没有用完的口罩。那是当时养长毛兔，王晓农守着母兔生崽，味道太腥，才买了医用口罩戴，只是那口罩买了有两三年了。

　　"不想那么多了，这个时候有口罩已是万幸。"王晓农自言自语道。

　　口罩能坚持用个几天，但是王晓农心里仍旧不安。他刚参加完公司年会，还聚了餐，在密闭的空间和几百个人待了好几个小时。

　　一天傍晚，王晓农突然觉得头晕目眩，头上像戴了紧箍咒，又如蚂蚁围着头啃噬一般，脚下还踩不稳。他有点害怕，担心自己是不是中招了。

晚上睡觉的时候，王晓农戴上了口罩，头朝着床沿一侧。

睡着睡着，王晓农感到自己右胸口针刺状疼痛。这是他的老毛病，当年上大学的时候就有这个症状，一直查不出什么原因。有一个医生说这是神经痛，没什么事。这两年很少有复发，可现在这个症状又来了。

不一会儿，王晓农感到自己喘不过气来，突然间被憋醒。他赶忙把口罩摘掉，好让自己可以顺畅地呼吸……

一觉醒来，王晓农头痛依旧，他在太阳穴涂了些风油精，感觉好了一些；可深呼吸时胸口疼痛，他怀疑自己是不是真的中招了。

第二天早上，王晓农起床时突然咳嗽起来，是那种干咳，再加上胸口疼痛，更加深了他自己中招的怀疑。他拿起温度计量了体温，还好，体温是正常的。

这个时候整个社会气氛紧张，大家都不敢去医院。至于原因，一个是怕被确诊为"武汉肺炎"而被隔离，另一个是怕在医院被传染。

王晓农也不敢去检查，想在家隔离观察几天。

王晓农和老婆分了床，他自己睡女儿房间，女儿和老婆睡一个房间；吃饭的碗和筷子三个人分开，夹菜用公筷；怕影响老婆和孩子，一次性医用口罩又不舍得用，王晓农在家戴起了可重复洗的棉口罩，用水泡着从老婆娘家带来的野金银花喝。不管金银花有用没用，但他知道，金银花是解毒的。

三天后，王晓农咳嗽有了好转，胸痛症状也消失了，就是头痛和眩晕的情况一直存在，只能靠在太阳穴上涂风油精来缓解。

春节前厂里安排了住在本地的领导为期一周的轮流值班，关注油漆泵的运转情况。王晓农像往年一样，也被安排了值班。

自己是否正常，王晓农心里还存疑虑。万一真的中招了，他不想把病毒带到厂里面。

王晓农下定了决心，去医院做个检查。

医院离王晓农的新房子很近，但习惯了开车上路的他，第二天早上还是开了车去医院，并戴上了口罩。

医院人很少，进去要测量温度。王晓农体温正常。

镇上的医院科室分的比较粗，王晓农只好挂了一个内科。

王晓农如实地告诉了医生自己的症状和接触史，说明了自己节前在公司有过一次聚会，和父母吃过一顿年夜饭。其实他就是想确认自己有没有被传染"武汉肺炎"。医生也清楚，现在这个情况下，首先是要排除"武汉肺炎"。

"去做个脑部和胸部 CT，外加验个血。"医生说道，并给王晓农给开了单子。

此时，医院里面并没有明确的检测这种肺炎的手段。

王晓农按照医生开的单子去做了检查；不过，需要等待结果。

在这间隙，他去菜场买了些米和蔬菜。天天在家里待着，吃的都是从老房子带回来的土菜和冰箱里的干菜、冻肉，菜和米都快吃完了。有菜有米吃，大家也不愿多去菜场。去个菜场也要"全副武装"，戴上口罩；而且菜场门口有人站岗测温，像是上了战场，气氛空前紧张。

回到医院，王晓农紧张地扫描单子上的二维码，取了化验单和CT 胶片，然后走进医生办公室。

"没什么事。"医生笑着对王晓农说。

听到医生的话后，王晓农长舒了一口气。

"医生，可我的头有点痛，要不要配点药？"王晓农问道。

"不需要配药，回去好好休息，观察几天。如果症状一直没有消除，再过来看吧。"

王晓农回到家，洗了个头，换了身衣服。他虽然头还是有点痛，但一块心病终于落下了……

3、封村、封社区

正月初八快到了，原定正月初八上班的计划肯定是实现不了了，因为全国各地都在封城。正月初八也就是公历2月1日。

根据孙启一的指示，王晓农拟了一份《延迟复工的通知》。

根据政府关于企业春节后复工时间的相关规定，经公司研究决定，取消原定于2月1日开工的计划，开工时间暂定为2月10日。

所有返厂员工不得早于开工日进入厂区（包括住宿区域）。

湖北籍员工暂缓返厂，具体返厂时间根据国家相关规定另行通知。

公司已有的和返厂时间挂钩的相关政策，以公司最终的实际开工时间为依据。

现在肺炎疫情发展迅速，如整体情况有变，公司会根据相关政策作出相应调整并及时通知。请各部门随时关注公司发布的相关信息。

为创造安全的工作环境，大家共同努力，一起做好肺炎防疫工作！

复工时间暂定为2月10日，也就是农历正月十七。这个时间已经过了元宵节，是家美机械历史上开工最晚的一次，而且不一定能保证准时开工。

同时，湖北籍的员工变成了重点防备对象，成了人人喊打的"过街老鼠"！

从正月初八到正月十七，9天时间，黄明杰又安排了一轮值班。

说什么来什么，可怕的事情终于发生了！

2020 年 2 月 4 日，正月十一，安宁镇开发区突然爆出一例新冠肺炎的确诊病例！

确诊病人是一个理发师，来自湖北。他在省城开理发店，而住处却在安宁镇开发区。由于安宁镇和省城边界接壤，再加上省城房价高，很多人在省城工作，房子却买在了安宁镇。

安宁镇隶属于钱塘市。这是钱塘市的第一例确诊病例，市里领导连夜开会，讨论解决方案。

然而第二天，这个理发师的妻子也确诊为新冠肺炎！

连续出现两例确诊病例，整个安宁镇立刻加大了管控，政府在开发区设了关卡，限制人员进出。

王晓农所住的小区和农村老家都开始排摸在开发区上班的人员信息，而王晓农正是在开发区上班。

整个安宁镇陷入了恐慌，人人自危。

"厂里值班怎么办？"王晓农心里想着。

去厂里，等于是要进入疫区，王晓农心里有点紧张起来。他母亲叫他不要去厂里值班了，村妇女队长也打来电话，叫他待在家里不要出去——虽然王晓农住在新房子，没有住在农村老家。

王晓农受到了小区和农村的双边"监控"。

随之而来的是"封村"、"封小区"的举措。

王晓农的小区门口设立了卡点，之前的多个通道全部封住，只剩下一个进出口；进出要登记身份证号码和电话，还要测温。同时，门口还挂着一块牌子："出市区后要隔离 14 天后才能返回小区。"

王晓农农村老家的管控更加严格，一个村小队只剩下两个进出口，每个进出口由两人把手，白班和晚班各一队人马。王晓农的父亲也被安排了，而且是晚班。

晚上天气很冷，王晓农真担心他父亲被冻着了。此时身体健康最重要，搞个感冒咳嗽的，就会被当作疑似病人而隔离。

每户人家只发一张通行证，村小队人员凭通行证进出。王晓农不住在农村，也就没有农村的通行证。他连农村老家也回不了了。

封锁措施，造成食物的获取变得困难。此时，农村的优越性就体现出来了。王晓农农村老家地里有蔬菜；过年的时候腌了咸肉、打了年糕；鱼塘有几年没干了，里面有不少鱼；院子里养了几只鸡、鸭和鹅；羊圈里还养了两只羊。哪怕"封村"封个一个月，买不上菜，在农村总还是有办法整出点吃的。再不济，田埂上、河塘边还有些野菜也能吃。

王晓农虽然进不了村、进不了队、进不了农村老家，但他可以开车到村口。所以他隔几天回村口一趟，让母亲把菜准备好拿到村口，然后再带回小区——不过，整个场景确实难看了点。谁曾想，在当今时代居然还有如此场面。

每个地方都进行了管制，出行非常困难，原定的值班安排计划已经很难实现，值班人员都不敢去公司、也去不了公司。

大家都待在家里"自我隔离"。

王晓农待在小区的家里面看着窗外，街道上空无一人。偶尔出现一辆挂着喇叭叫大家"不要出门"的面包车经过。

整个世界静止了下来，只有太阳照常东升西落。

王晓农从小到大还没有见过如此场面。这个世界犹如刚刚还是一个生龙活虎的人，转瞬间就被冰冻了起来，速度之快，令人乍舌。

每一个人生活的那几平方米房屋，此刻成为了囚禁自己的牢笼。

人的想法是复杂的。

王晓农上班的时候忙忙碌碌，感觉好累、好辛苦，现在好不容易可以待在家里休息了，心里却是憋屈得很。

有这种感觉的不只王晓农一人，家美机械的管理层也是如此，大家心中焦虑，不知何时可以开工。

春节没有回家的住宿人员，也被限制进出；而且厂区周边没有店铺，远的地方已被隔断，出不去，他们有的人快要"断粮"了。幸好公司食堂里还有些鸡蛋和泡面，公司安排保安发给了他们。

自从2月4日起开发区被确诊了两个人后，连续几天没有再爆出确诊病人。大家稍稍松了一口气。

该如何尽快复工，是摆在家美机械面前最重要的事情……

# 第三节、复工

## 1、复工手续

大家都待在家里，牛总和孙启一召集电话会议。根据政府政策，他们部署了以下内容：

一、设立防疫工作领导小组并确立工作职责。牛总任组长，孙启一任常务副组长，王晓农和黄明杰任副组长，另外几个经理为小组成员。领导小组的主要职责是劝诫湖北、武汉籍员工不返厂，加强与属地政府沟通和工作汇报，做好公司内部消毒、食品安全和宣传教育工作。

二、确定公司疫情防控预案、防疫隔离方案及隔离点，申报第一批开工人员名单，这个由王晓农负责。

三、准备口罩、防护服、测温仪、消毒水、手套等防疫用品，由采购部杜国忠负责。

根据会议安排，王晓农赶紧准备工作。

不巧的是，王晓农的笔记本电脑在春节前坏了，正放在维修店里，由于疫情关系，维修店没有工人。

没有办法，王晓农只能前往公司去准备资料。公司所在的开发区是疫区，这个时候去，其实是冒风险的；但为了工作，他不得不去。

到开发区关卡处，需要出示身份证并登记，说明"从哪里来，要到哪里去"，同时还要测温，确认没有问题后才能放行。本来是疫情期间避免人群聚集，这倒好，关卡前排满了队伍。王晓农排得远远的，还被好几个人插了队，经过好长时间才轮到并进去。

关于疫情防控预案，王晓农之前没有做过，所以只能从网上搜集了一些资料作为参考。他从编制目的、工作目标、工作原则、组织管理、预警机制、疫情响应、应对措施、突发重大疫情信息报告和发布、疫情解除等几个方面进行了拟写，并把新成立的疫情防控领导小组的组织架构放了上去。

关于防疫隔离方案，首先是做好人员筛查，对市外返厂人员了解其行踪路线、人员接触情况、以及是否有发热、流涕、咳嗽等症状；其次是对市外返厂人员进行集中隔离，每天报告医学观察数据，公司做好食宿保障；最后是设立临时隔离点，对异常人员送至临时隔离点进行观察并通报属地政府。

公司新厂宿舍已经建好，共有 22 个房间，每间 6 个床位，有独立卫生间，刚好可以用来作为员工返厂时的集中隔离区域。

经过商讨，初步确定第一批返厂人员是钱塘市本地员工和春节期间留在本地不返乡的员工。王晓农统计了一下，共有 75 人。

其实问题最大的是防疫物资。采购部杜国忠联系了好几个地方，可东西很难买到；特别是口罩、防护服和测温枪，根本买不到。牛总通知王晓农转告市场部，联系德国总部把这些防疫物资通过快递送过来，包括 12000 个口罩、10 套防护服和 5 把测温枪。

由于家美机械有 10 名湖北籍员工，成了市政府的重点监控对象。市政府专门派了一名督导员来厂，指导公司防疫工作，每天驻守在厂里面。

疫情开始后，政府各部门人员全体出动，投入到了防疫工作当中。

政策变化很快，不到两天时间，政府规定要凭通行证进出开发区。王晓农没办法，也得去办理。

王晓农看到政府提供给企业的办理通行证的联系人叫王宇宁，他心里"咯噔"一下，"王宇宁不正是自己的高中同学么？"王晓农知道他在开发区统计办工作，是统计办的副主任，有几年没见了。

王晓农心里有些别扭，因为他不习惯找熟人办事，况且又是几年没见的老同学。学生时代交流不多，现在见了面不知道说些什么好。但办理通行证属于公事，他只能硬着头皮去。

王晓农敲开统计办的门，只有王宇宁一个人在。

"老同学，你现在负责办理通行证啦？"王晓农问道。

"啊呀，王晓农，老班长啊，坐坐坐……没办法，疫情一来，我们统计办也得上。对了，你也来办通行证？"

说到"班长"两字，王晓农真是非常惭愧，想想自己毕业这么多年，还没有混出个什么样子；而王宇宁当时在班里成绩一般，现在已经是统计办的副主任，年薪估计得有个 20 万。王晓农自叹不如，难以望其项背。

"是的，厂里要办理复工手续，我每天进出开发区，只能来办通行证了。"王晓农回答道。

王宇宁拿出一张 A5 大小的绿色的纸，在上面开始写上王晓农的信息和通行区间。

房间空调开得很热，王宇宁边写还一边抽着烟。

"听说疫情期间不能开空调的吧？"王晓农问道。

"真的？没关系吧。"王宇宁吐了一口烟，并把写好的通行证递给了王晓农。

空白通行证是提前盖好了章的，王宇宁只要填上信息就可以。

王晓农笑了笑，和老同学寒暄了几句后就告了别，因为他要去其他部门递交复工资料。

办理复工窗口前，"人山人海"，像是菜市场，挤满了准备复工的企业代表。

这哪是防疫所要求的"保持社交距离"？这反而增加了病毒传播的风险！但是，为了企业复工，能有什么办法，王晓农只能自求多福了……

经过一轮轮地修改，王晓农几进几出开发区管委会；还好，公司公章是他总经办保管的，盖章方便。在他的努力之下，最后终于顺利通过了复工审批。

但摆在家美机械面前的另一个问题是，除了通过政府部门介绍买到了一些消毒液外，其他要求的防疫物资都还没有到位。口罩已通过快递进入了国内，但就是迟迟不到工厂；测温枪也是通过国外购买，迟迟没来，厂里只有一把工业用的测温枪；防护服也还没有到，黄明杰就从家里拿来了几件简易的防护服——其实就是那种透明的雨衣；没有洒水桶，就用农村背在身上的药剂桶顶一顶。

经过七拼八凑，防疫物资赶在复核人员到来的当天才准备好；不过，测温枪是从其他单位借的。

复核通过，家美机械终于在2月12日迎来了正式复工！

## 2、复工后

虽然说是复工了，但是第一批复工的人员只能是春节期间在本地的员工，外地员工进不来。所以说复了工，但复不了产。复工只具备象征意义。不过，这也是足以让人感到欣慰的，因为家美机械属于规模以上企业，2月12日开工算是较早的开工批次；规模以下企业要到2月底才能复工。

复工前一天，王晓农在门卫处设立了测温点，并在外面布置上了每隔1米的警示带，以便员工分开距离，排队测温。

复工当天，黄明杰穿上了简易防护服，戴上了护目镜，再加上口罩，跟电视剧里面看到的防化装备也差不了多少了。他在门卫处给前来上班的人测温。人心惶惶的时刻，这需要太大的勇气和奉献精神，乃至牺牲精神，因为这毕竟是和人的生命健康联系在一起的。王晓农真是挺佩服黄明杰的。

王晓农在门口引导上班的人员有序排队，并负责拍照。因为总部需要了解家美机械的开工信息，以鼓舞供应商的信心。

第一天，只到了30多人。本地很多村和社区都还在封锁中，部分在本地的员工还无法上班。

牛总也准时来上班，因为这是具有标志性意义的一天。

牛总让上班的员工在大门口排成三排，每人间隔一米以上。大家都戴着口罩，有些人已经看不出了模样。集体戴着口罩开大会，也算是一种奇观。

牛总对着大家说道："在王晓农和黄明杰的努力下，我们今天终于顺利开工了，今天的开工真的是来之不易！"

"以前我们说工作太辛苦、太累、太忙，而疫情导致我们隔离在家，无法出门，这让我们懂得要更加珍惜自己当前的工作。"

"大家要有信心，相信在政府的正确领导下，我们国内的疫情肯定会得到控制；只要国外不受疫情影响，公司的发展就不会受到影响。"

这是令人难忘的一刻。此时疫情控制还不明朗，牛总无非是想给大家打打气，增强信心。

作为员工，这个时候上班，是面临极大的风险的。谁能知道，在工作过程中，可以确保自己不被病毒感染？下班后还要面对自己的家人，如果把病毒带回了家，于心何安？

关于吃饭问题，复工前公司已经通知到了员工，自带饭菜，公司提供微波炉热饭。王晓农则让自己母亲在农村的小店里买了一箱即将过期的方便面，每顿就吃着方便面。这个时候，就算是平时不屑一顾的方便面，商店里面也已经买不到了，王晓农只能将就着吃了。

就靠本地农村和社区开放而出来的工人，远远满足不了生产的需求。王晓农已经向开发区提交了第二批低风险地区的自驾人员名单，让他们尽快返岗。另外，政府对包车、包机有优惠政策，王晓农也着手开始联系云贵地区的员工，希望他们可以包车过来。

家美机械云贵地区的员工有 50 多人。

贵州毕节地区的人多些，但只有 4、5 个人愿意包车，部分人员还不愿意上班，希望等疫情明朗了再看；有的明确表示压根就不想来上班了；还有的是选择自驾来上班。

云南文山壮族苗族自治州的人也不少，有 13 个人。因防疫要求，大巴车上每人需要隔开一个座位，13 个人可以叫个 27 座的大巴。王晓农赶忙联系文山的员工，看他们是否有包车的意愿。

经过了解，文山那几个人都是一个村的，有 9 个人已经预定了 3 月 9 日的机票。

对于想急速增加产能的家美机械来说，早一天好一天，3 月 9 日太晚了。

王晓农给他们打了电话，让他们把机票退掉，承诺公司可以免费把他们接回来，还补偿他们退机票的费用。

他们不太想退，并把退票将产生的费用截图给王晓农看。王晓农傻眼了，9 个人的机票将近 7000 元，如果退票，只能退回 1000 元，退票费用高达 6000 元！真是坑人啊！公司要给补助的话，平均到每个人就要补助 700 元左右。

"是不是疫情期间没人坐飞机，航空公司生意不好，限制乘客退票？"王晓农心里嘀咕着。

涉及金额不小，王晓农不敢做决定，把这个情况汇报给了孙启一。孙启一了解情况后，表示现在招人困难，答应给他们退票补助。

就这样，王晓农说服了他们，让他们包车来厂里。

王晓农联系了钱塘市当地的大巴公司，根据公司地址和云南文山的距离，以及人员数量，大巴公司报给了他 28000 元的包车价格。鉴于政府可以补助，又还不下价，经过汇报之后，王晓农最终和大巴公司签订了包车合同。

由于是疫情期间，包车的手续繁琐多了，要填写《返岗职工健康状况明细表》、《民工返岗返工政府指定运输任务证明》、《新型冠状病毒感染的肺炎疫情防控期间农民工返岗包车通行证》、《新型冠状病毒感染的肺炎疫情防控人员通行证》等材料。王晓农准备好了这些材料，并盖上公章，向当地政府进行了报备。

确定了包车时间，王晓农准备了口罩，让大巴车驾驶员带去。

钱塘市和云南文山距离非常远，有 2500 公里，单程开车将近一天一夜，时间可是真够长的。

"员工千里迢迢上班可真是不容易。"王晓农心里想着。

而黄明杰则专门开"防疫车"，执行接送任务，冒着巨大的风险。

针对各地返厂的员工，需要进行 7 到 14 天的隔离观察，家美机械新厂区有两层宿舍专门用来隔离。为了避免交叉感染，黄明杰大都把一车来的人安排进了一个房间，不论是男的还是女的；而且在牛总的指示下，每个宿舍都上了锁，由保安每天开锁给被隔离人员送饭；被隔离人员每天进行两次测温并通报测温数据……

3、轮休和降薪

冒着生命危险来上班，又听到有医护人员因感染新冠肺炎而死亡，大家一度非常恐惧。王晓农也怕感染后影响家人，下班回去就洗头、洗澡，和家人用公筷吃饭，分床睡、分用洗手间。

令人担忧的事情发生了。

一天晚上，车间有个员工发烧了！

黄明杰接到消息，马上安排下属送这个员工去医院，但这个下属怕有传染风险，就是不接电话。正当大家没辙的时候，车间的一个组长自告奋勇带这个员工去了医院。他与这个发烧员工同住一个宿舍。

还好，经过医院检查，排除了新冠肺炎，真是有惊无险。

大家神经紧绷了这么长时间，眼看局面慢慢好转起来。家美机械的产能，在想尽办法招募人员后，已经恢复到了疫情前2/3的水平，员工总人数超过了400人。

正当公司运转渐入佳境时，突然间，销售部接到了客人的邮件：取消订单或延迟订单交付！

家美机械的外贸客户主要集中在美国，而美国3月10日新冠肺炎疫情确诊病例破千。自3月17日开始全美50个州均有确诊病例。3月19日美国确诊病例过万；随后3月27日当天，美国超越中国公开发布的数据，成为疫情最严重的国家！美国包括疾病控制与预防中心在内的公共卫生部门敦促各级地方政府、企业和学校制定计划，取消大规模集会活动或推行远程办公。

此时，新冠肺炎疫情已在全球流行！

疫情的全球传播，对中国的外贸企业造成了重大打击！而且各个企业刚刚通过各种方法不计成本地招来员工。订单没了，这些新招聘的员工该如何对待？家美机械马上面临这个问题。

政府要求尽量不要裁员。

招人容易裁人难。根据牛总和孙启一的意见，家美机械将采取轮休和降薪政策。王晓农根据两位领导的意思，拟了《疫情影响下的工资和出勤安排》。

首先，公司工作日调整为周一至周五，生产员工由各生产部门根据生产计划自行安排轮休，职能部门普通员工一个星期只上 4 天班；

其次，经理级（含）以上管理人员，统一降薪 20%；

最后，轮休期间，公司统一按每人每天 50 元进行生活补助。

家美机械的员工，历来是加班惯了，这次竟然要轮休！虽说是轮休，但对于有些工作不怎么样的员工，公司鼓励他们请长假，等忙的时候再来。有些人是刚刚苦口婆心叫他们从老家赶来的，现在又要做思想工作让他们回去。

变化来得真是太突然。

疫情期间大家本来就没有收入，现在又要调休和降薪。王晓农相信，许多家庭会因此陷入财务危机；但企业也要生存，没有办法……

王晓农还记得，在 2019 年的 12 月份，牛总还把他叫去办公室，说春节上来后，要对孙启一、黄明杰和自己的工资进行调整。牛总还特意叮嘱他，让他到时候表态"自己能力上还欠缺，还需要历练；加得太多了，少加一点。"

牛总的承诺言犹在耳，现在不但没有了加薪的机会，还要降薪，真是让人唏嘘不已。不过还好，王晓农的内心足够强大，他对牛总的承诺一向是持怀疑态度的，当时谈加薪的时候他很镇定，并没有往心里去。他已经习惯了牛总那种"口惠而实不至"的激励方式。

然而，毕竟是涉及到全公司员工的利益，牛总和孙启一为了避免各种不必要的麻烦，他们需要员工主动同意公司调休和降薪这个做法。

其中的一个理由是：现在受疫情影响，许多企业都倒闭了，要找到一份好的工作非常不容易，因此要珍惜当前的工作，哪怕是调休和降薪。

这是一个说辞，但不得不说，这是一个不争的客观事实。许多员工可能想走，但是大环境如此，又能去哪里？如果离了职，是否能找到一份合适的工作？而且疫情还没有完全解除，很多地方都有防疫要求，人员的区域流动对企业和个人都会造成未知的潜在风险。

牛总吃准了大部分员工的心理，但又希望把调休和降薪政策作为员工共同意见通过某种法定方式表达出来——他想到了职工代表大会。

家美机械从成立至今，还从来没有召开过职工代表大会，日常的工会组织也是一个摆设。

为了这次职工代表大会的召开，王晓农还专门研究了开会的流程，了解了参与的人数比例，并通知各部门推荐参加会议的人员。

在参会人员的选择上，孙启一叮嘱王晓农，一定要选择支持公司政策的员工代表参加，对那些反对调休和降薪政策的人员要过滤掉。王晓农在对各部门的通知中特别强调了这一点。

最后，公司各部门选出了职工代表共计 21 人。其中生产职工代表 13 人，行政职员和管理人员共 8 名，而生产职工大部分是一线的班组长。

职工代表大会正常召开，王晓农安排他们签到并拍照。

"会议应到 21 人，实到 21 人，实到人数超过应到人数的 2/3，符合开会要求。"王晓农对着大家说道。

孙启一向大家说明了开会背景以及公司当前面临的严峻挑战。

王晓农念了《疫情影响下的工资和出勤安排》这份草案，并投影到大屏幕上，给大家 10 分钟的时间进行酝酿并发表意见。

王晓农主持表决环节，他参考政府部门开大会表决的方式，选择举手表决。

"同意这份草案的人员请举手"，王晓农说道。

一眼望去，大家都举起了手。

“反对这份草案的人员请举手”，王晓农继续说道。

没有人举手。

“弃权的人员请举手”，王晓农接着说道。

没有人举手。

王晓农宣布：“关于《疫情影响下的工资和出勤安排》这份草案全票通过！”

就这样，没有掌声，也没有抱怨，轮休和降薪政策正式实施……

# 第九章、改头换面

# 第一节、改变开始

## 1、牛总出离

轮休和降薪政策已经实施，大家心里都阴沉沉的，因为不知道这样的状态什么时候结束。牛总倒是给了一个时间，他认为大家要做好 3 到 6 个月艰苦奋斗的心理准备；而在王晓农的心里，则更加悲观，觉得国外的疫情可能会持续更长的时间。这样的话，整个 2020 年都泡汤了，自己本来就不高的收入下降了，而且还没有更好的工作机会。

年会时王晓农的预感成了真，庚子鼠年真不是一个好年份，但是大家又不得不面对。

大家依旧做着自己的工作，只是弥漫着忧郁、伤感、阴沉的气氛。

划破这悲观迷雾的是一个重大新闻：牛总要出售剩余的 20% 股份，并要离开家美机械了！

王晓农心里为之一震，因为他看到过牛总的任命书，上面写的担任总经理的时间是 3 年，至少还有 2 年时间呢！

牛总召开管理层会议，向大家通报了离开的理由。

牛总说："既然走出了并购这一步，这一天总会到来。我在这里，不利于加快'机电一体化'的发展。现在市场竞争激烈，如果我们不抓住疫情休整的这个机会，以后在市场竞争中就会落后。"

王晓农当时并不是特别清楚，为什么牛总的存在会阻碍"机电一体化"的发展。不过，并购后牛总在的这段时间，确实没什么大的变化，管理层人员稳定、业务稳定、生产稳定，和之前没什么大的变化。

这一天确实来得比王晓农预想中的要早一些。他既感到惊讶，又暗暗窃喜。

牛总讲求他个人的控制力，不定期地对管理层干部进行"思想教育"，以至于大家都自我审查，晚上加班、周末加班、国定假日加班——无偿加班；每天晚上睡觉前，大家要向对神一样跪拜，汇报当天的工作情况、工作感悟或工作中的问题，而且不得不在工作汇报前写上称呼"牛总"两字，不然就要扣200元一次。这工作汇报，王晓农一写就是3年，没有一天落下。在这最近半年，牛总还让他集中汇总大家的工作汇报。

牛总现在要离开家美机械了，等于是大家头上的枷锁将要被解开，大家将获得思想上和行动上的自由，这无疑是一件好事。

牛总是一位对员工苛刻、抠门的老板。员工要想得到百分之百的收入，必须是百分之一百五十的付出。王晓农觉得自己付出了那么多，换来的却只有那几千块钱的工资。每次他办成了一件事，牛总最多也只是"辛苦了"三个字，他耳朵听得起茧。

牛总股份卖完，那家美机械以后是纯外资了，王晓农相信外资企业会有一种更公平的方式来评价员工的绩效。

牛总在会上继续讲了他离开后大家应该注意的事项：一是不能留恋老的"家美"而影响当前的工作；二是公司固有的体系不要做大的改变，调整要循序渐进，公司弱的地方先改；三是以对公司有利的原则处理好过渡时期的工作，保持活力和竞争力；四是合理用好现有人才和补充外来人才；五是对订单要有清醒的认识，用人用工要谨慎，不能让订单影响生产节奏。

不管牛总过去对每个管理层人员怎样，但他毕竟是所有人心目中的"领头人"、"核心"和"精神支柱"。牛总要离开了，这对大家的心理还是造成了巨大的冲击，因为未来充满了不确定性。牛总对某一个人的认可，是经历了多年的考验之后才获得的；在股东变更之后，是否能继续认可现有的人员，那是一个未知数。

不过，牛总告诉大家，他已经和股东沟通过，他离开之后孙启一会继续担任副总经理的职务；外方股东虽担任总经理职务，但一个星期只来一次，主要工作还是由孙启一来主持。

就这样，一个月后，牛总离开了，离开了他一手创办的家美机械。在离开的当天，牛总在群里给大家发了一条信息："感谢大家！我们一同见证了'家美'的成长和发展，'家美'的明天会更加美好！告别难免有些伤感，怀念和大家一起奋斗过的日子！"

牛总写得比较煽情，大家纷纷回应。

王晓农写道："感谢牛总带领我们大家一同奋斗，奋斗中我们不断成长！"

生产二部经理牛少强写道："跟着牛总我们是一个大家庭，大家风雨同舟、互相支持，更是学到了做事必须先做人的道理！我们感谢牛总！"

牛少强和牛总确实是一个大家庭。

人事行政部黄明杰写道："告别不是不见，必定会在更好的地方再次相遇！'家美'精神，'家美'的拼搏精神，已深深刻入每个'家美'人心中，感谢牛总！"

生产三部经理戴军写道："感谢牛总！感谢牛总这么多年的厚爱和支持！愿牛总身体健康，事事顺心！"

生产一部经理褚新忠写道："非常幸运能和牛总一起共事，感谢牛总！"

生产副总监蔡艳写道："感谢牛总，大家一起共事是一种福分，相信'家美'会越来越好！"

采购部经理杜国忠写道："非常感慨！以前总认为没有什么困难不能克服的，因为我们背后有牛总撑着。相信以后的日子我们也不会孤独,'家美'会不断成长,大家一起努力!"

副总孙启一写道:"有缘相识,有幸能一起见证'家美'成长,特别感谢有这样一个好的老板、好的领路人带领我们一起成长。唯有把'家美'发展得更好才是我们能回馈的……感谢这么多年来如兄长般照顾教导铭记于心!"

虽然话语不是那么通顺,但大家还是能理解孙启一要表达的意思。

这是一个充满了悲情的道别场面。牛总没有在现实中进行道别,可能是现实中的道别更令人伤感。

没有牛总的"家美"和没有牛总领导下的"家美"团队,未来会如何?谁也不知道。

自从外资完全控股家美机械后,又经历了一系列股权调整,最终由外资控股的国内子公司控制了家美机械的所有股权。家美机械和这家子公司——也就是新总部,同属于一个地级市。

2、组织架构调整

牛总走后,孙启一继续以副总的职务主持"家美"的日常工作。

孙启一是牛总一手培养的接班人,他继承了牛总务实、节俭的作风,"节俭"从员工利益角度讲就是"抠门",孙总也是一个很抠的人。另外,作为一个副总,他确实"心胸不够、格局不大",不幸被前副总丁剑宁言中。当时王晓农还在人事行政部,丁剑宁在他面前就是给了孙启一这么一个评价。

其实,王晓农还觉得,孙启一缺乏牛总的那种魄力和决断力,遇事犹豫不决、怕担责任。

当时牛总任命孙启一为副总经理时还"问政"于王晓农,让他评价一下孙启一。王晓农受丁剑宁的影响，对孙启一评价是不高的。但当时牛总有这个想法，王晓农也不好违逆。他当时说："孙总擅长技术和质量……不过，我们要给人机会历练，做着做着就像了。就像蔡艳蔡总一样，之前大家叫她小蔡小蔡的，现在大家都习惯叫她蔡总了。"

之前，孙启一除了技术部总监的职务外，还担任质量部经理。质量部已经是独立于生产的部门。

而蔡艳是 90 后，因受牛总器重，在销售主管的岗位离职后，被牛总叫回来提拔至生产副总监的职位。

虽然牛总觉得孙启一并非担任副总经理的完美人选，但家美机械更没有其他人可以胜任副总经理这个职位。至少，牛总认为孙启一是可靠的，从建厂之初，忠心耿耿地跟了他 8 年，是"家美"的老臣和功臣。

牛总离开后，孙启一还有其他几位领导正在适应这个变化的时候，已经接手"家美"的老外宣布要对"家美"的组织架构进行调整。

这位德国老板召集大家开会，讲述了组织架构调整的几个理由，并对组织架构大框架进行了安排，征询大家的意见。

首先是成立客服中心，把计划部、仓储物流、客户服务、订单管理全部纳入客服中心，由总部另外派人接管。计划部和仓储物流之前是蔡艳负责的，客户服务和订单管理之前是隶属于销售部的职能范畴；

其次是成立研发部，也就是"家美"之前的技术部。技术部之前由孙启一领导，现在外方将派一个人代替孙启一来领导研发部，直接向总经理负责；

最后是成立 IT 部门。同时，IT 部门和总经办、人事行政部、财务部共同由财务总监来领导。

这个调整的力度不可谓不大。

这也涉及到了王晓农的组织变化。

总经办之前是直接向总经理和副总经理汇报工作，在级别和权威上是在其他各个部门之上的，现在等于是降了级，而且放在财务总监下面，有点不伦不类。

财务总监叫张悦，是总部2018年新招进来的，负责公司的财务工作。

王晓农和张悦工作交集不多，只是他对"家美"比较熟悉，张悦经常会向他了解一些"家美"的情况。王晓农没有什么戒备心，对张悦提的问题也是"知无不言，言无不尽"。

张悦平时温和少言，王晓农从来没有想过有朝一日会成为她的属下。

不过，王晓农并不在乎权力，觉得对谁汇报工作都一样。他认为既然新的股东有这样的安排，遵照做就可以了。

孙启一召集了老"家美"管理人员讨论这个组织架构的调整。大家竭力反对这样的安排，表示这是对老"家美"人员的极度不信任，也不利于过渡期的稳定。大家希望总经办和人事行政部维持原状，仍旧直接向孙启一汇报工作，这样会利于工作的推进和落实。

孙启一向大家表示，他会和老外写邮件，表达老"家美"人的意见。

大家还心存一点希望，因为老外毕竟没有说死，只是征询一下大家的意见。老外表示3个星期后公布最终的组织架构图。

这3个星期的等待是漫长的，因为它打乱了老"家美"人的思绪，大家都担心原班人马可能会被重新洗牌。

在这个等待期，王晓农的工作还是按照原有的模式和汇报习惯进行着。只是他感觉现在又要变成了双重领导——既受副总孙启一的领导，又受财务总监张悦的领导；而且他还感觉到，组织架构如何调整，很明显是孙启一和张悦的一种权力较量。

王晓农碰到黄明杰，问他对公司日后局面的看法。

黄明杰说："老'家美'人要团结在一起，这样才能对抗外方人员对我们原班人马的打击！"

王晓农听着，觉得这不具有可操作性。老"家美"人团结一起和股东对抗，难道我们是不想要自己的工作了吗？人家是股东啊！

王晓农倒是觉得，孙启一在这里干不了多久。孙启一是牛总一手培养起来的接班人，外方可能会给牛总一点面子，在过渡期让孙启一继续担任副总的职位；但是只要孙启一表现出一丁点的不服从或在工作中出现了某些瑕疵，外方肯定会借机拿掉他，并启用自己人来领导新的"家美"。从组织架构的这种倾向性的安排，说明外方对老"家美"的管理层是不信任的。

既然如此，财务总监领导包括总经办在内的四个部门的安排也不会改变。也就是说，财务总监张悦成为王晓农的领导，将很快成为现实。

经过"漫长"地等待，老外终于公布了最终的组织架构！

王晓农预想得没有错，外方没有一点妥协，还是按照第一次说的内容进行了公布，让大家去适应新的岗位。

王晓农和黄明杰正式面对财务总监张悦成为各自的顶头上司……


3、表忠心


组织架构初定，大家都在适应着。

张悦找了王晓农谈话，问他对未来的工作以及对并购的一些想法。

对于工作，王晓农觉得自己的岗位职责可以不变，包括公司制度的拟定和执行监督、公司会议纪要的整理和执行监督、绩效考核制度的执行监督、降本增效方案的提出和实施、公章管理，外加工资表编制——这是牛总走之前从黄明杰手中转给王晓农的。

张悦基本上同意了王晓农的说法，并让王晓农和黄明杰共同处理对外工作。

对于并购，王晓农也把自己的想法一五一十地告诉了张悦。王晓农认为并购是一件好事，公司会朝着规范的方向发展。另外，王晓农作为"前朝遗老"，明白自己的出路无非两条，一条是效忠于新股东，跟着新股东好好干；一条是守旧、固步自封，不听从或反对新股东的命令。作为管理层，没有第三条路可以选择。如果是员工，可以选择随波逐流，被裹挟着适应，但管理层确实很难这样去做。

王晓农跟张悦明确表态，自己会选择前一条路，支持并效忠新股东。他觉得本来就应该这样，因为股东变了，每一个人的工资都是新股东发的，没有理由不效忠。

只是王晓农认为，自己再以总经办的名义做事不太合适，希望可以把总经办的牌子摘掉，自己并入人事行政部。张悦可能觉得摘掉总经办的牌子对王晓农有点打击，跟他说仍旧维持现状，不用摘。

以蔡艳为首的生产部，每周三都会召开生产会议，王晓农也经常会去参加。自从组织架构调整后，生产二部经理牛少强对王晓农说："以后生产会议你就不要来参加了，你说的话我不'care'。"

不知道他说的是真的还是开玩笑，还蹦出了一个英文单词。王晓农就当他说的是真的。牛少强仗着自己是牛总的妹夫，又有一股地痞流氓的脾气，从来就没有真正看得起过王晓农，也就不会在乎王晓农说的话。

王晓农直接跟蔡艳说："蔡总，以后生产会议我就不来参加了。"

王晓农本来就不必参加生产会议，因牛总的要求和蔡艳的邀请，他有时不得不硬着头皮参加，现在好了，不参加反而省心。

"你和黄明杰以后有财务总监这棵大树罩着，前途无量啊！"蔡艳酸溜溜地说道。

"这是公司的决定，我们只有执行的份。"王晓农解释道。

王晓农不在乎权力，但是总经办的工作需要权力。公司制度执行监督和绩效考核等方面的工作，需要充分的权力去推进。以前在总经办，王晓农的权力由牛总背书，工作基本上没有障碍；而如今，总经办置于财务总监之下，成为部门下面的子部门，已经被矮化，丧失了权威，给王晓农的工作带来了难度。

从这个角度上看，牛少强说得没有错，王晓农和他没有直接的工作关系，工作上的事情可以通过部门和部门间按照层级进行传递。

王晓农感觉到某种嫌隙正在萌发，但他又无能为力。

王晓农坚定地认为，不管有没有换股东，所有工作的出发点都应该以公司利益为前提，这也是牛总教导大家的。

可他发现以蔡艳为首的生产部几个经理，对外方股东的进入，持非常警惕的态度，生怕被外方"生吞活剥"、弃之不用；而且，他们还没有从牛总离开的阴影中解脱出来。

王晓农虽然比较想得开，但是财务总监张悦让他做的一件事情令他非常不自在。

牛总离开"家美"已有半个月的时间，只是他还有一些资料放在办公室，说过段时间来拿；然而张悦要求王晓农把牛总办公室外面"总经理"这块牌子摘下来。

王晓农当时就对张悦说：

"张总，牛总还要来拿东西，到时候他看到牌子这么快就被摘掉了，不好吧。"

换做是其他的职业经理人，走了把牌子摘掉也无所谓；可他是牛总，曾经是这里的老板，厂房所在的这块地还是他的。而且，作为曾经和牛总工作非常接近的人，王晓农虽然对牛总有些怨言，但总是还有一些情义在，他希望可以给牛总留点面子。

"牛总到时候来拿东西，也不会注意这块牌子的。"张悦回答道。

王晓农不知道说什么，认为张悦的这个判断显然是错误的。他跟了牛总这么多年，知道牛总注重细节、好面子。牛总进员工办公室，要求全体员工起立；干部工作汇报前面一定要加上"牛总"两个字，诸如此类。"总经理"的牌子就在门口，抬头就能见，牛总来的时候不会看不见。不摘还好，一摘反而更加明显。

但是，张悦是王晓农的新领导，王晓农不敢违逆，而且他怀疑这可能是张悦对他的试探，以确认自己的忠诚。

王晓农找来了黄明杰，商量这个事情该如何处理。

"这只是表面上的事情，何必那么急？摘了牌子能马上解决什么问题？"黄明杰质问道。

"是的，我也是这么想，现在摘牌子没有现实的紧迫性，但是接到了命令，不做又不行。"王晓农回答道。

"这个事情牛总知道了肯定要说。"黄明杰说道。

"听说牛总这个星期要来搬东西。我就拖一个星期，如果牛总来了，我在牛总搬完东西后摘牌子就没什么问题；如果牛总没有来，到时候我也只能去摘掉了，相信牛总应该能理解这不是我的本意。"王晓农说道。

拖了一个星期，可牛总并没有来。王晓农没有办法，安排了人，在一个所有人都下班之后的晚上，悄悄地摘去了牛总办公室外"总经理"的牌子。

新领导的命令，老领导的情义，王晓农心里越想越不是滋味……

# 第二节、大动干戈

## 1、副总被赶走

公司慢慢派了人进来，整个管理策略和之前也大不相同。

孙启一名义上虽然是副总，但实际上只能管到生产和质量，对研发部、人事部和总经办已经缺乏了控制力。王晓农在和孙启一的沟通中，明显感觉到，他担忧在无法全面行使权力的情况下，承担公司运营出现重大风险时的"背锅"责任。

王晓农还听说，在高层会议上，孙启一三番五次拒绝董事长提出的一些战略安排。有一次，孙启一不经意间说出了"……如果是这样，我只能辞去副总的职务并离开'家美'"，而老外董事长的回应竟然是"I agree with you……"

老外边上的秘书向大家做了翻译："我赞同你的想法……"

想来，老外是有这方面的打算的。

这一来，孙启一被逼到了一个尴尬的境地。

既然话已说出，老外也已经答应，这个事情没有了回旋的余地。

孙启一找每个老"家美"的经理单独聊了自己的想法，也包括王晓农。

王晓农没有资格参加老外召开的高层会议，他对组织架构调整后孙启一的去留有过自己的判断，但没有想到这么快。

孙启一对王晓农说："每个人的价值观不一样，我和他们是走不到一起的。我相信以后回过头来看，我的决定是正确的……"

"孙总，我真的感到很突然，牛总才离开不久，您也要走，我们老'家美'这批人以后就没有了'主心骨'……"

"你还年轻，适应能力强，要在这里好好干。"孙启一继续说道，"我知道他们是不会留我的。当我提出离职的时候，他们连一句挽留的话都没有讲，哪怕是客气一下……"

"可能老外的做事方式和我们中国人不一样，比较直接。"王晓农回答道。

"这个事情不多说了，我在这里最后再待 3 个月，做一下交接，然后回一趟老家。平时和家人团聚太少了，趁着这个时间多陪陪家人。"

"孙总平时确实太辛苦了，都不怎么回家……"

这个倒是真的，孙启一的家在隔壁的地级市，平时最短也是一个星期一回家，遇上忙的时候，半个月甚至一个月才能回一次。

就这样，孙启一和每个经理做了告别谈话。

在孙启一提出离职后，公司总部新派来了一位副总，他叫覃胜华，在总部的总经办工作。王晓农在华为培训的时候和他有过一面之缘。

王晓农本以为孙启一这个事情可以安静地结束了，可是事情没有这么简单。

孙启一和生产部的几个领导平时都有沟通交流。王晓农有好几次碰见他们聚在一起，明显地感觉到一些忧伤、无奈、抱怨的情绪，并且这种情绪在老"家美"其他管理层人员中不断蔓延和发酵。

还有更严重的事情。

孙启一过去有一个以他个人名义注册的专利，现在新的股东需要他交出来还给公司，但孙启一迟迟没有签字，这让新股东非常不爽；另外，新股东要孙启一提供电脑上的所有资料，他也没有同意。

有一天，老外董事长来到公司，并带来了一个陌生人。

张悦跟王晓农说："你跟我来一下。"

王晓农问道："张总，我们去哪里？"

张悦并没有让王晓农去她办公室，而是领着王晓农朝楼下走去。

"我们去一下生产部。"张悦回答道。

王晓农的办公室，以及其他大部分职能部门的办公室都在新的办公楼三楼；而生产部、技术部、质量部还在车间边上老的办公楼里面，生产部在二楼，技术部和质量部在一楼的同一个办公室内。

王晓农随着张悦走过上生产部的楼梯，径直往前走。

王晓农心里犯了嘀咕："不是去生产部吗？怎么没有上楼？"

还没等他想完，张悦已经推开了技术部和质量部的门，王晓农尾随了进去。

走到孙启一办公桌面前，张悦指着孙启一的笔记本电脑小声对王晓农说："把这个笔记本电脑拿到你办公室去。"

王晓农看到笔记本还正在运行着，尴尬无比，但也没有说什么。

办公室里面有一位质量部的主管，看到后问："这个笔记本电脑孙总还在用的吧？"

"孙总在开会，我们给他带上去。"张悦回答道。

王晓农明白，公司这是要强行取得孙启一电脑上的资料。来孙启一办公室之前，张悦并没有向王晓农说明这个目的。

王晓农虽然对孙启一的管理能力不怎么看好，但他毕竟曾经是副总。王晓农和他共事多年，也是有情义的；而且他们脸上贴的都是老"家美"人的标签，现在用老"家美"人对付老"家美"人，这对王晓农的心理造成了巨大冲击。

"自己现在不就成了一个帮凶了吗？以后该怎么面对孙启一，该怎么面对牛总？"王晓农心理非常难受，但又只能去做。

在拿着笔记本回办公室的路上，王晓农刚好碰到老外董事长，他也准备上楼。

老外董事长想跟王晓农握手，但看到他两手捧着笔记本电脑，手在裤缝晃了一下没有伸出来。

王晓农调整了姿势，左手抱着笔记本电脑，腾出了右手去和老外董事长握手。

没有寒暄，王晓农用中文"您好"打了招呼。

老外也没有像往常一样来句"How are you"问候，指着王晓农手中的笔记本电脑问道："Is it Allen's？"

"Allen"是孙启一的英文名字。

"Yes, it's Allen's laptop."王晓农回答道。

老外董事长是在问王晓农手中的笔记本电脑是不是孙启一的，王晓农作了肯定回答。

老外董事长缓慢地走上楼梯，王晓农端着笔记本电脑，走在老外董事长的后面。

老外董事长时不时地转一下头，好像想对王晓农说些什么，但欲言又止。

王晓农的上司是财务总监，他和这个老外董事长是没有说话资格的；况且他现在非常别扭地捧着孙启一的笔记本电脑，心情复杂，也不想多说什么。

就这样，从一楼通往三楼的楼梯，王晓农一直走在老外董事长的后面，这是他走过的最漫长、最尴尬、内心最受煎熬的一次楼梯。

原来，老外董事长带来的那个陌生人是一名律师，专门来和孙启一谈判并签署协议的。王晓农也是后来才知道，这是孙启一在"家美"的最后一天。理由是，他拒不交出以个人名义申请的专利，惹怒了老外董事长。

这天，总部还派了人跟踪孙启一，看他是否有异常举动。这真是让王晓农大跌眼镜。

老外董事长随即召开了主管及以上管理人员会议，向大家公布了孙启一的"恶行"：

"专利是公司的财富，它是属于公司的，而不是属于个人的。我们不能允许别人拿着公司的专利来要挟我们。孙启一的行为已经严重侵犯了公司的利益，而且他还屡次不配合公司，阻扰公司战略的执行。因此，我们不得不做出让他离开的决定……"翻译人员翻译了老外董事长的讲话。

对孙启一的处理，既让孙启一名誉扫地，也大大触动了老"家美"人的内心，打击了老"家美"人的工作积极性。"什么时候轮到自己？"是老"家美"人心中的忧虑……

## 2、生产架构调整

覃胜华接任副总职位，主管生产、质量以及公司的日常运营管理。因王晓农在总经办经理的岗位上做过，又和他在华为培训时相识，覃胜华打破了股东变更后新的组织架构，让王晓农做他的助理，推行他布置的工作。

这样，王晓农除了向财务部张悦汇报工作之外，又要向覃胜华汇报工作。

有一个星期，王晓农又在外面参加培训，直到星期六才回来。

星期天早上7点钟不到，覃胜华就给王晓农发了信息，要他通知喷粉线组长上午把生产线开起来。

原定计划是星期天休息，但星期六晚上临时接到订单需求，覃胜华要求喷粉线星期天加班完成。

王晓农打电话给喷粉线组长，希望他召集人员，把线开起来。

喷粉线组长叫黄峰，此时他还在床上没起来。他对王晓农说："王经理，你跟戴经理说一下吧，不要为难兄弟。"

喷粉线是由生产三部戴军领导，黄峰自然是要听戴军的安排。王晓农想想也对，马上拨了戴军的电话，但是戴军没有接电话，拨了好几次都没有接。

由于是副总覃胜华安排的任务，王晓农不敢怠慢，连忙又打了生产副总监蔡艳的电话，希望她可以安排黄峰，或者她可以联系上戴军，让戴军安排工作。

"这么早打电话干嘛呢，还让不让人休息了？"

"我怎么能绕过戴经理去联系黄峰？你自己去找戴经理。"蔡艳回答道。

戴军家不远，王晓农还真想去他家找他。

想了想，王晓农转而又打电话给黄峰，希望他可以把线开起来，但是黄峰已经不接电话，信息也不回。

覃胜华急着问王晓农有没有安排好，王晓农只好把情况告诉覃胜华。

覃胜华让王晓农直接联系喷粉工，只要把线开起来，人员他可以从其他地方抽调。

于是王晓农又联系了喷粉工，顺带打听黄峰的住处。因为王晓农查了宿舍名单，黄峰并不住在公司宿舍里。

喷粉工又说要问了组长才能开线，他没有接到组长的通知。

问题又回到了找组长黄峰上面，但是黄峰一直没有接电话，这下可让晓农犯了难。

王晓农想起来，以前有一个喷粉线组长，现在是新厂油漆线夜班的班长，对喷粉线应该也还是了解的，而且他是住公司宿舍的。

王晓农马上给他打了电话。

但是他表示刚上完夜班，头胀痛得不行；而且离开喷粉线有点久了，有些工艺已经变更，他现在也不是特别熟悉。

王晓农跟他说只要把线开起来就回来休息，还安排人去宿舍找他，但他还是不愿意去。

时间一点点过去，王晓农重复地打着黄峰、戴军、蔡艳的电话，但是没有一个人接；王晓农重复地给他们发信息，但是也没有一个人回复。

眼见着时间快要到中午了。

王晓农把联系的情况告诉覃胜华，覃胜华非常恼火。他告诉王晓农，这个事情非常严重，他必须要处理！

从覃胜华的口中，王晓农才了解到，他星期六晚上已经亲自打电话给戴军，但是戴军没有接电话，也没有回复。

王晓农预感到了一种非常不妙的情形。

想来想去，王晓农给牛总发了一条信息，希望能借助牛总，劝劝戴军。

"牛总，有个事情我不知道该不该讲。今天早上覃总让我协调喷粉线开线，我从早上联系到现在都叫不动。今天这个事情会对几个领导不利。"王晓农写道。

王晓农指的领导就是蔡艳、戴军等原"家美"的管理人员。

不一会儿牛总给王晓农打来了电话。

"王晓农，你不能覃胜华说什么你就做什么，有时候你也要向他解释一下；双方之间要做好沟通，员工也是人，他们也是要休息的……"

牛总足足给王晓农说了 20 分钟，最后也没有收到王晓农想要的结果。

牛总之前是老板，要求管理干部要有良好的执行力；在加班方面，之前订单紧张的时候，让员工晚上加班到半夜，连续一个月不休息，甚至过年的时候都在公司上班。现在把企业卖了，牛总说话的意味明显就变掉了。

所谓"屁股决定脑袋"，人的立场变了，自然想法也就变了。

既然没有结果，那也没辙。最后覃胜华联系了另外一家企业，从"家美"把半成品和吊具拿过去喷粉，争取通宵把产品喷出来。王晓农还去了公司，找出吊具存放的位置，装车过去。

果然不出王晓农所料。第二天上午，覃胜华召开小范围电话会议，王晓农、张悦参加了会议，还有一个总部派驻"家美"的人也参加了会议。

覃胜华打算调整组织架构：取消生产三部经理戴军对浸漆、喷粉和老厂铆接三个区域的管辖权限；取消生产二部经理牛少强对铁架组装和头枕组装两个区域的管辖权限；提拔总部派来的几个新人担任这些区域的核心岗位；同时，笼络生产一部经理褚新忠，提拔他为高级经理，试图分化几个老"家美"人。

这里涉及到了生产二部经理牛少强，因之前未能按要求完成生产任务，也让覃胜华不满。

覃胜华把拿掉的戴军和牛少强的几个管辖区域整合新成立为生产四部，提出暂由王晓农担任生产四部经理。

虽然王晓农没有管理过生产，但是覃胜华有这个想法，他觉得这算是对他的一种信任，也就欣然接受了。

覃胜华要求王晓农通知，在下午召开班组长以上领导会议，公布组织架构的调整。

王晓农赶忙草拟了组织架构调整通知，并怀着忐忑的心情在大会上宣读了这份通知。

会上班组长以上人员都到场，戴军、牛少强、褚新忠几个人也都在。

张悦事先已交代王晓农不要给大家讨论的时间。因此，王晓农宣读完这份通知后会议就结束了。

　　会上大家都默不作声，没有出乱子；但王晓农知道，表面之下的涌动已经开始了……

## 3、内心承压

　　宣布组织架构的当天晚上，王晓农本想和牛少强、戴军碰个面，了解一下工作上的问题，好做个交接。但王晓农在牛少强和戴军的办公室并没有找到他们，给他们打电话、发信息也都没有回。王晓农只好独自召集四部各组的班组长，安抚他们，让他们树立信心，继续好好工作。

　　第二天一早，王晓农到组装车间，了解生产情况，刚好牛少强也过来了。

　　王晓农忙打招呼："牛经理你好……昨天想和你了解一下工作情况，但没有找见你……这个事情来得有点突然，我也是想和你解释一下……"

　　"你是个傀儡！别太得意了……我没想到被自己人给伤到，而且伤得一点都不留面子！"牛少强气氛地说道。

　　"牛经理，我只是命令的执行者，况且我也只是在会上念了一下'通知'而已，哪怕是黄明杰来念，结果不还是一样的吗？"王晓农说道。

　　"在公布之前你难道不能告诉我们一下？"牛少强反问道。

　　"星期天我跟蔡艳、戴军打电话、发信息，最后都是没有回复的，这种沟通结果叫我怎么告诉你们？况且，我已经跟牛总说了这个情况。"王晓农回答道。

　　"那这跟我有什么关系，为什么要弄到我的头上？"

王晓农不知道该怎么回答，"这个我就不清楚了……"

"做个男人要有点骨气，你就是一个汉奸！"牛少强骂道。

"牛经理，现在股东变了，我们拿的是新股东的工资，执行新股东的命令有什么错？"王晓农继续说道，"现在是牛总离开了我们，而不是我们离开了牛总！如果牛总在，我也会执行牛总的命令！"

"你不要提牛总！牛总真是白培养你了！"

说完，牛少强拂袖而去。

作为牛忠强的妹夫，牛少强显然已经成了牛忠强在家美机械的代言人，极力维护牛忠强。

王晓农心里明白，这一切结果的始作俑者就是原"家美"的老板牛忠强，他转手把企业一卖，赚了一大笔钱，落得个清净；留下一群"前朝遗老"，无所适从。

至于牛少强讲到的"培养"，或许个人在企业里面是有成长；但是，从经济学的角度讲，员工和企业之间是交换关系。王晓农认为自己为牛忠强做了那么多事情，却只拿到微不足道的收入，这是很不公平的。他这个总经办经理的职务也是只有责任、没有利益的二级、三级经理，收入和职位严重不对等。所以，王晓农对牛忠强是有怨气的。

牛忠强已经离开了家美机械，按理，大家都应该拥护新股东，以保住自己现有的饭碗；但是新股东进入之后，变化剧烈，并且使了一些手段，让原本"单纯"的"家美"人，特别是原生产部的管理层，抱团抗拒。

对于新股东的行为，王晓农保留自己的意见。可是，就像王朝更迭一样，只有往前走才有出路。王晓农想到过三国时的吕布，吕布被称为"三姓家奴"，受人唾弃；但自己是被动地接受新股东，算不上什么"三姓家奴"，因为是牛忠强离开了"家美"，而不是自己弃他而走。

牛忠强准备另做项目。牛忠强曾试探过王晓农，问他未来的打算。王晓农明确告诉他，现在由于经济的不确定性，自己还是想在"家美"先做着。

王晓农知道，牛忠强很可能以同样的方式，去试探老"家美"这批管理层的其他人员，他们是非常有可能答应将来继续聚集在牛忠强的"麾下"做事。

随着外资股东控制的加深，王晓农和老"家美"管理层，特别是生产上几个领导的观念分歧越来越大，最终形成了对立的局面。

后来，王晓农发现戴军和牛少强把他列入了黑名单，手机信息发不过去。蔡艳，有事打她电话也不再接了。虽然她名义上是生产部副总监，但实际上却是跟在几个生产经理后面亦步亦趋。王晓农知道，自己占了戴军和牛少强的地盘，伤害到了他们的颜面，令他们对自己心怀不满。

自从生产组织架构调整开始，蔡艳名义上成了王晓农在生产上的领导。王晓农明显地感觉到蔡艳对自己的刁难，诸如生产报表的填写、生产问题的整改等。蔡艳还让王晓农替她组织王晓农不参加的会议，让王晓农拟写公司层面需要她自己提交的一些内容，俨然把王晓农作为她的私人秘书在使唤。

而生产一部经理褚新忠见到王晓农，威胁道："你要注意自己的行为，不要做得太过，家在安宁镇本地，跑不了的，别到时候搞得家里不安宁！"

有一次，王晓农通知机修工做个事情，褚新忠得知后在电话里把王晓农大骂了一通："你就是个'猪头'，谁让你绕过我联系机修工的？"

王晓农气得直挂电话。

"我也是为了工作……"王晓农心里想着想着，委屈的泪水在眼眶里一直打转……

采购部经理杜国忠也站在褚新忠他们一边，虽然他平时配合王晓农的工作，但经常会在开会的时候给王晓农放冷枪，暗示王晓农在生产管理上缺乏经验。

黄明杰作为人事行政部的经理，仍旧维系着两边的关系。他成了双方唯一还可以沟通的桥梁。

王晓农被孤立，内心压力很大。他不知道以后该如何开展自己的工作，心情跌落到了低谷。他甚至怀疑自己还能否在"家美"待下去……

# 第三节、斗争激化

1、被恫吓

"家美"被收购以后，除了人员的调整外，还要对公司的所有电脑和网络进行重新设置，确保总部可以控制"家美"的每一台电脑。

王晓农的电脑也被进行了设置。他平时没做什么亏心事，电脑里面也都是正常的工作资料。"身正不怕影子斜，动就动吧。"王晓农心里想着。

这个做法显然是对"家美"机械所有人员缺乏信任感的一种表现，但这是公司行为，大家只能接受。

有一天，IT人员准备对第二批电脑进行调整设置，这其中就包括生产部牛少强的电脑。

IT人员进入牛少强办公室，牛少强不在，但是电脑开着，没有设置登录密码。

IT人员直接在牛少强电脑上进行了操作。

牛少强发现电脑被动过后大怒。

他来到王晓农办公室，踢开了门，一只手端着茶杯。

王晓农见牛少强过来，马上从座位上站了起来，示意牛少强入座。

"谁允许你们动我电脑的？谁动的，你把他叫过来！"牛少强大声喝道。

"牛经理，你也知道，当时老外调整组织架构的时候，IT部门是由财务总监张总负责的，不是我负责的。"

"不过，我可以把IT人员叫过来。"王晓农继续说道。

"你和我一起去张悦办公室，免得让人说我欺负一个女人。"

牛少强说道。

王晓农没辙，只好领着牛少强去了张悦办公室，并向张悦解释牛少强的来意。

还没等王晓农解释完，牛少强马上用他的茶杯敲了桌子，并大声反问道："张悦，你到底想做什么？想弄我？"

"没有人想要弄你啊。"张悦反驳道。

"那为什么要动我的电脑？"牛少强继续问道。

"这是公司规定，所有人的电脑都要进行设置，我的电脑也进行了设置。"张悦回答道。

"你要搞清楚我的电脑是不是公司的电脑，再来动好不好？"

牛少强的这话让张悦感到一头雾水。

王晓农后来才得知，牛少强的电脑是当时牛忠强办企业的时候，他自己买的，已经有好几年了。

"想弄我，我不是好惹的！"牛少强像一头野兽，瞪大了眼睛，凑到了张悦身边，好像要把张悦吃了似的，而一只手仍旧端着他的茶杯。

"不要靠近我！"说着，张悦推了一下牛少强。

"你还想打我？"

牛少强伸出了一只手要去打张悦，王晓农赶忙拦住牛少强，但为时已晚，牛少强已经把张悦的眼镜打掉在了桌上；而张悦条件反射似的，把牛少强的茶杯打翻在地。

"把我的茶杯捡起来！"牛少强大声冲张悦吼道。

"牛经理，我来捡。"

王晓农说着，赶忙从地上捡起了茶杯。地上洒了一滩水，张悦的桌上也溅满了水渍。

张悦脸色铁青，一言不发，正在用纸擦着她的眼镜。

王晓农怕再搞出严重的后果，推着牛少强一直往门口挪，劝他先回去。

"你明天给我一个解释，为什么动我电脑？"牛少强指着张悦，在王晓农的阻挡下退出了财务部办公室。

王晓农赶忙叫保洁阿姨对张悦办公室进行打扫。

而张悦一时不知所措，待牛少强走远后，离开办公室朝洗手间走去……

这个场面，王晓农非常尴尬，他以前从来没有遇到过。财务部的其他人员也都在办公室，见证了这一幕。

王晓农回到自己的办公室，心情久久不能平静。

不一会儿，王晓农看到牛少强再次来到办公楼，朝他的办公室走来。

牛少强进来后，拉开一张椅子坐下。

王晓农起了身，又原位坐下。

"王晓农，我想我还是得和你聊一下。"牛少强说道，话语比刚才柔和了很多。

"好的，牛经理，你说。"王晓农回应道。

"他们这些人手段太阴险，算是让我们好好学习了一回。"

"本来是想好好带他们熟悉公司，走上正轨，现在看来是不行了，想弄我，真不知道自己几斤几两！"牛少强继续说道，"他们要搞搞清楚，我是这里的房东！我明天就可以把这里的门换了，我随时可以让他们走！"

王晓农静静地听牛少强说着。牛少强说得没有错，现在的"家美"已经成为了一个"租客"，因为他们只租用了牛忠强的厂房，并没有买下厂房和土地。牛忠强从"家美"的老板变成了"家美"的房东，而他的妹夫牛少强，自然是他在"家美"的代言人。

关于外资方并购时的手段，王晓农也是见识了。以前的王晓农，思想单纯，从不与人勾心斗角；没曾想到，他竟然被卷入了一场争斗，让他实实在在地感受到了人心的复杂。

"他们在这里是待不久的，迟早是要退回他们总部去的。你要想清楚，以后站在哪边！"

说完，牛少强离开了办公室。

王晓农心情复杂，他真的很想抽身，远离争斗，再找一个清净的地方重新开始自己的工作；可仔细想想，自己在"家美"干了4年多，如果就这样走了，什么都没得到，岂不冤屈……

王晓农的内心一直煎熬着，不知道未来的日子该如何自处……

## 2、房东和房客

牛少强一句"我随时可以让他们走"，让王晓农如梦初醒。

牛忠强是房东，家美机械只是租用他的厂房，只要房东刁难一下租客，租客可就有的受了。

王晓农非常清楚，牛忠强在的时候，家美机械在管理上存在很多问题，在安全和环保方面也有不合规的地方。如果这些问题影响到了牛忠强的利益，家美机械势必会受到责难。王晓农预感到，以后双方肯定会有越来越多的冲突。

家美机械租用了牛忠强两块厂区，一块是老厂区，另一块就是王晓农一手办理手续而完成的新建厂区中的一个钢结构建筑厂房。当时新建厂区项目的名字也叫"家美机械"，但由于跟外资合作，"家美机械"这个名字现在已经属于外方。

对这个新厂房，王晓农付出了太多的精力。从立项到施工，从结算到验收，再到房产办理，他全程参与，历时两年半的时间才完成。

可牛忠强对王晓农为新厂房建设的付出没有任何一丁点的表示，最后只有"辛苦了"三个字。这让王晓农耿耿于怀。

牛忠强在新厂房的另一栋建筑里新办了一家企业做智能家居。

令王晓农没有想到的是，他把当时离开"家美"的汪海洋重新招回做他的办公室主任！

当时因牛忠强看重汪海洋身上的一股"匪气"而招至麾下；又因汪海洋"不接地气"而使其承压离开。现在牛忠强重新建厂，因无人可用而复用汪海洋。

汪海洋来后，"家美"和房东的紧张关系马上显性化。汪海洋做的第一个动作就是策反"家美"的保安成为他自己的保安！

这些保安都是当年汪海洋招进来的，凭借着原先的上下级关系，以及加薪的诱惑，汪海洋成功策反了他们。"家美"在新厂区的大门，从原本扼守"家美"一厂安宁的屏障瞬间变成了时时受人牵制的枷锁。从此，"家美"员工进入新厂区都受制于汪海洋保安的管理。这让覃胜华、张悦和黄明杰大怒不已，但暂时又没有办法。

有一天，覃胜华来到新厂区，到达门口，示意保安开门让他车子开进去；但保安表示未登记车辆不能进入厂区。覃胜华只好把车子停在厂区外再走进去。

这事搞得覃胜华很不爽，他一状把汪海洋告到了老外那里，老外又写了一封长长的邮件给牛忠强。

汪海洋得知被告状，大为不满，更加肆无忌惮地对"家美"进行"管理"。

"家美"所租厂区内，特别是老厂区，场地狭小，再加上叉车驾驶员的不规范操作，到处磕碰，不是撞到了柱子，就是撞坏了消防箱；不是撞坏了马路牙子就是撞坏了卷帘门。甚至有一次一个叉车工夸张地把叉车开进了电梯，导致电梯损坏。汪海洋发过来一张张《联络函》，要求家美机械对被损坏的所属房东的消防箱、柱子、马路牙子、卷帘门等限期维修好。

有一次，汪海洋提出家美机械当前使用的老厂区钢结构平台柱子弯曲，存在安全隐患，要求公司停产整顿；如果不限期整改，房东就关闭钢结构平台，停用电梯，并封锁过道。

这个钢结构平台是牛忠强当时搭建的一个违章建筑，上面安排了组装和喷粉两道工序。这样，一层就变成了两层，增加了空间利用率。厂房一楼和二楼之间有货梯上下。

王晓农以前一直在车间检查，有发现平台柱子弯曲的情形，当时通知相关部门整改但没有反应；现在牛忠强把厂给卖了，反而紧紧抓着这个问题不放。

王晓农把这个事情汇报给了覃胜华。覃胜华表示停产的事情他不能做主，这需要老外和牛忠强沟通；另一方面，王晓农通知相关部门转移楼上物料，并在一楼钢平台下增加支撑柱。

还有一次，公司IT人员叫外面的单位来新厂区安装门禁。安装人员在钢柱上才打了两个螺丝，就被汪海洋发现后叫停，并要求家美机械把那两个孔封上，IT和安装人员手足无措，把这个事情告知了王晓农。

汪海洋叫停的理由是，家美机械安装门禁没有事先告诉房东，先要出安装图，等房东同意后才能安装。

跟房东沟通的事情是王晓农在负责。王晓农心里生气，但也只得打电话给汪海洋，让他姑且同意了这次，承诺以后有类似的情况肯定先跟他申请。可汪海洋说不通，就是不同意。

王晓农没辙，最后只好让安装人员画了安装图给汪海洋；汪海洋又汇报给了牛忠强。但左等右等，安装人员足足等了3个小时，才得到房东允许安装的通知。汪海洋竟然还说是看在王晓农的面子上才同意的；以后如没有事先申报，房东是断然不会答应的。

王晓农心里很火，打个螺丝还要申请，以后事情还让不让人做了？

和房东之间的紧张关系，严重影响了"家美"人员的心情和正常生产，如何能够化解矛盾，还尚未看到一个合理的解决方案……

## 3、过渡经理

和房东之间的紧张关系，令王晓农闹心；而且他又兼任了生产四部经理，不得不关心生产上的事情。

关于被任命为生产四部经理的事情，王晓农后来知道，这是总部设的一个局，他只是一颗棋子。

戴军手下曾经有一个主管叫温晓辉，是"家美"的老员工，后来不受戴军待见，慢慢被排挤，于2020年上半年离开了家美机械。

没曾想，温晓辉和收购"家美"的股东高层有过往关系，他离开老"家美"后进入了现在"家美"的总部，并和现在"家美"的总部高层密谋挤掉戴军，"拆分掉生产三部而成立生产四部"就是其中的一步。为了避免让"家美"老员工过分猜忌，覃胜华便让王晓农暂任生产四部经理；而王晓农只是个过渡经理，他是在替温晓辉铺路，只要时机一成熟，温晓辉就可以任四部经理。

此时，王晓农才明白当时牛少强跟他说的"傀儡"二字的含义。原来他们老早已经知道了总部对温晓辉在"家美"的部署。实际上，在宣布组织架构的第3天，温晓辉就洋溢着笑容重新回到了"家美"，并担任生产四部副经理一职。

温晓辉过去在老"家美"人眼中并非能干之人，油嘴滑舌，爱搞小聪明。王晓农还听采购部杜国忠说他和供应商之间有一些不正当的利益关系。因此老"家美"人对他评价不高。

王晓农是一个洁身自好之人，和温晓辉绑定在一起，让他感觉自己受到了玷污；而且是为了给温晓辉铺路，他受到了老"家美"人的质疑和攻击，他觉得真是不值。但事已至此，他没有办法，只能接受。

随着公司销售订单的大幅度增加，产能压力和物料供应压力越来越大。

王晓农直接管辖的组装车间时常缺物料，而且操作人员不足，无法正常完成销售订单任务；而销售部不断地催促生产，王晓农面临巨大压力。

不巧的是，之前负责铁架组装车间的主管因家里有事请假回家，一拖再拖，迟迟不回来，这更让王晓农的处境雪上加霜。

面对这样的压力，王晓农一方面自己跟进采购部确保物料供应；另一方面开会鼓励员工为了产能目标增加工作时间以多组装产品，并进行产能奖励补贴；同时，在人事部黄明杰的协助下，紧急使用了十几名劳务工开了夜班。

即使这样，也只是刚刚好满足当天的发货需求，时间非常紧张。只要任何一个环节出了问题，就无法保证正常出货。

这段时间，王晓农早上一上班就去组装车间，了解组长当天的工作安排；晚上也要去车间了解白班和夜班的交接情况以及人员到位情况；还要时刻关注物料供应情况。

有一次，有一种组装用的管件塞在角落，而且是叠放在底层，组装车间员工用的时候，得用手去一根一根掏出来。上下层箱子之间的缝隙很小，手只能勉强拿到箱子里面靠边上的管件，箱子中间的管件根本就拿不到。

由于场地受限，叉车和液压车没法进。叠在上方的箱子都装满了其他规格的物料，都是铁的东西，非常重，没有办法拿下来。但组装马上要用，这可急坏了王晓农。

后来实在没辙，王晓农召集人员把叠在上层箱子里面的物料一根一根转移出去，然后几个人把空箱子抬了下来，这才解决了问题，只是太耗费人力和时间。

王晓农把大部分的时间都放在了组装车间。因生产四部的喷粉、浸漆和老厂铆接几个小组实际是温晓辉在管理，他关注较少。

但是这几个小组也很不省心，常常被人指摘。

如占用过道，堵住消防栓。这是王晓农在总经办时要求生产部门改善的问题点，现在自己管辖的小组也做不到而被人投诉，真是打了他自己的脸。

如被指私藏工件。老厂区和新厂区都有铆接线，新厂铆接由生产三部戴军管理。因上道冲压工序产量有限，两厂的铆接经常哄抢冲压出来的工件。有一次，生产一部经理褚新忠在会上指责老厂铆接线员工私藏工件，讲得振振有词。王晓农没有证据反驳，只得打掉牙齿往自己肚子里咽。

如此种种……

2020 年 10 月 29 日上午，黄明杰通知王晓农参加安全会议。王晓农当时有点懵，不知道所谓何事。他后来才知道，喷粉线昨天晚上着了火，并烧穿了钢结构顶棚！

覃胜华、褚新忠、牛少强、杜国忠、黄明杰和王晓农等人参加了会议。

会上，褚新忠、牛少强、杜国忠轮番对这起事故进行了指责，都表示这完全是管理不善导致的起火。

会上，褚新忠说："专业的人做专业的事；生产管理者要勤下车间，不能高高在上！"

王晓农明显感觉到这是针对他说的。

王晓农心里委屈，但他名义上管理着喷粉线，无法推脱责任。

会上一圈下来，都是针对管理不善的问题进行讨论和追责，王晓农的内心波澜起伏，无法平静。

王晓农说道："褚经理说得对，'专业的人做专业的事'，我之前确实没有做过生产管理，这方面缺乏经验，这次起火我负有不可推卸的责任。因此我向公司申请辞去生产四部经理的职务，覃总……"王晓农看着覃胜华，希望他可以同意。不过，覃胜华转移了话题，表示这是在开安全会议，这个事情不做讨论。

会后，王晓农觉得，自己确实没有那么多精力管理生产。辞去生产四部经理这个职务，也算是一个解脱；而且这样做，也等于是跳出了总公司设的这个局，可以不用承受那么多的心理负担。

人事部黄明杰事后在通报这起事故时，写明了"王晓农辞去四部经理一职"，这个事情才算尘埃落定。

后来，组装车间便由温晓辉负责管理。

王晓农这个过渡经理只做了不到 2 个月的时间。对于他来说，这是一个悲催的事情，也是一个注定的结局。在这个局中，他只是一颗棋子。王晓农只是感慨，不曾想，自己是以这样一种不体面的方式来辞去生产四部经理这个职务的……

# 第十章、博弈

# 第一节、调薪

1、颜面扫地

自从牛忠强退出、外资完全接手家美机械后，老外为了稳定原公司的一班"旧臣"，承诺会给大家加工资，但是，是不是所有人都加，加多少，并没有明确说清楚。老外当时也承诺了原有的组织架构不作调整，但事实证明，不论是孙启一的离职，还是生产内部的岗位职责调整，都充满了腥风血雨和人性的黑暗，让家美机械的一班"旧臣"很难相信老外的承诺。

家美机械的调薪一般都是在上半年进行，这次由于并购的关系，迟迟没有调整，但初步的方案各部门已经提交，并汇总到了王晓农这里。

王晓农在人事行政部的时候一直负责薪资核算工作。由于薪资核算工作的保密性，他转入总经办后这个职责也跟着他进入了总经办；哪怕是在张悦手下，这个职责也还是没有改变。张悦甚至还让他去柜台发工资，避免在财务部留下工资明细的痕迹。

拿着这份薪资调整表，王晓农看到职能部门普通员工的薪资调整情况已经定了下来。王晓农的名字也在表上，张悦把他的月工资标准从 6500 元调整到了 8000 元，但表上没有其他老"家美"管理人员的工资调整情况。

王晓农有一点点喜悦，毕竟自己的工资有所提高了；但是这种喜悦也不那么强烈，因为他知道，他和其他几个经理的工资相比还是有很大差距。

王晓农也有一点纳闷，为什么没有其他老"家美"管理人员的调薪情况？难道是不给他们调了？他不得而知。

时间到了8月份，老"家美"管理人员的调薪情况终于浮出了水面。

采购部经理杜国忠的工资由10000元调整到13000元；生产部副总监兼计划部经理蔡艳的工资由9000元调整到10000元；生产一部经理褚新忠的工资由10000元调整到13500元；生产三部经理戴军的工资由10000元调整到11500元；黄明杰的工资由9000元调整到9500元。

王晓农发现没有生产二部经理牛少强的名字。

组织架构调整削弱了牛少强的管理权限，导致牛少强对王晓农怀恨在心，删除了王晓农的联系方式；而王晓农也不认同牛少强这个人。但不管怎么说，为避免不必要的麻烦，王晓农还是要把这个事情弄清楚的。

王晓农问了财务总监张悦，张悦的回答是，覃总已经和牛少强谈过，这次薪资不作调整。

既然有了张悦的答案，王晓农也就释然了。

可是事情并没有那么简单。

王晓农在柜台刚发完工资，手机电话铃声就响了起来。王晓农从口袋掏出手机，一看，原来是牛少强的电话。他心里一怔，自从牛少强把他的联系方式删除后，就从来没有联系过他。

"牛经理。"王晓农接通了电话。

"我的工资为什么没有加？"牛少强反问道。

"牛经理，听财务张总说覃总有和你谈过，具体细节我也不太清楚。"王晓农回答道。

"好的，我知道了！"牛少强利索地挂了电话。

王晓农有点担心，凭牛少强的性格，肯定又有什么事情要发生了。

平时老外不在，覃胜华就在总经理办公室办公，王晓农就坐在总经理办公室边上。

王晓农看到牛少强端着茶杯，哼着小曲，悠然地走进了总经理办公室，覃胜华刚好在和一个客人谈事情。

"覃总，有客人啊，那我先在沙发边上坐一下。"

没等覃胜华回复，牛少强就一屁股坐在沙发上，把杯子用力在茶几上一放，发出重重"咚"的一声，然后翘起了二郎腿，点起了烟，背向后靠在了沙发上。

覃胜华见状，连忙起来给牛少强拿了一瓶矿泉水过来，说道："牛经理，你先坐一会。"

覃胜华继续和客人谈着事情。客人是一个钢材供应商。

牛少强则坐在沙发上吞云吐雾。

正当覃胜华和客人谈得正在兴头上时，牛少强突然来一句："你们说得不对！"

覃胜华和客人眼睛齐刷刷地看向牛少强，表情愕然，兴致一扫而空。

"那先这样吧，我们有机会再聊。"覃胜华送走了客人。

客人走后，牛少强起身来到覃胜华面前，质问道："为什么不给我加工资？"

"牛经理，上次跟你谈过，年末不会少你钱的，过去牛总私下给你的钱我们也会考虑，关键是你要认同公司，做好自己的工作。"覃胜华回答道。

"年末一分不能少，老外承诺加的工资也必须得加，为什么就我不加？"牛少强反问道。

此时，办公楼一侧暗流涌动。褚新忠、戴军、杜国忠躲在角落窃窃私语。看到这个阵势，王晓农手心里捏了一把汗。

"小覃总，'家美'是我跟牛总一手'带大'的，你算什么？你有什么资格不给我加工资？"

"小覃总啊小覃总……"牛少强边说边摸着覃胜华的后脑勺。

"牛经理，我知道你经验丰富，公司以后还是要仰仗你的。这样吧，给你每月加1000块钱工资。"

"好的，那就谢谢覃总了，不要拖，两天之内给我补上。"说完，牛少强拂袖而去。

牛少强见到褚新忠几人，暗暗说道："他覃胜华敢不给我加工资？不给我加工资，老子就叫他滚回老家去！"

事情总算平息了，面对牛少强的嚣张，覃胜华无可奈何……

## 2、"逼宫"

牛少强这个人不是好惹的，王晓农已经领教过了。王晓农不想和他有太多的接触，但有时候事情并不能如愿。

有一天，人事行政经理黄明杰拿来了一张调薪单，都是生产二部几个组长、副组长的工资调整申请。

"王经理，现在你算工资，你看一下他们的申请是否合理，这个调薪单到时候你给覃总吧。"

"好的，黄经理。"王晓农回答道。

生产二部原来管辖4个小组，分别是底座组装组、铁架组装组、头枕组装组和焊接组。组织架构调整后，生产二部只剩卜底座组装组和焊接组。生产二部经理牛少强的权力被削弱，但就这两个小组，牛少强竟然在每个组各安排了一个组长和两个副组长！

这次调薪申请的就是这6个人。

王晓农一看，申请组长的工资从27元/小时提高到30元/小时；

申请副组长的工资从 25 元/小时提高到 28 元/小时。王晓农是负责工资薪酬的，他知道，调整后的工资比其他各班组的组长和副组长的工资高了不少；而且，两个小组这么多副组长，王晓农觉得人员配置上是一种浪费。

家美机械的薪酬制度还不健全，各个部门都有各自的算法。生产二部组长和副组长的工资是按小时计算的，生产部其他各班组有按小组平均工资系数计算的，也有按基本工资加加班工资计算的。不过，最后都可以用月收入除以出勤小时数来得出小时工资。所以，各小组的工资还是可以比较的。

王晓农心中已经有了自己的主意。虽然上面有牛少强和蔡艳的签字，但他不同意这次工资调整。

王晓农向覃胜华汇报了这个情况，并表达了自己的观点，因此覃胜华没有在申请单上签字。

临近工资发放的前几天，牛少强给王晓农打来了电话。王晓农知道，牛少强来电话不会有什么好事情。

"王晓农，二部几个组长、副组长的工资调整申请公司批准了没有？"牛少强问道。

"牛经理，这个工资调得太高，覃总没有批准。"王晓农回答道。

"这样啊，那工人到时候闹起来我可管不了的……"

说完，牛少强就挂了电话。

王晓农预感到又有事情要发生了。

王晓农连忙给新招的生产总监打电话，让他来总经办商量这个事情。

公司新招的生产总监叫毕险峰，年纪比王晓农大 1 岁，来公司才两个月。

"毕总，生产部其他组长的小时工资都在27元/小时以内，其他副组长的小时工资都在25元/小时以内。二部的工资申请高了，不能批。"王晓农说道。

"我大概了解了情况，牛少强是代表房东利益的，而且现在情况复杂，他现在暂时不能得罪，我们先要着重解决戴军的问题。"毕险峰说道。

戴军是生产三部经理，因不执行覃胜华的命令，被覃胜华大幅削减了管辖权限。戴军不认新来的生产总监，毕险峰想把他拔除掉。

"但是我们也要让二部员工知道，加工资也不全是他牛少强决定的。我们可以把这几个组长的小时工资从27元调整到29元，把副组长的小时工资从25调整到27元，比他申请的小时工资各降1元。"毕险峰继续说道。

王晓农点了点头。

说着，毕险峰磨起了咖啡。

咖啡机是公司专门拿来招待客人用的，放在了总经办。王晓农对咖啡没有兴趣，咖啡机一直在那里闲置着。

不一会儿，办公室充满了浓浓的咖啡香味。毕险峰悠然自得地喝了起来。

"毕总，如果员工上来看到我们在喝咖啡，那可不好。"王晓农提醒道。

还没等毕险峰说话，王晓农就看到一排人朝他的办公室走了过来。王晓农认识他们，他们就是二部的几个组长和副组长，总共6人。

王晓农看了下手机，才下午1点30分，他们是放下了工作来的。

他们进了王晓农办公室。

"我这边办公室小，我们一起去会议室吧。"王晓农招呼他们去会议室。

毕险峰是他们的上司，王晓农让毕险峰主持和这几个人开会。

"我初来乍到，对各位还不是很了解，大家先做个自我介绍吧，日后还需要大家多多支持。"毕险峰向大家说道。

"我叫陈波，是底座组装的组长。"

"我叫王海清，是底座组装的副组长。"

"我叫沈忠宜，之前是头枕组装组的副组长，现在调到了底座组装组做副组长。"

"我叫梁全十，是焊接组的组长。"

"我叫张峰，是焊接组的副组长。"

"我叫罗显彪，之前是一名电焊工，现在是焊接组的副组长。"

大家一一介绍完毕。

底座组装组的陈波代大家问道："之前牛经理答应给我们加工资，呃……不知道这次有没有加？"

陈波个子高高的，戴着一副眼镜，他人很朴实、吃苦能干。夏天二楼钢平台上面非常热，他带领他的小组一直坚持着熬了过来。

"今天很高兴认识大家，我了解了一下这个情况，公司不是不给你们加工资，只是公司对不同的岗位有不同的工资标准，我们不能超出这个标准。但是今天我们也商量了，考虑到底座组装夏天非常热，电焊车间有烟尘和光污染，大家管理非常辛苦，因此公司可以额外增加2元/小时作为大家的考核工资，整个月工作上如果没有什么异常，组长的工资就是29元/小时，副组长的工资就是27元/小时，大家看一下有没有问题？"

大家沉默了一会儿，没有作声。

"大家放心，一般情况下是不会扣大家钱的，除非发生了重大的安全和质量问题。"毕险峰补充道。

大家互相看了看，没有表示异议。

……

事后王晓农把这个情况汇报给了覃胜华。"木已成舟"，覃胜华也不得不同意……

### 3、莫大权力

过去由于牛忠强对几个生产经理的信任，为了方便生产管理，给予了他们莫大的权力，包括对部门内部员工工资的决定权。同样是基于对牛忠强的责任心，几个生产经理在工资方面的把控还是比较有节制的。

但是经过这次并购，以及牛忠强和孙启一的离开，这几个生产经理的心态发生了巨大变化，他们原先被压抑的能量瞬间被释放了出来。过去事事以家美机械利益为出发点，现在则不然。

工资问题上除了生产二部搞的这一出，生产一部的工资也是令王晓农头疼的。

生产一部经理是褚新忠，他管辖分条、冲压、模具维修保养、设备维修保养和去锐几个小组。"分条"是指从外面买进大钢卷，通过设备把它分成符合生产需求规格的小钢卷；"冲压"是指通过冲床设备，把钢卷冲成产品所需的零件，在"家美"称之为"工件"；"模具维修保养"，顾名思义，就是对冲床上使用的模具进行维修和保养；"设备维修保养"是指对全厂所有设备进行维修和保养，提高设备使用率；"去锐"是指把冲压出来的工件去除毛边，使得工件表面更加光滑。

生产一部除了冲压小组是集体计件，其他几个小组的工资结构都是由基本工资、加班工资和考核工资 3 个部分组成的。按道理，除了集体计件稍微麻烦一点，其他小组的工资都是比较好算的，没有什么难的。但是，难就难在，褚新忠每月对每个人工资的调整。

对于生产二部和生产三部，王晓农每次算好工资，只要把工资表给他们确认就行。和他们关系闹僵后，他让其他人转交，也不成问题；但是对于生产一部，他每次都还得去找褚新忠当面确认，重新把每个员工的工资捋一遍。鉴于褚新忠年纪大，不会用电脑，王晓农也接受了这样的做法。可是自从组织架构调整后，和褚新忠闹得不愉快，王晓农对这样的做法不是特别情愿，但又不好去改变。

又到了确认工资的时候，王晓农和褚新忠约定的地点是设备组的办公室，设备组里面有一台电脑可以使用。

褚新忠让设备组人员回避，只剩下他和王晓农两人。

"褚经理，这个月冲压小组的总工资是 189521.28 元，总工时是 9257.5 小时，所以平均小时工资是 20.47 元，你定一下每个人的系数。"王晓农说道。

"这个月大家比较辛苦，没有安排行车工，吊钢卷都是员工自己吊的，省了一个行车工的工资，总工资里面加上 6000 块钱。"褚新忠看着电脑屏幕说道。

"额外加工资要覃总批的，褚经理。"王晓农回答道。

"你加上没事的，有问题我会跟覃总说；大家做得那么辛苦，加这点钱都不行？"褚新忠质问道。

"褚经理，不是说不能加，加工资有流程的，只要覃总批了就没问题。"王晓农继续说道。

"你加上！"褚新忠瞪大了双眼，情绪开始激动起来。

王晓农知道，褚新忠也不是一个好惹的主。

王晓农心里有想法，但隐忍着，默默地在总工资里面加上 6000，小时工资变为了 21.12 元。

按照工资名单顺序，褚新忠一个个给了系数，从 0.9 到 1.2 不等。

确认完冲压组的工资，接着是模具组的工资。

"这几个人表现较好，他们的加班工资都上调 1 元/小时。"褚新忠指着电脑工资表上几个人的名字说道。

王晓农心里不情愿，但是感到非常无奈，还是按照褚新忠的说法，给他们调整了 1 元/小时。

"他最近表现比较好，给他工资加上 200 元。"褚新忠说道。

"褚经理，基本工资这部分就不要动了，要不就放在工资表的"奖惩"那一列里面好了。"王晓农提醒道。

"好的，这个可以。"

"这几个是新厂表现较突出的模具工，其他几个都有 400 元的考核工资，他们之前没有考核工资，现在也要加上。"褚新忠说道。

王晓农停顿了一下，咬了咬嘴唇，什么也没说，在相应的那一栏里面用键盘敲了"400"进去。

"褚经理，你看，模具组员工的小时工资都已经超过 30 元/小时了，有点太高了。"王晓农说道。

"这些都是特殊工种，没有他们，公司怎么能够正常生产？"褚新忠反问道。

王晓农没有作声。

对于"特殊工种"的说法，王晓农是认同的。就像之前疫情发生后，湖北籍的模具工不能正常返岗，给公司的生产造成了很大影响。王晓农只是觉得公司各部门的工资应该平衡，需要从公司的角度去综合考虑，而现在是各部门各自为政，部门间的不平衡越来越大。

对于以上调整的部分，王晓农做了备注，这个事情还是要汇报的。

生产经理的权力太大，再加上褚新忠强硬的个性，王晓农虽身为总经办经理，也无可奈何。

生产一部其他的小组，褚新忠也进行了核对，并在纸质工资表上签上了名字。

拿着褚新忠签字的工资表，王晓农没有直接汇报覃胜华，而是先跟财务部张悦说明了这个情况。张悦了解到这个情况，虽口头极力反对，但她也了解褚新忠的厉害，在发工资的时候还是默认了……

# 第二节、开始行动

## 1、逼"戴"离开

戴军原来是生产三部的经理，是被牛忠强视为具有"死士"精神的这样一个人。

家美机械被新股东并购之后，总部安排了戴军原来的下属温晓辉，分走了他大半的管辖地盘，新设立了生产四部。王晓农自己也陷入了这个漩涡，当时被任命为生产四部经理，为温晓辉的上位铺路。

温晓辉的到来，重重地打了戴军一脸，因为当时温晓辉是他逼走的。

不仅如此，覃胜华还安排了他的亲信——从总部调来了一个原先负责保安和驾驶员工作的人，叫凌虎，任生产三部的副经理。凌虎名义上是辅助戴军的工作，实际上是进一步架空了戴军的权力。

这个凌虎是云南人，1990年出生，身材挺拔，曾经在西藏当过兵。

至此，在这样的不信任氛围之中，戴军已经失去了工作激情，也不再管生产上的事情，只是名义上还顶着生产三部经理的头衔。他每天上班就来打一下卡，白天不见人，晚上打一次卡，已经完全没有了正常的工作状态。

基于对他的尊重，每次工资确认，王晓农还是发给他。只是，被戴军拉黑之后，王晓农就不和他直接接触了，而是把工资确认表让他下属转交给他。

总部派来了一名人事经理，姓曹，被安排在王晓农办公室，专门处理戴军的事情。因为他们知道，不管是王晓农还是黄明杰，都无法解决家美机械元老的问题。

这名人事经理叫曹彩莲，比王晓农小几岁。她给王晓农的印象是办事利索、行为果断，有种女强人的风范。

曹彩莲向王晓农了解了戴军的工作年限、工资情况以及合同签订情况，王晓农一一做了回答。

"曹经理，戴军性格刚毅，具备那种'死士'精神。用得好，能为公司做不少事；用得不好，也可能会给公司带来重大的隐患。"王晓农说道。

"不能把公司安慰系于一个人身上。"

曹彩莲接过了话茬。显然，她更担心后面那种情形的发生。

不经意间，王晓农看到她工作电脑上的一个组织架构，"生产三部经理"那个地方已经赫然写着"凌虎"二字。

"公司还没有正式发文通知解除戴军生产三部经理的职务呢……"王晓农心里嘀咕着。

下午下班前，曹彩莲回到了办公室，神色不太好看。

"戴军真是一个脾气暴躁的人。"曹彩莲抱怨道。

"曹经理，你跟他谈过了吗？"王晓农问道。

"是的，刚才去谈了，"曹彩莲接着说道，"我以为凌虎已经是生产三部的经理了，不曾想，此话一出，戴军暴跳如雷，抓着这个问题不放。"曹彩莲有点懊恼地说。

"确实，名义上生产三部还是戴军负责的。"王晓农补充道。

"不管怎么说，既然公司已经决定了，就不能回头，戴军的问题肯定是要解决的。"曹彩莲说道。

王晓农明白曹彩莲的意思——哪怕是赔钱，也要让戴军走。

王晓农回想着戴军作为公司骨干力量，所经历的那一幕幕……

戴军刚升任生产三部经理的时候，员工因工资问题闹了罢工；他每天晚上11点以后下班，星期天也没有休息，基本上处于全年无休的状态，也完全顾不上家庭；他管的浸漆线和喷粉线安全风险比较高，发生过多次火情，他每次都身先士卒，冲在第一线；他部门人员的工资，都是他说了算，也不提供任何理由，让王晓农非常头疼；他经常性违反公司规章制度，上班不打卡，还和牛少强、温晓辉都打过架；他还玩过几次失踪，几天不在公司，电话打不通，连老板牛忠强对他也没有办法，还得登门去请……

戴军就是这样一个人，让人"又爱又恨"，而牛忠强看重他的就是那种"死士"精神。

虽然戴军切断了和王晓农的联系渠道，但王晓农打心底里还是佩服他的。因为他知道，哪怕自己付出再多的时间和精力，也达不到戴军这样的程度。

而且，同作为老"家美"人，王晓农不免有种兔死狐悲的伤感。

王晓农在想，公司如果辞退他的话，得赔多少钱。

在牛忠强时代，这种事情想都不用想。牛忠强说的是，"想走你自己走，不要让公司来辞退你"，因此也没有人想着公司会赔钱的事情。

而股权变更后，财务部张悦已经用赔钱的方式辞退了她手下的财务经理，还赔了不少钱。辞退赔钱的事情已经开了头。

王晓农看过公司花名册，戴军是2014年8月份进入家美机械的，至今已满6年。按照《劳动法》规定，如果辞退员工，根据员工工作年限，每满一年支付一个月的工资，最多支付十二个月。这个"月工资"是指员工解除劳动合同前十二个月的平均工资。

戴军的月工资超过1万元，如果考虑年终奖因素，月平均工资可以达到1.8万元。按照《劳动法》规定计算，赔偿金额为10.8万元。再加上已经年末，公司还需要发给他年终奖，年终奖按照12万计算，公司总共应该支付他22.8万元，这对公司来讲，是一个不小的压力。

最终，戴军真的离开了家美机械——公司赔了他钱。

赔付金额是保密的，但是没有不透风的墙。最终赔下的金额让王晓农大跌眼镜，公司竟然总共支付了戴军26万元！也就是说戴军的年终奖超过了15万元！

这对戴军来说，也算是一个很好的结局……

## 2、动"牛"未遂

戴军的问题解决了，对于新"家美"来讲，无疑是拔除了一颗钉子。显然，代价是大了点，但这显示了公司要让戴军走的坚定决心。

除了戴军外，让覃胜华和张悦心怀不满的还是生产二部经理牛少强。

自从覃胜华削了牛少强的权后，公司里能看到牛少强的车，但看不到牛少强的人影。据王晓农了解，牛少强经常和采购部杜国忠两人躲在宿舍，密谋对抗新股东的事情。

家美机械的新办公区域和住宿区域同属于一栋楼，中间只有一道门隔开。门的北面是办公区域，采购部就在这道门的边上；门的南面是宿舍区域，里面住的大部分是行政人员。这道门没有办法关闭，也没有安装门禁，导致公司在管理上产生了重大漏洞。

牛少强和杜国忠在住宿区域都各有一个房间。牛少强之前负责生产二部，晚上下班很晚，公司也给他安排了一间宿舍，作为平时休息之用；而杜国忠家在几十公里外的地级市，上下班不方便，公司便给他安排了一间宿舍。

此时，宿舍已经成为了牛少强和杜国忠指摘新股东问题并商量对策的大本营。不同的是，杜国忠表面上还是在积极地工作，而牛少强则是完全消极地应对，甚至已经不管工作上的事情了。

覃胜华也已经关注到了牛少强的动态。由于牛少强的傲慢和无礼，让覃胜华失了面子，导致他心里非常不爽。

但牛少强并不是那么好对付，覃胜华已经尝试过了。

覃胜华搞不定牛少强，便又让曹彩莲出马。

让曹彩莲这个嫩妹子去对付牛少强这个"老江湖"，王晓农心里明白，曹彩莲她是搞不定的。

曹彩莲找到了牛少强。

"牛经理你好，我是总部过来的曹彩莲。"曹彩莲礼貌地问候道。

"你是哪个曹彩莲啊？"牛少强明知故问。

"我是总部过来的，目前在总经办，主要负责人事和薪酬方面的工作。"曹彩莲解释道。

"负责人事和薪酬……"牛少强抬眼望天，一副若有所思的样子。

"是的。"

"哦，是你啊……"牛少强终于"记"起来了。

"牛经理，公司进行了股权并购，我们希望老'家美'人能够跟随新股东一起，把公司做好，这是我们所希望的；但是，如果我们不能和新股东一起走下去，我们也要做到好聚好散，你说是吗，牛经理？"曹彩莲把话荏子递给了牛少强。

"小曹啊，你们要叫我走是吧？想叫我走没那么容易！你要知道，是我和牛总一起创办了这家企业，家美机械是在我手中一点一点发展起来的。你们算哪根葱啊？想要叫我走？"牛少强继续说道，"我本来还想着帮你们一把，让你们顺利过渡，现在看来，我完全没有这个必要了。你们太腹黑、太阴险了，老'家美'人吃尽了你们的苦头！"

牛少强点起了烟，翘起了二郎腿。

"这是公司战略，我们绝不能容下阻碍公司向前发展的人！"曹彩莲不甘示弱。

"叫我走，你们赔我钱！而且我会时不时地去环保局告你们！厂里有好多不符合环保的地方；我会把这里的门封了，看你们如何正常生产！"牛少强威胁道。

曹彩莲一时无语。

"呃……牛经理，你是2012年进入公司的吧？今年已经是第9个年头了。"曹彩莲语气缓和了一些，也不再东拉西扯，直奔主题。

她事前看过花名册，花名册上显示牛少强是2012年公司刚成立的时候来的。

"不，你说错了，我在公司已经有10几年了，'家美'的前身是另外一家企业；你们让我走，我的工龄要从那个时候给我算起。"牛少强说道。

牛少强的回答让曹彩莲一头雾水，她并不知道家美机械还有前身。

曹彩莲和牛少强的沟通不欢而散，也没有任何结果。

她悻悻然回到了办公室，脸色很不好看。

"王晓农，你知道家美机械的前身吗？牛少强说他的工龄要从那个时候算起……"曹彩莲问道。

"曹经理，在'家美'之前，牛少强的姐夫牛忠强确实创办过另一家公司，也是做沙发里面的功能铁架。只是当时牛忠强是和别人合伙的，后来他单独做，这才创办了家美机械。"

"牛少强当时一直跟着牛忠强干。不过，我觉得那是另外一家公司，牛少强的工龄不能从那个时候算起。"王晓农继续说道。

"牛少强这个人真难对付，他还威胁公司，真是太过分了。"

曹彩莲气愤地说道。

"牛少强就是一股土匪、流氓和'地头蛇'的做派，像我们这种'文人'，想要制服他，没那么容易。"王晓农说道。

就这样，牛少强的事情不了了之，他继续过着神出鬼没、没人约束的自由生活。偶尔出现，也是一杯茶水、一首小曲，大摇大摆地在公司招摇过市，让身在总经办的王晓和曹彩莲一点办法都没有；而作为人事行政经理的黄明杰却坐在办公室里熟视无睹……

## 3、弱"褚"行动

新股东对组织架构的调整习以为常，这跟老"家美"形成了鲜明对比。老"家美"虽然也有组织架构的调整，但至少也是按年算的，而且调也是个别人调，组织架构基本上保持相对稳定。新股动的作风让老"家美"人一下子难以适应，反而觉得是新股东要对老"家美"人动手。

2020年已经过去，转眼已经是2021年的元旦。

元旦后的1月3日，星期天，覃胜华发给了王晓农一张新的组织架构图。

温晓辉终于名正言顺地当了生产四部的经理；凌虎也顶替了戴军，成了生产三部的经理。总部布的局终于达成了目标。

其实这样的安排，大家早有预期，老"家美"人也不再说什么。

令人意外的是，黄明杰的人事行政部从财务部张悦的领导卜独立了出来，直接受覃胜华领导。这样，黄明杰的地位有了明显提高。不过，这倒也不会惹出什么问题来。

然而，有一件事，让王晓农犯了难。

这天，覃胜华发信息给王晓农，让他通知各部门，以后周会只需每个大部门的领导参加，其余人员就不用参加了。

关于周会的参会人员，以前除了各职能部门的领导外，生产部作为公司的重要部门，生产一部、生产二部、生产三部、生产四部的经理都是参加的。自从覃胜华拆了生产二部和生产三部后，牛少强和戴军就没有再参加周会，生产部的经理就只有褚新忠参加，他管理着生产一部。覃胜华让褚新忠参加周会的理由是，他兼任了设备组的领导。

现在按照覃胜华的要求，生产部就只有生产总监毕险峰参加周会，褚新忠将不再参加。

褚新忠这个人，王晓农非常了解。如果这样做，他肯定会跳起来。

"覃总，褚经理也不参加周会了吗？"王晓农想确认清楚。

"是的，以后生产部只要毕总参加周会就可以了。"覃胜华明确回复道。

"好的，覃总。"

虽然王晓农应了覃胜华，心中却充满了忧虑。开不开会的事情过去都是他通知大家的；现在通知褚新忠不要参加周会，也必定要他去通知。王晓农在想着如何去告诉褚新忠这个事情。

自从覃胜华来后，家美机械的周会时间又作了调整，改在了每周一下午 4 点钟召开。所以，只留给王晓农一天的时间去和褚新忠沟通这个事情。

同时，王晓农知道，毕险峰想要拿掉褚新忠设备组的管理权限。因为设备组是公司的设备组，不是生产一部的设备组。由于设备组挂在生产一部，平时大部分的工作任务是针对生产一部的。关于这一点，王晓农也是认同的，设备组脱离生产一部来管理将更加公平合理。

如果拿掉了褚新忠设备组的管理权限而不让他参加周会，这倒是说得通的，因为之前他参加周会的理由是管理着设备组。

可问题是，不让褚新忠管理设备组的事情还没有落实，在这之前不让他参加会议，显得有点操之过急。然而，覃胜华已经确定了这个事情，王晓农没有办法，只能硬着头皮执行。

第二天下午 1 点钟，王晓农看到了褚新忠。

"褚经理，有个事情找你聊一下；方便的话，我们一起去一下我办公室。"王晓农说道。

"哦，好的。"褚新忠见到王晓农，也没说其他的，简单地应了一下。

褚新忠在王晓农办公室坐定。

"褚经理，喝口水。"王晓农拿了一瓶矿泉水递到褚新忠面前。

"褚经理，有个事情要和你说一下，但是我实在不知道如何说出口……"

王晓农停顿了一下，头微微低下。

"褚经理，现在组织架构重新进行了调整，按照公司的要求，以后周会都由各个大部门的领导参加。所以，以后生产部就由毕总参加周会……你的话……就不再参加了……"王晓农表现得一脸无奈。

"不让我参加会议？我平时会议上说的生产问题、安全问题都是对公司非常重要的事情，我哪一点说错了？"褚新忠情绪一下子激动了起来。

"褚经理，这个是公司的决定……"

"之前把我捧上天，叫我做高级经理；现在直接把我踩在地上，不让我参加会议？"褚新忠喝了一口水，接着又喝了一口水，抑制不住内心的愤怒。

"他毕险峰算个什么东西？他能代表得了生产部？我是不会服他的！"褚新忠继续说道，"走，找覃胜华去！"

说完，褚新忠大步走向覃胜华办公室，王晓农紧跟在后。

"刚才王晓农叫我不要参加周会了，我的心里感到非常难受。没有我们生产一线的辛苦付出，保障产能、保证安全，你覃胜华能舒舒服服地坐在这办公室里？"褚新忠朝覃胜华质问道。

覃胜华停顿了一下，解释道："我们重新对开会人员进行调整，是因为考虑到开会人数太多，会议时间太长，影响开会效率。"

"主管级别的人员都不参加周会了，不是只针对你褚经理一个人。"覃胜华继续说道。

"好，叫我不参加会议，我也认了……但是，我也绝对不会参加毕险峰组织的任何会议！要动我的设备组，那是坚决不可能的！"褚新忠说完，摔门而出。

要动褚新忠设备组管理权的事情，毕险峰已经放了风出去，褚新忠已经有所耳闻。因此褚新忠对毕险峰非常愤恨。

事后，褚新忠给王晓农打来电话，说道："王晓农你给我听着，如果没有通知我就公布我不管设备组的事情，我对你不客气！你已经犯过一次错误了，同样的错误不要再犯第二次！"

……

王晓农内心极度失落，"生逢乱局"，他不想得罪任何人，却已身置风口浪尖。

褚新忠参会权被剥夺，但由于他的坚决抵抗，设备组的管理权限还是暂时得以保留了下来……

# 第三节、年终奖风波

1、年终奖

阳历元旦已过，农历春节即将到来，年终奖如何发放成为了老"家美"人心中关注的焦点。

这其中涉及到什么时候发、发多少的问题。

从 2018 年开始，为了尽量在年初多留人，生产二部经理牛少强给他姐夫牛忠强出了一个"阴招"，那就是延长年终奖发放的时间，从春节前延长到春节后发放。孙启一还召集各部门领导"讨论"这个问题，试图凝聚延后发放的"共识"。最后没有办法，既然公司表露了这个意思，大家不敢不从。

那几年是王晓农最穷的时候，要还房贷、车贷，工资还低，就指望着早点发年终奖，把年过好。在会上，王晓农没有表态，只有默认。

年终奖在春节后的发放时间也非常"讲究"，放在 4 月份的"清明"前后，真让人怀疑这个钱到底是给谁花的。

覃胜华听说之后，为了做一件"好事"，他在一次周会上宣布：

"听说以前'家美'都是年后发年终奖的，而总部的年终奖是年前、年后各发一半。为了比过去有所改进，也为了和总部接轨，以后'家美'的年终奖也和总部一样，年前、年后各发一半。"

当时杜国忠、蔡艳、黄明杰和王晓农都参加了会议。

"在 2018 年以前，年终奖都是春节前发掉的。"蔡艳回应道。

"以后我们各项制度还是要和总部接轨。"覃胜华说道。

王晓农没有表态，他虽然希望春节前把年终奖发掉，但是分两次发，至少也要比最近的两年有所改进。

牛少强没有参加会议，但他会后马上知道了这个消息。据王晓农猜测，十有八九是杜国忠告诉他的。

牛少强跑到覃胜华办公室。

"年终奖必须年前发掉。我们付出了这么多，年终奖为什么要年前发一半、年后发一半？"牛少强质问道。

"你们以前是年后发的，我现在分年前年后两次发已经是照顾你们了。"覃胜华回答道。

"以前是以前，现在和以前一样吗？你们不信任我，想搞我，我凭什么信任你们？"牛少强接着说道，"另外，以前牛总除了年终奖，还有给我们一部分钱，这些钱一分都不能少！"

"以前牛总私下给你的钱我怎么知道是什么钱？"覃胜华反问道。

"是我们的辛苦钱！你才来几天啊？你懂什么？"

不一会儿，杜国忠和褚新忠也进了覃胜华办公室，形成了三对一的阵势。

"牛经理说的是实话，年终奖以前是年前发掉的，年后发只是这两年的事情。今年搞了这么多事情，年终奖必须年前发掉；之前老外也有答应提高我们老'家美'人的收入，这个必须要兑现。"褚新忠说道。

"覃总，这两年年终奖年后发，我其实是不同意的。我当时贷款买房，很缺钱的，但是大家同意了，我也没有办法；年终奖的事情，'德国佬'那时跟我们谈了，这个是要兑现的。"杜国忠说道。

就这样，牛少强、褚新忠和杜国忠你一言、我一语，轮番轰炸。

覃胜华招架不住，只是淡淡地回复道："股东答应你们什么，这是我来之前的事情，我并不清楚，这个我会去确认的；至于年终奖发放的时间，鉴于今年的特殊情况，我可以同意年前发掉，但是以后必须要按照总部的制度走。"

在三人的围攻之下，覃胜华妥协了。

事后，王晓农收到覃胜华发来的一份年终奖名单。

"杜国忠 16 万，褚新忠 16 万，牛少强 20 万，蔡艳 11 万，黄明杰 10 万……"

王晓农一行一行看着，他看到自己的年终奖是 6.5 万。

他的内心既惊讶又气愤。

牛少强、褚新忠和杜国忠的年终奖加上平时的工资，年薪已经超过 30 万。不过，他们的工作是王晓农无法比拟的，所以他也不去计较；但让他感到气愤的是，自己的年终奖竟然比黄明杰少这么多！

王晓农和黄明杰平时的工作内容有很多重叠的部分。黄明杰人事行政部的工作，王晓农有时也会参与，帮助黄明杰解决问题；而且，王晓农平时的工资已经比黄明杰少了一大截，现在年终奖又比他少了这么多。王晓农的心里非常不平衡。

再加上这一年，王晓农因配合新股东的工作，背了黑锅、背负了骂名、遭受了威胁，他内心承受了非常大的压力。但最终的结果确是最差的，还不如他们对抗和消极怠工来的收入高！

王晓农心里越想越气。他不会像牛少强那样"大闹天宫"，但他可以把自己想要说的话写出来，告诉覃胜华。

王晓农从开复工、疫情防控、对新股东立场、工作量等方面进行了说明，希望覃胜华能够明白自己所做的工作。

可覃胜华的回复是："年终奖不仅要考虑当事人个人的表现，还要考虑整体的薪资水平。"

看到这句话，王晓农更加气愤，他简直怀疑覃胜华的逻辑性。他的工资水平是经理级别里面最低的，用最低的工资去考虑整体的薪资水平，这是什么逻辑？怎么不拿牛少强他们的工资去考虑整体的薪资水平？

但是，王晓农气也只能是心里有气，他还不想和覃胜华撕破脸，只得恭恭敬敬地回复：

"好的，覃总。"

## 2、座谈会

以前牛忠强在的时候是一言堂，不曾想，带有外资背景过来的覃胜华也是一样，一个人拍板了所有人的年终奖。不管喜也罢，不管忧也罢，大家都在春节前收到了年终奖。

发完年终奖后的第二天，覃胜华召集主管及以上的领导参加座谈会，共20多人。褚新忠和牛少强也来参加了。褚新忠穿着老"家美"的工作服，仍旧给人一种一本正经、义正言辞的感觉；而牛少强穿着一身老式西装，没有系扣子，大摇大摆地进了会议室，一股"地头蛇"的味道。

"今年下半年，我们的产能得到了快速提升，但是由于股权变更以及其他各种原因，我们还存在着一些问题。今天开这个座谈会，一个目的是指出每个部门的问题；第二个目的是要了结历史遗留问题，'轻装前行'。"覃胜华说道。

"接下来，大家有什么想说的，可以先发言，不用按座位顺序。"

"我每次开会都要讲安全，我们公司的冲床设备、行车、叉车以及浸漆线、喷粉线都是有可能发生安全隐患的地方，我们一刻都不能松懈；还有，生产干部要多下车间。"褚新忠马上接过了覃胜华的话说道。

安全生产的重要性，大家都明白，是重中之重；而褚新忠指的生产干部下车间的事情，是针对生产总监毕险峰、生产三部经理凌虎、生产四部经理温晓辉而提的，他们改变了老"家美"人的工作作风，下车间的次数变少了。

"这一年，公司发生了很多事情，我们还是要团结一致向前走。我自己也有做得不好的地方，需要做一些改变。"牛少强说道。

真是破天荒地听到牛少强对自己的检讨。显然，年终奖的事情已经确定，一句廉价的检讨也算不了什么。

"我需要指明的有一点，人事行政部在处理股权收购之后团队融合的事情上是有欠缺的。"毕险峰说道。

对所有人来讲，团队融合的问题，是这一年最敏感的问题，被毕险峰一语道破。

其他许多人都发了言，由于时间关系，王晓农没有发言。

"老实告诉大家，这一年是我过得最窝囊的一年！以后我知道了怎么和老'家美'人打交道！"覃胜华把手中捏的一团纸往桌上一扔，带着愤恨的语气。

"有时候人'飞'得太高，并不是件好事情，'飞'得越高，摔得越惨！"覃胜华继续说道，"给你们讲个故事。"

"从前，有一只鸡随着风飞上了枝头，它非常得意。但不幸的是，猎人发现了它，给了它一枪，鸡瞬间掉落在了地上，它的身体慢慢变冷；一头牛刚好经过，在鸡的身上拉了一坨牛粪，牛粪把它包裹了起来，鸡感觉暖暖的，渐渐地恢复了知觉；鸡闻着牛粪臭烘烘的，便扒开了牛粪，谁料来了一只狐狸，把它给吃掉了。"

"这个故事告诉我们，鸡飞上了枝头，不代表它就很厉害；在你身上'拉屎'的人，他有可能是在保护你。"

覃胜华讲这个故事的寓意很明显，他口中飞上枝头的鸡便是指牛少强、褚新忠、蔡艳等跟他不合作的老'家美'人，他们在年终奖谈判中获得了有利的结果；那被"牛粪包裹的鸡"又指谁？难道是王晓农？王晓农在这一年中背了黑锅，被老'家美'人误解和中伤，这是新股东不正确的策略造成的，他真的像是进了屎坑一般。但这不是对王晓农的保护，而是一种利用；再则，难道给王晓农年终奖比其他人低也算是一种保护？显然也不是。

所以王晓农觉得覃胜华用"牛粪的功劳"来做比喻是不合理的，但人家是大领导，没什么好说的。

在这以后，根据总部的意思，覃胜华从副总经理晋升为总经理，老外退出了家美机械的日常管理。

从老"家美"人的角度看，覃胜华倒是真成了那只飞上枝头的鸡。从管理能力上讲，他是远远比不上牛忠强的。虽然大家觉得牛忠强很抠、很严厉，但牛忠强真真实实地把"家美"做大做强了，并卖了个好价钱；而股权并购之后，新股东的一些"昏招"，把老"家美"人的人心弄散了，员工也没有了成本意识，浪费严重，硬生生地把一个经营良好的企业，在半年之内就带到了亏损了边缘。对这个结果，覃胜华是负有很大责任的。可是，他不但没有被追责，反而晋升了，真是令人啼笑皆非。

覃胜华在会上说："有时候大家所做的，可能并不是我想要的。"

这句话深深地刺激了王晓农，仿佛覃胜华在对他说，"你王晓农做了那么多事情，实际上是没有用的……"

这句话的杀伤力太大，打击了人的积极性。至于打击的是谁，从年终奖的发放金额中就可以看出来。显然，王晓农觉得，自己就是那个被打击的人。

王晓农把这句话深深地记在了心里。他知道，覃胜华对他所做的一切不是完全认可的。

但有什么办法？年终奖已发，一切已经尘埃落定……

### 3、感悟

2020 年是王晓农最灰头土脸的一年，他承受了老"家美"人的巨大压力，为新股东背了黑锅，但工资和年终奖却是经理级别里面最低的。

回过头来看，王晓农得罪那些"家美"的元老，何必呢？大家都是安宁镇本地人，家庭、小孩都在这里；关系搞僵了，对家庭不利，说不定以后还是有打交道的时候。王晓农当时只是考虑公司的利益，没有考虑这些世俗的东西，真是太单纯了！

经过这混乱的一年，王晓农学到了很多。

他首先感悟到的是：多劳未必多得。薪资核算原本是人事行政部的职责，但公司还是让身在总经办的王晓农负责薪资核算工作；总经办隶属于财务部总监张悦管辖后，王晓农又为张悦承担了部分财务工作；覃胜华来后，王晓农又兼任了生产四部经理的职务。一次次的工作加压，让王晓农喘不过气来；再面临股权变更后各种复杂的关系，王晓农几乎到了崩溃的边缘。但年末覃胜华对王晓农的评价只是简单的一句话："新老'家美'人员的关系没有处理好……"显然，这是一个差评；而与此同时，其他老"家美"人，不是和新股动对抗，就是消极怠工，最后却得到了想要的结果。

王晓农的第二点感悟是：利益要靠自己争取，自己不争取，没有人会帮得到自己。虽然生产二部经理牛少强和生产一部经理褚新忠平时做事有点流氓、土匪的味道，但是他们捍卫自己利益的决心是非常坚定的。他们联合起来给覃胜华施压，最终达到了目的，这恰恰是王晓农没有做到的。王晓农作为覃胜华的下属，不敢去争取，到了最后还在为覃胜华考虑："算了，他面临的压力比较大，不给他添麻烦了。"不敢为自己的利益争取，注定是要吃亏的。

王晓农感觉自己越来越不幸。他自己以前的收入一直比同级别的经理低，这并不是他的表现不好，而是他加入"家美"的时候起薪较低；现在覃胜华这么一弄，他和同级别的经理的收入差距越拉越大。王晓农想到了股票和期货等金融市场中一个词，叫做"强者恒强，弱者恒弱"。价格越是涨，买的人越多；价格越是跌，卖的人越多。王晓农由此产生的第三点感悟便是：不幸的人会更加不幸，得势的人会更加得势。

　　这个社会，幸灾乐祸的多，雪中送炭的少。当你有一个污点时，或许有人会泼你一盆墨水；当你有钱有势的时候，门庭若市，社会关系通达，事业蒸蒸日上。要从不幸变成得势，不是说没有可能，只是更加难于实现，因为这需要更大的推动力量才能够"反转"。

　　这样的结果，归根结底，是王晓农太老实、太单纯，不但争取不到自己的利益，反而在某些时候被人利用，覃胜华让王晓农任生产四部经理就是一个例子。

　　由于前生产三部主管温晓辉和总部领导的关系，他离职后重回"家美"已经不是一个秘密。温晓辉在老"家美"人中的口碑较差，因此他回来需要一个过渡、需要一个铺垫。让他从生产四部副经理的职务进行过渡，这是总部领导的一盘棋；而王晓农不幸成为了这盘棋中的一颗棋子，成为了温晓辉的挡箭牌。这个生产四部经理的职务，对于王晓农来讲，是个尴尬的职务，做得好，是为别人做嫁衣裳；做得不好，需要承担相应的责任。王晓农从一开始就猜到了结局，一个苦涩的结局……

　　另外，张悦让王晓农拆原老板牛忠强办公室的牌子、拿副总孙启一的电脑等一系列事情，王晓农无一例外的都背上了黑锅。他已经从汪海洋那里得知了牛忠强对他的指责。

　　王晓农以前从来没有经历过类似的权力斗争，把这个世界想得太美好。这一桩桩的事情，让他彻底感受到了人性的黑暗。

再往前追溯，牛忠强时代，也没给王晓农留下什么好印象。他觉得，原始资本的积累是带血的。

牛忠强的成功，除了他个人的能力外，还源于员工利益的牺牲。工资低、工时长、吃得差、工作环境差、一人多岗、以厂为家，这是老"家美"员工的真实写照。朴实的员工造就了这样一个老板。"奋斗"二字，只是老板忽悠员工的借口，好让员工像奶牛一样，只吃草，却持续不断地产奶。

一次次的工伤，让员工失去了身体健康，但"家美"却以最低的代价让员工离开工厂；

一次次的加班，员工却只能无声地反抗，只为那少许的"狗粮"；

这里没有冬暖夏凉，只有夏天的高温酷暑和冬天手握铁件的冰凉；

员工吃着被称为"猪食"般的食堂饭菜，还不允许在宿舍开火做饭；

从来没有体检，从来没有旅游，人像机器般为老板干到腿麻和手抽；

电瓶车停在马路外，经受着雨淋和日晒，年复一年，从不改变。

这就是让老外艳羡的"家美"，这就是让牛忠强卖出高价的"家美"！

这几年，王晓农经历了太多，有了太多的感触，他自己也在慢慢成长。希望与失望、痛苦与快乐、无奈与坚持，一切种种，都成了土晓农人生旅途中不可磨灭的烙印……

# 第十一章、覃胜华时代

# 第一节、新的变化

1、钢价分析

虽然王晓农觉得多劳未必多得，虽然王晓农觉得利益要靠自己争取，虽然王晓农觉得自己越来越不幸，但是，回到现实中，他还是希望可以得到覃胜华的认同。

王晓农整理了自己的心情，毛遂自荐，向覃胜华提出，自己每月至少提交一份关于钢材价格的分析报告。因为他做过期货，对价格波动比较敏感；而现货和期货的价格是联动的。现货钢材正是家美机械使用量最大的原材料，对成本的影响非常大。

虽然未来的价格波动具有不确定性，但王晓农还是想大胆一试。

覃胜华一直在推降本工作。因此，有人愿意为公司考虑，多干活，他开心不已，欣然答应了。

王晓农开始把一部分精力放在钢材价格波动的判断上。热轧钢卷的计价单位是"元/吨"。

2021年1月16日，星期六，王晓农在办公室打开自己的笔记本电脑，看着屏幕上热轧钢卷2105期货的价格走势。热卷2105期货价格已经有了一波很大的涨幅，最高点为4939，当前盘面价格为4472。王晓农同时搜寻了部分资料，用PPT写下了进入"家美"后的第一份行情分析简报：

受疫情影响，全球经济下行，各国央行释放大量"流动性"。

热卷期货短期价格预计回调至4300上方，时间预计一周之内；然后价格反弹至4700下方，时间预计调整结束后的一个月之内。

按照目前热卷价格走势，建议仍以积极买入策略为主，春节前适当增加采购量。

王晓农认为钢材的价格会先下后上，并配备了预期的走势图。

王晓农写完发给了覃胜华，但连续几天，覃胜华没有回音。王晓农也理解，这毕竟是自己第一次写，准确与否还需要市场来验证。

2021年2月21日，星期天，王晓农再次打开了期货行情，此时热卷2105的价格为4740。事实证明，王晓农第一次对行情走势的总体判断是对的，只是调整的时间和点位有一些误差。

王晓农又写道：

预计未来几天热卷期货的价格将快速上升至5000——5100之间，时间预计为一个星期之内。

所以今后的一个星期，乃至半个月，应减少钢材采购量；如因生产需要，无法减少钢材采购，后期应考虑其他规避风险的策略。

王晓农发给了覃胜华，覃胜华仍旧没有回音。

王晓农仔细一想，自己写的东西有些矛盾，既然判断后期价格会继续上涨，应该是增加采购量；但转念又想，价格这样上涨不可持续，有可能是最后一波，减少采购量也是说得通的。

另外，王晓农说的"其他规避风险的策略"，其实是指期货套保。不过，覃胜华有过表态，公司不会做期货套保。

2021年3月13日，星期六，热卷2105期货合约的价格已经是4992了，期间最高点已经达到5088，证明王晓农之前对行情的判断是准确的；只不过，他的采购策略看起来确实有问题。还好，覃胜华对他写的东西仍旧是无动于衷的。

热卷2105期货合约周线走势已经有点陡了，而日线价格又有种蓄势而上的感觉。从宏观数据上看，2月28日官方公布的制造业采购经理人指数为50.6，是自2020年6月份以来首次低于51，接近荣枯分界点50。因此，王晓农又写了一份报告：

从短期技术上看，热卷2105主力合约，短期内仍有一波上涨，目标看至5200——5300之间，时间预计为一周之内。

从相对较长的时期来看，热卷期货的价格已经存在某种程度的背离，在价格短期上涨后预计会回落到4700上方。时间则不太好判断，预计为上涨结束后的一个月之内。

这次由于涉及到价格头部的判断和回调幅度的预测，难度会大于前两次，预测实现的概率会低于前两次。

基于以上分析，没有很好的采购策略，维持随需随买的方式，采购量可以在预测的后半段时间适当增加。

作为一个做过期货交易的人，王晓农知道，判断价格头部以及接下来的回调幅度是比较难的，他对自己这次的预测信心不是很大。

然而，这次覃胜华居然有了反应，还给王晓农竖起了大拇指。可王晓农心里却是没有底。

2021年4月21日，星期三，热卷期货的主力合约已经转到了2110上面，价格已经涨到了5484。显然，王晓农对这次行情的预测只猜对了前半段，而猜错了后半段；而且价格形态走好，他感觉新的一波上涨要来临。

王晓农接着写道：

目前，无论是从货币因素、环保因素、市场氛围来看，对热卷期货的价格都是利多的。

从周线上看，虽然价格走势非常陡峭，但目前仍看不到到头的迹象，反而继续积蓄着上升的动能。

从日线上看，热卷 2110 期货合约的价格有可能会冲至 5700 一线。技术形态已经准备好了，马上会朝这个方向走去。

目前价格走势对公司压力很大。如没有其他的策略，在可能的情况下，是否可以考虑压缩产能，观察一段时间原材料的价格走势再做决断。

市场的无情上涨让王晓农不得不提醒"压缩产能"这个选项。

4 月 30 日，4 月份最后一个交易，热卷 2110 期货合约价格收于 5688，而且前一个交易日价格最高点已经达到了 5801，证实了王晓农之前的判断。

然而，"五一"过后的短短 5 个交易日内，热卷 2110 期货合约的价格居然疯涨至 6700 附近！真是令人瞠目结舌！公司面临巨大的成本压力。

## 2、端饭服务

钢材价格的高企，估计是让覃胜华寝食难安了。不过，让他"食难安"的还有另外的原因。

平时覃胜华的午饭是食堂阿姨给他端上来的。凑巧的是，这个食堂阿姨是褚新忠的老婆。褚新忠是老"家美"的元老，也是去年把覃胜华搞得灰头土脸的人之一。因此，覃胜华对他非常忌惮。

褚新忠见他老婆给覃胜华端饭，眼里看不过去，便主动接了他老婆的活，自己给覃胜华端饭。

由于褚新忠被剥夺了开周会的权限，他刚好可以趁着给覃胜华端饭的机会和覃胜华"汇报"工作上的事情。比如发现凌虎工作做得不好，他就对覃胜华说："只要是总部派来的人，哪怕是个傻瓜都可以当经理；老'家美'的人，哪怕做得再好，都会被视而不见、被排挤。"

褚新忠口中的"傻瓜"，就是指凌虎。凌虎接替了戴军成了生产三部的经理，他原先在总部只是一个保安兼司机；而自股权并购后，除了褚新忠因新股东为分化老"家美"人而被授予"高级经理"外，其他没有一个人被提拔的，而是随时面临着被打压的风险。

经常在耳边"叨叨叨"，覃胜华不胜其烦，他便通知王晓农来接替"端饭"这个工作。

接到这个任务，王晓农无语。

"自己堂堂一个总经办经理，要给他覃胜华端饭？这岂不是羞辱了自己，矮化了自己？岂不是变成了他覃胜华的私人秘书？"王晓农心里嘀咕着。

王晓农倒不是自视清高，不愿意给领导端饭。以前牛忠强在的时候，经常让王晓农搬水，他也没什么可说的。因为牛总强是老板，而且当时大家都很团结，没有什么"乱七八糟"的事情；而如今，股权并购，老"家美"人受到排挤，公司里存在着明显的派系。给覃胜华端饭，在老"家美"人的眼里，那就是献媚；就像是一条狗在新主人面前摇尾乞怜，这"姿势"得有多难看！

然而，这种不满，王晓农只能咽在自己肚子里，他还没有勇气和覃胜华说破。

就这样，出于无奈，王晓农接手了"端饭"这个新工作。

覃胜华一周来"家美"两到三次。在覃胜华来公司的日子，每到中午吃饭时间，王晓农先把覃胜华的饭端上来，然后自己再去吃饭；而当王晓农端着饭盒从食堂走出来，看到员工盯着自己的异样眼神，他总是微微一笑，但内心还是尴尬不已。

有一次，褚新忠在王晓农办公室说事，刚好曹彩莲也在。说到端饭的事情，褚新忠当着曹彩莲的面说道：

"公司有一个人是不长脚的，吃饭还要别人端；一个人如果忙到连去食堂吃饭的时间都没有，那他的工作也是做不好的！"

给覃胜华端饭的事情受到诟病，想必曹彩莲已经是知道了。

诟病归诟病，王晓农端饭的工作还得继续做下去。

覃胜华一开始所使用的饭盒是不锈钢的，他嫌档次低，就让王晓农买了十个高档的日式饭盒，在重要客人来吃饭以及他吃饭的时候使用。

"家美"的食堂不对员工提供餐具，所以员工都是自带餐具的。公司并购前，有一次领导层开会，为了提升公司食堂形象，孙启一建议食堂改用公共不锈钢餐盘。但为了安全卫生考虑，王晓农还是建议员工自带餐具。

接下来就爆发了新冠肺炎疫情，幸好员工用的都是自己的餐具，不用调整。自此，也没有人再说起使用公共餐具的事情。

除了疫情外，"家美"的食堂又爆出了一件事情。一名厨师在体检时查出了幽门螺旋杆菌，这个可是会传染的，搞得大家人心惶惶。虽据说一半的中国人体内都有这种细菌，但鉴于厨师的敏感性，黄明杰让厨师治疗休息了一个月。

覃胜华喜欢用那个日式饭盒。虽然只买了十个，但也是属于公共的餐具。覃胜华居然不担心使用公共餐具的风险，王晓农着实替他捏了一把汗。他知道，食堂那几个人都是本地农村过来的，卫生意识不强。他们对餐具不消毒，用洗洁精洗完之后，再用那脏的、发黑的抹布擦一擦就结束了。

王晓农对覃胜华有了疏远之意，所以有些话也不想多讲。

王晓农有时候想想，虽然端饭这个事情矮化了自己，但是自己却控制了覃胜华的日常饮食，这是一个非常关键的角色。王晓农头脑中突然闪现出电视剧里有时候出现的对谋害对象食物下毒的情景，现在他可是有着"得天独厚"的优势。

想归想，但王晓农知道，自己是不可能做这种事情的。

突然冒出这种想法，归根结底，是股权并购后新股东对老"家美"人太狠了，王晓农觉得覃胜华对他也不公。

"牛少强已经被弱化，戴军已经被逼走，不知道什么时候会轮到自己？"

王晓农明白，这一天终究会到来的，他和覃胜华的矛盾终究会爆发。所以他给自己定的策略是，先隐忍不发，待对方"进攻"时再作出回击，当前需要做好自己的各项工作。

就这样，给覃胜华端饭的事情，王晓农还是把它当成了自己的日常工作，一丝不苟地做着。


3、股权购买抉择


"五一"劳动节，家美机械放假三天，王晓农又调休了四天，凑成一个星期，和老婆青梅、女儿泽溪一起去了安徽丈母娘家。

王晓农丈母娘家在大山里面，手机信号很差。幸好这两年安装了宽带，大家通过网络电话联系方便多了。

看着大山里面苍绿的树木、潺潺的溪水，欣赏着山间的落日余辉，让人的思维变得开阔起来；置身其间，令人心旷神怡。

忽然间，王晓农的手机铃声响了起来，原来是曹彩莲的电话。

"曹经理你好。"王晓农先问候道。

"王晓农，告诉你个好消息，集团公司准备上市，覃总为我们

'家美'的管理层争取了一部分股权，其中就有你。你最高可以认购37万元，你看你是不是投，投多少？"

股权是企业的一种长期激励手段，王晓农是知道的。他以前听说过，很多人想尽各种办法希望能买到拟上市企业的原始股，这是一个人人争抢的好东西。

但是，家美机械被并购之后发生的一系列事情，让王晓农对新的股东缺乏信心。"家美"在安宁镇的租期到了之后有可能要搬回总部。一旦投了股权，以后就要跟随着公司到总部。从内心里讲，王晓农不愿意去总部。

而更加现实的原因是，王晓农没有这么多钱。

"曹经理，我知道，这是一个难得的机会，但是不瞒你说，我这几年买房买车，手上没有钱，所以我还是不投了吧。"王晓农回答道。

"钱不够可以贷款啊，或者你可以少投一点。"曹彩莲说道。

"我现在不希望债务太高，所以贷款还是算了吧。如果投得太少的话那也没意思。"

"那好吧，既然这样，我这边就报上去了。公司以后还会有第二次股权认购，到时候还是有机会的。"

"好的，曹经理，非常感谢！"

王晓农没有征求老婆青梅的意见，也没有征求父母的意见，直接拒绝了曹彩莲。王晓农秉持的一点是，"有多少钱，做多少事。"

如果因为没有钱而导致机会从身边溜走，虽然可惜，但那也是没有办法的。在这一点上，王晓农的父亲其实比他更有魄力。如果没有父亲的催房和借钱，王晓农至今仍没有独立的栖身之处。房子是"刚需"，是"有无"的问题，背个债务就背个债务；但认购股权，是关于能不能"锦上添花"的问题。所以，王晓农觉得，不必强求。

"五一"过后回到公司，黄明杰搭王晓农的车回家。两人闲聊间，王晓农问了黄明杰认购股权的事情。

"黄经理，曹经理有打电话让你认购股权吗？"王晓农问道。

"有的。"

"你买了吗？"

"这当然得买，多好的机会。"

"你准备买多少？"

"37 万元。"

"你真有钱啊！"王晓农感慨道，"我没有钱，所以没买。"

"这么好的机会……如果你缺钱，我借给你。"黄明杰说道。

"谢谢，谢谢，跟你借钱买不行，况且我已经跟曹经理说过不买了。"

"你要想想，以后在公司有股权和没有股权肯定是不一样的，加工资、晋升什么的，有股权的人机会总要多一些；再说了，你不买公司股权，难道想让人说你不愿意跟着公司一起发展吗？"

王晓农点了点头，觉得黄明杰的话还是有点道理的。

"我还嫌投得少呢。如果你真不想投的话，我以你的名义来投，我出钱，到时候赚钱了分你一半，亏了钱算我的！"黄明杰慷慨地说道。

"你太客气，哪怕你以我的名义来投，我也不能要你的收益。"

"我相信你的人品，说句不好听的，你家在安宁镇，我不怕你把钱卷跑。"

话说到这个份上了，王晓农答应黄明杰以自己的名义再投一份；不过，再次表明了不要他的收益。

"曹经理，股权现在还能买吗？如果能买的话，我买一点吧。"王晓农打电话问曹彩莲。

"我已经交上去了，要问一下老板，还能不能改。"曹彩莲回答道。

几分钟后，曹彩莲打来了电话："认购股权只有通知时的那一天，现在不能再改了。"

既如此，黄明杰说的事情就无法落实了，王晓农心里也不用再纠结。

随着小道消息传开，王晓农得知，老家美机械的采购经理杜国忠、生产一部经理褚新忠、生产二部经理牛少强、计划部经理蔡艳都没有买股权；而生产部总监毕险峰，再加上总部外派家美机械的几个人，包括曹彩莲，准备贷款筹钱来买股权。

很明显，买不买股权，变成了一次"站队"行动，这让王晓农后背发凉。当时曹彩莲给他打电话的时候，他本能的反应是"囊中羞涩"，这才拒绝的。哪怕是不太想去总部发展，也不至于站到公司的对立面上来。这倒好，这么一来，王晓农和老"家美"这些元老派变成"一伙"的了。

这是覃胜华他们在测试"忠心"吗？王晓农不得而知，但足以让人怀疑。

# 第二节、过河拆桥

1、露出端倪


王晓农受覃胜华和张悦两个人领导的情况已经有很长时间了。他在覃胜华这边做的事情越来越多，但名义上，他还受着财务总监张悦的领导。王晓农对张悦一直是毕恭毕敬的。

每年集中调薪的时间已过，但公司里好像没有什么动静。王晓农有感于自己工资太低，希望能够加工资，但自己又开不了这个口。

有一天，张悦问王晓农："有没有人提起加薪的事情？"

"没有人提。"王晓农回答道。

"我这里有张调薪单，你拿去给覃总批吧。"张悦说道。

王晓农自认为还在张悦领导之下，满心希望张悦的那张调薪单上有自己的名字。

可当王晓农看到调薪单的时候，上面只有会计和出纳的名字，并没有自己的名字。他感到有些失落。

"现在你在总经办，主要向覃总负责，日常的流程改一改吧，不用通过我这里了。如果一直这样，我觉得覃总会有意见的，你去跟覃总确认一下。"张悦说道。

王晓农已然明白，张悦已经是把自己当成覃胜华的下属，自然，自己工资的问题她是不会再关心了。

回想着自己在张悦手下做的一些事情，王晓农感慨不已。

当时，孙悦趁着孙启一不在办公室，拉上王晓农去"没收"了孙启一的电脑。王晓农一直被蒙在鼓里，直到拿电脑的那一刻，才知道自己所要做的是去拿孙启一的电脑。从这一刻起，王晓农背负了背叛老"家美"人的骂名，一直挥之不去。王晓农记得事后在楼道碰到孙启一，忙解释道："孙总，事前我真不知道是这个情况……"王晓农想解释清楚，却又显得那么苍白。只看见孙启一冷冷地笑了一下，说道："怎么可以这样做？"王晓农无言以对，自己不想去做这个事情，却莫名其妙地做了。

还有，牛忠强走后没几天，张悦便让王晓农去摘牛忠强总经理办公室外的牌子。作为牛忠强曾经的下属，哪怕觉得他再不好，总还有感情在。况且，人刚走，"茶还没凉"，牛忠强办公室的东西还在，王晓农真心觉得没有必要这么急做这个事情，但是他最终也做了，对老"家美"的"背叛"又增加了一分。

现在回过头来看看，王晓农觉得这些事情真不该做，自己是被利用了，按照自己的性格、做人的原则以及对老"家美"人的感情，是绝对做不出这样的事情的。"吃一堑，长一智"，经历了这些事情，王晓农也学会了很多，才真正明白，人心是不单纯的。

现在张悦已经先走出一步，不要王晓农做她的下属了，这对于王晓农来说也是个好事情，不需要再两头汇报工作了。

王晓农把调薪单拿给了覃胜华，覃胜华不假思索地在上面签了字。

"覃总，我现在做着总经办的事情，向谭总您负责，但平时请假、加班各种流程都是走张总那边的，我想问一下，这个是否需要调整？"

"这个调一下吧，你看你是让曹经理审批还是让我审批，都可以。"覃胜华回答道。

王晓农心里一愣："让曹经理审批？我和她根本就没有隶属关系，让她审批算什么？"

王晓农这时才明白，在覃胜华眼中，曹彩莲的角色远比自己重要。这也难怪，曹彩莲和覃胜华都是从总部派过来的，以前就磨合过，沟通顺畅，很多事情都已经产生了默契感；而他和覃胜华还有许多需要磨合的地方。

去年覃胜华来家美机械的时候，王晓农在门口急步上前，握着覃胜华的手表示热烈地欢迎；之前曹彩莲来到王晓农的总经办，王晓农也是敞开着心扉，由衷地欢迎她。而现在的情形，看样子曹彩莲是一直要在总经办坐下去了；而且，在覃胜华的心里，曹彩莲是可以做王晓农的领导的。

王晓农本以为脱离了张悦的领导，就可以专心"事一主"，想不到又要面临多个领导的情况；而且，这次的情况有可能对他更加不利。

王晓农没有回答覃胜华的话，离开了他办公室，去找了张悦，因为张悦负责流程管理。

"张总，覃总说我的日常工作流程由他审批或曹经理审批都可以；我觉得还是让覃总审批吧，让曹经理审批我感觉不合适。"王晓农说道。

"好的。"张悦没有反驳，答应了。

就这样，王晓农日常的请假、加班等审批由张悦处转到了覃胜华那里。

流程理顺了，但并没有打消王晓农心中的疑虑。"让曹经理审批还是让我审批，都可以"这句话一直回响在他耳边。

现在总经办有两个人在，按照人员编制，只需要一个人就可以了。王晓农已经明显地感觉到，曹彩莲有把自己取而代之之势。

"该怎么办？"王晓农想着应对之策。

"在孙启一、牛少强、戴军、褚新忠身上发生的一幕估计很快会发生在自己身上。"王晓农早知道这一天会到来；只是没想到，这个事情已经在了眼前。

王晓农非常熟悉中国的历史，"前朝遗老"的命运大多都不好，大多都是要被清洗的。

但王晓农没有其他什么办法，只能"兵来将挡，水来土掩"。

## 2、意图调总部

有一天，覃胜华把王晓农叫到了他办公室。

"现在总部那边做薪酬核算的人要请长假，本来想外面招一个人，但是工资毕竟是很敏感的，所以……"

没等覃胜华说完，王晓农已经明白了他的意思。

"覃总，您是要我去总部那边担任薪酬核算的岗位？"王晓农问道。

"是的。"覃胜华脸上露出了狡黠的笑容。

"总部是每天工作8小时，双休。但是去的话，不能每天回家了，基本上一个星期回一次。"覃胜华补充道。

公司总部距离安宁镇有50多公里。王晓农习惯了每天下班回家，如果一个星期回家一次，他从内心来讲是不太能接受的。因此，这个前提下的8小时工作制和双休对王晓农是没有什么吸引力的。

"覃总，这个是短期还是长期的安排？"王晓农接着问道。

王晓农有点疑惑，对方是请长假，而不是离职；自己到底是去帮一段时间，还是说顶替对方的岗位？他心里不是很明白。

"短期或者长期都可以。"覃胜华回答道。

"什么叫'短期或者长期都可以'？"王晓农心里琢磨着。他觉得覃胜华这个话说得莫名其妙。

"你可以和家人商量一下再做决定。"覃胜华继续说道。

"好的，覃总。"

回到自己办公室，王晓农想了一下，其实覃胜华给到的信息很少，没有讲工资做如何调整、路费有没有补贴、去了那里向谁汇报工作，唯一讲到的就是"8小时，双休"。

　　王晓农心里还是有疑问，想去找一下财务总监张悦。他刚从张悦的领导下脱离出来，但毕竟"留有余温"，所以他还是想听听这个前领导的意见。

　　"张总，覃总想调我去总部做薪酬核算的工作，我想问问您的意见。"王晓农请教道。

　　"王晓农，我觉得你这个人比较实在，所以跟你说个心里话，我建议你还是不要去。如果你去了总部，以后想要再回到这里就难了。如果真要去，你就两边的事情兼着做，让公司给你配个笔记本电脑，这样你可以两边跑。"张悦诚恳地说道。

　　"好的，谢谢张总。"

　　"你不要跟覃总说这是我给你的建议。"张悦补了一句。

　　"好的，张总，我明白。"

　　王晓农之前一直比较单纯，对权力斗争缺乏敏感性，所以容易被人利用。不过，现在他清楚地知道，如果他去了总部，这里总经办就是曹彩莲的了，自己以后真的是回不来了。他还听说总部那边关系错综复杂，不好处理。

　　为了掌握更多的信息，王晓农决定直接打电话问一下当事人。

　　王晓农了解到，覃胜华口中说的总部那边准备请长假的人，正是之前他联系过的一个叫小祝的女生。受张悦领导后，王晓农新接手了报税工作。由于操作中经常会碰到问题，张悦就让王晓农请教总部的这个小祝，所以他和这个小祝保持着联系。

　　王晓农找了一个隐蔽的地方，拨通了小祝的电话。

　　"小祝，听说你要请长假了？"王晓农问道。

"我有这个想法，还没有最终确定。对了，我昨天才和领导说的，这个消息怎么就跑到你们'家美'那边去啦？"小祝反问道。

"可能是你这个岗位比较重要，公司想提早做一些准备吧。"

"那你怎么会知道呢？"

"小祝，不瞒你说，覃总找我谈了话，想叫我过去。"

"什么？你不是总经办的吗？覃总怎么会叫你过来？"小祝有点惊讶。

"可能是自己的工作做得不好吧。"王晓农自嘲道。

"你为什么要请长假呢？"王晓农问道。

"公司发工资之前是每月10号，现在要求提前到每月5号发工资，现在就我一个人，工作量太大，压力太大，所以想休整一下。"小祝说道。

"你们那里1000多人，你一个人做，压力确实挺大的。"王晓农说道。

"本来就我一个小事情，现在却变成了这样子，搞得像我要离职了似的，太让人心寒了，也给你添麻烦了。"小祝有点失落地说道。

"我家在这里，总部这么远，所以从内心讲，我也不怎么想过来。"王晓农回答道。

"为了解开这个误解，也不想因为自己的事情影响到了你，那我还是坚持一下，不请长假了。"小祝说道。

"好的，那今天的事情我们保密，就当我没有给你打过这个电话。"王晓农说道。

"好的。"

王晓农基本了解了情况，也明白了覃胜华一石二鸟的用意。

晚上9点钟，王晓农写了留言回复覃胜华。

覃总：

关于今天谈的调岗去总部的问题，首先一点，我的态度是可以服从公司的安排；但仍有一些疑问，因为今天讲得不是很详细。

一个是今天提到的，对方请假具体是多长时间？如果时间不是特别长，我觉得以支援的方式过去更为妥当，也就是我这边的工作不变，兼着总部的工作；

另外一个是，我去了总部，我的工作向谁汇报？

还有一个，总部那边是提供住宿的吧？

除了这几个疑问，我还有两个问题。

一个是关于路费，希望公司这边每月可以给予一定的路费补贴。

另外一个是关于工资，不管是否调动去总部，工资问题我还是想讲一下。

我抱着空杯心态在家美机械从人事行政部的普通职员，到人事行政主管、总经办主任、总经办经理，虽然承担的职责越来越大，但是由于起薪较低的原因，工资水平一直是低人一等。去年公司把过去的东西进行固化，进行分级并作为考核的依据，我和别人的工资差距越拉越大。

去年年底看到覃总压力挺大的，我没有提；今年上半年钢材价格涨了那么多，公司成本压力大，我也没有提。但是现在公司考虑对我进行岗位调动，如果我再不提，我想以后也没什么机会了。

所以，不管工作是否调动，希望公司可以对我的工资重新进行评估。


晚上 9 点 45 分，覃胜华回复："暂时不需要调动了。"

看到覃胜华的回复，王晓农长舒一口气，这个事情终于结束了。但是，工资的事情，他也没有继续追问，就这样不了了之了。

## 3、意图调离总经办

经历了邀请购买股权、要求去总部工作未果之后，王晓农的心情变得很复杂，整个人也变得消沉，就发一些通知，整理一些资料，按部就班地做做工资，工作没有了激情。

有一天，曹彩莲对王晓农说："我们聊聊吧。"

"哦。"王晓农有点惊讶，这是曹彩莲第一次这么正式地和他说话。

王晓农跟着曹彩莲进了覃胜华的办公室。

覃胜华经常不在公司，因此他的办公室就成了曹彩莲和别人秘密商谈的地方。

"最近工作怎么样啊？感觉状态不是很好么？"曹彩莲问道。

"还好吧……"王晓农故作镇定地回答道。

"我有一个想法，想把你调到人事行政部做副经理，负责行政这块工作；或者到财务部，具体我还没有想好，想和你沟通一下。"曹彩莲说道。

"曹经理，这个不合适吧？我希望，在我没有犯什么重大错误的情况下，不要降我的职。"听到要调离总经办，而且还是降为副经理，王晓农心中的火马上就上来了。

虽然在总经办刚隶属于财务总监张悦管辖的时候，王晓农是有主动提出过撤销总经办然后和人事行政部进行合并的事情，那是因为他觉得总经办这个部门矮化了，影响工作的开展；而且当时他也并不在乎权力。现在则不同，经历了太多的事情，他对曹彩莲逼他离开总经办的意图非常敏感；而且不管是到人事行政部还是财务部，都是降级的，他心里是一万个不愿意。

"我们不要把职位看得这么重，公司要发展，必须要作出一些调整。"曹彩莲继续说道。

"我和黄明杰虽然在工作上可以配合得很好，但是我过去是不合适的，我希望我和他之间可以保持独立性；财务工作，这不是我的专业，我也没有经验，我过去是做不了什么的。"王晓农回答道。

"这只是我的一个初步想法，你也可以再看一下，自己擅长做什么。"曹彩莲说道。

交谈不是那么愉快地结束了。

覃胜华才不久要把王晓农调去总部做工资，而现在曹彩莲又要调他到人事行政部或财务部，他们的意图已经很明显，就是要把王晓农赶出总经办，而且显得那么地急不可耐！

"2020年为新股东的进入做了那么多事，还背了黑锅，现在却要被一脚踢走，而且自己的工资问题还一直没有解决。"王晓农心里越想越难受。

已经没有了退路。王晓农下定决心，一定要当面向覃胜华讨要说法，并提出自己的工资诉求；同时，他也感觉到，只有和老"家美"的元老修复关系才能增加自己的实力，才有可能挽回局面。

王晓农马上找到了杜国忠。

杜国忠是王晓农在考核部时的领导，是老"家美"对抗新股东的三个元老之一，也是他平时还能正常沟通的人。

王晓农向杜国忠表明了自己的立场，也争取到了杜国忠的支持。

"你不要跟曹彩莲谈，你要直接和覃胜华谈。"杜国忠说道。

"是的，杜总，我明天会去找覃胜华的。"王晓农说道。

第二天，趁着中午送饭的时间，王晓农走进了覃胜华的办公室。

"覃总，我有两个诉求，一个是我的工资问题，一个是公司2020年对我工作的评价问题。"王晓农开门见山说道。

"公司之前想调我去总部的时候，我谈起过我工资的事情，但公司一直没有回复。所以我今天想正式说一下这个事情。"

　　"我的月工资是 8000 元，是经理级别里面最低的，我希望我的月工资可以调整到 9500 元。再加上 6.5 万元的年终奖，这样年收入是 18 万元左右。"王晓农说道。

　　"2020 年的事情，困难复杂，我为新股东的进入是作出贡献的。我在老'家美'人的眼中，是一个吴三桂那样的角色，如果公司不给予我肯定的评价，那我去年所做的这些都是没有意义的。"王晓农接着说道。

　　"关于工资，我要考虑总部和'家美'的平衡问题；况且，公司已经给了你购买股权的机会，买不买那是你自己选择的问题。所以你说的工资问题我没办法答应。"覃胜华回答道。

　　"去年你任生产四部经理的时候是做了一些事情的，但和老'家美'人员的关系没有处理好，所以才扣了你年终奖。"覃胜华继续说道。

　　王晓农在来覃胜华办公室前已经把要说的内容在脑袋里转了好几遍，但覃胜华拒绝的时候，他却不敢用强烈的语言去反驳，只能诉说一下内心的委屈。

　　"去年有的人对抗，有的人消极怠工，最终却拿着很高的收入；我跟着公司走，受委屈、背黑锅，收入还低，这是不公平的。"王晓农委屈地说道。

　　"有的人是含着'金钥匙'出来的，有的人却没有，这个世界本来就是不公平的。"覃胜华回复道。

　　为不公平寻找理由，太无耻！而且在"家美"同一个平台上，用这个理由来搪塞，这像是一个领导用正常逻辑说出来的话嘛？

　　明知这个话有问题，但王晓农没有反驳，一种无奈感涌上心头。

"你就是沉不住气！你说你是不是沉不住气？"覃胜华反问道。

"覃总，我已经忍了5年了，还叫沉不住气？"王晓农回答道。

"你说的是'忍'，不是一个意思，你自己好好体会。"覃胜华接着说道。

覃胜华和王晓农玩起了文字游戏。在王晓农眼里，"忍"和"沉住气"就是一个意思。王晓农在牛忠强的"魔爪"之下坚持了这么多年，如果沉不住气，能坚持到现在么？

王晓农不想和覃胜华咬文嚼字，转移了话题。

"昨天，曹经理找我谈了话，意思很明显，说难听的，就是要把我赶出总经办。我想知道为什么？"王晓农问道。

"我没有时间来跟每一个人解释'为什么'。"覃胜华回答道。

听着这话，王晓农明显感觉到了覃胜华的傲慢和虚弱。

"我的人缘还是不错的，公司不要到时候让人说是'过河拆桥'、'鸠占鹊巢'！"王晓农愤怒地说道。

覃胜华沉思了一会，说道："岗位调整的事情暂时不动吧，总经办作为一个团队存在，做好分工。"

王晓农终于可以不用调动岗位了——也有可能是暂时不调动；而工资的事情却又一次不了了之。

为了能够继续工作，王晓农只能调整好自己的心态，继续"隐忍"……

# 第三节、大厦将倾

## 1、世风日下

自从股权并购后，家美机械进入了一个新的时代。"一朝天子一朝臣"，这是覃胜华在一次会议上亲口说出来的话，胜利者的姿态溢于言表，一派"顺我者昌、逆我者亡"的景象；而老"家美"人犹如成了"亡国之奴"，内心凄冷和昏暗。

对老"家美"的前朝遗老以及过去的制度用还是不用，如何用，都得听命于新股东的安排。

或许是"占领"之后的得意忘形和无所顾忌，家美机械几年间形成的作风简朴、为人正气、团结敢拼、一心为了公司利益而不惜牺牲自身利益的企业文化基石，在新股东大量增派人员进入、强力进行组织架构变更之后，瞬间被摧毁。

比如，2020年新股东刚完成收购，便改变原有的战略，不计成本地扩张产能。开始大量购置设备，大量招聘新工和劳务工，还额外租用新的厂房。为完成产能，不讲效率，采用"人海战术"，造成了大量浪费。这个口子一开就再也回不去了。

曾经，王晓农自己拟的公积金缴纳制度，规定经理满一年、主管满两年可以缴纳；而总部来的人，不管"阿猫阿狗"，一来就可以缴纳。

老"家美"管理层，过去能单休就已经很不错了，有时星期天都还得上班；而总部来的领导，固定享受周末双休的假期，一到星期六，人都不在公司，独留老"家美"人来支撑着公司的运转，形成了明显的双轨制。

老"家美"人要奋斗两三年，才能从基层员工一步一步走到主管、经理的级别，而且工资增长缓慢；而总部来的人或新招来的人，一个个空降成为主管、经理，而且工资奇高。

所以，"世道"变了，作为曾经经历过"家美"由小变大、由平庸到辉煌的老员工，已经无力来阻止这种逆向变化。后面发生的一桩桩事情，更是让老"家美"人感慨"世风日下"。

有一次，采购部经理杜国忠找曹彩莲谈话。交谈中，杜国忠历数了生产三部经理凌虎的不正之风。

"凌虎排挤曾经被戴军信任和重用的班组长，其他人要当班组长就要请他喝酒吃饭；另外，他还带着一群人泡脚找小姐，真的是把老'家美'的风气都败坏了！"杜国忠气愤地说道。

王晓农听得目瞪口呆，居然还有这种事情。他想想自己，除了参加公司组织的聚会外，从来没有叫其他人请过一顿饭，更不会出入什么娱乐场所。

除了凌虎外，黄明杰所在的人事行政部也是常常被大家指摘的部门。

黄明杰手下有一个叫孙杰的人，负责行政事务。经常有扫地阿姨反映，他把公司的废纸板自己拿去卖掉，钱进了他自己的腰包；他低价出售公司的废铁屑，从中拿取回扣；他还联系别人做环评，别人给了他几千块钱的好处费。

更让王晓农大跌眼镜的是，人事行政部还给员工发放计生用品！虽然地方工会有防止艾滋病的宣传，但在企业里面给员工发放计生用品，王晓农觉得是不太妥当的。哪怕员工真的需要，现在都可以在网上购买。一次周会上，大家都否决了黄明杰的这个做法。

在员工的作风问题上，也出现了重大问题。仓库的一个未婚小伙子，和一个已婚的女员工勾搭在了一起，并导致其怀孕，女员工的老公还来公司"讨要说法"；一对各有家庭的"临时夫妻"，光天化日之下，在公司宿舍楼顶楼平台行"苟且"之事，被人抓了个现行；一个女员工报警，说一个男员工把他强奸了……诸如此类的事情，纷纷刷新了老"家美"人做人做事的底线。

生产上面，普通员工已经失去了成本意识。在垃圾桶里经常能发现成卷的打包带，经常能发现可以继续利用的铆钉和垫片，甚至有发现成片成片的在制品。内部周转不用铁箱，不用木箱，而是用纸箱。"家美"的产品都是重"家伙"，只要一用纸箱，产品拿出后纸箱就被刮破、刮烂，不能再重复使用了。纸箱本应都用于出口，而非用于内部周转。员工已经不管这些了，只要没有箱子用，就会用纸箱。

地上掉下的冲压工件，满地都是，大家却视而不见。

整个家美机械已经变了味，大家对公司利益已经变得漠不关心。公司犹如"唐僧肉"一般被啃噬。

王晓农回想着，以前的家美机械可不是这样的。生产领导都是冲锋在一线的，生产线停、员工下班了他们才走，晚上十点、十一点走那是家常便饭；所有的设备、原辅料使用都到了极致，能返修的绝不报废；员工特别有创造力，可以用废铁板制作铁箱，甚至连公司年会使用的话筒架都可以自己设计和焊接；人员安排非常紧凑，能用"两个半人"的，绝不使用三个人；铆接流水线每个工位的员工，犹如跳舞一般，手脚快速并灵活地配合着，创造了行业内生产效率的奇迹……

一切的一切，都将不会再现，他们只存在老"家美"人昔日辉煌的记忆里……

2、人才流失

股权并购之后，家美机械的管理人员结构也发生了很大变化。

首先是孙启一被逼走。牛忠强走之前，孙启一担任副总职务，负责公司的日常事务，是除了牛忠强外最有实权的人物；然而，牛忠强一走，孙启一在对新股东的抵制和不信任中，矛盾终于公开化了。孙启一走的时候，那叫一个难堪，被拿走了笔记本电脑，被人跟踪去车间和宿舍，被新股东找律师起诉，还被老外当众开会公布"罪行"，整个副总的颜面丢失殆尽。不幸的是，王晓农也被当做一颗棋子，卷入其中，因为孙启一的笔记本电脑是王晓农跟着财务总监张悦去孙启一办公室拿的，在拿之前王晓农根本就不知情。

后来，孙启一和新"家美"签订了竞业协议，约定一年内不从事竞争性行业，新"家美"给了他补偿，这个事情总算过去了。

戴军曾经是生产三部的经理，是牛忠强眼中的"死士"，以厂为家，冲锋在前。在覃胜华到来后，戴军安排员工连续工作，两周都没有休息；然而覃胜华又接了一个急单要生产，戴军"抗命不从"，于是被削了权。后来，总部派凌虎接替戴军后，戴军就离开了"家美"。不过，公司补了他不少钱。

生产三部的几个班组长原先都是戴军的部下，凌虎用着不顺手，把他们一个个调往了其他岗位。

2021年8月，家美机械爆出惊天大消息，生产三部有10个班组长在一天之内全部离职了！由于事情突发而严重，覃胜华下令调查班组长集体离职的原因。

原来，在钱塘市的另一角，新成立了一家铁架厂，和家美机械形成了竞争关系。然而，令人惊掉下巴的是，孙启一和戴军在那里！

王晓农算了一下时间，从孙启一离开到现在，刚好满一年，已经不受竞业协议约束。

显而易见，生产三部班组长的集体离职，是孙启一和戴军共同策划的"挖墙脚"行动。

孙启一和戴军曾经满心付出的"家美"，现在变成了要竞争和超越的对手，由爱到恨，这是多么地恐怖！

"苍蝇不叮无缝的蛋"，生产三部班组长被排挤，不受重用，内心苦闷。他们和戴军是有感情的。戴军在时，一身正气，永远冲锋在前。因此，这些班组长都很佩服戴军，愿意死心塌地跟着他做事。现在戴军一召唤，这些班组长便纷纷离开了"家美"。

"家美"的管理人员一度怀疑是牛忠强另外开了一家铁架厂来和"家美"竞争。不过，王晓农却觉得未必，因为他知道，牛忠强把"家美"当成是自己的"孩子"，他总不可能转头对付自己的"孩子"。

除了生产三部外，生产一部和生产二部的人员也有异动。

生产一部归褚新忠管辖，他下面有一个主管，是从模具组晋升上来的，现在也是主要负责模具组。模具组刚刚走掉了一个组长，也是去了竞争对手那里；接着这个主管也提出了离职。

"我要去竞争对手那里！"这个主管直言不讳地说道。

模具维修和保养是公司的瓶颈。疫情期间，由于模具工大部分都是湖北籍员工，不能及时回来，导致"家美"的生产受到了很大影响。

现在连走两个模具维修和保养的骨干，这对"家美"的打击是巨大的！

覃胜华找了这个主管谈话，希望他能留下来。但为时已晚，这个主管表达了他在新"家美"不受重用，感觉没有前途，因此去意已决。

生产二部所辖电焊车间有一个叫张峰的组长，他原本是牛少强信任的人。公司为了削弱牛少强，给生产二部安插了一名副经理——外面新招的一个人，再加上已经新进的生产总监毕险峰，张峰面临 3 位领导的管理。在生产总监、生产二部副经理和牛少强之间，张峰感到无所适从，谁都不想得罪，内心苦闷，便提出了离职。

令人惊愕的是，牛少强把张峰介绍到了他姐夫牛忠强新开的公司去上班了——离"家美"的新厂区就一墙之隔！

王晓农还得到消息，牛忠强想挖走"家美"质量部的一名组长，是一个老员工。他平时工作严谨，经常在他手上发现重大质量问题，避免了货发出去后的重大客诉，深得牛忠强的欣赏。

班组长是一个企业的基石，这次车间班组长一级人才的流失，大大挫伤了"家美"的元气。要完成生产任务、要确保生产质量，全靠这些班组长在一线监督指导。现在老的班组长不断流失，新的班组长培养又需要很长时间，原先生产制度和流程的执行面临着很大的考验。

王晓农记得牛忠强曾经在管理层会议上说过："哪怕你们这些领导干部都走了，公司运转个一个月是没有问题的。"牛忠强的自信就是来源于一线班组长这块基石，他们敢拼、能吃苦、一直扑在生产线上。

而现在，"家美"的基石俨然已经不存在了，那些花大价钱新招的空降领导，顶不了什么用处。

呜呼哀哉，一副"末日"景象！


3、最后的时间


时间已经是 2021 年的 10 月份了。

"家美"的一切，王晓农以前是那么熟悉，现在却感到无比陌生。

王晓农的办公室里，有公司和房东签订的租赁合同，租赁期从 2019 年 1 月到 2023 年 12 月，为期五年。离合同结束只剩下两年左右的时间了。

看着租赁合同，王晓农明白，在公司和房东不睦的情况下，合同是不可能续签的。如果合同不续签，公司还会不会在安宁镇其他地方租用厂房？王晓农觉得不可能，因为股东的总部大本营是在50公里外的地级市，而且新的厂房已经在建设中，他们到时候必定会把工厂搬迁至总部。这意味着，现在这个地方的设备、人员都要迁移。届时，所有员工都要面临是不是一起走的选择。

经过这一系列发生的事情，王晓农的心里很笃定，自己是不会跟着去的。一则，总部离家较远，去上班的话平时照顾不到家里；二则，在老"家美"人被排挤的整个过程中，他对新的股东已经失去了信任。所以，王晓农的目标很明确：干好这最后的两年；哪怕最后做不到两年，也要争取到自己应得的东西之后才能离开。

而现实中，一桩桩事情继续发生着……

关于设备组和模具组的归属，覃胜华的目的终于达成了。在"公司发展、培养新人、卸下重担、乐享天伦"的"感召"下，褚新忠最终答应交出设备组和模具组；接着，曹彩莲分别招纳了负责设备和模具的新主管；后来，在一起钢卷失窃案中，褚新忠被牵连，并被赶出了家美机械。

对于采购部，覃胜华安排了总部派来的亲信在采购部担任闲职，名义上受采购部经理杜国忠的领导。但明眼人都知道，只要杜国忠一有事，他马上可以接替采购部经理一职。覃胜华慢慢弱化杜国忠钢材采购这一职能。后来，覃胜华以"挑战领导权威"的"罪名"，把杜国忠赶出了家美机械，让王晓农接替杜国忠钢材采购的职能；但王晓农也还是个过渡的角色，不到一年时间，覃胜华把钢材采购的职能最终还是给了他总部带来的亲信。

房东时不时地来次安全环保检查，让"家美"进行整改；通道马路因涉嫌影响消防安全，勒令"家美"清走马路边所有堆放的货物、物料和其他废弃物；每每因租金付款不及时而要挟"家美"尽快搬离，哪怕是舍掉三个月的房租也在所不惜。

疫情的影响仍在持续，但还可控；意料之外的是，迎来了"能耗双控"政策，家美机械从"停三开四"到"停四开三"。对用电的控制，让公司订单交付受到了重大影响。上半年是原材料价格的暴涨，让"家美"出现了巨大亏损；本想着下半年开足马力来弥补亏损，"限电"让"家美"的梦想变成泡影。

关于中美贸易战，虽然双方于2020年1月签署了第一阶段贸易协议，但是拜登当选美国总统后，继续对中国货品征收关税。严峻的国际环境让家美机械的发展蒙上了一层阴影。

一切的一切，让家美机械看起来像是一个快要倒下的巨人。

虽然老"家美"的员工继续维持着正常工作，但只要厂房租赁时间一到，大家各奔东西；抑或是家美机械到不了两年就倒下了，届时大家"树倒猢狲散"，各找各妈。有谁还真正关心着公司的利益？

王晓农进家美机械之前，是一头浓密的黑发，五年多过去了，头顶已经没有几根头发，头皮清晰可见；唯有不变的，他进家美机械前，钱包是干瘪的，五年多过去了，他的钱包仍旧是干瘪的，因为他所有的收入都还了债。

王晓农赶上了可以生三胎的年代，但眼望着家庭的情形，他连生个二胎都犹豫不决。

王晓农想起了自己曾经有过的人生信条：风迹月影过而不留，坎坷世道耐而撑持；万事皆缘随遇而安，真诚为人圆转涉世。这是他大学期间读过《菜根谭》之后的感悟。

工作后没几年，王晓农发自内心的叩问和自答：生活追求的是什么？健康的身体，宁静的内心，温暖的亲情……有感于此，他离开了期货公司，自己做期货交易，还回家养了长毛兔。

然而，残酷的现实告诉王晓农，他太理想化了。为了"面包"和"牛奶"，王晓农不得不低下头，投身于制造业，拿着微薄的薪水，疲于奔命而隐忍不发；面对房贷和车贷，他更是小心翼翼地端着自己的"饭碗"，不敢动弹，哪怕是对企业和老板有想法，也是敢怒而不敢言。

在家美机械股权并购后发生的一桩桩、一幕幕，彻底打醒了王晓农。他感悟到，一味地隐忍和退让并不能得到自己想要的东西，也得不到别人的认同。只有勇敢地去争取自己的利益，才能让别人正视自己，并得到自己想要的东西。

从"不争"到"争"，或许王晓农的感悟比同龄人来得更晚，但相比于未走完的人生道路，也不算太晚。

不管家美机械的前景如何，不管未来的生活多么艰难，人生这条道路还是要继续走下去的。若是有什么梦想，王晓农更希望回到进入家美机械之前的状态：隐居山野，还于自然；陪伴家人，享受天伦之乐！

www.ingramcontent.com/pod-product-compliance
Lightning Source LLC
Chambersburg PA
CBHW060222030726
47499CB00004B/1147